GNADENLOSER S🥚G

NEW YORK TIMES BEST-SELLER AUTOR

CHERRY-ADAIR

WIDMUNG

Ein dickes Dankeschön geht an folgende Leute für ihre Hilfe bei den Recherchen, die nötig waren, um „Undertow" zu verwirklichen. Jede Ungenauigkeit und jeder Fehler gehen auf meine Kappe.

Dr. Lubos Kordac, lubos@shipwrecks-caribbean.com Janelle Wolf, Cryptologist Technician First Class, US Navy Maria Drybread von RingPower.com Daniel Randall, Lieutenant Commander, US Navy CTR1 (SW/AW)

Und nicht zuletzt an meine enorm bewanderte Freundin Tina Callais.

DANKSAGUNG

Den tollen, talentierten und kreativen Frauen meiner Cherry's-Lake-Verschwörer: Carol, Christina, Ciara, Dragon, Heather, Julia, Kelli, Kristine, Laurie, Rebecca und Shelli. Aus tiefstem Herzen Dank für eure Freundschaft und dafür, dass ihr mich die Früchte ernten lasst.

ONE

Teal Williams sah aus wie ein ungemachtes Bett, und zwar wie eines, in dem Zane Cutter nicht würde schlafen wollen.

Ihr Vater hatte sie ihm aufgedrängt, also hatte er sie jetzt mehr oder weniger am Hals. Doch als er sie nun sah, gab er ehrlicherweise zu, dass sie genau das war, was er brauchte. Sie schien wie geschaffen für seine Bedürfnisse.

Groß, mager und unscheinbar, saß Teal mit hängenden Schultern halb versteckt hinter seinem Bruder Nick am anderen Ende des langen antiken Tisches. Sie kaute an ihrem Daumennagel, während sie Zane unter ihren zottigen dunkelbraunen Haaren hervor ansah.

Er verkniff sich ein Grinsen. Oh Mann. Sie hatte nicht nur den Sexappeal eines Wischmopps, sie konnte ihn auch nicht leiden. Das war neu, denn sein Charme wirkte eigentlich auf alle Frauen. Bei Teal aber wusste er diese Ablehnung zu schätzen.

Er fühlte sich nicht zu ihr hingezogen. Kein bisschen. Absolut nicht. Kein Funke Begierde. Nicht das geringste Interesse. Nada.

Eine Frau, zu der er sich nicht hingezogen fühlte? Das hatte es noch nie gegeben. Aber sie war auch nicht irgendeine Frau, sondern Maschinistin, und das war genau das, was er brauchte.

„Nein", wiederholte sie klar und deutlich, seinem Blick mühelos standhaltend. „Ich werde nicht mitfahren."

„Nein?" Zane - bei den Damen als Ace bekannt, was so viel bedeutete wie Granate oder Ass - sah zu der neuen Cutter-Cay-Mechanikerin. Es war schon eine ganze Weile her, seit eine Frau Nein zu ihm gesagt hatte. Wahrscheinlich reichte das bis in die Zeit vor seiner Pubertät zurück.

Ihre Miene drückte aus: „Bist du eigentlich taub und dämlich?" Aber ihre Antwort fiel höflicher aus. „Möchtest du, dass ich das in einer anderen Sprache wiederhole? Ich spreche drei."

Ah, eine echte Williams-Klugscheißerin noch dazu. Ja, sie kam wirklich ganz nach dem Vater. Ihr kurzes Haar sah aus, als hätte sie es selbst geschnitten, und zwar mit einer stumpfen Schere. Es war mindestens seit einer Woche nicht gekämmt worden. Offenbar hatte sie in der schlabbrigen, zerknitterten Kakihose und dem ausgewaschenen blauen Männerhemd geschlafen. Ihre Nägel waren bis zum Fleisch abgekaut. Und wenn er sich nicht irrte - und Zane irrte sich bei Frauen nur selten -, trug sie auch Männerarbeitsschuhe an ihren großen Füßen, die jetzt allerdings unter dem Tisch standen und daher nicht zu sehen waren.

Die Arme hatte sie in einer Und-damit-basta-Geste vor der Brust verschränkt. Unter dem weiten Hemd würde nicht einmal die BH-Größe Doppel-D auffallen. Allerdings ließ ihre schmale Statur auf eine kleinere Körbchengröße schließen. Amüsiert von ihrer Haltung und dem völligen Fehlen weiblicher List, knipste Zane sein charmantestes Lächeln an, mit dem er schon viele Frauen ins Bett bekommen hatte. Diesmal jedoch wirkte sein Gegenüber völlig gleichgültig.

Sie war das reinste Wunder! Er wollte unbedingt, dass sie für ihn arbeitete, und deshalb würde er einfach kein Nein akzeptieren.

„Wie wär's, wenn ich die Bezahlung um zehn Prozent erhöhe?"

„Zehn?"

Er hätte auch doppelt so viel gezahlt. „Na schön, sagen wir fünfzehn."

„Nein danke." Ihre Lippen wurden zu einer schmalen Linie. „Ich habe genug Geld."

Ihr Vater Sam war vor Kurzem an Krebs erkrankt. Der Mechaniker war seit Ewigkeiten ein enger Freund der Cutters und wohnte auf der Insel. Nachdem Sam ihnen von seiner Krankheit erzählt hatte, war Logan auf die Idee gekommen, Teal den Job anzubieten, damit sie bei

2

ihrem Vater sein konnte, solange er noch lebte. Keine gute Tat bleibt ungesühnt, dachte Zane und fragte sich, warum sie das Angebot überhaupt angenommen hatte, wenn sie sich gleich beim ersten Auftrag weigerte. „Gibt es einen Grund dafür?", fragte er entspannt und fasziniert von ihrer Streitlust.

Logan und Nick, die besten Brüder, die ein Mann sich wünschen konnte, behielten ihren neutralen Gesichtsausdruck bei. Doch Zane spürte ihre Überraschung angesichts Teals Weigerung, ihn auf seiner Bergungstour zu begleiten. Diego Zamora, einer ihrer Kapitäne, betrachtete den Deckenventilator, während Brian Donahue, Chefarchäologe des Bergungsunternehmens Cutter's Salvage, aus dem Fenster aufs Wasser schaute. Die beiden versuchten sehr offensichtlich, sich nicht anmerken zu lassen, dass sie sein Dilemma genossen. Zane war ihnen dankbar dafür und gab sich weiter alle Mühe, seine störrische Beute einzubringen.

„Ich bin Mechanikerin mit über zehn Jahren Berufserfahrung", informierte Teal ihn in kühlem Ton. „Ich habe an Motoren jeder Größe und jedes Typs gearbeitet, Diesel oder Benziner. Ich kann überall auf der Welt an Land einen Job bekommen."

„An Land? Dir ist schon klar, dass du einen Job auf einer Insel angenommen hast, oder?"

„Mir wurde gesagt, ich bekäme meinen eigenen Bungalow. Ich habe gern eine gewisse Privatsphäre, und auf einem Schiff gibt es keine."

Das Gebäude, in dem das Treffen stattfand, hatte schon etliche Geschäftsverhandlungen erlebt, und diese würde nicht die letzte sein. Aus offenkundigen Gründen wurde das zweistöckige Gebäude Counting House, Zählhaus, genannt. Ins Counting House brachten die Cutters und die anderen Schatztaucher Schätze im Wert vieler Millionen Dollar, damit sie gereinigt, katalogisiert und von Brian und seinem Team, bestehend aus hoch qualifizierten Meeresarchäologen, bestimmt wurden. Das Gebäude musste deshalb so sicher sein wie Fort Knox. Und das war es auch.

Hier im Counting House verglichen sie ihre Notizen am Ende einer Bergung, tranken Bier und erzählten sich Geschichten. Hier versammelten sich die etwa fünfzig Inselbewohner, um Geburtstage zu feiern, sich vor Hurrikans in Sicherheit zu bringen oder nach Beerdigungen zusammenzusitzen. Das Haus mit seiner legendären Standhaftigkeit war von Zanes Vater erbaut worden. Er hatte darin seinen unbezahlbaren Schatz aufbewahren wollen, als er vor gut dreißig Jahren die Insel gekauft hatte. Es sah aus, als würde der nächste tropische Sturm es glatt wegpusten. Aber genau wie bei Zanes Boot täuschte auch hier das Äußere.

Dass man auf der *Decrepit* keine Privatsphäre hatte, war eines der Dinge, die Zane an seinem Schiff am meisten schätzte. Er kannte seine Crew besser als manche seiner Freunde. Wenn er es sich genau überlegte, waren die Leute aus seinem Team zusammen mit seinen Brüdern tatsächlich seine besten Freunde.

„Was glaubst du, wofür du engagiert wurdest?", fragte Zane geduldig. „Wir sind ein Bergungsunternehmen. Wir haben Boote."

„Um für Sam einzuspringen, solange er ... ausfällt." Die Pause vor dem letzten Wort dehnte sich ewig. Teal schob herausfordernd das Kinn vor. „Und zwar hier auf der Insel."

Seine Lippen zuckten. Sie war wirklich ein hartes Stück Arbeit. „Genau dafür brauche ich dich. Damit der Laden hier weiterläuft." Alle behaupteten, er sei ein Glückspilz. Er hatte nie kämpfen müssen, um dazuzugehören. Er hatte eine Familie, die er liebte, gute Freunde und mehr Geld, als er in einem Leben ausgeben konnte. Die Frauen liebten ihn. Sogar kleine Mädchen und alte Damen fühlten sich zu ihm hingezogen. Das Glück umgab ihn förmlich wie ein magischer Umhang.

Er nahm Teals provozierende Miene zur Kenntnis. „Ich brauche einen erstklassigen Mechaniker", erklärte Zane ihr gut gelaunt. Sie mochte ihn vielleicht nicht, doch laut ihrem Vater hatte sie ein Händchen für kränkelnde Motoren. Perfekt. „Deshalb habe ich dich eingestellt. Wir legen morgen früh ab." Er wandte sich an seinen ältesten Bruder. „Hat sie nicht einen Vertrag unterschrieben, Logan?"

Nur Logans Augen verrieten seine Belustigung, während seine Miene unverändert blieb. „Hat sie, Ace."

„Die *Decrepit* wird dir gefallen", versicherte Zane ihr. Seine Laune wurde immer besser, je hartnäckiger und entschlossener Teal sich weigerte. Er liebte die Herausforderung, das brachte sein Blut in Wallung und fachte das Feuer in ihm an. Es war eine großartige Methode, eine neue Bergung zu starten.

Er fühlte sich lebendig, beinah unbesiegbar.

„Die *Decrepit*", sagte Teal und schaute verächtlich aus dem Fenster zum Hafen, wo sein geliebtes Boot lag. Dabei zeigte sie ihm ihr überraschend zartes Profil, bestehend aus arroganter Nase, frechem Kinn und verrückter Frisur. Sie sah ihn wieder an und bedachte ihn mit einem unfreundlichen Blick. Ihr Gesicht war halb hinter dem wirren Mopp ihrer Haare verborgen. „Die Decrepit", setzte sie erneut an, „sollte verschrottet werden. Kauf dir ein hübsches modernes Boot wie deine Brüder. Dann brauchtest du auch nicht rund um die Uhr einen Mechaniker."

„Vielleicht mache ich das." Er ließ den Blick ebenfalls über den Anleger schweifen, an dem ein Dutzend Segelboote und vier größere Taucherboote befestigt waren, die sanft auf dem blauen Wasser schaukelten. Der rostige Rumpf seiner Decrepit stach aus den glänzend weißen Schiffskörpern der anderen Boote hervor wie ein entzündeter Daumen. Zane grinste.

Ihm gefiel ihr heruntergekommenes Aussehen, einschließlich des verbeulten gelben Krans, der wie ein riesiges Insekt auf dem Bug stand. Oh ja. Das Innere der *Decrepit* war eine andere Sache. Es amüsierte ihn köstlich, dass sein übel aussehendes Boot seinen Brüdern ein Dorn im

Auge war. Es gefiel ihm, wenn die Leute ihn unterschätzten. Er liebte den Kahn, und er hatte nicht die Absicht, ihn jemals durch einen neuen zu ersetzen. Schönheit lag im Auge des Betrachters. Zane liebte jede Schraube, Niete und Roststelle an seinem Schiff.

Noch immer lächelnd, richtete er den Blick wieder auf sein Problem und ergänzte leichthin: „Aber nicht, ehe diese Saison zu Ende ist. Außerdem wirst du möglicherweise überrascht sein. Das Äußere kann nämlich täuschen."

„Ich habe die Erfahrung gemacht, dass der äußere Anschein meistens nicht täuscht. Meine Antwort lautet nach wie vor Nein", erwiderte sie mit bösem Blick.

Klugerweise ließ er sich nicht anmerken, wie sehr ihn das Ganze amüsierte. Sie war eine harte Nuss, doch er blieb zuversichtlich. Sie verfügte über all die Fähigkeiten, die er brauchte, und stellte keine Ablenkung dar. Einen Monat lang sollte sie die Maschine warten. Sam wusste, wie man das alte Mädchen am Laufen hielt und hatte Zane versichert, Teal könne das genauso gut wie er selbst.

Hinter ihrem harten Gesichtsausdruck registrierte er die Anspannung. Jeder war mit irgendetwas zu locken. Er musste nur herausfinden, was das in ihrem Fall war. „Die Bezahlung ist mehr als fair. Was willst du sonst noch?"

„Ein Shetlandpony."

Ihr unerwarteter trockener Humor zusammen mit ihrer unbewegten Miene steigerte seine Laune noch. „Im Ernst. Was willst du?"

„Nicht mit dir rausfahren."

Zane biss die Zähne zusammen. „Mal abgesehen davon."

Sie wandte sich genervt an Logan, der ihr gegenübersaß. „Lass mich nach Tortola bringen. Ich habe niemals zugestimmt, auf diesem Schrotthaufen da draußen zu arbeiten. Entweder ich bleibe auf der Insel, oder ich fahre nach Hause."

„Du hast noch nicht einmal deinen Vater besucht", erinnerte Zanes mittlerer Bruder Nick sie und versuchte dabei, sich nichts anmerken zu lassen.

„Ich werde ihm auf dem Weg zum Hubschrauberlandeplatz zuwinken."

Meine Güte, dachte Zane. Sein geliebtes Schiff zu beleidigen war schon schlimm genug. Aber so etwas zu sagen war einfach herzlos. Sam war todkrank. Zane nahm an, dass Teals Vater, ein wortkarger Mann, sich darauf freute, etwas Zeit mit seinem einzigen Kind zu verbringen. Nicht, dass Sam das gesagt hatte. Doch das Wrack war nur einen Katzensprung entfernt, das wusste er. Und ganz sicher erwartete er, seine Tochter häufiger zu sehen.

„Hör mal", probierte Zane es in vernünftigem Ton. „Es wird keinen Monat dauern. Du kannst nach deinem Dad sehen, wann immer du willst."

Er erinnerte sich an Teal als Kind, wenn auch nur vage. Hin und wieder hatte er sie auf der Insel gesehen, wenn sie ihre jährlichen zwei Wochen Schulferien hier verbrachte. Sie war ein schüchternes kleines Ding gewesen, das stets davonlief, wenn er Sam besuchte. Schon damals war sie mager und unscheinbar gewesen.

„Ich komme nicht mit." Gut, schüchtern war sie inzwischen absolut nicht mehr.

„Der Hubschrauber ist längst nach Tortola zurückgeflogen", sagte Zane. „Ich fahre morgen hin, um Vorräte zu besorgen."

Teal warf die Haare zurück, sodass er einen Blick auf ihre großen dunklen Augen erhaschen konnte. Hübsch. Zu schade, dass alles bis auf ihr wütendes Funkeln hinter ihren Haaren versteckt war. „Und du setzt mich dort ab?"

„Nein. Du wirst mit dem Team weiter nach St. Maarten fahren."

„Hat eigentlich noch nie jemand Nein zu dir gesagt?" Teal sah ihn finster an und wandte sich mit diesem Gesichtsausdruck an seinen ältesten Bruder. „Du hast mich als Mechanikerin auf Cutter Cay engagiert. Davon, dass ich auf See hinaussoll, war nie die Rede. Er kann mich nicht zwingen, mit ihm zu gehen."

„Stimmt, das kann er nicht", pflichtete Logan ihr bei. „Du kannst tun, was du willst, schließlich bist du keine Leibeigene. Wenn du den Job nicht willst, kann ich deinen Vertrag sofort zerreißen. Aber ich finde, dein Vater sollte schon erfahren, warum du deine Meinung änderst. Er hat dich immerhin für diesen Auftrag empfohlen."

Sie spannte die Schultern unter ihrem weiten Hemd an. „Er ..." Sie hielt sich an der Tischkante fest. „Ich will den Job ja. Natürlich möchte ich hier auf Cutter Cay arbeiten, wo ich Sam jederzeit sehen kann. Aber ich will nicht in einem Boot aufs Meer hinausfahren, das höchstwahrscheinlich selbst noch vor Ende der Saison zum Wrack wird."

Offenbar war es ihr absolut ernst damit. Einen kurzen Augenblick lang fühlte Zane Panik in sich aufsteigen. Er hatte vier lange Jahre sorgfältigster Recherche in die holländische Fregatte investiert, die hier irgendwo gesunken sein musste. Endlich hatte er die *Vrijheid* gefunden, und zwar knapp hundert Meilen vor der Küste St. Maartens. Sie lag die ganze Zeit praktisch direkt vor seiner Nase! Er hätte sie mit Sicherheit schon viel früher entdeckt, läge sie nicht in einer bizarren navigationstechnischen Todeszone, einem Stück Meer, in der seine Navigations- und Suchgeräte regelmäßig verrücktspielten, sofern sie überhaupt noch funktionierten.

Glücklicherweise hatte Zane sich entschlossen, die Gegend dennoch zu erkunden, was sich als eine der besten Entscheidungen seines Lebens erwies. Jetzt wollte er für die Dauer der Bergung keinerlei Ablenkung. In etwa dreißig Metern Tiefe lag ein Vermögen aus Gold, Silber und Edelsteinen, und er war fest entschlossen, es zu heben. Die *Decrepit* würde auf der Heimfahrt unter dem Gewicht dieses Schatzes ächzen.

Und sie würde mit dabei sein. Teal Williams. Mechanikerin. Ausgebildete Taucherin. Nicht begehrenswertes weibliches Wesen.

Es war äußerst wichtig für seine Konzentration, dass sie ihn nicht anmachte. Zugegeben, er mochte große und schlanke Frauen. Na ja, kleine runde mochte er auch, genau wie alle anderen. Er war eben hingerissen von den Frauen. Sehr. Er genoss ihren Duft, ihren Gang und ihre verworrene Art zu denken. Deshalb verliebte er sich regelmäßig. Allerdings nie länger als zwei Wochen.

Und diese Frau wollte er lediglich einen Monat. Einen verdammten Monat. War das etwa zu viel verlangt? Angesichts der rasch näher kommenden Hurrikan-Saison und schlechter Wetterprognosen konnte er es sich nicht erlauben, noch wochenlang nach einem anderen Mechaniker zu suchen. Zumal fraglich war, ob er einen mit ihrer Erfahrung und Qualifikation bekäme.

Aber sie war eine Frau, also würde er sie, wenn nötig, mit seinem Charme bezirzen. „Kannst du kochen?" Das wäre ein Pluspunkt.

„Nein."

Andererseits war das wahrscheinlich ganz gut. So, wie sie ihn ansah, würde Zane sie ohnehin alles vorkosten lassen, bevor er es aß. „Ich weiß, dass du ausgebildete Taucherin bist." Was ein enormes Plus war. „Ich hoffe, du kannst wenigstens einen anständigen Kaffee kochen."

„Soll das ein Witz ..."

Er hob die Hand. „Ich zahle dir einen prozentualen Anteil von dem, was die Bergung der *Vrijheid* einbringt. In dem Wrack befinden sich Smaragde, die sind so groß." Er ballte die Faust.

Schweigend sah sie ihn an. Es schien, als hätten alle am Tisch den Atem angehalten, während sie darauf warteten, wer zuerst blinzelte. Teal kaute auf ihrer Unterlippe und gönnte ihrem Daumennagel eine Pause. „Über mein Gehalt hinaus?"

Das bereits mehr als großzügig war. „Natürlich." Es war üblich, den Profit mit der Crew zu teilen.

Sie beugte sich vor und legte die Unterarme auf die zerschrammte Tischplatte, um an Nick vorbeizusehen. Das Hemd verschluckte ihre Hände, und Zane war versucht, ihr die Ärmel hochzukrempeln. Aber dann würde er auch ihren Kragen gerade rücken und ihr die Haare bürsten wollen. Und wenn er ihr zu nahe käme oder sie gar anrührte, würde sie ihm vermutlich die Hand brechen.

Etwas Geheimnisvolles blitzte in ihren Augen auf, ehe sie fragte: „Wie viel Prozent?"

Bingo. Er verkniff sich ein Grinsen. Sie hatte also auch ihren Preis, es war nur eine Verhandlungssache. „Wir können gleich einen neuen Vertrag aufsetzen."

„Nein danke."

Sie wollte ihn nur ärgern. Und er musste zugeben, dass ihr das sehr gut gelang. Es wäre ein echtes Wunder, wenn sie sich vor Abschluss der Bergungsarbeiten nicht gegenseitig an die Gurgel gingen. Wenn er sie umbrachte, stand ihm die gesamte karibische See zur Verfügung, um ihre Leiche zu entsorgen. „Du traust mir nicht?"

„Schuldig bis zum Beweis der Unschuld." Ihr feindseliger Blick weckte lediglich seine Neugier. In den vergangenen Jahren hatte er vieroder fünfmal mit ihr zu tun gehabt, aber er erinnerte sich nicht, dass sie jemals so offen feindselig gewesen war.

„Wow, du bist vielleicht zynisch. Nun sieh mal", fuhr er in vernünftigem Ton fort, „Cutter's Salvage zahlt schon verdammt gut. Wir hatten die Auswahl unter hundert ausgezeichneten Mechanikern ..."

„Na bitte, da hast du doch deine Leute."

„Aber Sam hat uns gebeten, dich einzustellen." Zane trieb sie noch ein wenig mehr in die Enge. „Wenn du wirklich nicht mit mir rausfahren willst, ist das deine Sache. Aber dann musst du einem sterbenden Mann erklären, warum du ihm das antust." Sämtliche Farbe wich aus Teals Wangen.

„Zane ...", warnte Logan ihn.

„Willst du deinem Vater vielleicht sagen, dass du etwas Besseres vorhast?" Das war ein Tiefschlag, und er fühlte sich deswegen auch ein bisschen mies. Aber Sam hatte ihn nicht gefragt, er hatte ihn angefleht, seine Tochter auf die Insel zu holen. Das Betteln wäre gar nicht nötig gewesen, denn sie war gut und erfahren. Und Sam gehörte zum Leben der Cutter-Brüder, seit Zane denken konnte. Wenn ihr Vater Teal in der Nähe haben wollte, dann würde sie dort auch sein. Ende der Geschichte.

Sie wirkte immer noch äußerst streitlustig. „Na schön."

„Na schön?"

„Ich fahre mit dir. Bist du nun zufrieden?"

„Ja, das bin ich tatsächlich", bestätigte er gut gelaunt. „Das bin ich."

Unwillkürlich fragte er sich, wie sie wohl reagieren würde, wenn er jetzt einfach aufstände und sie vor Dankbarkeit küsste. Wahrscheinlich würde sie ihn beißen. Und anschließend müsste er sich gegen Tollwut impfen lassen ...

„Großartig", meldete Logan sich zu Wort. „Ihr zwei bleibt nach Schulschluss noch hier und handelt die Details aus, damit wir vor Mitternacht loslegen können. Brian hat vorläufige Informationen, nachdem er sich Nicks Fang angesehen hat... tut mir leid, Diego." Logans Mundwinkel zuckten. „Wir haben es heute mit erstaunlichen Reichtümern zu tun. Du wirst also warten müssen, bis du an der Reihe bist."

„Kein Problem, amigo. Ich sitze gern hier mit einem hübschen Mädchen und lass mir die Sonne aufs Gesicht scheinen."

In diesem Moment trat Brian ein und wollte offenbar unbedingt seinen Bericht loswerden. „Ich habe auch noch was zu sagen. Zwei enorme Funde kommen zeitgleich herein. Wir hatten keine zwölf Stunden Zeit, aber ..."

Angesichts der männlichen Überzahl im Raum überließ Teal sich still ihrer Erschöpfung. Sam hatte sie hier haben wollen? Das konnte sie sich in ihrem angeschlagenen Zustand nur schwer vorstellen. Sie war körperlich und emotional ausgelaugt, deshalb war sie auch nicht im Geringsten darauf vorbereitet gewesen, sich gleich nach ihrer Ankunft mit Zane und der Cutter-Crew auseinandersetzen zu müssen.

Faustgroße Smaragde? Damit würde sie Sams Behandlungskosten decken können, die sicher hoch werden würden. Nicht, dass er mit ihr darüber gesprochen hätte. Nein, sie hatte ihm die Wahrheit über seine Krankheit aus der Nase ziehen müssen, nachdem Logan sie angerufen hatte, um zu fragen, ob sie für Sam während seiner Genesung einspringen wollte. Teal rieb sich die Augen.

Dieses Treffen mit Zane war nicht das sachliche, professionelle Meeting geworden, für das sie in den vergangenen Wochen vorm Spiegel geübt hatte. Er hatte es tatsächlich geschafft, sie auf die Palme zu bringen. Darin war er schon immer ziemlich gut gewesen.

Zane. Ace. Oder noch besser: Casanova der Karibik. In Gedanken gab sie einen verächtlichen Laut von sich. Wahrscheinlich hatte er sich die Spitznamen selbst gegeben. Teal wünschte, sie wäre jetzt in China. Es war ein Riesenfehler gewesen, hierherzukommen.

Brian wedelte mit einem Papier herum, während er redete. Das lenkte Zane von ihr ab und gab ihr ein wenig Zeit zum Nachdenken. Logan, dieser verdammte Kerl, hatte ihr nicht einmal die Gelegenheit zum Duschen und Haarebürsten gelassen, als er sie vor knapp einer Stunde ins Counting House geschleift hatte. Weder er noch Zane schienen das Wort Nein zu kennen.

Müde beobachtete sie Brian Donahue. Mager. Um die vierzig. Er war der Archäologe, der die gefundenen Schätze katalogisierte und prüfte. Er redete, als könnte der Gebrauch von Worten jeden Moment rationiert werden. Brian hatte dünner werdendes rotes Haar, trug eine

Brille mit dickem schwarzem Gestell und winkte aufgeregt mit den Händen, während er den jüngsten Fang beschrieb. Teal hätte sonst was darum gegeben, wenigstens einen Teil seiner Energie zu besitzen.

Rechts von Teal saß ein gut aussehender Mann, ein Typ wie Antonio Banderas. Diego Zamora arbeitete offenbar mit den Brüdern zusammen oder war gar ihr Partner bei ihren zahlreichen Bergungsprojekten überall auf der Welt. Von vielen Urlauben auf der Insel wusste sie, dass die Cutters mindestens ein Dutzend Bergungsboote besaßen.

Offenbar war Diego erst am Vorabend nach einer erfolgreichen Bergung vor der Küste Griechenlands zurückgekehrt. Genau wie Nick, der ein Jahr fort gewesen war, wie Logan ihr erzählt hatte. Er war in den Gewässern vor Vietnam unterwegs gewesen. Mit der *Scorpion*, seiner prachtvollen Megajacht, hatte er in der Provinz Ca Mau ein Vermögen an Keramik und Porzellan gehoben.

Brian sprach begeistert über Nicks Schatzfund. Es handele sich um „erstaunliche Stücke aus dem China des achtzehnten Jahrhunderts" und den „Keramikfund des Jahrhunderts".

„Ich habe ihn mir schon angesehen", sagte Zane, als Brian eine Pause machte, um einen Schluck aus seiner Coladose zu trinken. „Ein wirklich großartiger Fund. Brian hat sofort die Investoren angerufen, nachdem er einen Blick darauf geworfen hatte. Die flippen also bereits aus."

Zanes Lächeln gehörte zu jener Sorte, die man einfach erwidern musste, manchmal ohne sich dessen bewusst zu sein. Allerdings war es das Lächeln eines Hais. Teal biss sich auf die Unterlippe, als sein träges Grinsen auf seinem Gesicht erschien und er zufällig ihren Blick auffing, weil er gerade zu Nick schaute.

„Spektakuläre Keramik und Porzellan", wiederholte er und prostete seinem Bruder zu. Das Lächeln entglitt ihm ein wenig, da Teal keine Miene verzog.

13

„Ja, klasse." Nick grinste breit und zufrieden, doch das beschleunigte ihren Puls nicht so wie bei Zane. „Hergestellt in den Brennöfen in den chinesischen Provinzen Jiangxi und Guangdong während der Qing-Dynastie um 1723 bis 1735." In seinen blauen Augen lag ein triumphierendes Funkeln. „Selbst nachdem ich dem Historischen Museum Vietnam seinen Anteil gegeben habe, beträgt unser Anteil noch - was hast du geschätzt, Brian? Zweihundertfünfzigtausend?"

„Hübsche Summe." Alle am Tisch nickten zustimmend.

Teal fand, die Brüder sahen alle so dunkel und unzivilisiert aus wie ihre spanischen Vorfahren, was ihre strahlend blauen Augen umso irritierender hervorhob. Sie kamen ihr vor wie romantische Piraten, in moderne Zeiten versetzt. Ich brauche dringend Schlaf, dachte sie.

Das goldene Licht der untergehenden Sonne fiel in den Raum. Zwei Ventilatoren mit Rotorblättern aus dunklem Holz drehten sich langsam hoch oben an der Balkendecke. Am leicht unrunden Lauf des einen Ventilators konnte Teal erkennen, dass der Kondensator nicht mehr funktionierte und ausgetauscht werden musste.

Draußen schlugen die Wellen leise gegen die Pfähle des Anlegers, ein Geräusch, das beruhigend auf Teal wirkte. Sie blinzelte mit schweren Lidern. Die Männer konzentrierten sich auf Brian, und da sie praktisch hinter Nicks breiten Schultern verborgen war, sank sie tiefer auf ihrem Platz und legte unauffällig den Kopf auf die Stuhllehne. Es war ein Kampf, die von zu vielen schlaflosen Nächten brennenden Augen offen zu halten, aber da niemand auf sie achtete, schloss sie sie einfach.

Brians Stimme hob und senkte sich. Als Teal merkte, dass sie seinen Worten nicht mehr folgen konnte, schreckte sie hoch. Sie setzte sich wieder auf, rieb sich die Augen und versuchte, beteiligt auszusehen.

Zu ihrer Linken lümmelte Nick auf seinem Stuhl und drehte einen Kugelschreiber zwischen den langen, eleganten Fingern, während er zuhörte. Er trug Jeans und ein zerknittertes rotes T-Shirt. Seine nackten

Füße hatte er auf den Stuhl neben sich gelegt und an den Knöcheln übereinandergeschlagen, sodass Teal ihn im Profil sah. Somit bildete er einen soliden Schutzwall zwischen Zanes und Teals Blickrichtung.

Aus irgendeinem Grund, der ihr herzlich gleichgültig war, wurde Nick „Spock" genannt. Sein dunkles Haar reichte ihm bis hinunter auf die Schultern, und sein attraktives Gesicht war überwiegend hinter dem dichten schwarzen Bart verborgen. Der mittlere der Cutter-Brüder sah aus wie ein Höhlenmensch mit blauen Augen. Er hatte sie umarmt, als sie hereinkam, und gesagt, er freue sich, sie wiederzusehen. Teal bezweifelte, dass er sich überhaupt an sie erinnerte. Trotzdem war es eine nette Geste.

Logan saß ihr gegenüber. Vor zwei Wochen hatte er sie aus heiterem Himmel angerufen und sie telefonisch eingestellt. Er machte sich nicht die Mühe, sich nach Referenzen zu erkundigen. Sams Empfehlung genügte ihm vollauf. Zwar waren die Gründe, weshalb sie den Job angenommen hatte, übel. Aber Logans Timing hätte kaum besser sein können.

Im Gegensatz zu Nick sah Logan sehr gepflegt aus. Die Haare waren geschnitten, das Gesicht war glatt rasiert, Jeans und dunkles T-Shirt waren makellos. Seine Brüder nannten ihn „den Wolf", weil er so beherrscht und zielstrebig war. Er hörte Brian zu, hob hin und wieder die Hand, um eine Frage zu stellen, oder machte sich Notizen in einem schwarzen Notizbuch.

Was Teals Blick zurück auf das Kopfende des Tisches lenkte, wo Zane saß. Sie sahen einander so unvermittelt in die Augen, dass sie für einen Moment den Atem anhielt. Die Andeutung eines Lächelns umspielte seine Lippen, aber seine Miene verriet keine Regung. Gut. Ausgezeichnet. Fantastisch. Wenn er glaubte, er könnte sie mit seinem Charme um den Finger wickeln, hatte er sich geschnitten. Sie war immun gegen männliche Unwiderstehlichkeit. Insbesondere gegen Zanes. Zum Beweis sandte sie ihm einen kühlen Blick. Und diesmal sah sie nicht irgendwann weg, sondern hielt seinem Blick stand, bis er die Aufmerksamkeit wieder auf Logan richten musste.

Er trug Jeans und ein meerblaues T-Shirt, das zu seinen Augen passte. Eine wohlkalkulierte Wahl, mit der er die Farbe seiner Augen hervorheben wollte, dessen war sie sich sicher. Eitler Bastard. Seine tief gebräunten muskulösen Unterarme lagen auf der zerschrammten Tischplatte aus Holz. An seinem kräftigen Handgelenk trug er eine große multifunktionale Taucheruhr. Sein Vater hatte ihm diese Uhr zum sechzehnten Geburtstag geschenkt. Teal erinnerte sich so genau, weil das Armband sie irgendwann gekratzt und sie eine kleine Narbe an der Innenseite ihres Arms zurückbehalten hatte.

Sie unterdrückte einen Schauer beim Anblick seiner großen Hände, die für einen Abenteurer wie ihn erstaunlich elegant waren. Die Schwielen an den Handflächen hatten sich angefühlt wie raue Katzenzungen, als er ihr die Hand geschüttelt hatte.

Alles an ihm irritierte sie. Sie musste sich zusammennehmen, um nicht herumzuzappeln. Das hier würde bald genug vorbei sein. Bis dahin musste sie hart bleiben und sich beherrschen, um ihn nicht einfach an den Schultern zu packen und ihn anzuschreien: „Erinnerst du dich an mich?"

Während Nicks Haar zu lang war, war Logans zu ordentlich frisiert. Zanes Haar lag irgendwo dazwischen. Es war voll und glänzend, leicht gewellt und kinnlang, was seine harten Gesichtszüge sanfter machte. In einem Ohrläppchen trug er einen goldenen Ring - wie ein Pirat. Teal hätte darauf wetten können, dass die Frauen auf diesen Ohrring standen. Sie selbst hatte ihn früher sexy und romantisch gefunden. Zanes gebräunte Haut brachte seine erstaunlich blauen Augen noch mehr zur Geltung. Wie üblich war er unrasiert.

Und sie musste sich dringend zusammenreißen. Das einzig Positive, was sie aus diesem Meeting mitnahm, war die Erkenntnis, dass sie die jahrelange Schwärmerei für ihn überwunden hatte. Ihr Herz pochte nur deshalb so schnell, weil sie wütend war.

Sie schaute auf das glänzende Wasser draußen und blendete die Unterhaltung aus. Inzwischen ratterte der Archäologe Fakten, Daten und Superlative herunter.

Teal kaute an der ausgefransten Ecke ihres Daumennagels. Sam hatte die Brüder also darum gebeten, sie anzuheuern. Erstaunlich. Zane Cutter war es gewohnt, den Takt vorzugeben, und erwartete, dass alle mitgingen. Aber sie würde sich von ihm nicht einschüchtern lassen. Schließlich hatte sie ihre eigenen Gründe, den Job anzunehmen.

Allerdings wollte sie unter gar keinen Umständen mit Zane allein in See stechen. Erstens hatte sie keine Lust, tagein, tagaus in seiner Nähe zu sein. Das würde nur zu Problemen führen. Und zweitens wollte sie nicht auf den Schrotthaufen von einem Boot, den er sein eigen nannte. Es war ein Wunder, dass dieser von Rost zerfressene Kasten noch schwamm.

Vor allem aber wollte sie Zane Cutter unbedingt aus dem Weg gehen, weil sie auf dem Meer peinlicherweise schrecklich seekrank wurde.

Zwar war die Aussicht, sich auf Zanes Schuhe zu übergeben, einigermaßen verlockend. Aber anschließend würde sie sich aus Verlegenheit ins Meer stürzen müssen. Sicher, seine *Decrepit* - was übrigens passenderweise so viel hieß wie „klapprig" und „altersschwach" - brauchte dringend einen Motorflüsterer. Zane verbrachte so viel Zeit damit, die Frauen, über die er stolperte, zu verwöhnen und ins Bett zu bekommen, dass er sich wahrscheinlich nicht mehr genug um sein Boot kümmerte.

Ja, sie war eine ausgezeichnete Mechanikerin, aber zaubern konnte sie deswegen noch lange nicht.

Von gut aussehenden, charmanten Männern, die einfach nicht erwachsen werden wollten, bekam sie Ausschlag. Daran war ihr attraktiver Ex schuld. Seinetwegen hatte sie endgültig und für alle Zeiten genug von anziehenden, selbstbewussten Männern. Nie wieder würde sie sich verwundbar machen. Das hatte sie ein für alle Mal hinter sich.

Nicht, dass sie verbittert wäre. Aber mit Denny hatte sie ihre Lektion eben gelernt. Genau wie Zane stammte ihr Ex aus einer reichen Familie und genoss den Ruf, ein Playboy zu sein.

Naiverweise hatte sie geglaubt, durch sie würde er zur Ruhe kommen, weil er sie liebte. Er aber hatte sie eines Besseren belehrt. Lebe und lerne.

Es wäre weder besonders diplomatisch noch politisch korrekt, den ersten Auftrag der Cutters abzulehnen. So viel zu ihrem Vorsatz, sich nicht unterkriegen zu lassen. In Wahrheit knickte sie praktisch ein, besiegt von Zanes wundervollen blauen Augen und seinem lässigen Charme. Er hätte ja auch durchaus sagen können: „Geh auf die *Decrepit* oder pack erst gar nicht deine Sachen aus. Danke fürs Kommen." Stattdessen bot er ihr die Möglichkeit, in Sams Nähe zu sein.

Wenn Logan allerdings erwähnt hätte, dass sie mit Zane hinaus auf See fahren sollte, hätte sie sein großzügiges Angebot natürlich von vornherein abgelehnt.

Dann erinnerte sie sich daran, wie Sam geklungen hatte, als sie nach Logans Angebot mit ihm am Telefon gesprochen hatte. Eher leichthin hatte er gemeint, sie solle ruhig kommen, wenn sie wolle. Es gebe Platz für zwei gute Mechaniker auf Cutter Cay. Er hatte sie nicht darum gebeten, aber offenbar die Cutters. Sam hatte sie nie um irgendetwas gebeten. Wie sollte sie ihm also das jetzt verweigern?

In Gedanken wägte sie das Pro und Kontra ab, diesen Job anzunehmen.

Pro: An einem Motor arbeiten, der sie wirklich brauchte. Sie liebte es zu tauchen. Im Wasser zu sein war herrlich und machte

sie nicht seekrank. Sie würde näher bei Sam sein.

Kontra: Zane. Ein wochenlanger Aufenthalt an Bord seiner Klapperkiste. Bei jeder Welle gegen den Brechreiz ankämpfen müssen.

Jetzt sprach Logan, doch Teal schaute unwillkürlich immer wieder zu Zane am anderen Ende des Tisches. Das Haar fiel ihm in die Stirn, und er strich es mit seiner kräftigen gebräunten Hand fort. Die Cutters waren alle groß, gut einen Meter neunzig. Doch Zanes Präsenz, seine Ausstrahlung, ließ ihn überlebensgroß erscheinen. So war es schon immer gewesen.

Sie versuchte, sich auf die interessanten Fragen zu konzentrieren, die nun an Brian gerichtet wurden. Aber die Hitze der untergehenden Sonne, die durch die Fensterfront hereinschien, wirkte zusammen mit Logans monotoner, tiefer Stimme einschläfernd. Teal sehnte sich nach einer kalten Dusche und einem weichen Bett. Nicht unbedingt in dieser Reihenfolge.

Dann versuchte sie, sich unauffällig zu strecken, um die Verspannungen in ihrem Rücken zu lösen. Sie unterdrückte ein Gähnen. Der Flug von Alabama, die unerwartete Übernachtung in Miami, während nach ihrem Gepäck gesucht wurde, die rasche Abfertigung in Tortola, um den Helikopter nach Cutter Cay noch zu erwischen, und schließlich das Meeting, in das sie völlig unvorbereitet gestolpert war - all das hatte sie erschöpft. Dabei hätte sie gerade jetzt einen wachen Verstand gebraucht.

Zane erinnerte sich nicht mehr an sie. Sie schluckte den bitteren Geschmack im Mund herunter. Was, wenn die erzwungene Nähe auf engstem Raum seine Erinnerung weckte? Sie kaute das, was von ihrem Daumennagel noch übrig war, ab. Auf der Insel zu bleiben würde sie mit ganz anderen Komplikationen und Fallstricken konfrontieren. Nach diesem Treffen würde sie zu Sam gehen müssen. Ein weiterer schwieriger Mann. Während ihr Vater mit seiner Krankheit kämpfte, würde sie für ihn einspringen. Dadurch hatte sie einen Job, wenn auch nur vorübergehend. Und eine sichere Unterkunft. Ebenfalls vorübergehend. Sie könnte mit ihrem einzigen lebenden Verwandten Zeit verbringen. Noch lebenden Verwandten.

Sie verlagerte ihr Gewicht, um bequemer zu sitzen. An der linken Pobacke spürte sie das kratzige Stuhlpolster, an der rechten die wärmende Sonne. Nick sprach über den Wert des kostbaren blauweißen Porzellans, und Diego meldete sich wegen seines Goldes zu Wort. Die Männer würden gar nicht merken, wenn sie die Augen wenigstens für ein paar Minuten zumachte.

Sie träumte, dass sie auf einem mit kühlen weißen Laken bezogenen Bett lag, während ein gebräunter nackter Mann Goldmünzen auf ihren nackten Körper regnen ließ und Tee in einer blauweißen Porzellantasse servierte.

TWO

Logan sah von seinen Notizen auf. „Du hast ihr ziemlich zugesetzt", wandte er sich an Zane.

Teal war eingeschlafen. Hier wurde über Schätze im Wert von Millionen diskutiert, doch Zanes Mechanikerin/Taucherin/Nervensäge schlief tief und fest. Im Licht der Sonne, die durch die Fenster schien, leuchtete ihre Haut und ließ sie nicht mehr ganz so blass aussehen. Allerdings wirkte ihre zusammengesunkene Haltung auf dem Stuhl sehr unbequem.

„Sam will sie hier haben", erinnerte Zane ihn. Sein Bruder musste ihn nicht darauf aufmerksam machen, dass er sich wie ein Mistkerl verhalten hatte. Er kam sich schon wie ein Tyrann vor, und das gefiel ihm nicht. „Und, ehrlich gesagt, will ich sie auch haben. Als sie nicht nachgeben wollte, habe ich nur getan, was nötig war."

„Sie sollte nicht wissen, dass er derjenige war, der darum gebeten hat. Das war ihm wichtig", sagte Logan.

„Tja, dann ist er eben ein Idiot", konterte Zane. „Er muss sich mit ihr in Verbindung setzen, bevor es zu spät ist."

„Das ist aber nicht unsere Sache."

„Schon klar." Zane verstand nicht, wie zwei Menschen, die miteinander verwandt waren, so wenig kommunizieren konnten. Sam und Teal hatten wirklich eine eigenartige Beziehung. Wann immer er sie in den vergangenen - wie viel eigentlich? Zwanzig? - Jahren zusammen gesehen hatte, kamen sie ihm vor wie zwei Fremde. Teal war schon lange nicht mehr auf Cutter Cay gewesen. Wenn Zane darüber nachdachte, schienen die beiden um eine Beziehung herumzuschleichen. Das verstand er nicht. Warum setzten sie sich nicht einfach zusammen und unterhielten sich mal?

„Ich werde improvisieren", erklärte er seinem älteren Bruder. „Wenn sie nicht damit klarkommt, so weit von ihm entfernt zu sein, schicke ich sie zurück." Mann, das würde seine Pläne gründlich durchkreuzen. Aber er wollte eine Frau nicht dazu zwingen, dort zu sein, wo sie nicht sein wollte. Ganz gleich, wie sehr ihm das entgegenkäme.

„Na schön. Wo waren wir stehen geblieben?"

Zurück zum Geschäft. Gut. Zane sah zu Teal. Sie schnarchte. Zwar handelte es sich um ein leises, damenhaftes Geräusch, aber es war unmissverständlich ein Schnarchen. Er tauschte einen amüsierten Blick mit Nick. Sein Bruder formte mit den Lippen lautlos das Wort „süß".

Zane schüttelte den Kopf und flüsterte: „Wie ein kleiner stachliger Seeigel."

„Gut, Ace", wandte sich Logan an Zane. „Du hast das Wort."

„Angesichts der Tatsache, dass wir fünfzehn Prozent der Zuhörer verloren haben, werde ich mich kurz fassen." Zane lehnte sich grinsend zurück. „Vier Jahre, und die *Vrijheid* lag praktisch die ganze Zeit vor unserer Nase." Seine beiden Brüder hatten im vergangenen Jahr große Entdeckungen gemacht, während Zane vergeblich auf eigene Faust geforscht hatte. Es war eine Frage des Stolzes. Na ja, und es ging um die Zehntausend-Dollar-Wette, die sie jedes Jahr abschlossen. Derjenige von ihnen, der innerhalb von zwölf Monaten den größten Fang machte, erhielt den Chefposten mit den entsprechenden Vergünstigungen für das nächste Jahr sowie den Wetteinsatz. Logan war seit fünf Jahren Chef des Unternehmens. Es wurde Zeit, ihn zu entthronen.

Konkurrenz gehörte ganz natürlich zum Cutter-Clan. Sie kämpften nicht verbissen, aber doch entschlossen. Und es ging, wie gesagt, um den Stolz. Zwei Monate blieben ihm noch. Und der Schatz, mit dem Zane auf dem gänzlich unerforschten Wrack der *Vrijheid* rechnete, übertraf alles bisher Dagewesene. Es sah ganz nach einem Sieg für ihn aus - vorausgesetzt, es gelang ihm, vor den Stürmen dort zu sein, die Teile des Wracks mit Sandschichten bedecken würden. Und falls er seinen Motor noch einmal zur Höchstleistung bringen konnte, bevor er sich einen neuen kaufte.

„Manchmal ist das, wonach wir suchen, direkt vor unserer Nase." Logan drehte den Kopf nach links und rechts, um die Verspannungen in seinen Schultern zu lösen. Die Sonne versank am Horizont, sodass die Schatten im Raum länger wurden. Mittlerweile redeten sie schon seit Stunden. Zane liebte seine Brüder und respektierte sowohl Brian als auch Diego. Aber er wäre jetzt lieber auf dem spiegelglatten auberginefarbenen Wasser unterwegs, statt hier drin zu sitzen.

Nick stand auf und nahm sich ein Bier aus dem Kühlschrank in der Ecke. Er hielt die Flasche hoch und nahm die Bestellungen entgegen. Mit mehreren gekühlten Flaschen kehrte er zurück und verteilte sie. „Wen nimmst du mit?", erkundigte er sich.

„Die Berlands." Maggie und Ben waren schon dutzende Male mit Zane getaucht und deshalb immer seine erste Wahl. Maggie war Meeresarchäologin und zudem eine ausgezeichnete Taucherin. Ben, ein pensionierter Lehrer, war seiner Frau vor mehr als dreißig Jahren auf die Inseln gefolgt.

„Das Timing ist gut. Uns bleibt noch ein Monat Zeit, bevor das Wetter schlecht wird, und das Baby von Catherine und Liz kommt auch erst nächsten Monat zur Welt. Maggie und Ben wollen nämlich nicht auf der anderen Seite des Universums sein, wenn ihre zweite Enkelin geboren wird."

„Kommst du nach wie vor damit klar?", fragte Nick, hob seine Flasche an den Mund und wartete einen Moment, ehe er trank.

„Ich bin bloß der Spender", erinnerte Zane ihn und warf einen Seitenblick auf seine Mechanikerin, die in einer schrägen Haltung auf ihrem Stuhl zwischen Nick und Diego schlief. Die Geschichte ging sie nichts an, und es war auch nicht sein Geheimnis. Catherine, die Tochter der Berlands, hatte gemeinsam mit ihrer Partnerin Liz durch künstliche Befruchtung bereits eine Tochter bekommen. Zane war damals der Samenspender gewesen. Jetzt war Liz schwanger, ebenfalls durch seine Spende. „Du solltest sie unbedingt besuchen und Jessie kennenlernen, bevor du wieder aufbrichst", sagte Zane zu Nick, der schon unterwegs gewesen war, als die erste Tochter des Paares geboren wurde. „Sie ist eine echte kleine Prinzessin und ein verdammt süßes Kind."

„Ich kann mir gar nicht vorstellen, dass du eine Tochter hast. Geschweige denn zwei."

„Habe ich ja auch nicht. Cat und Liz haben sie." Sein mittlerer Bruder erinnerte ihn an einen wilden Dschungelrebellen. Nick ging noch einem kleinen Nebenerwerb nach, der vermutlich für seinen Aufzug verantwortlich war. Zane musterte ihn skeptisch. „Gibt es eigentlich keine Friseure in Vietnam?"

Nick sah fit, zufrieden und tief gebräunt von seiner Reise aus. „Ich hatte keine Zeit", antwortete er.

Ja, Zane verstand. Nick hatte sich noch mit etwas anderem als Tauchen beschäftigt. Wenn man jedoch mit der Bergung eines Schatzes beschäftigt war, konnte man sich um derart unwichtige Dinge wie Haareschneiden und Rasieren nicht mehr kümmern. Und wenn ein Mann nebenher auch noch etwas laufen hatte, erklärte das schon mal sein ungepflegtes Äußeres.

„Wen nimmst du noch mit?", wollte Logan wissen, ohne von seinen Notizen aufzublicken. Er schien nicht ganz bei der Sache zu sein, was ungewöhnlich für ihn war.

„Dummerweise hat Garth Sead sich letzte Woche beim Fallschirmspringen das Bein gebrochen. Uns fehlt also jemand. Sie wäre ein guter Ersatz", sagte Zane und deutete mit dem Kopf in Teals Richtung.

„Ja, sie ist auch eine ausgezeichnete Taucherin. Du hast Glück", meinte Logan. „Sam hat uns einen Gefallen getan, glaube ich. Wirst du unterwegs deine üblichen Verdächtigen einsammeln?" „Ja." Er hatte bereits einige weitere zuverlässige Taucher angeheuert. Wie konnte sie bloß mit dieser Kopfhaltung schlafen? Sie musste ziemlich erschöpft sein, um verdreht wie eine Brezel so tief und fest zu schlafen.

„Sie ist also eine Holländerin?", fragte Diego neugierig. Seine Frage bezog sich auf die Vrijbeid, nicht auf Teal. Die meisten Wracks, die in der Karibik gefunden wurden, kamen aus Spanien. Während er sprach, beugte er sich zu Teal hinüber, um die Spitze ihres Kragens wegzuziehen, damit sie ihr im Schlaf nicht ins Auge stach.

Zanes Miene verdüsterte sich. Es gab überhaupt keinen Grund, sie anzufassen. Sie merkte ja nicht einmal, dass über sie geredet wurde. Wie sollte sie da mitbekommen, wenn ein kleines Stück Stoff ihre Wange streifte?

„VOC?" Diegos Frage bezog sich auf die Vereenigde Oost-Indische Compagnie oder die Dutch United East India Company. Die Niederländische Ostindische Kompanie hatte früher die asiatische und die pazifische Route befahren.

„Inoffiziell." Seltsam besitzergreifende Empfindungen regten sich in Zane, als Diego seine Mechanikerin berührte. Das gefiel ihm nicht. „Die Berlands und ich haben sie vor einem Monat entdeckt. Es wird viel Gold und Silber auf dem Schiff sein. Und auf der Frachtgutliste stehen Edelsteine. Kolumbianische Smaragde. Muzo- und Chivor-Smaragde."

Nick stieß einen anerkennenden Pfiff aus. Logans Augen funkelten gierig; Zane hatte ihm schon vor zwei Wochen von den Smaragden erzählt. „Wir reden von etwa einhundertachtzig Karat", fuhr Zane fort. „Tja, Leute, ich glaube also, dass ich mir diesmal wirklich den Zehntausend-Dollar-Pott hole und ihr mir meinen neuen Motor für die *Decrepit* kaufen müsst, Gentlemen."

„Zuerst musst du den Schatz mal heben und nach Hause bringen", entgegnete Nick und warf die leere Bierflasche quer durch den Raum. Sie prallte gegen die raue Holzwand und landete im Mülleimer.

Zane grinste. „Oh, ihr Kleingläubigen. Pass auf und lern von mir, Spock."

Nur vierzig Minuten? Die Fahrt zwischen Cutter Cay und Tortola schien eine Ewigkeit zu dauern. Dabei hatte die *Decrepit* gerade erst abgelegt. Die schreckliche Übelkeit hatte in dem Augenblick begonnen, als Teal ihren Fuß auf das Schiff setzte - obwohl die See glatt wie blaues Glas war. Sie klammerte sich an die Reling auf dem Achterschiff, hob das Gesicht in die warme Brise und versuchte, ihren rebellierenden Magen zu beruhigen, indem sie die salzige Luft einatmete.

Als ob ihr Magen daran dächte, sich zu beruhigen. Wenn sie die Übelkeit nicht mehr spüren wollte, würde sie schon ins Koma fallen müssen. Aus Erfahrung wusste sie, dass die Seekrankheit nach ein paar Tagen nachließ. Zum Glück. Bis dahin würde sie darauf achten, dass Casanova nichts davon mitbekam.

Die *Decrepit* war nur noch durch das lange, weiß schäumende Band des Kielwassers mit der Insel verbunden. Die Gischt kühlte Teals erhitzte Wangen. Dennoch schaffte sie es nicht, auf die sanften Wellen des Kielwassers hinunterzuschauen.

Der Abstand zwischen der Insel und dem Schiff wurde größer. Teal wäre am liebsten gestorben. Würde irgendjemand es bemerken, wenn sie von Bord sprang? Wahrscheinlich erst, wenn dieser erbärmliche Motor den Geist auf gab. Aus derNähe machte die *Decrepit* einen noch schlimmeren Eindruck als von Weitem.

Sie erschauerte bei der Vorstellung, wie der Maschinenraum wohl aussah, wenn man diesen Idioten nicht einmal dazu hatte bringen können, sein Boot zu streichen. Na ja, Sam hatte sich mit um die

Instandhaltung gekümmert, das ließ sie hoffen, dass es nicht allzu schlecht um die Maschine bestellt war.

Sobald ihr vor Übelkeit nicht mehr schwarz vor Augen war, wollte sie einen Blick in das Wartungsbuch werfen. Vermutlich war das Öl schon schlecht. Hoffentlich waren die Lager nicht hinüber, sonst müsste sie die Kurbelwellen und Pleuelstangen überholen. Bei dem Gedanken daran, wie teuer das werden würde, musste sie grinsen.

Sehnsüchtig schaute sie zurück zur Insel, die selbst von hier aus wunderschön aussah. Wie ein Smaragd in einer kostbaren Saphirfassung. Ein kleiner erloschener Vulkan erhob sich ungefähr hundert Meter über der üppigen Vegetation. Schon seit Jahrtausenden ergoss sich Süßwasser vom höchsten Punkt der Insel ins Meer und hatte einen Teil des riesigen Korallenriffs absterben lassen. Die ungekennzeichneten und gefährlichen Korallenspitzen unmittelbar unter der Wasseroberfläche stellten tödliche Fallen dar, selbst für die kleinsten Boote.

Den aufgewühlten weißen Sand unter Wasser konnte man nur aus der Luft sehen, was die Passage zu einem Wagnis machte. Der Weg in den Hafen von Cutter Cay war eng und extrem gefährlich. Drei Seiten der sieben Morgen großen Insel bestanden aus Granitklippen, die zudem umgeben waren von einem Ring nahezu undurchdringlicher Korallenriffe. Die sandige Passage war der einzige Weg, auf dem ein Boot die Insel erreichen konnte. Und selbst wenn man von dieser Durchfahrt wusste, war es schwierig, zwischen den scharfen Korallen hindurchzunavigieren. Ein einziger Fehler und man war erledigt. Allerdings eignete sich dieser Ort ausgezeichnet dazu, einen Schatz zu verstecken.

Vorn in der Mitte stand das Counting House, ganz in der Nähe des Anlegers. Das imposante Gebäude stellte eine Art Tor dar, das man auf dem Weg zu den Häusern und Hütten am Hang passieren musste. Am Anleger waren drei große Taucherboote vertäut, außerdem ein halbes Dutzend Segelboote mit Segeln in allen Farben. Im Hintergrund erhoben sich die Hügel bis zum flachen Kamm des Vulkans. Wie unordentlich aufgefädelte bunte Perlen schienen die Hütten sich an den Hang zu klammern. Einige waren dauerhaft bewohnt, andere dienten zur Unterbringung der Besucher von Cutter Cay, seien es Freunde oder Investoren. Das riesige, ultramoderne Haus auf der Windseite gehörte Zane.

Teal rieb sich die Oberarme und blickte finster in die Gischt. Sie hatte Nein gesagt. Und sie hatte Nein gemeint. Trotzdem war sie jetzt hier. Hatte Sam das wirklich gewollt?

Ob es nun Fakt war oder Fiktion, faustgroße Smaragde würden nicht nur die Behandlungskosten ihres Vaters decken, sondern ihr auch die Gründung ihres eigenen Unternehmens ermöglichen. Nie mehr wäre sie dann auf andere angewiesen. Natürlich konnte es sich auch als kompletter Blödsinn entpuppen, was Zane über die Smaragde erzählt hatte. Vielleicht fanden sie überhaupt keinen Schatz. Eine prozentuale Beteiligung an nichts wäre eine dicke fette Null.

Sie hörte Zane lachen, als er sich mit den Männern unterhielt, aber sie drehte sich nicht um. Sie hasste es, sich wie ein kleines Kind zu fühlen, das sich die Nase an der Schaufensterscheibe des Spielzeugladens platt drückte. Geh hin, sagte sie sich. Du gehörst zum Team. Doch ihre Füße rührten sich nicht von der Stelle.

Aus dem Augenwinkel beobachtete sie, wie der blonde Typ gestikulierend und mit einer Reihe von Grimassen offenbar eine urkomische Story zum Besten gab. Obwohl Teal ihn nicht hören konnte, musste sie lächeln.

Das Lächeln gefror ihr jedoch im Gesicht, als ihr Blick weiter zu Zane wanderte - seine nackte Brust glänzte im Sonnenlicht, und sein Ohrring funkelte, während seine Schultern vor Lachen bebten. Er sah lebendiger und energiegeladener aus als jeder andere Mann, dem sie jemals begegnet war. Zane Cutter kam ihr vor wie eine Naturgewalt, und ihn so unbekümmert und glücklich zu erleben schnürte ihr die Kehle zu.

Sie war nicht die Einzige gewesen, die sich zu dem jüngsten der Cutter-Brüder hingezogen fühlte, als sie ihn Vorjahren kennenlernte. Alle auf der Insel liebten ihn, und er war jedermanns Freund. Sie beneidete ihn um seine Fähigkeit, Spaß zu haben, und um seine angeborene Gabe, Freundschaften zu schließen. Er repräsentierte all das, was sie nicht war. Das Chaos ihrer widersprüchlichen Gefühle für ihn machte sie wütend.

Teal beobachtete, wie er den Kopf zurückwarf und schallend lachte. Das Sonnenlicht fing sich in seinen dunklen Haaren und brachte den kleinen goldenen Piratenring in seinem Ohrläppchen zum Funkeln. Er boxte seinem Freund Ryan gegen die Schulter und gab seinerseits eine Story zum Besten, über die die Männer noch lauter lachten.

Plötzlich wurde ihr bewusst, dass sie in seine Richtung starrte, deshalb richtete sie den Blick schnell aufs Meer hinaus. Was, um alles in der Welt, machte sie hier auf diesem Schiff mit einem Freibeuter wie Zane? Offenbar hatte sie ihr restliches bisschen Verstand auch noch verloren.

In der Ferne schienen die Konturen der kleineren Nachbarinseln am Horizont zu schweben. Keine war nah genug, als dass man hätte hinschwimmen können. Zwar liebte sie es, im Wasser zu sein. Aber wegen ihrer grässlichen Seekrankheit hasste sie es zutiefst, auf dem Wasser zu sein. Und jetzt hatte sie noch jede Menge Wasser vor sich. Angesichts ihrer Übelkeit war es auch kein Trost, dass das Meer ziemlich ruhig war.

„Wie geht es Ihnen?", erkundigte Maggie Berland sich mitfühlend, als sie neben Teal an die Reling trat. Maggie war Anfang fünfzig, gebräunt, körperlich fit und ein freundlicher Mensch. Sie hatten sich einander auf dem Anleger vorgestellt, kurz bevor das Schiff ablegte. Jetzt reichte sie Teal eine kalte Flasche Wasser.

„Danke. Könnte nicht besser sein", antwortete Teal fröhlich, während sie gleichzeitig bittere Galle hinunterschlucken musste. Selbst die helle Tropensonne half nicht gegen die kalte Übelkeit, die ihr beständig die Kehle hinaufstieg.

„Halten Sie den Blick in die Ferne gerichtet, und trinken Sie kleine Schlucke, dann sind Sie im Nu seefest."

Das Problem war, dass der Horizont sich bewegte. Und schon allein bei der Vorstellung, irgendetwas zu schlucken, wo sie sich doch am liebsten übergeben wollte, zog sich ihr Magen verdächtig zusammen. „Da nehme ich lieber Gift."

„Denken Sie an etwas anderes", schlug Maggie vor und lächelte mitfühlend. „Kommen Sie, ich stelle Ihnen die anderen vor." Die Männer waren inzwischen unter Deck, um die Karten zu studieren.

„Vielleicht später." Die sanften Wogen schienen Maggie überhaupt nichts auszumachen. Teal hingegen drehte sich der Magen um. Noch fester klammerte sie sich an die Reling. Sie wusste genau, dass es nur noch wenige Minuten waren - vielleicht auch nur Sekunden -, bis sie sich übergeben musste. Deshalb stieß sie sich von der Reling ab und lief los. „Bin gleich wieder da." Erschrocken über Teals plötzlichen Abgang, rief Maggie: „Warten Sie! Wohin wollen ..."

„In den Maschinenraum." Der einzige Ort, an dem sie nie seekrank wurde. Der Dieselgeruch würde ihr helfen.

„In beengten Räumen wird es nur schlimmer ..."

Teal floh, torkelnd wie ein betrunkener Matrose, und bahnte sich den Weg durch eine Gruppe Männer im Salon. „Verzeihung. Danke. Entschuldigung. Danke." Ihr Mund war mit bitterem Speichel gefüllt. Sich am Geländer links und rechts festhaltend, rannte sie die Wendeltreppe hinunter, wobei sie drei Stufen auf einmal nahm.

In Panik schaute sie sich in dem schmalen Gang unten um. Welche Tür führte in den Maschinenraum? Der beruhigende Rhythmus der beiden V12-Viertakt-Dieselmotoren unter ihren Füßen war das Einzige, was ihre Übelkeit in Schach hielt. Sie hoffte nur - abgesehen von einem schnellen Tod -, dass die Seekrankheit ganz verschwinden würde, sobald sie die Nähe der Maschine spürte und roch.

Und falls es nicht funktionierte, wollte sie wenigstens irgendwo ungestört sein, wenn sie sich übergeben musste. Nämlich in drei, zwei...

„He, Süße, hast du dich verlaufen?"

Teals Blick wanderte an einem sauberen weißen T-Shirt hinauf, das über harten Bauchmuskeln spannte. Sie sah den gebräunten Hals, die frischen dunklen Bartstoppeln am Kinn, die gerade Nase und blickte schließlich in Zane Cutters strahlend blaue Augen.

Das darf nicht wahr sein, dachte sie und wäre am liebsten auf der Stelle gestorben.

In dem Moment, als er auf sie zukam, schlingerte das Boot, sodass sie das Gleichgewicht verlor. Sie schwankte und fand keinen Halt mehr. Jetzt hieß es, entweder auf die Nase zu fallen oder sich an Zane festzuklammern. Im Bruchteil einer Sekunde entschied sie sich für die erste Möglichkeit, denn sie wollte ihn auf keinen Fall berühren. Aber verdammt, sie fiel tatsächlich gegen seine Brust.

Die war hart. Und warm. Nein, nein, nein.

„He!" Er hielt sie an den Oberarmen fest und stellte sie wieder auf die Beine, als wöge sie nur so viel wie ein Wäschesack. Dabei streiften ihre Brüste seine muskulöse Brust. Diese Berührung glich einem elektrischen Schlag, der durch Teals Körper ging und ihr Gehirn verschmurgelte.

Natürlich errötete sie wie eine Idiotin. Der physische Kontakt war zu viel. Sie konnte nicht mehr atmen, nicht mehr denken. Sie spürte seinen leicht nach Kaffee duftenden Atem auf ihren Lippen und die Wärme seines Körpers durch ihre Kleidung hindurch. Sein Griff an ihren Armen wurde fester. Benommen blinzelnd sah sie ihn an. Der Moment schien eine Ewigkeit zu dauern.

Er schaute auf sie hinunter. „Alles in Ordnung?"

Teal stand da und atmete noch ein paar Sekunden lang den Duft seiner Haut ein, während ihr Herz raste und ihre Gehirnzellen allmählich wieder die Verbindung untereinander aufnahmen.

Seine besorgte Miene wich einem Lächeln. Einem verdammt selbstsicheren Lächeln. „Bist du ..."

Ihre Übelkeit kehrte mit voller Wucht zurück. Sie biss die Zähne zusammen und schlug mit der flachen Hand auf seinen Bauch. „Aus ... dem ... Weg."

„Die sind da oben und beobachten uns, nicht wahr?", fragte Teal Maggie. Nachdem sie endlich wieder die Toilette verlassen konnte, war von Zane zum Glück nichts mehr zu sehen gewesen. Aber sie wusste, dass er und einige der Männer oben auf der Brücke waren, von wo aus sie wie die Herrscher der Meere alles überblicken konnten.

Es war ein bisschen zu spät für die Erkenntnis, dass es ein kolossaler Fehler gewesen war, in die Karibik zu reisen, Sam hin oder her. Sie hätte vorhin lieber einen Sturz und einen Nasenbeinbruch in Kauf nehmen sollen, statt sich von Zane berühren zu lassen. Noch immer konnte sie seine Hände auf ihren Armen spüren, wie die Nachwirkungen eines schlimmen Sonnenbrandes.

Kein ... Anfassen ... mehr. Und wie, bitte schön, sollte sie über die Weltmeere segeln, wenn sich ihr ständig der Magen umdrehte?

Maggie grinste. „Nicht uns, sondern Sie."

„Na klasse." Teal widerstand dem Impuls, die Schultern hochzuziehen, und sah stattdessen einfach geradeaus.

Maggie schien nett zu sein. Ihre Haut war auf wunderschöne Weise goldbraun, ihr Lächeln ansteckend, ihre Augen waren grau. Sie und ihr Mann Ben gehörten zu Zanes Team. Bisher hatte Teal ihn noch nicht kennengelernt. Er war zusammen mit Zane bereits an Bord gewesen, als sie widerstrebend ankam.

Die ältere Frau musterte sie amüsiert unter der Krempe ihres Strohcowboyhuts hervor. „Sie sind immer noch ein bisschen grün im Gesicht."

Eine leicht grüne Gesichtsfarbe war nicht halb so schlimm wie diese grässliche Übelkeit. „Es geht schon." Sie registrierte Zanes Blick von oben und erschauerte. Dann verfinsterte sich ihre Miene. „Man braucht doch sicher keine drei Leute, um ein kleines Boot zu lenken." Vielleicht hatte sie ja Glück, und der Schrotthaufen sank auf der Stelle, erst eine Meile von Cutter Cay entfernt.

Maggie sah sie skeptisch an. „Sie nennen ein zehn Meter breites und dreißig Meter langes Schiff von dreihundert Bruttoregistertonnen ein kleines Boot?"

„Alles, was kleiner als ein Kontinent ist, kommt mir winzig vor, wenn es auf dem Wasser schwimmt." Der Idiot dort oben auf der Brücke hatte sie „Süße" genannt. Sie wusste selbst nicht genau, weshalb sie wütend war. Eine Frau auf diese Weise anzureden war für einen Mann eine elegante Methode, um zu kaschieren, dass er sich nicht mehr an ihren Namen erinnerte.

Maggie hielt ihren Hut fest, während sie an der Reling lehnte. „Wie finden Sie die Brüder?", fragte sie mit gespielter Beiläufigkeit.

Teal hielt den Blick fest auf die Insel gerichtet, die allmählich immer kleiner wurde. An Zurückschwimmen war bei der Entfernung nicht mehr zu denken. Dass sie schon wieder zum Oberdeck hinaufsah, merkte sie erst, als Zane ihrem Blick begegnete. Breit grinsend prostete er ihr mit seiner Coladose zu.

Wie nett von ihm, dachte Teal mürrisch und wandte sich wieder ihrer Gesprächspartnerin zu. „Zane hält sich für Gottes Geschenk an die Frauen. Er ist zu ..." Sie hatte eine Nanosekunde zu schnell reagiert, um ihre Antwort zu kontrollieren. Die tropische Sonne, die auf ihre Schultern und ihre Baseballkappe herunterbrannte, hatte nichts damit zu tun, dass ihr Gesicht vor Ärger glühte. *Halt den Mund.* „Wie lange kennen Sie die Männer denn, Maggie?" Sie wechselte einfach das Thema, um nicht mehr an diese intensiven blauen Augen denken zu müssen.

Maggie lehnte sich zurück, wobei sie die Ellbogen auf die metallene Reling stützte. In ihren weißen Shorts, dem dunkelblauen Trägertop und mit vom Wind zerzausten Haaren sah sie aus wie Anfang zwanzig. Gute Gene. Hinter ihr tanzte das Sonnenlicht wie Diamanten auf blaugrüner Seide. Teal verspürte Lust, in das warme Wasser zu springen, um dem drohenden Tod durch Übelkeit zu entrinnen.

„Ich kenne die Jungs schon, seit sie klein waren. Sie besuchten alle die Schule in St. Maarten. Ben und ich haben vor etwa zehn Jahren angefangen, mit Zane zu arbeiten. Er und unsere Tochter Cat sind sehr gut befreundet. Wir mögen ihn sehr. Er ist einer der aufrichtigsten, loyalsten und fröhlichsten Menschen, die ich kenne. Wir lieben ihn wie einen Sohn."

Aufrichtig, loyal und fröhlich - das klang nach der Beschreibung für einen Golden Retriever. Es klang aber auch wie eine versteckte Warnung an Teal, sie solle sich lieber vom Freund der Tochter fernhalten. Teal hätte Maggie versichern können, dass eine solche Warnung vollkommen überflüssig war. Sie war nicht sein Typ, falls er überhaupt einen bestimmten Frauentyp favorisierte. Vermutlich ergab sich bei jeder Frau, die ihm über den Weg lief, ein Fall von spontaner gegenseitiger Anziehung. Dazu brauchte es bloß eine Gelegenheit und eine willige Frau. Maggies Tochter war dem Casanova der Karibik vermutlich mehr als willkommen.

„Ich hoffe, wir beide können auch Freunde sein", fuhr Maggie fort.

Teal fiel es schwer, Freundschaften zu schließen. Da sie als Kind und Jugendliche so scheu gewesen war, hatte sie sich stets als Außenseiterin gefühlt. Das war selbst heute noch nicht leicht abzuschütteln. Noch immer kam sie sich manchmal wie eine Außenstehende vor, die das Geschehen mit Distanz beobachtete. Die Jahre mit Denny hatten nur verfestigt, was mit ihrer Mutter und Sam begonnen hatte. „Ja, gern", erwiderte sie nach kurzem Zögern und meinte es auch so.

„Gut." Maggies Ton war forsch und fröhlich. „Kommen Sie, Schätzchen", sagte sie und zupfte am Schirm von Teals Kappe. „Gehen wir ein Stück spazieren. Das wird Ihrem Bauch guttun." Das bezweifelte Teal ernsthaft. Trotzdem begleitete sie die Meeresarchäologin. Sie nahm die Baseballkappe ab, fuhr sich durch die kurzen feuchten Haare und schob die Kappe in die Gesäßtasche ihrer Cargopants. Die Sonne fühlte sich angenehm an auf ihrer Haut. Das Beste aber war, dass sie Tortola näher kommen sah. Land in Sicht, endlich!

„Zu was?", wollte Maggie wissen, als sie in den Schatten des zerbeulten gelben Krans am Bug traten. Sie blieben stehen und schauten auf das vor ihnen liegende Land.

So nah und doch so fern. Teals Magen hob sich erneut alarmierend. Tief atmete sie die salzige Luft ein. Sobald sie anlegten, würde sie von Bord springen und den festen Boden unter ihren Füßen küssen. Und ihr war egal, wer dabei zusah. Fragend schaute sie Maggie an. „Ich verstehe nicht ganz."

„Sie meinten vorhin, Zane sei zu ... was? Sie haben den Satz nicht beendet."

Zane war die letzte Person, über die sie reden wollte. Erst recht mit einer Frau, die sie nicht richtig kannte und die diesen Mann bereits für ihren zukünftigen Schwiegersohn hielt.

Teal rieb sich den Nacken, während sie zusehen konnte, wie Tortola größer und größer wurde. Noch immer war sie sich der Tatsache nur allzu bewusst, dass sie von oben beobachtet wurde. Hoffentlich würde Zane nach ein paar Tagen nicht mehr merken, dass sie sich auf seinem Schiff aufhielt. Oder sich womöglich daran erinnern, dass dieses schüchterne Mädchen früher zwei Wochen im Jahr auf seiner Insel verbracht hatte.

Im Grunde hatte sie die Cutter-Brüder ja auch kaum gesehen. Die Hälfte der Zeit, in der sie Sam besucht hatte, waren die Jungen mit ihrem Vater auf Bergungstouren gewesen. Bei der Beerdigung ihres Vaters hatten sie Teal kaum erkannt. Gerade dieser Besuch war ihr besonders im Gedächtnis geblieben.

Sofort fing Teals Herz wieder an zu pochen, und ein heißkalter Schauer überlief sie von Kopf bis Fuß. Himmel! „Zu gut aussehend", ergänzte sie unvermittelt und sah dabei geradeaus. Es war dumm, überhaupt etwas zu sagen. Umso mehr, als sie dadurch die Aufmerksamkeit stärker auf ein Thema lenkte, das sie doch eigentlich vermeiden wollte. „Zu sehr von sich selbst überzeugt. Zu reich. Zu charmant. Suchen Sie es sich aus."

Es spielte gar keine Rolle. Sie war einfach nicht scharf darauf, mit einem weiteren Mann zu tun zu haben, der sich aufgrund seines Reichtums und seines guten Aussehens überlegen fühlte. Mit einem Mann, der seinen Charme wie eine Waffe einsetzte.

„Das stimmt natürlich alles, aber wir sehen all diese Dinge als gute Eigenschaften, nicht als Fehler." Maggie lachte, und das Leuchten in ihren Augen verriet weibliches Verständnis. „Zane ist schon etwas Besonderes. Ich muss zugeben, dass ich eine ganz besondere Schwäche für ihn habe. Er ist so gesellig und auf reizende Weise dreist. Er besitzt eine wunderbare Ausstrahlung."

„Oh ja, und das weiß er auch."

„Wow", murmelte Maggie ein wenig verwirrt. „Dabei haben Sie ihn doch bestimmt seit sechs Jahren nicht mehr gesehen."

„Ich war zur Beerdigung hier." Achtzehn Monate, zweiundzwanzig Tage und vierzehn Stunden war das jetzt her. Nicht annähernd lang genug für ihren Geschmack. Trotz der Hitze spürte sie eine eisige Kälte im Innern. Tortola wurde immer größer. Das Wasser war so klar, dass sie Fische am hellen sandigen Grund schwimmen sehen konnte.

„Sie hegen jedenfalls starke Gefühle für Zane." Maggie war wie ein Hund, der sich an einem Knochen festgebissen hatte.

„Wie steht es mit Nick und Logan?"

Teal wollte über keinen der drei sprechen. Abgesehen von der Erwartung, endlich wieder an Land zu sein, wollte sie nur hinunter und ihre Maschine inspizieren. Je eher sie sich ein Bild von deren Zustand verschaffte, desto schneller konnte sie sich an die Arbeit machen.

„Ich kenne sie nicht richtig." Das würde eine höllisch lange Schiffsreise werden, wenn sie Zane und Maggies Fragen aus dem Weg gehen musste.

„Das mag sein, aber ich bin mir ziemlich sicher, dass Sie dennoch eine Meinung über sie haben."

Jetzt klang Maggie schon nicht mehr ganz so freundlich. Na toll, dachte Teal, nun ist sie sauer, weil ich ihren Golden Retriever nicht genauso anbete wie sie.

Sie bereute, der Frau ehrlich geantwortet zu haben, da sie dadurch vermutlich eine potenzielle Freundin auf dieser Reise verloren hatte. Es war eine tückische Sache, durch die Untiefen einer Freundschaft zu navigieren. Teal hatte es bereits vermurkst, obwohl sie noch keine Stunde an Bord waren.

„Ich finde Logan sehr zurückhaltend." Der älteste der Brüder wirkte eher grüblerisch. Sam hatte ihr einmal erzählt, er gelte als einsamer Wolf und als nicht besonders umgänglich. Nun, das traf auch auf sie zu. Allerdings wollte sie diesem oft düster dreinblickenden Cutter nicht allein in einer dunklen Gasse begegnen. Er machte sie nervös, aber auf andere Weise als Zane.

„Er scheint jemand zu sein, der am liebsten in Ruhe gelassen werden möchte", ergänzte sie diplomatisch. Obwohl er ihr den lebensrettenden Job angeboten hatte, Tausende Meilen weit weg von Orange Beach, Alabama, und Lichtjahre entfernt von San Francisco und Denny, würde sie hier lieber einen Bogen um ihn machen.

„Für Logan ist die Familie sehr wichtig. Wen er schätzt, dem ist er ein guter Freund. Es ist nicht schlecht, ihn auf seiner Seite zu haben."

Teal konnte sich gut vorstellen, dass er einen mächtigen Feind darstellte, wenn man ihm in die Quere kam. „Ich bin jedenfalls froh, dass er mir angeboten hat, für Sam einzuspringen." Sie fühlte ein Brennen hinter den Lidern. Für ihn einzuspringen - als sei der Krebs ihres Vaters heilbar. Als könnte er irgendwann in den Job zurückkehren, den er liebte. Zwischenmenschliche Beziehungen lagen ihr wirklich nicht. Da zog sie einen klopfenden Motor jederzeit vor. Ja, das hatte sie von Sam geerbt. Denny hatte sie eine unsoziale Außenseiterin genannt, nicht gesellschaftsfähig. Eine halbe Stunde in ihrer Gesellschaft, und Maggie wünschte zweifellos bereits, woanders zu sein.

Maschinen waren weitaus weniger kompliziert, und man konnte sich viel leichter mit ihnen unterhalten. Bei Maschinen lag man entweder richtig oder falsch. Dazwischen gab es nichts. Man musste nicht herumrätseln. Entweder sie funktionierten, oder sie funktionierten nicht. Wenn man sich einigermaßen Mühe gab und sie reparierte, liefen sie genau so, wie sie sollten.

Bei Menschen verhielt es sich völlig anders. Da konnte man sich so viel Mühe geben, wie man wollte. Man konnte versuchen, eine Beziehung zu reparieren, und trotzdem ging sie in die Brüche, egal, wie sehr man sich bemühte.

„Ich nehme an, für Nick haben Sie auch nicht allzu viel übrig?" Mittlerweile war Maggies Ton sogar kühl.

So ein Mist, dachte Teal. „Es ist nicht so, dass ich keinen der drei leiden kann. Ich kenne sie gar nicht gut genug, um mir ein Urteil zu bilden. Nick scheint jedenfalls ein solider Kerl zu sein." Aus ihren Ferien hatte sie ihn vage als kalt und gefühllos in Erinnerung. Ja, Spock passte perfekt zu ihm. Wie der Vulkanier aus „Star Trek" ließ er sich nie eine Regung anmerken. Andererseits hatte er sie gestern wirklich kurz umarmt, als sie zusammen mit Logan ins Counting House kam. Also war er vielleicht doch nicht so kalt und distanziert, wie sie ihn in Erinnerung hatte.

„Nick weiß genau, wer er ist. Lassen Sie sich von seiner kühlen Art nicht täuschen. Ebenso wie seine Brüder hängt er sehr an seiner Familie. Es ist schön, ihn zum Freund zu haben." Maggie berührte kurz Teals Arm. „Es sind gute Männer, Schätzchen. Geben Sie ihnen eine Chance. Und geben Sie sich selbst die Chance, zu erleben, was für ein großartiger Kerl Zane ist." Sie streichelte Teals Schulter. „Ich werde mich mal auf den Weg machen und sehen, ob Ben seine Blutdruckmedikamente genommen hat. Wollen Sie mich begleiten? Dann stelle ich Sie den anderen vor."

„Danke." Teal hatte schon Schmerzen in der Brust von dem Druck, nicht zusammenzubrechen. Zu dumm, dass sie nicht vor sich selbst davonlaufen konnte. Ihre Persönlichkeit hatte sie nicht bei Denny in San Francisco zurückgelassen. Wohin sie auch ging, ihre Unbeholfenheit im Umgang mit anderen Menschen würde sie immer verfolgen.

Sie war wirklich schrecklich in solchen Dingen. Unzulänglich und zwischenmenschlich einfach nur peinlich. „Mir ist immer noch ein bisschen übel", sagte sie. „Ich bleibe lieber noch eine Weile hier draußen. Gehen Sie nur, ich komme später nach. Danke noch mal für das Wasser."

„Setzen Sie die Kappe wieder auf", riet Maggie ihr, nachdem sie sie einen Moment lang auf unangenehme Weise gemustert hatte. Unter ihrem prüfenden Blick fühlte Teal sich äußerst verunsichert und kam sich noch unzulänglicher vor. „Bei Ihrer blassen Haut holen Sie sich schnell einen Sonnenbrand." Nach diesem Rat ging sie davon und verschwand hinter dem alten rostigen Kran aus Teals Blickfeld.

Teal würde nie erfahren, was sie als Erstes von Tortola wahrgenommen hätte, denn ihre Augen füllten sich mit Tränen. Sie hasste die Cutters dafür, sie ins Paradies eingeladen zu haben - und dafür, ihr die Chance zu geben, in Ordnung zu bringen, was in ihrem Leben falsch lief. Sie hasste sich selbst dafür, dass sie so schwach war und ihr Angebot angenommen hatte. Vor allem aber ärgerte sie sich darüber, dass sie geglaubt hatte, hier zu sein würde irgendetwas ändern.

THREE

Noch vor dem Abendessen ankerten sie, und im Salon war es still bis auf ein gelegentliches Papierrascheln. Durch die offenen Fenster wehte sanft die warme Nachtluft herein und ließ den Duft der Sandwiches, die Zane zum Abendessen zubereitet hatte, allmählich verfliegen. Seine Kochkünste beschränkten sich auf Sandwiches und Gegrilltes. Zum Glück würden sie abwechselnd kochen.

Das Meer war glatt, auf der Oberfläche spiegelten sich die Sterne und die Lichter des Schiffes.

Mehrere Lampen verbreiteten in dem Raum ein gemütliches Licht. Der Gemeinschaftsbereich war mit abgenutzten braunen Ledersofas, einem Kartentisch, übervollen Bücherregalen und einem großen Flachbildfernseher eingerichtet. Praktisch jede ebene Oberfläche, einschließlich des Frühstückstresens, der den Raum von der Kombüse trennte, war momentan mit Seekarten, Papieren und Büchern übersät. Saul Redding, der das Magnetometer bediente, schlief mit einem aufgeklappten Buch auf der Brust. Alle anderen lasen in den Quellen, die Zane in den vergangenen vier Jahren zusammengetragen hatte.

„Habt ihr Teal gesehen?", fragte Zane die Männer, als er von der Brücke kam.

Ryan Beck sah von einem alten Dokument auf, das er mit einer Lupe studierte. „Seit dem Abendessen nicht mehr." Er hatte von der Sonne gebleichtes Haar, und die Haut an seiner Nase pellte sich wie bei einem Surfer. Er war ein intelligenter Mann, einer von Zanes besten Tauchern und außerdem ein guter Freund.

„Ich glaube, sie ist unten im Maschinenraum", sagte Colson Clark, Maggies Assistent, und drehte sich mit seinem Sessel um. Er arbeitete an der langen Schreibtischfläche an einem der Computer. Der Collegestudent schob seine Brille auf der Nase hoch.

„Da werde ich anfangen zu suchen." Natürlich würde sie im Maschinenraum sein. Es war zehn Uhr abends. Wo sollte diese Frau um die Zeit sonst sein?

Zane schob die Tür zum Maschinenraum auf und trat ein. Der Raum war wie immer tadellos sauber. Die Motoren schwiegen, nur der Generator brummte leise.

Teal saß auf einer Decke auf dem Fußboden, den Kopf an die Wand gelehnt, die langen Beine ausgestreckt und an den Knöcheln übereinandergeschlagen. Sie hatte es sich mit mehreren Kissen im Rücken bequem gemacht und las ein Buch über heimische Fische. Da Ohrstöpsel in ihren Ohren steckten, hatte sie ihn offenbar nicht hereinkommen gehört.

Sie trug ein weites ausgewaschenes T-Shirt mit dem Aufdruck „Got Diesel?" in verblassten schwarzen Buchstaben. Dazu Boxershorts. Boxershorts? Zane stutzte. Okay, die Shorts waren weit geschnitten, aber trotzdem. Es war warm in dem Raum, und ein feiner Schweißfilm ließ ihre Haut verführerisch glänzen. Teal hatte cremefarbene, endlos lange Beine.

Das war verdammt noch mal einfach nicht fair. Er stand auf lange Beine, und die Tatsache, dass seine Maschinistin klasse Beine hatte, haute ihn einen Moment lang völlig um.

Wow! Wer hätte gedacht, dass sie unter ihrer schlabbrigen Kakihose solche Beine versteckte?

Zane ließ den Blick aufwärtsgleiten. Sie hatte geduscht und die kurzen dunklen Haare zurückgekämmt. Die Tage im Freien hatten ihr eine rosige Gesichtsfarbe beschert. Er registrierte die Sommersprossen auf ihrer kecken Nase. Zu seinem Erstaunen besaß sie eine natürliche erotische Ausstrahlung. Sie war auf geradezu heimtückische Weise sexy.

Oh nein, ermahnte er sich, als er das vertraute warme Gefühl verspürte, das sich beim Anblick ihrer kleinen festen Brüste unter dem Baumwoll-T-Shirt in ihm ausbreitete. Teal Williams war nicht zu seinem sexuellen Vergnügen hier. Im Gegenteil, sie war hier, weil er sich absolut nicht zu ihr hingezogen fühlte.

Das durfte er nicht vergessen. Auch nicht, wenn er sie dabei beobachtete, wie sie sich beim Lesen die Lippen befeuchtete. Was für ein Mund! Der war geschaffen für Dinge, von denen ein Mann in den dunklen Stunden der Nacht träumte. Verdammt...

Er ging zu ihr und tippte mit der Fußspitze gegen ihren Fuß, um ihre Aufmerksamkeit zu gewinnen. Erschrocken sah sie auf. Auch ihre Augen waren hübsch, musste er zugeben. Selbst wenn sie ihn ansah, als sei er etwas, das sie sich gerade vom Schuh gekratzt hatte.

„Du bist nicht zum Meeting nach dem Abendessen geblieben", begann er.

Lange dunkle Wimpern betonten ihre schokoladenbraunen Augen. Sie runzelte die Stirn. „Was?"

Er machte ihr ein Zeichen, dass sie die Ohrstöpsel herausnehmen sollte. Als sie der Aufforderung nachgekommen war, wiederholte er seine Frage. „Du hast eine Koje. Warum campierst du auf dem Fußboden?", fügte er dann hinzu.

Teal sah ihn mit großen Augen an. „Verstößt das gegen deine Regeln?"

„Ich habe keine Regeln."

„Dachte ich mir." Ungerührt schob sie die Ohrstöpsel wieder in die Ohren, nahm ihr Buch und stützte es auf ihre blassen Knie.

Konzentriere dich, ermahnte er sich im Stillen. Und sieh nicht ihre Beine an. Er zupfte ihr die Kopfhörer wieder heraus. „Du musst für die

Maschinen nicht den Babysitter spielen. Ich verspreche dir, dass sie morgen noch hier sein werden, auch wenn du nicht hier schläfst."

„Warum fahren wir nicht?", wollte sie wissen und klang dabei ein wenig griesgrämig.

„Weil wir vor drei Stunden geankert haben."

Sie schien aufzuhorchen. „Wir liegen im Hafen?"

„Nein, Teal, wir sind auf B-Siebzehn."

„Was bedeutet das?"

„Das ist der Codename für unser erstes Tauchgebiet. Was du auch wüsstest, wenn du dich nicht hierher verzogen hättest, und zwar noch bevor wir anderen mit dem Essen fertig waren." „Okay. Und?"

„Was und?"

„Und was willst du jetzt hier?"

„Es ist mein Schiff."

„Aber ich bin diejenige, die laut deinem königlichen Erlass für die Dauer der Reise für die Maschinen zuständig ist."

„Ich erwarte von dir nicht, dass du rund um die Uhr arbeitest." „Ich arbeite nicht." Sie hielt ihr Buch hoch. *Meeresfauna und -flora der Karibik.* „Ich lese."

Mann, sie konnte einen wirklich auf die Palme bringen. „Hast du Sam besucht, bevor wir in See gestochen sind?" Ein Themenwechsel war wohl angebracht. Aber als er ihren Gesichtsausdruck sah, wünschte er, sich für ein anderes Thema entschieden zu haben.

„Nein." Sie hielt das Buch so fest umklammert, dass ihre Fingerknöchel weiß hervortraten.

„Du kannst ihn jederzeit sehen, wenn du willst. Das Schnellboot bringt dich in einer Stunde hin."

Mit ausdrucksloser Miene sah sie ihn an. „Danke."

„Sam bedeutet uns allen etwas - und dir natürlich noch viel mehr. Er ist ein fabelhafter Kerl und gehört schon zur Familie. Seine Krankheit hat dich sicher schwer getroffen." Sam Williams litt an tödlichem Knochenkrebs und hatte vermutlich nur noch wenige

Monate zu leben. Eine genauere Prognose war schwierig, da der sture Hund sich weigerte, ins Krankenhaus zu gehen. Seit Monaten war er auch nicht mehr beim Arzt gewesen.

Zane hatte ein schlechtes Gewissen, weil er Teal so unter Druck gesetzt hatte, an dieser Bergung teilzunehmen. Eigentlich sollte sie auf Cutter Cay sein und Zeit mit ihrem Vater verbringen.

Er wollte ihr gerade erklären, dass er sie zurückbringen lassen würde, als sie wieder sprach.

„Er verweigert jede Behandlung, deshalb nehme ich an, dass er sich mit seinem Sterben abgefunden hat." Ihr Blick verriet keinerlei Anteilnahme. „Ehe wir ausgelaufen sind, hat er mir eine Nachricht zukommen lassen. Darin hieß es, er fühle sich zu müde, um mich zu sehen. Er schien nicht daran interessiert zu sein, zu erfahren, wie ich mit seinem Zustand klarkomme." Sie schluckte. Es war offensichtlich, dass ihre Gelassenheit nur äußerlich war. „Tatsache ist, dass ich es nicht ändern kann. Wenn er mich sehen will, werde ich ihn besuchen. Er kann sich ja jederzeit hier melden."

Ihre Stimme war kühl, doch ihre großen braunen Augen verrieten ihre wahre Gefühlslage. Vermutlich wäre es Zane entgangen, wenn er nicht so damit beschäftigt gewesen wäre, nicht auf ihre Brüste unter dem T-Shirt zu starren.

Sam hatte sie also nicht darum gebeten zu bleiben. Um ein Haar hätte Zane gestöhnt. Du meine Güte, der Apfel fiel wirklich nicht weit vom Stamm. Die beiden Williams waren stur, nicht besonders umgänglich und vor allem unkommunikativ. Er überlegte, ob er Sam morgen früh anrufen sollte, um ihm mal auf den Zahn zu fühlen.

„Was ist aus deiner Mutter geworden?", erkundigte er sich. „Sam spricht nie von ihr."

Die zarte Haut um ihre Augen zog sich zusammen. Ein leichtes Zusammenzucken? „Warum sollte er? Die beiden waren nie verheiratet, und sie starb vor über fünf Jahren."

Damals war Teal wie alt? Zweiundzwanzig? Dreiundzwanzig? „Standet ihr euch nicht nah?"

Zane konnte sich das nur schwer vorstellen. Seine Mutter war nur wenige Monate nach seinem fünften Geburtstag gestorben. Er erinnerte sich kaum an sie, doch niemals würde er ihren wunderbaren Geruch und ihre Wärme vergessen. Und er hatte stets ganz sicher gewusst, dass sie ihn geliebt hatte. Auch seinen Vater und seine Brüder liebte er bedingungslos, und sie liebten ihn.

Angesichts ihrer schwierigen Beziehung zu ihrem Vater hoffte er deshalb, dass zumindest Teal und ihre Mutter sich irgendwie nahegestanden hatten.

Sie ließ das Buch auf den Boden fallen, zog die Knie an die Brust und schlang die Arme darum. Gleichgültig zuckte sie die Schultern. „Sie hatte so ihre Probleme und war viel unterwegs. Mach es dir nicht zu bequem", warnte sie ihn, als er sich gegen das Schott lehnte.

Zane hakte die Finger in die Taschen seiner Jeans. „Was denn für Probleme?"

„Was wird das hier? Ein Frage-und-Antwort-Quiz?"

„Ich bin nur neugierig."

Sie stand auf und sammelte mit unwirschen Bewegungen Decke und Kissen ein. „Ich gehe ins Bett. Wenn du willst, dass ich bleibe und meinen Job erledige, halte dich in Zukunft von meinem Maschinenraum fern. Ich hab nämlich gern meine Privatsphäre."

Das saß. Trotzdem gab er noch nicht auf, und sei es nur, um ihre Reaktion zu testen. „Eine Sache wäre da noch ..."

Sie wirbelte herum und starrte ihn kampflustig an. „Was?"

„Du hast dein Buch vergessen."

„Das hole ich morgen." Damit verschwand sie hoch erhobenen Hauptes, die Decke hinter sich herziehend wie einen königlichen Umhang.

Teal warf ihre Kabinentür zu und setzte sich mit ihrer Decke und den Kissen auf ihre Koje, ohne das Licht anzumachen. So ging das nicht. Und zwar in so vielfacher Hinsicht nicht, dass ihr ganz schwindelig wurde.

Zane konnte nicht einfach aufkreuzen, wo er nicht erwünscht war. Er mischte sich ein und war überhaupt ein ärgerlicher Kerl. Alles an ihm machte sie stinkwütend. Ständig diese gute Laune. Ihre Grobheiten ihm gegenüber schienen einfach an ihm abzuperlen. Er war zu ... Teal boxte ein Kissen, ehe sie es an ihre Brust drückte.

Auf Geplauder, auf charmantes Getue oder Fragen hatte sie keine Lust. Sie wollte einfach nur in ihrem Maschinenraum allein sein. Dort konnte sie ihre Seekrankheit in Schach halten, und niemand stellte ihr dumme Fragen. Zane Cutter brachte wirklich ihre schlechten Seiten zum Vorschein. Sie wusste nicht, was schlimmer war: dass er sich nicht daran erinnerte, was in der Nacht nach der Beerdigung seines Vaters zwischen ihnen geschehen war oder dass sie es nicht vergessen hatte.

Seit ihrem sechsten Lebensjahr war sie in ihn verliebt gewesen, und das war mit jedem Sommer schlimmer geworden, bis sie an nichts anderes mehr denken konnte als an Zane. An den Casanova der Karibik. Denny Ross war der Einzige gewesen, von dem sie geglaubt hatte, er käme an ihn heran.

Was für ein schrecklicher Irrtum.

Vielleicht brauchte sie eine Art Gedächtnisschwund. Das würde sie sicher zu einem besseren Menschen machen. Dass sie sich benutzt gefühlt hatte und sich - ja, sie konnte es ruhig zugeben - nach jemandem verzehrte, der ihre Existenz kaum zur Kenntnis nahm, hatte sie zu der Beziehung mit Denny getrieben. Sie hatte diesen Bastard sogar geheiratet. Selber schuld.

Das war wirklich dumm gewesen. Denny war eine üble Kopie von Zane, der ihr achtzehn Monate zuvor das Gefühl gegeben hatte, schön zu sein. Für eine Nacht hatte er in ihr die Hoffnung geweckt, sie könnten eine normale Beziehung führen. Am nächsten Morgen aber forderte er sie dann auf, schleunigst zu verschwinden. Und dabei machte er nicht einmal die Augen auf.

Oh, sie hatte versucht, ihn zu vergessen. Seit der Beerdigung seines Vaters war sie nicht mehr auf der Insel gewesen. Doch dann bekam Sam Krebs. Aus reinem Pflichtgefühl war sie zurückgekehrt, um nach ihrem Vater zu sehen. Und musste bei der Gelegenheit feststellen, dass ihr Liebeskummer nicht nachgelassen hatte. Er hatte zwischendurch nur Pause gemacht.

Sie stieg aus der Koje und schaltete die Nachttischlampe an, die ein sanftes Licht in der Kabine verbreitete. Es war eine hübsche Kabine mit einem bequemen Sessel, ein paar Lampen und einem winzigen Badezimmer, das ihr ganz allein zur Verfügung stand. Schwach war das Brummen des Generators von unten zu hören. Das Plätschern der Wellen gegen die Bordwand machte ihrem Magen sofort wieder zu schaffen.

Sie schaute aus dem kleinen Bullauge. Die Positionslichter und die Sterne spiegelten sich auf dem Wasser. Alle waren zu Bett gegangen. Sie würde noch eine halbe Stunde warten und dann mit ihrer Decke in den Maschinenraum zurückkehren, um dort zu schlafen. Morgen früh würde sie als Erste aufstehen. Es musste ja niemand erfahren, wie schlimm ihre Seekrankheit war.

Sie kramte in ihrem Seesack nach ihrem Handy und suchte im Menü nach dem Kalender, um die Tage zu zählen, bis sie wieder auf festem Boden stand. Laut Zane würden sie ungefähr einen Monat lang auf See sein. Sie trug das Datum ein. Darauf würde sie ihn festnageln.

Da sie ihr Handy gerade eingeschaltet hatte, überprüfte sie, ob Sam angerufen hatte. Keine Nachricht. Wie blöd von ihr, diese Möglichkeit in Betracht zu ziehen. Kein Mensch dachte an den Job, wenn er im Sterben lag. Er hatte ihr die Nachricht zukommen lassen, dass er sich bei ihr melden würde, wenn er sie brauchte. Und er hatte sie gebeten, für ihn einzuspringen. Mehr wollte er nicht. Und sie war die liebende

Tochter, die ihm seinen letzten Wunsch erfüllte, trotz Seekrankheit und Liebeskummer.

Teal fand, sie habe sich jetzt genug selbst bemitleidet. Vorsichtig öffnete sie die Kabinentür und lauschte auf irgendwelche Geräusche aus den anderen Kabinen. Dann schlich sie in den Maschinenraum, breitete ihre Decke zwischen den beiden Caterpillar-D398-Schiffsmotoren aus und schüttelte ihre Kissen auf. Die leise brummende Kraft übertrug sich auf ihren Körper, breitete sich wie eine beruhigende Energie in ihr aus und vertrieb die Übelkeit.

Morgen früh würde sie zu allen lieb und nett sein.

Sie hob die Hand und tätschelte den Eisenblock der Motoren. „Gute Nacht, meine Babys."

Sie hatte keine Ahnung, warum sich ihre Augen mit Tränen füllten.

„Teal ..." Mit fragendem Blick drehte sie sich halb zu ihm um. Sie hatte sich mit ihrem Buch in den Schatten zurückgezogen. Wahrscheinlich versuchte sie, einige der Fische zu identifizieren, die sie bei ihrem letzten Tauchgang gesehen hatte, vermutete er. Sie trug ein weites dunkelblaues T-Shirt und hässliche Shorts, die erneut viel von ihren langen hellen Beinen sehen ließen. „Ich schneide das heikle Thema nur höchst ungern an, aber du hast dich nicht nach deinem Vater erkundigt", sagte Zane und riss sich vom Anblick ihrer Füße los, die überraschend sexy waren. „Ich habe heute Morgen mit ihm gesprochen."

Sie legte einen Finger als Lesezeichen zwischen die Seiten. In ihren braunen Augen flackerte Hoffnung auf. „Hat er dich angerufen? Wie geht es ihm?"

Zane lehnte sich gegen den Fuß des Krans, darauf bedacht, ihr nicht zu nahe zu kommen. Ein gereizter Williams am Tag genügte ihm. „Na ja, er weigert sich seit der Diagnose im letzten Jahr, sich einer Bestrahlung oder Chemotherapie zu unterziehen."

„Ich habe von seiner Krankheit erst erfahren, als Logan vor einigen Wochen wegen des Jobs anrief. Sam hatte es mit keinem Wort erwähnt, bis wir an jenem Tag miteinander telefonierten. Es war ... es war eine ziemliche Überraschung." Sie presste die Lippen zusammen. „Er ist störrisch und schwierig."

Zane musste grinsen. „Genau wie jemand anders, den ich kenne."

„Hat er deshalb dich angerufen?" *Statt mich*, lautete der unausgesprochene Zusatz. „Hat sich sein Zustand verschlechtert?" Wäre Zane nicht so sensibel, wenn es um Teal ging, hätte er die Anspannung in ihren Schultern wohl nicht registriert, während sie auf die schlechten Neuigkeiten wartete.

Er schüttelte den Kopf. „Nein. Er rief mich an, um mir mitzuteilen, dass er heute beim Arzt in Tortola war."

„Wirklich?" Vorsichtig fügte sie hinzu: „Das ist ja erstaunlich."

Zane fand vor allem erstaunlich, dass Sam geografisch so nahe gewesen war und sich trotzdem nicht mit seiner Tochter getroffen hatte. Er merkte deutlich, dass Teal hinter ihrer äußeren Gleichgültigkeit tiefere Gefühle verbarg. Welch eine vertrackte Beziehung mussten die beiden haben, dass Sams eigene Tochter glaubte, ihre Liebe zu ihrem Vater verbergen zu müssen?

So sanft er konnte, sagte er: „Du weißt, dass es inzwischen zu spät für eine Behandlung ist, oder? Er hat kein Jahr mehr zu leben. Es tut mir leid, Teal."

Für einen kurzen Moment wandte sie sich ab. „Ja, mir auch." „Er liebt dich", sagte er leise. „Prahlt ständig mit dir. Meinte, wir könnten niemanden finden, der seinen Platz besser einnimmt."

„Er bat mich, für ihn ‚einzuspringen'." Sie schaute auf ihre abgekauten Nägel.

Zane fühlte mit ihr. Kein Wunder, dass sie schließlich nachgegeben hatte. Sie war ein durch und durch zuverlässiger Mensch, und wenn sie Sam ihr Wort gegeben hatte, würde selbst der Verlust ihrer persönlichen Freiheit an Land sie nicht von der Erfüllung ihres

Versprechens abhalten. „Es fällt ihm nur schwer, seine Gefühle zu zeigen. Du verstehst das sicher besser als irgendwer sonst."

„Ja, das tue ich." Teal bewegte die Füße. „Sollte er irgendwelche Zuneigung für mich empfinden, hat er sie jedenfalls über zwanzig Jahre lang erfolgreich verborgen." Sie zuckte die Schultern. „Er ist ein anständiger Kerl, der seine Verantwortung ernst nimmt. Ich war jemand, dem er sich verpflichtet fühlte, obwohl er das gar nicht musste. Ich war ihm immer dankbar dafür, dass er mir in all den Jahren den Aufenthalt auf der Insel ermöglicht hat. Das hat mir viel bedeutet."

Zane brach es das Herz. Dieser verdammte Sam. Und wenn er noch so krank war - hatte dieser Mann denn überhaupt keine Ahnung, wie sehr seine Tochter sich nach seiner Liebe und Aufmerksamkeit sehnte? Offenbar nicht. Das machte Zane wütend. Er mochte Sam, schon immer. Aber das war lächerlich. Besonders jetzt, da dem Mann nur noch begrenzt Zeit blieb, um sich mit seinem einzigen Kind auszusöhnen. „Er ist dein Dad. Es war das Mindeste, was er tun sollte."

„Im Grunde sind wir einander fremd." Dieses persönliche Geständnis war ihr sichtlich unangenehm. „Das ist kein Verbrechen und niemandes Schuld. Es ist einfach so."

Zane konnte sich damit nur schwer abfinden. „Standest du deiner Mutter nahe?"

„Das habe ich dir schon erklärt. Nein. Sie hatte ein übles Drogenproblem und starb an meinem zweiundzwanzigsten Geburtstag an einer Uberdosis."

„Um Himmels willen, Teal."

Sie nahm die Coladose, die neben ihr auf dem Deck stand, und trank einen Schluck. Zane beobachtete, wie ihr Hals sich bewegte und stellte sich unwillkürlich vor, seine Lippen sanft auf ihre feuchte Haut zu pressen. Teal zu packen und festzuhalten. Sie an sich zu drücken und einfach in den Arm zu nehmen. Denn das war genau das, was sie brauchte. Er schob die Hände in die Taschen und blieb, wo er war. Sie mochte ja Trost brauchen, aber das hieß nicht, dass er ihr willkommen wäre.

„Ich kann mir Sams Schock gut vorstellen, als sie ihm ein Bild von seinem unehelichen Kind schickte. Ich sehe ihm sehr ähnlich." Teal grinste schief. „Deshalb stimmte er einem Unterhaltsplan zu. Mom zog sich das Geld in Form von Koks die Nase hoch oder setzte sich davon einen Schuss, bevor sie die Miete bezahlte."

„Wusste Sam davon?"

„Keine Ahnung. Er wollte nie über sie reden. Um ehrlich zu sein, genoss ich die zwei Wochen im Jahr, in denen ich nicht mit ihrem Lebensdrama konfrontiert war. Versteh mich nicht falsch. Trotz ihrer Sucht habe ich meine Mom geliebt. Ich ging zu einer Selbsthilfegruppe für Angehörige von Drogenabhängigen. Mir ist klar, dass ich es ihr zu leicht gemacht habe, indem ich zu Hause wohnte und mich um sie kümmerte. Die gesamte Highschool-Zeit hindurch hatte ich praktisch keine Freunde. Ich hatte einfach nicht die Zeit und konnte niemanden mit nach Hause bringen."

Erneut verspürte Zane das Bedürfnis, sie in die Arme zu schließen und zu trösten. Stattdessen begnügte er sich damit, ihr weiter seine Aufmerksamkeit zu schenken. „Du warst also ohnehin schüchtern, was dich bis zu einem gewissen Grad isolierte.

Die Sucht deiner Mutter hat es nur noch schlimmer gemacht." „Das, was ich mir im Lauf der Jahre bei Sam abgeguckt habe, zahlte sich aus. Ich besuchte eine weiterführende Schule und arbeitete nebenbei. Sams Geld wurde in Drogen investiert, mit meinem bezahlten wir die Miete und das Essen." Sie hielt kurz inne. „Ich bin froh, dass Sam es nun wenigstens doch mit einer Behandlung probieren will. Danke, dass du es mir gesagt hast. Ich hoffe nur..." Sie verstummte. „Ich hoffe nur, es ist nicht schon zu spät."

Ja, dachte Zane, sie hofft, dass ihr Vater es irgendwie schafft. Dass es noch Zeit für sie beide gab. Welche Hoffnungen hatte sie sonst noch? Er schaute ihr nach, als sie zu den anderen ging. Es war interessant, dass sie sich zwar zu der Gruppe gesellte und sich in deren Mitte setzte, doch irgendwie nicht dazuzugehören schien. Auf eigenartige Weise wirkte sie unbeteiligt.

Allerdings schien sie die anderen zu mögen, und das beruhte offenbar auf Gegenseitigkeit. Doch Zane war bereits aufgefallen, dass sie lieber allein war als mit anderen zusammen. Darin war sie das Gegenteil von ihm, was zugleich verwirrend und faszinierend war.

Je mehr Zeit er in ihrer Gegenwart verbrachte, umso mehr kleine Details fielen ihm von ihren Besuchen im Lauf der Jahre bei Sam ein. Damals war ihr Haar hellbraun und lang gewesen, heute trug sie es kinnlang und schwarz wie ein sternenloser Himmel. Doch sie hatte noch immer diese großen braunen Augen und den sanften Mund. Vielleicht lag es an ihrer Schüchternheit, die ihr als Kind zu schaffen gemacht und sie von den anderen getrennt hatte. Aber sollte sie diese Scheu inzwischen nicht überwunden haben?

Er wusste es nicht. Er wusste nur, dass er weiterhin das alberne Bedürfnis verspürte, sie in den Arm zu nehmen und sich mit ihr ins Zentrum der Gruppe zu begeben. Natürlich gab es da noch ein paar andere, primitivere Dinge, die er gern mit ihr täte. Nur kamen die nicht infrage.

War er vielleicht einfach nur lüstern? Das würde zumindest seine Kehrtwendung in der Einstellung zu Teal erklären. Erst fand er sie unattraktiv und perfekt für den Job geeignet. Jetzt war sie plötzlich sexy und ... verfügbar? Nein, das würde nicht passieren. Dafür musste er sorgen.

Und was hatte das schon wieder zu bedeuten? Seit wann hatte er denn ein Gewissen in solchen Dingen? Seit wann verzichtete er freiwillig darauf, eine Frau zu bezirzen und zu verführen? Wenn die Frau bereit war, setzte er all seinen Charme und seine Verführungskünste ein, um sie ins Bett zu bekommen. Doch abgesehen von der beginnenden körperlichen Reaktion auf Teal mochte er sie. Und dieser Gedanke erschreckte ihn.

Verdammt, er mochte sie wirklich. Sehr sogar. Sie war dreist und frech, aber auf ihre stille Art auch amüsant.

Oh Mann, fang nicht so an! ermahnte er sich im Stillen.

Er verliebte sich viel zu schnell. Er genoss es, verliebt zu sein. Allein in den letzten Jahren war er Dutzende Male verliebt gewesen. Und begehrt hatte er Frauen noch häufiger. Aber hatte er eine von ihnen wirklich gemocht?

Das war eine gefährliche Unterströmung, der er stets entkommen war. Bis jetzt.

Das wird der perfekte Tag, dachte Zane zufrieden und lehnte sich an die Reling. Ganz egal, wie viele wunderschöne Tage er in der Karibik schon erlebt hatte, er bekam nie genug davon. Fleute Morgen schwebte die Sonne zögernd knapp über dem Wasser, noch nicht ganz bereit, ihre Flitze abzugeben. Doch der Fiimmel färbte sich bereits verheißungsvoll pink, orange und lavendelfarben.

Er stand auf der Steuerbordseite der *Decrepit*, atmete tief die frische Morgenluft ein und den Duft von Kaffee, Speck und Eiern, die er gerade zum Frühstück verzehrt hatte. War das nicht eine nette Überraschung von einer Frau, die von sich behauptete, sie könne nicht einmal Wasser kochen?

Sein Fferz pochte erwartungsvoll angesichts der bevorstehenden Bergung des Schatzes, nach dem er vier Jahre lang gesucht hatte. Dreißig Meter unter ihm lagen das Wrack und die Geheimnisse der *Vrijheid*. Schon bald würde die See sie preisgeben und damit ihre Schätze und jahrhundertealte Geschichte.

Obwohl er es kaum erwarten konnte, endlich loszulegen, würde er bei seinem ursprünglichen Plan bleiben, mehrmals hin und her zu fahren, bevor sie mit der Bergung begannen. Dadurch gewann er eine weitere Woche, um die Konkurrenz abzuschütteln. Dann würden sie hierher zurückkehren und ihre Hände mit Gold, Silber und Edelsteinen füllen.

So ungeduldig er auch darauf wartete, endlich loslegen zu können, hatte ihn die Erfahrung doch gelehrt, dass es klüger war, erst einmal die Konkurrenz von seiner Spur abzulenken. Also würde es zu seinem Bedauern heute keine „offizielle" Bergung geben. Aber sie konnten ein paar Stunden tauchen, um das Gelände zu erkunden und Fotos zur Vorbereitung zu machen.

Er lehnte sich mit beiden Ellbogen auf die Reling, hielt den warmen, großen hellgelben Becher zwischen den Händen und versuchte, nicht an Teal Williams zu denken.

„Konzentriere dich auf dein Ziel", murmelte er. Die *Vrijheid* war die einzige Herausforderung, die er momentan brauchte. Er sah die Fregatte vor seinem geistigen Auge und konnte es kaum erwarten, den Schatz zu bergen. Es war ein gutes Gefühl, endlich hier zu sein. Schon bald würde es warm werden. Doch im Augenblick wehte noch eine kühle Brise, die einen salzig-süßen Geschmack auf der Zunge hinterließ.

Das Deck schwankte sanft unter seinen nackten Füßen, während er einen Schluck von Teals ausgezeichnetem Kaffee trank. Leise plätschernd schlugen die kleinen Wellen gegen die Bordwand, und auf dem Wasser schimmerte goldenes Licht. Sie befanden sich etwa hundert Seemeilen östlich der Küste von St. Maarten, fernab der Kreuzfahrtrouten und Tagesausflügler. Die winzigen grünen Flecken am Horizont waren die Inseln Anguilla, Saba, St. Barts und St. Eustatius. Ansonsten war meilenweit und in alle Richtungen nichts als das klare türkisfarbene Meer zu sehen. Nur an einer Stelle bildete sich auf dem Wasser verräterischer weißer Schaum über einem dicht unter der Oberfläche liegenden Korallenriff.

Genau auf dieses Riff war die *Vrijheid* 1622 aufgelaufen.

Die Vorstellung, Teal den Schatz zu zeigen, war fast so aufregend, wie ihn selbst zu sehen. Unbemerkt beobachtete er, wie sie sich mit seinen Freunden unterhielt. Sie trug schwarze Cargopants, abgenutzte Turnschuhe und ein weites gelb-blau gestreiftes Männerfußballtrikot. Wieder einmal war sie von Kopf bis Fuß praktisch verhüllt. Ihre Wuschelmähne verbarg sogar halbwegs ihr Gesicht.

Noch nie war er einer Frau begegnet, die so wenig auf ihr Äußeres achtete. Sie kleidete sich, als würde sie sich stets das erstbeste Kleidungsstück schnappen, das gerade zur Hand war. Zane ärgerte sich, weil er unwillkürlich an sie in einem Bett dachte, während er ihre effizienten Bewegungen in der kleinen Kombüse beobachtete. Und diese hässlichen Shorts, die sie gestern Abend getragen hatte, fingen an, eine Hauptrolle in seinen Fantasien zu spielen.

Er zwang sich, stattdessen an Schatztruhen voller großer Edelsteine zu denken. Genüsslich stellte er sich vor, durch das kühle türkisfarbene Wasser zu schwimmen, und nackt neben ihm schwamm ... verdammt! Das war das falsche Bild. Die falsche Frau. Die falsche Zeit. Der falsche Ort. Und dennoch ...

Er hatte sich ein Urteil über sie gebildet und würde seine Einstellung zu ihr jetzt nicht ändern. Es ging doch gerade darum, dass er sich *nicht* von ihr angezogen fühlen wollte. Wenn es einen Mann mit ihrer Qualifikation gegeben hätte, würde er ja nun auch nicht über den Mechaniker in Shorts grübeln. Logan hatte recherchiert und herausgefunden, dass sie sowohl über die Erfahrung als auch über die nötigen Referenzen verfügte. Sie war gut in ihrem Job. Das war alles, was Zane verlangte.

Und doch faszinierte sie ihn. Das lag nicht nur an ihren tollen langen Beinen, ihrem frechen Mund und den großen, ernsten braunen Augen. Niemand war ohne guten Grund so abweisend und distanziert. Er war ein netter Kerl, Frauen mochten ihn, so war es nun einmal. Keine hatte ihn je behandelt, als sei er der Teufel persönlich.

56

Jetzt rieb sie sich den Nacken. Zane hätte schwören können, dass sie seine Blicke spürte. Aber sie sah ihn nicht an. Sie hatte ein reizvolles Gesicht. Nicht unattraktiv, aber auch nicht klassisch hübsch. Die Kombination aus großen Augen, üppigem Mund, gerader Nase und goldenen Sommersprossen war überraschend bezaubernd. Ihr kinnlanges Haar war noch feucht von der Dusche, die sie genommen hatte, während Zane und Ben die Kombüse aufgeräumt hatten. Sie sah ein bisschen blass aus. Zane hoffte nur, dass sie nicht krank wurde. Er brauchte ihre Fähigkeiten als Maschinistin ebenso wie die als vierte Taucherin.

Teal hatte absolut nichts Künstliches an sich. Sie trug weder Make-up noch sonst irgendeinen Firlefanz. Es hatte außerdem den Anschein, dass sie gegen jeden Flirtversuch immun war. Na, das werden wir ja noch sehen, dachte Zane belustigt. Jede Wette, dass in dieser Hinsicht das letzte Wort noch nicht gesprochen war.

Mit dem Kaffeebecher in der Hand ging er zu ihr und Ben. „Danke für das Frühstück."

„Erwarte das bloß nicht jeden Morgen", warnte sie ihn in kratzbürstigem Ton. „Ich bin hier, um die Maschinen zu warten und um zu tauchen. Das ist alles."

Gegen seinen Willen war Zane verzaubert von ihr, obwohl sie so abweisend war. „Jawohl, Ma'am." Er trank einen Schluck von seinem Kaffee, stutzte und fragte mit gespielt finsterer Miene: „Der ist doch nicht etwa vergiftet?"

„Mit einem schnell wirkenden Gift."

„Ich hatte schon zwei Becher."

Sie zuckte die Schultern. „Dann habe ich heute wohl das langsam wirkende Gift genommen."

Ben lachte. „Soll ich jemandem nachschenken?" Er schaute amüsiert zwischen Teal und Zane hin und her, als würde er einem

Tennismatch beiwohnen. Zane schüttelte den Kopf, und Ben verschwand, immer noch in sich hineinlachend.

Das hier erfordert nahezu perfektes Timing, dachte Zane. Wartete er zu lange, würde sie Reißaus nehmen. Überstürzte er es ... dann würde sie ebenfalls das Weite suchen. „Wann hast du zuletzt etwas wirklich Erstaunliches gesehen?", fragte er leichthin.

„Wie bitte?"

„Die *Vrijheid* liegt direkt unter uns. Wollen wir mal runtergehen und einen Blick auf meinen Liebling werfen?" Er stellte den Becher auf die Ablagefläche.

Offenbar vergaß Teal vorübergehend jede Feindseligkeit. „Jetzt schon? Ja, gern."

Zane registrierte den leicht atemlosen Klang ihrer Worte. Wie sehr er sich wünschte, dass sie ihn auf diese Weise ansah. Er wollte, dass dieser schwärmerische Ausdruck auf ihrem Gesicht ihm galt. Er wollte, dass sie begeistert und aufgeregt aussah. Er wollte sie in seinem Bett. Unter ihm. Überall.

Plötzlich stutzte er. Was war denn aus dem angeblichen Vorteil geworden, dass er sie unattraktiv fand? Inzwischen fühlte er sich bei ihrem Anblick wie ein Stier, dem man mit einem roten Tuch vor der Nase herumwedelte. Teal weckte seinen Jagdinstinkt.

Und genau diesen Instinkt musste er ignorieren. Halt dich zurück, ermahnte er sich im Stillen. „Ich habe die Sauerstofftanks schon überprüft."

„Ich überprüfe meine lieber selbst noch einmal, vielen Dank." „Braves Mädchen." Ben kam zurück und klatschte sie ab. „Ein guter Taucher überprüft seine Ausrüstung immer selbst." Was hatte sie so selbstständig gemacht? Nein, verbesserte er sich, es war mehr als das. Selbstständige Frauen waren ihm schon begegnet. Das hier war etwas anderes. Teal wollte nicht nur selbstständig erscheinen, sondern um jeden Preis ihre Unabhängigkeit beweisen. Das konnte nur bedeuten, dass sie vermutlich einmal schwer enttäuscht worden war. Von wem -

außer von Sam und ihrer Mom? Von jemand anders, der ihr etwas bedeutete? Sam würde ganz sicher nicht zum Vater des Jahres gewählt werden, aber das hier schien noch tiefere Ursachen zu haben.

Maggie kam nach draußen. Sie trug einen grünen Badeanzug und den obligatorischen Strohhut. „Colson erledigt einige Recherchen für mich, und Saul hilft ihm dabei. Worauf warten wir noch?"

„Ryan wird in einer Minute zu uns stoßen." Zane zeigte auf den Ozean hinaus. „Machen wir uns bereit. Ich nehme euch alle auf eine kleine Tour mit, um euren Appetit anzuregen."

„Ich habe keinen Badeanzug", meinte Teal bedauernd und schaute mit sehnsüchtigem Blick aufs Meer hinaus.

„Ich habe Ersatzanzüge", bot Maggie an und musterte Teal abschätzend. „Sie sind größer als ich, aber unsere Kleidergröße liegt nicht so weit auseinander. Kommen Sie mit in meine Kabine, mal sehen, was wir für Sie finden."

Ryan trat zur Seite, um die beiden vorbeizulassen. Er gönnte sich einen Blick auf die Rückansichten der Frauen, und Zane nahm sich vor, ihn beizeiten zu warnen.

„Es ist nicht das erste Mal, dass du eine Frau mitbringst", meinte Ben. „Aber Teal ist anders."

„Ja. Widerspenstig und schwierig", stellte Zane trocken fest. „Teal ist keine Freundin. Sie ist die Maschinistin, die Logan als Ersatz für Sam angeheuert hat", fügte er hinzu, nur für den Fall, dass die Männer einen falschen Eindruck bekommen hatten.

„Maggie erwähnte das bereits." Ben trank seinen Kaffee aus. „Sie strahlt diese stille Schönheit aus, die einen Mann überrascht."

„Ist mir noch nicht aufgefallen", murmelte Zane. „Sie ist einfach bloß ein Crewmitglied." Schön wär's.

„So wie Ryan oder Maggie?", hakte Ben mit unschuldigem Blick nach.

„Nein." Zane schaute auf seine Uhr. „Sie hat weniger Erfahrung."

„Sie sieht im Badeanzug auch nicht so aus wie Maggie oder Ryan."
Zane drehte sich automatisch um. Das war ein Fehler.

Teal war an Deck gekommen. Der von Maggie geborgte schwarze
Badeanzug ließ reichlich von ihrer hellen seidigen Haut sehen. Und er
hob ihre wundervollen langen Beine hervor, ihre schlanke Figur, ihre
kleinen festen Brüste. Zane musste schlucken. Er spürte, wie sein
Körper sofort auf sie reagierte, und drehte sich schleunigst zur Reling
um. Vorsichtig verlagerte er vor Unbehagen sein Gewicht von einem
Bein aufs andere.

Das hielt ihn jedoch nicht davon ab, einen weiteren, diesmal
ausgiebigen Blick zu riskieren.

Ihre Art, sich zu kleiden, diente ganz offensichtlich der Tarnung
dieses athletischen Körpers. Es dauerte einen Moment, bis er sah, dass
sie sich so knapp bekleidet nicht wohlfühlte.

Unglücklicherweise würde er diesen Anblick nicht mehr so schnell
vergessen können, selbst wenn sie wieder in ihren zu weiten Klamotten
steckte.

Teal bemerkte, dass er sie anstarrte, und bedachte ihn mit einem
arroganten Du-kannst-mich-Blick, der glatt seine Augenbrauen hätte
versengen können. Grinsend hob er anerkennend den Daumen. Wortlos
wandte sie sich ab.

Gut. Er konnte es sich nicht leisten, über ihren Körper in diesem
hauchdünnen schwarzen Nylonstoff nachzudenken. Stattdessen
konzentrierte er sich darauf, sich für den Tauchgang fertig zu machen.
Er streifte sich den Neoprenanzug über die Schultern und zog den
Reißverschluss hoch. Teal und die anderen taten es ihm gleich. Sie
überprüften die Dichtungsringe an den Sauerstofftanks, stülpten die
Regler darüber und testeten die Mundstücke. Dann befestigten sie die
Sauerstoffflaschen an ihren Tarierwesten.

Zane brachte seine Sauerstoffflasche in Position, schob die Arme
durch die Träger der Weste und hob die ganze Vorrichtung auf seinen
Rücken.

Der Tauchanzug brachte Teals Figur ebenfalls auf interessante Weise zur Geltung. Ihr Anblick beschleunigte seinen Puls. Er befestigte den Gewichtgürtel und band sich das Tauchermesser um den Oberschenkel. Außer ihm warteten noch drei weitere Taucher, ins Wasser zu kommen. Aber er hatte nur noch Augen für Teal. „Fertig?"

„Oh ja."

Alle setzten ihre Tauchermasken auf, schoben die Mundstücke in den Mund, traten auf die Tauchplattform und hielten die Masken fest.

FOUR

Manchmal, dachte Zane, ist Tauchen, die Schwerelosigkeit unter Wasser, fast besser als Sex. Aber nur fast.

Teal blieb an seiner Seite, als sie in die stille Welt des klaren türkisfarbenen Meeres eintauchten, das gesprenkelt wurde von den goldenen Strahlen der Morgensonne. Im wabernden Licht kamen zwei hölzerne Rippen der *Vrijheid* in Sicht, die aus dem Sand ragten. Zane und die Berlands hatten schon beim letzten Tauchgang herausgefunden, dass die Wrackteile über ein weites Gebiet verstreut lagen. Die Fregatte musste damals auf dem Riff in Dutzende Teile zersplittert sein, sodass sich ihre Ladung meilenweit auf dem Meeresboden verteilt hatte.

Sie hatten das Gebiet auf der Karte grob umrissen. Saul fertigte gerade mithilfe des Computers eine detailgenauere Karte an. Zum Glück arbeitete dieses Programm noch fehlerlos. Die Navigationsund Suchsysteme neigten in diesen Gewässern dazu, den Geist aufzugeben. Trotz der kleinen technischen Ausfälle war es Zane gelungen, das Gebiet zu kartografieren. Zuerst würden sie Bojen aussetzen, anschließend sollten hoch sensible Metalldetektoren zum Einsatz kommen. Dadurch würden sie feststellen können, wie weit die Ladung tatsächlich verstreut war. Das gehörte alles zur Bergung eines Schatzes dazu, und Zane liebte diese Arbeit.

Teal berührte seinen Arm und deutete auf einen Schwarm kleiner blauer Doktorfische, die sich wie pfeilschnelles blaues Konfetti zwischen den Rippen der *Vrijheid* bewegten.

Die fast vierhundert Jahre alten Balken der Fregatte waren zerbrochen, überall verstreut und beinah vollständig vom hellen Sand begraben.

Zane war zutiefst ergriffen, das Wrack erneut zu sehen. Er schwebte mithilfe der Tarierweste wie ein Fisch in der sanften Strömung über dem Schiff. Achtzig Menschen waren hier gestorben. Männer, die Familien hatten. Männer, die liebten und geliebt wurden. Familien hatten ihren Tod betrauert. So fantastisch es auch war, ein Wrack zu entdecken, Zane vergaß nie, dass es sich immer auch um einen Friedhof handelte.

Erneut berührte Teal seinen Arm. Ihre Augen wirkten hinter dem Glas der Taucherbrille noch größer. Sie deutete mit beiden Armen die Größe des Wracks an und hob beide Daumen. Ihr Haar breitete sich um ihren Kopf aus wie ein schwarzer Heiligenschein.

Zane zwinkerte, ließ seine Hand an ihrem Arm hinuntergleiten und verschränkte seine Finger mit ihren. Er zog sie mit sich, und gemeinsam glitten sie durchs Wasser, näher an das Wrack heran.

Gräben würden ausgehoben, Sand würde weggeblasen werden müssen. Stunden um Stunden anstrengender Arbeit unter Wasser und an Bord des Schiffes lagen vor ihnen. Die Bergung, Reinigung und Katalogisierung des Schatzes nahm viel Zeit in Anspruch - aber Zane liebte jeden Aspekt dieser Arbeit.

Allein schon die Erwartung der harten Arbeit, die schnell dazu führen würde, der *Vrijheid* ihre Geheimnisse zu entlocken, machte ihn glücklich. Das Schiff war einfach wunderbar, und dass es im tiefen trübblauen Wasser lag, nahm ihm nichts von seiner Herrlichkeit. Geschmückt mit den bunten Farben der Korallen und kleiner farbiger Fische, die überall umherhuschten, kam sie ihm vor wie ein halb ausgepacktes Weihnachtsgeschenk.

Die *Vrijheid* war allein unterwegs gewesen, als sie in den Hurrikan geriet. Sie wurde zu einem winzigen Spielball der Natur, gegen die sie nicht die geringste Chance hatte. Ihre Ladeliste prahlte mit den

Unmengen an Gold und Silber sowie Smaragden. Doch der persönliche Reichtum der Passagiere und Seeleute, die beim Verladen der Beute geholfen hatten, war mit ziemlicher Sicherheit geheim gehalten worden.

Bis jetzt, denn nun würde die Fregatte all ihre Geheimnisse preisgeben.

Zane nahm Teal mit auf eine kleine Runde um das gesunkene Schiff und deutete auf einen Stapel quadratischer Stücke Konglomeratgestein, die sich im Laufe der Jahrhunderte durch chemische Reaktionen gebildet und die darunter liegenden Seekisten vollkommen überzogen hatten. Die Einkerbungen an einigen Stellen deuteten darauf hin, dass die Kisten aus Mammutbaum schon vor Hunderten von Jahren von Schiffsbohrwürmern angefressen worden waren.

Er entdeckte ein goldenes Funkeln im Sand und zog Teal mit sich, als er es aufhob. Sanft öffnete er ihre Finger und drückte ihr die Goldmünze in die Handfläche. Die Münze glänzte wie frisch geprägt. Teals Augen funkelten hinter der Maske, während sie staunend das Goldstück zwischen ihren Fingern drehte.

Zu ihren Füßen, bisher unbemerkt von ihr, lagen schwarzgraue Klumpen, die wie kleine Brotlaibe aussahen. Bisher hatte niemand von ihnen sie bemerkt, jetzt aber richteten sich Zanes Nackenhaare vor Aufregung auf.

Silberbarren.

Dutzende Silberbarren.

Er konnte es kaum erwarten, wieder hierher zurückzukommen. Es kostete ihn einige Selbstbeherrschung, nicht gleich anzufangen, im Sand zu graben.

Geduld, ermahnte er sich. Ende der Woche, wenn sie wiederkamen, würde alles noch hier sein.

Die riesigen Schiffsbalken der *Vrijheid* waren im Lauf der Jahrhunderte auseinandergebrochen, aber mit etwas Fantasie konnte man sich die Größe des Schoners und seine Form gut vorstellen. Die meisten Balken waren im Lauf der Zeit zerfallen oder vom Schiffsbohrwurm zerfressen und in Stürmen aus dem Wrack herausgerissen worden. Für Zane aber war das Schiff wunderschön.

Er zeigte auf eine Vierzig-Pfund-Kanone und zwei Zwanzigpfünder. Teal schien von den mit Ablagerungen überwucherten Kanonen nicht allzu begeistert zu sein. Es war unmöglich, sie genau zu identifizieren, so deformiert waren sie durch die jahrhundertelange chemische Reaktion des Metalls mit dem Meerwasser. Auch diese Information würde er sich bis zur Rückkehr aufsparen.

Per Handzeichen gab er den anderen zu verstehen, dass sie um das Wrack herumtauchen würden. Teal schwamm an seiner Seite. Das Piepsen und Pfeifen der Fische vermischte sich mit dem Geräusch ihrer Atemgeräte zu einem Hintergrundrauschen, das Zanes Sehvermögen erhöhte. Die Farben der Fische und der Korallen waren unter Wasser intensiver. Niemals wurde er ihres Anblicks müde. Er berührte Teals Arm, um sie auf einen langsam vorbeischwimmenden Papageifisch von der Größe seiner Hand aufmerksam zu machen, der einen langen hellblauen Schwanz und entsprechende Seitenstreifen hatte.

Zane deutete nach unten auf weitere würfelförmige Kästchen, die sich einst in den Holzkisten befunden hatten. Es reizte ihn ungeheuer, sofort nachzuschauen, was sich in diesen Kästen befand. Stattdessen überschlug er, was er beim nächsten Tauchgang mitbringen musste, um sie möglichst intakt zu bergen.

Alles Mögliche konnte sich darin befinden. Smaragde? Kunstgegenstände? Gold? Silber? Womöglich gar nichts? Allein die Vorfreude war schon ein Erlebnis.

Am liebsten hätte Zane gleich heute angefangen. Jetzt sofort. Er schaute auf seinen digitalen Sauerstoffanzeiger. Die Tanks waren noch nicht einmal halb leer. Doch wenn die *Decrepit* weiter hier vor Anker läge, gab es möglicherweise rasch Gedränge und Streit um den Schatz. Andere Bergungsschiffe würden kommen und seinen Fund heben, seinen Schatz. Deshalb wollte er die Spur ein wenig verwischen und sich mit seinen zahlreichen Konkurrenten eine kleine Verfolgungsjagd liefern. Es würde Spaß machen, sie auf eine falsche Spur zu locken.

Nur widerstrebend gab er das Zeichen zum Auftauchen.

Es war bereits nach elf, und die Sterne leuchteten hell am Himmel. Zane stand am Gasgrill auf dem Achterdeck und räumte nach dem Abendessen rasch auf. Um die Reling war eine Lichterkette mit winzigen Lämpchen gewunden, doch die konnten es mit den funkelnden Sternen am Nachthimmel nicht aufnehmen.

Aus dem Salon war Musik zu hören, die Wellen plätscherten sanft gegen den Bug des Schiffes. Ruhige See, gute Freunde und die berauschende Vorfreude auf einen erfolgreichen Tauchgang. Alles war bestens. Er atmete tief ein und fühlte eine vollkommene Zufriedenheit. Das Leben war einfach toll.

Hinter sich hörte er einen erschrockenen Laut und drehte sich um. Teal stand an der Tür zum Salon. „Oh, ich habe dich gar nicht gesehen ..." Sie verstummte und schien unentschlossen, ob sie näher treten oder zurückgehen sollte.

„Leiste mir Gesellschaft", forderte er sie mit sanfter Stimme auf. „Abende wie diesen soll man nicht allein verbringen."

Erstaunlicherweise konnte er sich niemanden vorstellen, mit dem er diesen Abend lieber verbringen würde.

Sie zögerte, dann trat sie zu ihm an die Reling und schaute aufs Wasser hinaus, auf dem sich die Sterne spiegelten. „Wunderschön", meinte sie mit einem leisen Seufzer.

Sie war wunderschön. Zanes Herz schlug schneller beim Anblick ihrer hohen Wangenknochen und der langen geschwungenen Wimpern, während sie hinaus in die Dunkelheit sah. Obwohl sie noch ein ganzes Stück von ihm entfernt stand, nahm er den Seifenduft auf ihrer Haut wahr, eine Mischung aus Blumen und Moschus, die ihn an heiße Nächte und kühle Laken denken ließ.

Sie trug ein pinkfarbenes Trägertop, das die verlockende Wölbung ihrer Brüste hervorhob, dazu schlichte Shorts, in denen ihre langen Beine erneut besonders gut zur Geltung kamen. Offenbar war sie schon fertig für die Nacht angezogen und hatte nicht damit gerechnet, ihn hier draußen anzutreffen.

Zane stützte sich mit den Unterarmen auf die Reling und wandte sich ab von dem, was er zu gern berührt hätte. Er war beinah geschockt davon, wie sehr er sich ihrer Nähe bewusst war. Zum Glück merkte Teal nicht, dass der Anblick ihrer nicht durch einen BH beengten Brüste und ihrer sexy Beine ihn schier verrückt machte. Sollte sie jedoch einen Blick auf seine Shorts werfen, würde ihr diese Tatsache kaum entgehen.

„Danke, dass du mich heute mit nach unten genommen hast", begann sie leise. „Das war beeindruckend. Nachts ist es anders, nicht wahr? Wunderschön von hier oben, aber beängstigend. Wahrscheinlich jagen nachts die Haie."

Gleich neben ihr stand ein Hai, der sie gern gejagt hätte. Aber das sagte er ihr natürlich nicht. „Der Ozean kann ein gefährlicher Ort sein. Doch alles, was er uns zu bieten hat, macht die Gefahren wett."

„Außerdem brauchst du diese Gefahren, nicht wahr?" „Nein, eigentlich nicht. Abenteuer schon - und die Herausforderung." Er grinste. „Davon kann ich nie genug bekommen. Ich habe lange auf so etwas wie die *Vrijheid* gewartet, und ich glaube fest daran, dass sie mich für meine Geduld belohnen wird."

Teals Lachen klang ein wenig rau. „Du bist noch nie geduldig gewesen."

„Wenn du wüsstest", erwiderte er trocken.

„Wie findet man eigentlich ein Wrack?", fragte sie, den Blick weiterhin auf die glitzernden Punkte auf dem Wasser gerichtet. „Und wenn du eines gefunden hast, woher weißt du dann, ob sich ein Schatz an Bord befindet?"

67

Er sah an ihr vorbei zum Fenster des Salons. Maggie lächelte und hob den Daumen, um ihn zu ermutigen. Aha, sie hatte Teal also herausgeschickt. Zane nahm sich vor, ihr im nächsten Hafen Blumen zu schenken. „Ich bin vor vier Jahren in Spanien in unzähligen Archiven gewesen und habe nach möglichen jungfräulichen Wracks geforscht." Es war unmöglich, sie nicht anzusehen, also gab er den Versuch auf. Im Mondlicht wirkten ihre Augen sehr dunkel. Was dachte sie, wenn sie ihn auf diese Weise ansah? War sie auf der Hut? Oder fasziniert?

„Wochenlang habe ich im Seville Archivo de las Indias nach Informationen gesucht", erklärte er. „In kleinen Archiven, Zeitungsartikeln, Büchern, Klöstern und Kirchen. Alle hatten eigene Chroniken und Berichte, denn üblicherweise gab es mindestens einen Priester an Bord der spanischen Schiffe, der alles aufschrieb. Dass die *Vrijheid* irgendwo in dieser Gegend liegen musste, wusste ich nur von wenigen kurzen, sehr verärgerten Aufzeichnungen in einem spanischen Logbuch. Da es sich um ein holländisches Schiff handelte, hatte es in der Karibik nichts verloren. Die Tatsache, dass es den Spaniern ein Dorn im Auge war, interessierte mich."

„Natürlich." Teals Stimme klang trocken. „Aber warum?" „Weil es sich um ein Piratenschiff handelte."

Ihre Augen weiteten sich vor Verblüffung. „Im Ernst?"

Zane freute sich, ihre ganze Aufmerksamkeit gewonnen zu haben. „Sie war ein schnelles Schiff, das es den Spaniern ganz schön schwer gemacht hat. Die *Vrijheid* ärgerte sie wie eine Stechmücke auf der Nase eines Pitbulls. Ihr Admiral van Wassenaer war ein waschechter Pirat. Und ein guter dazu, der einiges vorzuweisen hatte. Er war auf dem Rückweg nach Rotterdam, wo er sich zur Ruhe setzen wollte. Aber diesmal wollte er nicht mit der üblichen Beute aus Tabak, Gewürzen und Fellen vom Kap Horn zurückkehren. Auf seiner letzten Seereise sollte es ein viel wertvollerer Schatz sein."

Teal lauschte ihm begeistert und beugte sich zu ihm herüber. Aus reiner Gewohnheit neigte Zane sich ihr entgegen. Das tat er immer, sobald eine Frau Interesse zeigte. Innerlich jubelte er, dass ihm endlich ihre ausnahmsweise unvoreingenommene Aufmerksamkeit zuteilwurde. Zufrieden fuhr er mit der Geschichte fort: „Auf seiner letzten Reise kreuzte Wassenaer kühn vor den Westindischen Inseln und erwischte die Beute seines Lebens - nur um sie gleich darauf wieder in einem Hurrikan zu verlieren. Und da kommen wir ins Spiel."

Teals Augen leuchteten. „Faustgroße Smaragde, was?"

Er näherte sich ihr noch ein wenig mehr. „Alle möglichen Sorten von Edelsteinen." Er hatte keine Ahnung, wie groß sie waren oder ob die Geschichten überhaupt stimmten. Aber es gefiel ihm, Teal mit dem Schatzfieber anzustecken. „Jedenfalls sind es viele. Seit fast vierhundert Jahren warten sie darauf, dass wir sie vom Meeresboden heraufholen. Dazu nach heutigem Wert geschätzte mehrere Millionen Dollar in Gold und Silber." „Warum tauchen wir nicht jetzt?", wollte sie wissen.

„Wir werden eine Weile herumbummeln, um ein paar der Konkurrenten abzuhängen. Allerdings werden die uns schnell genug wieder auf die Spur kommen."

„Konkurrenten? Seit wir den Hafen verlassen haben, konnte ich weit und breit niemanden entdecken."

„Oh, glaub mir, die werden schon auftauchen. Hoffentlich nicht zu früh. Es handelt sich um die üblichen Verdächtigen. Die *Sea Witch* zum Beispiel. Die scheint einen wertvollen Schatz auf der anderen Seite des Ozeans riechen zu können. Diesmal werde ich einige Anstrengungen unternehmen, um sie und jeden anderen Aasgeier abzuhängen. Jede meiner Bergungen ist wichtig, aber die *Vrijheid* darf wirklich niemand anrühren."

„Ist die ganze Sache nicht auch gefährlich? Immerhin könnte dort unten ein Vermögen liegen. Menschen haben schon für weitaus weniger getötet." Sie drehte sich ganz zu ihm um und lehnte sich mit dem Rücken an die Reling. Die funkelnden Lichtpunkte auf dem Wasser schienen jetzt um ihren Kopf zu tanzen. „Wie willst du die Mannschaften anderer Bergungsschiffe davon abhalten, hinunterzutauchen und sich zu bedienen?"

Nur zwei Schritte trennten sie noch. Teal bemerkte es offensichtlich nicht, doch Zane konnte nur noch daran denken, ihre helle, seidige Haut zu berühren und sie auf den kecken Mund zu küssen. „Für die Bergung von Wracks gibt es gesetzliche Vorschriften." Er beobachtete, wie sie an der einen Seite ihrer Unterlippe kaute - und sehnte sich sofort danach, auch irgendetwas mit diesen sinnlichen Lippen anzustellen. „Ich habe alle nötigen Papiere ausgefüllt. Ich bin der Wächter und alleinige Berger bis zum ..."Er zeichnete Gänsefüßchen in die Luft. „... .Abschluss der Bergungsarbeiten*. Es gibt eine Verbotszone von einer Seemeile rund um das Wrack. Falls jemand auftaucht, zeigen wir die behördliche Genehmigung vor, in der erläutert wird, was passiert, wenn mein Vorrecht verletzt wird. Es ist für alles gesorgt." „Vorausgesetzt, derjenige, der auftaucht, kann lesen und ist ein gesetzestreuer Bürger", bemerkte sie trocken.

„Ja, genau." Er grinste.

„Tja, dann gehe ich mal lieber ..."

„Willst du ..."

Sie hatten gleichzeitig zu sprechen begonnen. Er wollte nicht, dass sie ging. Noch nicht. „Bleib", bat er sie leise.

„Ich..."

Er legte die Handfläche an ihre warme Wange - war er schon einmal einer Frau begegnet, die errötete? Es war süß, bezaubernd und einfach sexy. Er schob die Finger unter ihr Haar, um ihren Nacken zu umfassen. Die andere Hand legte er auf ihre Taille und sah Teal in die Augen, während er mit dem Daumen die zarte warme Haut neben ihrem Ohr streichelte. Erschrocken sog sie die Luft ein und erschauerte. Sacht zog er Teal zu sich heran und neigte den Kopf.

Einen Moment lang widerstand sie. Zane hielt inne und hoffte, dass sie nachgeben würde. Und tatsächlich entspannte sie sich nach einigen Sekunden. Sanft presste er die geschlossenen Lippen auf ihre. Trotz der Hitze an Bord fühlten sie sich kühl und frisch an. Es war wundervoll. Zwar erwiderte sie den Kuss nicht begierig, aber sie leistete auch keinen Widerstand mehr. Neunzig Prozent des Weges hatte er bereits zurückgelegt. Jetzt musste sie ihm für die letzten zehn Prozent nur noch entgegenkommen.

Für ihn ging es bei diesem Kuss um nichts weiter als diesen Kuss. Es sollte keine Einleitung sein zu irgendetwas anderem. Zu wissen, dass es keinen Sex, keine intimen Liebkosungen geben würde, schärfte seine Sinne und erhitzte seine Haut. Er hielt die Hände dort, wo sie waren. Seine Berührungen waren vorsichtig, denn er wollte Teal nicht erschrecken. Doch er war geradezu verrückt danach, sie zu küssen. Während sich ihre Lippen berührten, gab er ein leises Summen von sich. Sanft saugte er an ihrer Unterlippe, bis ihre Lider flatternd herabsanken. Dann teilte er ihre Lippen sanft mit der Zunge.

Zane zwang sich, nicht zu forsch zu sein und gleich zu viel zu riskieren. Äußerst behutsam biss er sie in die Unterlippe, während er mit dem Daumen weiter ihre Wange streichelte. Mit der Hand auf ihrer Taille übte er leichten Druck aus, um sie näher zu sich heranzuziehen. Er setzte all seine Verführungskünste ein. Und brauchte mehr Selbstbeherrschung als jemals zuvor.

Mit der Zungenspitze fuhr er über ihre Oberlippe, und - Wunder über Wunder - ihre Zunge kam zum Vorschein, um seine zu empfangen. Sein Herz schlug schneller. Ihre Zungenspitzen fanden sich zu einem erotischen Spiel. Noch immer versagte er sich den wilden, stürmischen Kuss, nach dem er sich mit jeder Faser seines Körpers sehnte. Denn ein solcher Kuss würde sie, das wusste er, nur in ihr Schneckenhaus zurückjagen.

Zane ließ eine Hand über ihren Rücken gleiten und spürte ihre Anspannung. Mit der anderen Hand fuhr er durch das glänzende Haar an ihren Schläfen. Ihre Haut fühlte sich heiß an, während ihr seidiges Haar beinah kühl durch seine Finger glitt.

Teals Zunge fuhr fordernd und sinnlich über seine. Sein Körper reagierte heftig, doch er bremste sich. Hier ging es einzig und allein um Teal und um einen einzigen wundervollen Kuss.

Ihr Seufzen zerrte an seinen Nerven. Trotzdem übte er nicht mehr Druck aus, tauchte mit der Zunge nicht tiefer ein. Erst als Teal sich an ihn presste und den Kopf zurücklegte, um sich dem Kuss ganz hinzugeben, wagte er mehr. Er fühlte ihren rasenden Herzschlag an seiner Brust, als sie den Kuss erwiderte. Ihre Hand lag flach auf seiner Brust.

Zane fuhr ihr durch die Haare und küsste Teal voller Leidenschaft. Er konnte sich nicht erinnern, wann es je so berauschend gewesen war, eine Frau nur zu küssen. Am liebsten hätte er sie hier draußen an Deck vor dem Salon, wo alle sie sehen konnten, auf der Stelle verschlungen. Er küsste sie noch hingebungsvoller und spürte ihre Begierde an der Art, wie sie den Kuss erwiderte. Er wollte ...

Plötzlich löste sie sich von ihm und wich zurück. Im schwachen Licht der winzigen Lämpchen an der Reling bemerkte er das Pochen ihrer Halsschlagader. Sie war außer Atem und wirkte fluchtbereit.

„Schön, dass ich dir von Nutzen sein konnte", erklärte sie, noch immer ein wenig atemlos. „Es wäre doch schrecklich, wenn du deine bemerkenswerten Fähigkeiten verlernen würdest, nur weil die Auswahl an möglichen Partnerinnen an Bord begrenzt ist. Es wäre nicht gut, aus der Übung zu kommen. Jetzt verstehe ich jedenfalls, woher du deinen Spitznamen hast", sagte sie kühl und tätschelte seine Brust, als sei er ein braver Hund. „Du bist gut. Sehr gut. Nacht, Ace."

Sie drehte sich um und ging hinein. Zane blieb verwirrt und aufgewühlt zurück.

Mit klopfendem Herzen sank er gegen die Reling. „Heiliger Strohsack!"

Teal hatte einen feuchten Traum. Leider keinen aufregenden Sextraum, sondern einen, bei dem sie vollständig bekleidet bis auf die Haut durchnässt wurde und das Schiff sank. Zane kam in dem Traum nicht vor, doch wusste sie, dass er damit zu tun hatte.

Sie drehte sich auf die Seite und umarmte ihr Kissen. Es war klitschnass.

Erschrocken schlug sie die Augen auf, als die Kälte ihre Shorts und ihr Top durchdrang. Abrupt war der Traum zu Ende. Teal spürte nicht nur Wasser an ihre Zehen plätschern, sondern hörte nun auch den Alarm.

Zehn kurze durchdringende Töne. Pause. Wieder zehn ...

Das Schiff lief voll Wasser. Und zwar ziemlich schnell.

Vor Angst überlief es sie heiß und kalt, ihr Herz raste. Sie sprang aus der Bauchlage auf und stand aufrecht auf ihrem Bettlager. Im sanften bernsteinfarbenen Schein der LED-Lampe neben der Tür erkannte sie das dunkle Wasser um ihr Bettzeug. „Mist!"

Gab es ein Seewasserleck? Wahrscheinlich. Auf einem alten Kahn wie der *Decrepit* gab es überall rostige Stellen. Oder war ein Außenbordventil gebrochen? Auch diese Möglichkeit kam in Betracht. Das Wasser stieg jedenfalls. Selbst wenn sie die Ursache finden würde, konnte sie nicht einfach einen Stöpsel ziehen und das Wasser wieder hinauslassen. Es war verboten, ölhaltige Flüssigkeiten ins offene Meer abzulassen, und sie konnte den irisierenden dünnen Film auf der Oberfläche ihres neuen Innenpools erkennen.

„Denk nach, verdammt!", ermahnte sie sich.

Der steigende Pegel in den Bilgen würde den Schachtgenerator beschädigen, und wenn sie nicht sofort etwas unternahm, würden die untersten Bilge-Pumpen aufhören zu arbeiten. Auf Hilfe konnte sie nicht mehr warten. Der Alarm würde die anderen schon wecken. Teal stieg aus ihrem Bettzeug, das bereits zentimetertief von dunklem Wasser überschwemmt war. Das kalte Wasser reichte ihr das halbe Schienbein hinauf.

Ihr einziger Gedanke galt den Bilgen, die auf der Stelle leer gepumpt werden mussten. Sie tauchte die Hände in das Wasser und tastete nach dem Ventilhebel, während ihr Verstand fieberhaft arbeitete. Das Einspritzventil konnte im Notfall den Hauptseekasten überbrücken. Sie musste es nur in die richtige Position bringen, damit das Wasser aus dem Schiff hinausstatt hereingepumpt wurde. Heute Morgen erst hatte sie sämtliche Ventile überprüft. Zum Glück.

Rasch und geschickt schloss sie das Notventil an, während das Wasser an ihren Beinen stieg. „Hört denn keiner den verdammten Alarm!", schrie sie über dem Lärm. Ihre nassen Finger rutschten von der Ventilspindel ab, wobei sie sich beinah einen Finger abschnitt.

„Hallo? Taucht vielleicht mal jemand hier auf?"

Die Anschlüsse rasteten ein, sodass sie endlich gute Neuigkeiten hatte: Die Pumpe fing augenblicklich an, vom tiefsten Punkt des Maschinenraums Wasser abzupumpen. Die schlechte Nachricht allerdings lautete, dass das Wasser genauso schnell hereinströmte, wie es abgepumpt wurde.

Teal hatte kein Problem damit, sich einzugestehen, wenn sie Hilfe brauchte. Und jetzt musste jede verfügbare Hand mit anpacken. Sie watete durch das kühle, rasch ansteigende Wasser und riss die wasserdichte Tür auf. Ein Miniwasserfall ergoss sich über die erhöhte Türschwelle und suchte sich seinen Weg in dem schwach beleuchteten Gang. Sie rutschte in dem nur wenige Zentimeter tiefen Wasser aus. Ihre Hände klatschten bei dem Versuch, sich abzustützen, gegen die Wand.

Zane kam auf sie zugerannt. Na schön, nicht direkt auf sie, sondern auf den Maschinenraum. Trotzdem war sie unendlich froh, ihn zu sehen. Noch im Laufen steckte er das T-Shirt in seine Shorts, sodass sie einen Blick auf seine gebräunte Haut erhaschte.

Sobald er bei ihr war, packte er sie an den Oberarmen. „Was ist los?"

Sein Griff war nicht annähernd so sanft und verführerisch wie vor einigen Stunden, als er sie geküsst hatte. Aber mit einer solchen Reaktion wie jetzt wurde sie besser fertig. Die Antwort auf seine Frage war ziemlich offensichtlich. Trotzdem sagte sie: „Der Maschinenraum wird geflutet." Sie musste schreien, um das durchdringende Alarmsignal zu übertönen.

Maggie, Ben, Saul, Colson und Ryan tauchten hinter ihm auf. Niemand sah verschlafen aus, obwohl es drei Uhr morgens war. Das eindringende Wasser hatte sie alle schlagartig hellwach werden lassen.

Zanes Finger fühlten sich warm an auf ihrer nackten Haut. Bei der Erinnerung an seinen Kuss erschauerte sie. Dennoch wich sie nicht zurück, und er ließ sie nicht los.

„Eine beschädigte Rohrleitung?", fragte er mit zutiefst besorgter Miene.

„Kann sein." Es gab Dutzende Möglichkeiten, wie ein Leck entstanden sein konnte. Die von ihm genannte war nur eine. „Könnte ein Leck im Wellentunnel sein oder eine durchgerostete Stelle in der Schiffswand. Ich stelle die Pumpen an, aber ich muss sie alle überprüfen." Das ganze Schiff war eine einzige Rostlaube.

„Ryan, du kommst mit mir", befahl Zane mit bewundernswerter Ruhe. Teals Herz dagegen pochte so laut, dass es fast den dröhnenden Alarm übertönte. „Maggie, du koordinierst alles von oben", fuhr er fort. „Saul, Ben und Colson, ihr helft Teal."

Sie erbebte, als er verstohlen mit dem Daumen über ihre kalte Haut strich. Selbst in einem solchen Notfall nahm sich dieser Mann noch die Zeit für eine kleine zärtliche Geste. Unglaublich. Dann schlossen sich seine Finger um ihren Oberarm, und er sah ihr sekundenlang in die Augen. „Mach nichts Dummes, Teal."

Zu spät. Sie hatte ihn geküsst, oder? Hastig befreite sie sich aus seinem Griff. „Du auch nicht."

Zane lauschte seinem Herzschlag, als er sich rückwärts von der Tauchplattform in das schwarze Wasser fallen ließ. Er zwang sich, ruhig und gleichmäßig zu atmen, während sein Verstand fieberhaft arbeitete. Wenn er die Ursache für das Leck nicht fand, war er erledigt. Dann waren sie alle erledigt. Kein Schiff mehr. Kein Schatz.

Er und Ryan blieben zusammen, das Licht ihrer Lampen durchschnitt die Finsternis mit langen, schmalen Strahlen. Sie schwammen dicht am Rumpf entlang bis zum Wellentunnel.

Allmählich kamen ihm Zweifel an der geplanten Bergungsaktion. Vielleicht hätte er den Schatz der *Vrijheid* noch so lange sich selbst überlassen sollen, bis die *Decrepit* im Trockendock überholt worden war. Das Schiff war ihm sicher genug erschienen, aber vielleicht hatte er sich das nur eingeredet. Seine Ungeduld, die letzten Wochen der Saison optimal zu nutzen, konnte alle an Bord in Gefahr bringen. Wahrscheinlich war er jetzt dafür verantwortlich, dass sein Schiff sinken und für alle Zeiten neben der holländischen Fregatte auf dem Grund des Meeres liegen würde. Sein Glück machte zu einem äußerst ungünstigen Zeitpunkt Pause.

Ryan tippte ihm auf den Arm und deutete mit einer Kopfbewegung nachdrücklich auf den Schiffsrumpf, als wollte er Zane antreiben. Normalerweise tauchte Zane gern nachts. Aber es war etwas anderes, wenn man dabei auf der Suche nach einem Leck war und Menschenleben sowie die gesamte Operation auf dem Spiel standen.

Zane versuchte positiv zu denken. Falls es ein Leck in einem der Tunnel oder Schächte gab, konnte man es reparieren. Möglicherweise mussten sie dazu nicht einmal einen Hafen anlaufen und ins Trockendock.

Aber zuerst musste er das Leck finden. Es wäre keine gute Idee, die defekte Dichtung im Maschinenraum und das Problem hier unten gleichzeitig in Angriff nehmen zu wollen. Das würde nur zu gleichzeitigem Eindringen von Wasser an zwei Stellen führen. Teal und die anderen waren bestimmt schon mit den Nerven am Ende, während sie warteten.

Zane richtete den Strahl der Unterwasserstablampe auf den Ruderschaft. Ja, hier befand sich tatsächlich das Leck ... aber, zur Hölle, was war das?

Er richtete den Lichtstrahl direkt auf den Flansch, um den herum alles verrostet, dreckig oder mit Algen bedeckt war. Einige Kratzer und Rillen direkt an der undichten Stelle aber leuchteten hell und geradezu obszön im Licht. Ganz eindeutig waren sie durch irgendein Werkzeug verursacht worden.

Das hier war kein Unfall. Jemand hatte sich viel Arbeit gemacht, um die Schraube zu lösen und wieder zu befestigen.

Irgendein Dreckskerl hatte versuchte, einen Sabotageakt auf Zanes Schiff zu verüben.

FIVE

„W as machst du hier?", begrüßte Zane seinen Bruder unwirsch, als Nick am nächsten Morgen den Salon der *Decrepit* betrat. Heute waren alle etwas später aufgestanden, weil sie die halbe Nacht versucht hatten, das Ruder zu reparieren. Zane unterhielt sich gerade mit Ben über die verschiedenen Aspekte des Sabotageaktes, als sein Bruder hereinkam.

„Du hast mich gebeten, das hier auf dem Rückweg vorbeizubringen." Nick stellte mehrere große, schwere Kisten auf die Ablagefläche. Darin war der Wein, den Zane bei seinem Bruder geordert hatte. Nick schaute sich um. „Warum seht ihr alle so fertig aus? Habt ihr gestern Nacht zu lange gefeiert? Das ist nicht besonders klug, wenn man am nächsten Tag tauchen will, Ace." Zane bedeutete seinem Bruder, mit ihm hinauszugehen. „Jemand hat eine Schraube aus dem Wellentunnel und den Flachs aus den Dichtungsringen entfernt", erklärte er Nick düster, sobald sie oben an Deck standen. „Eine Menge Wasser lief ins Schiff, bis wir alles wieder in Ordnung bringen konnten. Es war ein ziemliches Stück Arbeit, besonders in der verdammten Dunkelheit."

„Du hast das Schiff im letzten Monat doch höchstens mal für eine Stunde verlassen. Da hättest du ein solches Leck bemerken müssen."

„Irgendwer hat da einen ganz schönen Aufwand betrieben, um sicherzugehen, dass es langsam passiert. Und erst, wenn wir weit weg vom Land sind. Es hätte jederzeit und überall in der vergangenen Woche passieren können."

„Du machst Witze", meinte Nick skeptisch. „Sabotage?" Zane zweifelte nicht mehr im Geringsten daran. „An dem Flansch und der Schraube sind deutlich Werkzeugspuren zu sehen."

„Mann, das gefällt mir gar nicht. Du bist doch gar nicht der Typ, der sich Feinde macht. Wen könntest du denn dermaßen verärgert haben, dass er so etwas tut?"

„Keine Ahnung." Es hatte einige Stunden gedauert, aber schließlich war es ihnen mit vereinten Kräften gelungen, den Schaden zu beheben und das Wasser aus dem Maschinenraum abzupumpen. Noch immer wütend über das, was geschehen war, lehnte Zane sich gegen die Reling. „Wer auch immer das gewesen ist, wusste genau, dass man die manipulierte Dichtung erst entdecken würde, wenn es zu spät ist."

„Du kannst nicht hundertprozentig sicher sein, dass Absicht dahintersteckt", gab sein Bruder zu bedenken. „Das Schiff ist uralt, da lösen sich schon mal Teile. Die Dichtung könnte von ganz allein den Geist aufgegeben haben."

„Auf keinen Fall. Jemand hat den Flansch entfernt, die Dichtung herausgenommen und die Schraube wieder festgezogen. Diese Dreckskerle wussten ganz genau, dass sie damit ein Leck erzeugten, durch das langsam und gleichmäßig Wasser einströmt."

„Ich sage es ja nur ungern, aber dann muss es jemand getan haben, der sich an Bord aufhält."

„Weißt du, was du da sagst? Niemand an Bord der *Decrepit* würde mich sabotieren. Ich arbeite seit Jahren mit diesen Leuten zusammen. Sie wollen diesen Schatz genauso sehr wie ich."

Das hieß, alle bis auf Teal. Zane dachte nur für den Bruchteil einer Sekunde an diese Möglichkeit, ehe er sie als Täterin verwarf. Sie war sicher vieles, aber ganz bestimmt nicht hinterhältig. Sie würde sich ihm in jeder Situation entgegenstellen, wenn sie es für nötig hielt. Aber sie würde ihm nie in den Rücken fallen.

„Es geht um sehr viel Geld, Ace. Geld ist ein großer Motivator. Leute haben sich schon für weit weniger gegenseitig ans Messer geliefert."

Zane schob die Hände in die Taschen. „Jemand hat einen Sabotageakt auf mein Schiff verübt. Aber es war niemand von meiner

Mannschaft. Glaub mir. Diese Geschichte ist noch lange nicht vorbei. Und ja, bevor du es mir wieder mal unter die Nase reibst - ich werde das Schiff endlich mit dem Sicherheitssystem ausrüsten, das du und Logan mir seit Jahren aufschwatzen wollt. Aber vorher werde ich diesen Schatz heben. Heute ist ein herrlicher Tag, und wir sind gestern nicht in den Wellen versunken. Da unten warten wunderbare Dinge darauf, gehoben zu werden."

Allerdings musste er zugeben, dass er längst nicht so optimistisch war, wie er klang. Irgendetwas war hier faul. Aber solange er nicht wusste, was das war, hatte es keinen Sinn, weiter auf dem Problem herumzureiten. Es wurde Zeit, das Thema zu wechseln. „Hast du meine Notizen gelesen?"

„Pass lieber auf dich auf", warnte Nick ihn, ehe er den Themenwechsel akzeptierte. „Ja, die waren sehr interessant."

„Ich werde die Wette gewinnen", versicherte Zane ihm.

„Tja, so ungern ich das auch sage, aber ich fürchte, du hast recht."

„Willst du mitmachen?"

Nick schüttelte den Kopf. Es war befremdlich, seinen Bruder mit all dieser Gesichtsbehaarung zu sehen. Er sah aus wie jemand anderes. „Dir ist hoffentlich klar, dass du mit diesem Pelz im Gesicht wie ein geistig verwirrter Primat wirkst", bemerkte Zane.

Nick lachte. „Ich habe es in den vergangenen Tagen nicht geschafft, mich zu rasieren, aber ich bin nicht geistig verwirrt." „Ansichtssache."

„Du kannst dich für die Besorgungen revanchieren, die ich für dich gemacht habe. Ich brauche Teal, damit sie sich ein Motorenproblem ansieht."

„Wo ist Mario?"

„Nicht hier." Nick sah ihn forschend an. „Hast du etwa ein Problem damit, wenn deine Maschinistin mitkommt, um sich die Sache anzusehen?"

Zane dachte an ihren Kuss gestern Abend und stellte sich dann vor, wie Teal das Boot seines Bruders bestieg. Diese Vorstellung gefiel ihm ganz und gar nicht. „Natürlich nicht."

Als hätte sie seine Gedanken gelesen, kam Teal in diesem Moment die Treppe herauf und an Deck, wo sie sich aus ihrem nassen Taucheranzug schälte. Obwohl er wusste, dass sie sich nicht bewusst langsam und sexy auszog, reagierte sein Körper sofort auf ihre reizvollen Bewegungen, als würde sie nur für ihn strippen. Allmählich wurde dieser Zustand chronisch.

Unter dem Taucheranzug trug sie einen schlichten, ganz normalen Badeanzug, der aussah, als sei er ihr auf die nackte Haut gemalt worden.

Nick wedelte mit der Hand vor seinen Augen, um Zanes Aufmerksamkeit zurückzubekommen. Erst da merkte Zane, dass er sie wie ein geiler Schuljunge anstarrte. Mist!

„Hallo, Teal!", rief Nick. Sie stand neben dem Kran mit Colson, der ihr eines der Stücke zeigte, die sie heraufgeholt hatten. „Schnapp dir deine Sonnenbrille und mach dich gefasst darauf, mal ein richtiges Schiff zu sehen."

Zane beobachtete misstrauisch, wie Teal seinem Bruder unbekümmert zulächelte. Es war offensichtlich, dass sie Nick mochte. Na ja, er mochte seinen Bruder schließlich auch. Meistens jedenfalls. Aber es gefiel ihm ganz und gar nicht, dass er hier einfach auftauchte und ihm eines seiner Crewmitglieder entführte. „Wie lange nimmst du sie mit?"

„Kommt drauf an, wie lange ich sie brauche."

„Falls es dir entgangen sein sollte, wir befinden uns mitten in einer Tauchaktion." Sie waren gestern an eine andere Stelle gefahren.

„Ich dachte, die echte Bergung findet erst nächste Woche statt und diese Aktion sei nur zur Ablenkung." Teal sah von Nick zu Zane.

„Du müsstest mal deinen Expertenblick auf meine Maschine richten", bat Nick. „Darf ich dich für eine Weile entführen?" „Klar. Ich zieh mir nur schnell etwas ..."

Nick legte ihr den Arm um die Schultern. „Ach was, wozu?" Wozu? Weil Teal, so züchtig dieser Badeanzug auch sein mochte, darunter nackt war. Nick wirkte auf den ersten Blick zwar lässig und vernünftig, doch unter dieser Oberfläche verbarg sich seine wahre Natur. Und der waren Frauen nicht gewachsen.

Sein Charme entfaltete unterschwellig seine Wirkung. Ahnungslose Frauen sahen die Gefahr nicht kommen - und wurden so zur leichten Beute. Teal wusste es vielleicht nicht, aber Nick verstand sich mindestens so gut auf die Frauen wie Zane.

Alles andere als glücklich über diese Wendung, zog Zane sein T-Shirt aus. Wenn sie mit ihm zusammen war, trug sie eine Rüstung. Und bei Nick nur diesen hauchdünnen Badeanzug? Das konnte er nicht hinnehmen.

„Hier, zieh das an." Er warf seinem Bruder, der kein Wort gesagt hatte, einen finsteren Blick zu. Teal stand da, das T-Shirt in den Händen.

„Sie ist noch kein bisschen braun", erklärte Zane leicht verlegen. „Ich will nicht, dass sie sich einen Sonnenbrand holt." Aufmunternd nickte er Teal zu. Sie sah ihn an, als hätte er den Verstand verloren.

Hm, möglicherweise hatte sie sogar recht. „Nun halt es nicht so, als müsstest du damit das Deck feudeln", fuhr er sie an. „Zieh es dir über."

Teal bewunderte die eleganten Linien der *Scorpion*, als Nick die Barkasse an der Tauchplattform festmachte. Die große Jacht war etwas kleiner als Zanes Schiff, doch der Kontrast zwischen der gepflegten weißen *Scorpion* mit dem makellosen Teakdeck und Zanes *Decrepit* hätte kaum größer sein können. Nicks Boot verfügte über einen Whirlpool und einen Hubschrauberlandeplatz. Allerdings gab es kaum jemanden, den sie sich weniger beim Herumtollen in einem Whirlpool vorstellen konnte als Nick Cutter. Bei Zane sah die Sache schon anders aus.

„Sie ist eine echte Schönheit, Nick." Zanes T-Shirt reichte ihr bis zu den Knien, und es roch nach ihm. Diese Tatsache machte sie noch benommener als die kurze Überfahrt zwischen den beiden Schiffen.

„Mein zweites Zuhause. Zum Maschinenraum geht's da entlang." Er führte sie mehrere Treppen hinunter und durch verschiedene Niedergänge, bevor er die Tür zum sauberen weiß gestrichenen Maschinenraum öffnete.

Teal staunte angesichts der Pracht. „Wow, das ist ja wunderschön." Sie trat ein und atmete tief den Dieselgeruch ein. Zum Glück hatte die Seekrankheit sie diesmal nicht so schlimm erwischt wie zu Beginn ihrer Reise. Vielleicht war sie aber auch seefest geworden, nachdem sie beinah mit einem Schiff untergegangen wäre.

Nick lehnte sich an den Türrahmen. „Ich hole Mario, meinen Maschinisten, auf dem Weg zur Tauchstelle ab. Aber das ist erst in einer Woche. Wir rechnen mit Ventilproblemen. Würdest du es dir mal ansehen?"

„Hauptsächlich mit den Ansaugventilen?", fragte sie, schon auf dem Weg zu den tadellos aussehenden Motoren. „Übermäßiger Ventilverschleiß?"

„So ähnlich", antwortete Nick hinter ihr.

Teal vergaß seine Anwesenheit und überprüfte, ob die angesaugte Luft richtig gefiltert wurde. „Hm, ich bin mir nicht ganz schlüssig, was die Qualität des Metalls der Ventile und Ventilsitze angeht." Als Nächstes überprüfte sie die Kontrollanzeige für das Luft-Kraftstoffgemisch, dann richtete sie sich auf und wischte sich die Hände an dem sauberen Lappen ab, den Nick ihr hinhielt. „Ich würde die Herstellerfirma anrufen und sie ein paar Tests durchführen lassen. Das schriftliche Ergebnis können sie dann deinem Maschinisten zukommen lassen. Ich weiß, dass sie viel mehr Einstellungskorrekturen bei Ansaugventilen vornehmen, wenn sie Änderungen für ältere ..." Sie hielt inne. „Das interessiert dich gar nicht, oder?"

„Nicht so sehr wie dich", antwortete Nick lächelnd. „Wird das Problem akut, bevor Mario hier eintrifft?"

„Nein." Was Nick, da war sie sich ziemlich sicher, auch ganz genau wusste. „Tut mir leid, dass ich dir keine größere Hilfe sein konnte."

„Es hilft mir schon zu wissen, dass es sich nicht um ein drängendes Problem handelt. Komm, ich mache dir etwas zu essen, bevor ich dich zurückbringe. Das ist das Mindeste, was ich für dich tun kann, nachdem ich dich zum Arbeiten hierhergeschleppt habe."

„Soll das ein Witz sein? Ich könnte einen ganzen Monat glücklich hier verbringen."

Er umfasste ihren Arm und führte sie aus dem Maschinenraum. „Stattdessen werden wir oben an Deck Fettuccine mit Meeresfrüchten genießen."

„Ich warte in der Kombüse auf dich", erklärte er, nachdem er ihr den Weg zu dem luxuriösen Badezimmer auf dem Hauptdeck gezeigt hatte, damit sie sich waschen konnte.

Als sie in der Kombüse eintraf, war er schon dabei, das Essen zuzubereiten. Er schenkte ihr eine Cola ein.

„Setz dich", forderte er sie auf und deutete mit einer einladenden Handbewegung auf die eleganten schwarzen Lederhocker am Tresen. Die *Scorpion* bestand wirklich aus Hightech und Luxus. Umso mehr überraschte es Teal, wie sehr sie sich schon an die *Decrepit* gewöhnt hatte. Sie hätte all die Annehmlichkeiten auf Nicks Schiff nicht gegen Zanes Boot eintauschen wollen. Na ja, mit Ausnahme der Motoren vielleicht.

„Was führst du eigentlich im Schilde?", fragte sie Nick rundheraus und trank einen Schluck Cola an dem schwarzen Granittresen in dieser geräumigen Kombüse. Nick briet unterdessen gekonnt Shrimps und Muscheln in einer riesigen Pfanne. Auf einer anderen Platte stand ein

Topf, in dem Wasser kochte. Der Duft von Knoblauch mischte sich mit dem der Meeresfrüchte. Teals Magen knurrte.

„Was ich im Schilde führe?" Er sah sie durch den Dampf verwirrt an. „Vielleicht flirte ich bloß an einem herrlichen Tag mit einer schönen Frau?"

„Vielleicht aber auch nicht", konterte sie trocken. „Wenn du es drauf anlegst, bist du sicher unwiderstehlich. Aber da du nicht flirten willst, wüsste ich gern, was los ist."

Sie klimperte mit den Eiswürfeln in ihrem Glas und warf ihm einen misstrauischen Blick zu. Alle drei Cutters besaßen gefährlichen Charme in unterschiedlichen Abstufungen, das war ihr bewusst. Die meisten Frauen waren wehrlos, sobald die Brüder diesen Charme spielen ließen - wie Nick es in den vergangenen fünfzehn Minuten getan hatte. Nur weil sie auf dieses romantische Spiel nicht ansprang, hieß das noch lange nicht, dass sie blind war.

„Ich will bloß ein angenehmes Essen in bezaubernder Gesellschaft verbringen", behauptete er grinsend. „Magst du frischen Parmesan?"

„Klar." Teal spürte deutlich, dass ihn etwas umtrieb. Er wollte etwas - aber das war nicht sie.

„Ich weiß das Essen sehr zu schätzen, aber uns ist doch beiden ganz klar, dass du mich heute nicht in deinem Maschinenraum brauchtest", erklärte sie, als er die Pasta ins kochende Wasser warf. „Und ich sollte dich wohl darauf aufmerksam machen, dass ich immun gegen den Cutter-Charme bin. Nur für den Fall, dass du mich tatsächlich verführen willst. Also, warum kommst du nicht zur Sache?"

Er gab ein tiefes, entspannt klingendes Lachen von sich. „Wow, anscheinend habe ich es nicht mehr drauf, zu flirten, wenn eine Frau mich fragen muss, was ich im Schilde führe." Teal grinste reumütig. Selbst mit diesem dunklen Piratenbart sah Nick noch gut aus. Und dass er auch noch die gleichen strahlend blauen Augen wie Zane hatte, war beunruhigend. „Du hast es bestimmt noch drauf", beruhigte sie ihn und schwenkte ihr Glas in dem Ring aus Kondenswasser auf dem Tresen.

„Nur bin ich ziemlich gefeit dagegen. Und da ich mir sicher bin, dass du dich nicht auf den Weg gemacht hast, um mich zu sehen, vermute ich, du willst deinen Bruder irgendwie ärgern. Magst du mir also den Grund verraten? Oder ist das ein dunkles Geheimnis der Cutters?"

„Ich habe ein paar Sachen vorbeigebracht, die Zane von Cutter Cay haben wollte. Dabei erzählte er mir von dem Leck." Er schwieg einen Moment, ehe er fortfuhr: „Die Situation bereitet mir ziemliche Sorgen. Sicher, die *Decrepit* ist ein heruntergekommenes Schiff, aber mein Bruder hält es trotzdem in Schuss.

Das war also kein Unfall." Nick rieb ein Stück frischen Parmesan und rührte den Käse in die Soße. „Du kennst doch Zane. Er ist bei allen beliebt. Ich halte einen Zufall für unwahrscheinlich. Natürlich will er nichts drüber hören, dass es vielleicht ein Mitglied seiner Crew war. Ace ist geradeheraus", erklärte Nick ihr unnötigerweise.

„Unglücklicherweise glaubt Zane, alle anderen Menschen seien ebenso unverblümt und aufrichtig wie er", fuhr er fort. „Er ist viel zu vertrauensselig. Die ganze Sache riecht nach Sabotage, und ich befürchte, die Gefahr ist nur allzu real." Nick goss das Wasser ab, stellte den großen Topf wieder auf den Herd und gab die Meeresfrüchte aus der Pfanne zu den Nudeln.

„Ich würde gern deine Meinung hören zum fehlenden Flachs und der Schraube, an der sich doch ganz offensichtlich jemand zu schaffen gemacht hat."

„Du könntest ebenso gut Ben oder Ryan fragen."

„Ich möchte aber deine Ansicht hören."

Sie errötete vor Freude. Es war schon eine Weile her, seit jemand ihre Meinung zu etwas anderem als einem Motor hatte hören wollen. „Ich glaube auch, dass es Sabotage war", gestand sie. „Zane gibt sich zwar gelassen, aber ich würde sagen, er weiß es ebenfalls." Sie trank einen Schluck Cola. „Dein Bruder ist ein kluger Mann. Er kennt sein Schiff von vorn bis hinten ganz genau. Er ist absolut nicht naiv, und er vertraut nicht jedem, Nick." Hatte er sie in jener schicksalhaften Nacht nicht aufgefordert, sofort aus seinem Bett zu verschwinden?

„Du bist eine vernünftige Frau." Nick schöpfte die Fettuccine in zwei große flache Schalen und streute geriebenen Käse über die Portionen. „Ich bitte dich darum, wachsam zu sein und die Augen offen zu halten. Du bist die Neue, deshalb wird die Crew in deiner Gegenwart nicht misstrauisch sein. Vielleicht siehst du etwas Merkwürdiges, oder jemand äußert dir gegenüber etwas, was dir komisch vorkommt. Falls das passiert, musst du es sofort Zane sagen. Wenn jemand ein Loch in das Schiff meines Bruders schlägt, obwohl noch alle an Bord sind, wird derjenige vor nichts zurückschrecken, um seine Ziele zu erreichen."

Teal bekam eine Gänsehaut und rieb sich die Oberarme. „Was wäre denn damit gewonnen, wenn das Schiff sinkt?"

„Wenn die *Decrepit* aus dem Rennen wäre, könnte ein anderer den vermutlich größten Schatz seit der Atocha bergen." Das Frösteln wurde zu einem Erschauern. Teal stellte ihren eiskalten Drink ab und wischte sich die feuchten Hände an Zanes T-Shirt ab. „Sollte der Schatz so gewaltig sein, wie Zane behauptet, würden manche Leute auch vor Mord nicht zurückschrecken." Sie hatte sich selbst ein kurzes, aber dennoch beeindruckendes Bild von dem Wrack und dem Schatz machen können.

„Wenn mein Bruder seine Hausaufgaben gemacht hat, dann existiert der Schatz tatsächlich in dieser Größe." Nick schob ihr einen der Teller hin. „Dieser sture Idiot. Ich will nicht, dass er sich nur wegen einer Wette in Gefahr bringt."

Teal verdrehte die Augen. „Du meine Güte. Schon wieder eine Wette?" Sie erinnerte sich daran, wie die Jungen früher auf und um alles Mögliche gewettet hatten.

Zane hatte Teal zum ersten Mal mit sechs Jahren zu einer Wette herausgefordert, als er und sein Vater Sam nach Tortola gefahren hatten, um sie vom Flughafen abzuholen. Auf ihrer ersten Bootsfahrt nach Cutter Cay war ihr peinlicherweise schrecklich übel geworden.

Zane hatte nichts Besseres zu tun gehabt, als mit ihr darum zu wetten, dass sie sich übergeben musste, noch bevor sie wieder trockenen Boden unter den Füßen hatten. Sie hatte es geschafft, sich zusammenzureißen. Aber nur knapp.

Bei der Erinnerung daran musste sie lächeln. Sie hatte damals sogar einen Preis gewonnen. Einen Preis, den sie über zwanzig Jahre wie einen Schatz gehütet hatte.

„Ich erinnere mich an so einige Wetten zwischen euch", sagte sie. „Besonders die aus dem Sommer, als du gewettet hast, Zane würde keine lebendige Krabbe essen. Und zwar in einem Stück." Sie lachte. „Er hat es gemacht. Wusstest du, dass er sich noch Stunden später übergeben hat?"

„Er schwor, das Biest sei ihm die Kehle wieder hinaufgekrabbelt."

„Bestimmt! Er hat sich den Finger in den Hals gesteckt." „Ach, wenn man doch noch mal zwölf wäre", meinte Nick wehmütig. „Unsere aktuelle Wette lautet: Wer den größten Schatz findet, gewinnt zehntausend Dollar und wird im nächsten Jahr Chef des Unternehmens."

Teal schüttelte amüsiert den Kopf. Was sollte das? „Der Schatz, den Zane dort unten auf dem Meeresboden vermutet, wird Millionen wert sein. Und außerdem hat er mit Sicherheit gar keine Lust, Chef zu werden. Ich kenne kaum jemanden, der sich so gern den Wind um die Nase wehen lässt und ein schaukelndes Schiff unter den Füßen hat. Die ganze Schreibtischarbeit, die der Chefposten mit sich bringt, würde ihn doch glatt in den Wahnsinn treiben. Also bezweifle ich ernsthaft, dass die Aussicht auf zehntausend Dollar und einen Bürojob im Anzug ein Anreiz für ihn sind."

Nick hob eine Braue. „Du kennst ihn ziemlich gut. Um das Geld geht es nicht, sondern ums Gewinnen. Zane nimmt solche Wetten sehr ernst. Ich hoffe, sein Ehrgeiz in diesen Dingen trübt nicht sein Urteilsvermögen."

„Er kriegt schon mit, was um ihn herum vorgeht, Nick. Zane wird nichts riskieren, was sein Schiff oder seine Mannschaft in Gefahr bringt." Trotzdem blieb er ein waghalsiger Typ, der Herausforderungen liebte. Teal seufzte innerlich. „Na schön, ich werde die Augen offen halten."

„Gut", sagte Nick und deutete auf ihren Teller. „Iss."

Teal schob sich eine Gabel voll Fettuccine in den Mund. Der intensive Geschmack von Meeresfrüchten, Knoblauch und Sahne explodierte auf ihrer Zunge. „Wow, das ist köstlich." „Mal abgesehen von meinen kulinarischen Talenten, der Maschine und Zanes Problem habe ich dich noch aus einem anderen Grund zum Lunch eingeladen", erklärte Nick. „Ich wollte sichergehen, dass du klarkommst. Ich weiß, dass du nicht zu Zanes Crew gehören wolltest. Ich hatte ein schlechtes Gewissen, weil ich dich praktisch dazu gedrängt habe."

Teal staunte. „Du wolltest nach mir sehen?"

Nick zuckte mit einer Schulter. „Du gehörst praktisch zur Familie."

Sie bekam einen trockenen Mund und spürte tatsächlich einen Stich im Fierzen. Niemand hatte sich je für sie eingesetzt oder sich auch nur ihretwegen Sorgen gemacht. Das kam ihr sehr eigenartig vor, und sie fühlte sich deshalb ein wenig unbehaglich. „Du kennst mich doch gar nicht richtig."

„Wir kennen Sam schon unser ganzes Leben lang. Dein Vater gehört für uns zur Familie - und du damit auch." Nick legte seine Hand auf ihre. „Ich habe keine Ahnung, was dir damals in San Francisco passiert ist. Logan behauptet, du hättest den Job letztlich ziemlich schnell angenommen. Du wusstest vor deiner Zusage nicht einmal von Sams Krankheit. Aber ich vermute, dass es sich um eine üble Sache handelt. Du sollst nur wissen, dass ich für dich da sein werde, was immer du brauchst. Das Gleiche gilt für Logan und Zane."

Sie rieb sich mit der freien Hand den Oberarm. Die Sonne schien nach wie vor, aber ein vertrautes Frösteln breitete sich in Teal aus. Sie alle wussten nichts. Keiner von ihnen hatte auch nur die geringste

Ahnung, wie ihre Ehe gewesen war, denn sie wussten nicht einmal, dass sie verheiratet gewesen war. Und sie hatte nicht vor, es ihnen zu erzählen.

„Nichts ist in San Francisco passiert", versicherte sie ihm und zog ihre Hand unter seiner hervor, um sich weiter ihrem Essen zu widmen - das sie plötzlich gar nicht mehr wollte. „Trotzdem danke für deine Besorgnis."

Ihre Miene musste sie verraten haben, denn er fragte unvermittelt: „Und was ist mit Denny Ross?"

Von dieser Frage war sie vollkommen überrumpelt. Sie starrte ihn perplex an. „Woher ... wie ... wer hat dir von Denny erzählt?"

„Sagen wir mal so: Ich weiß einfach ein paar Dinge. Sam erwähnte, du seist um die Zeit herum, als mein Dad starb, ziemlieh eilig nach Orange Beach gezogen. Er wirkte besorgt. Ich erkundigte mich genauer."

Als Sam sie damals anrief, hatte sie versucht, sich am Telefon nichts anmerken zu lassen. Dabei raste sie in dem Moment gerade zum Flughafen. Er rief an, um ihr zu sagen, dass Zanes Vater gestorben sei und die Beerdigung in der darauffolgenden Woche stattfinden sollte. „Weiß irgendwer sonst von diesen ... .Dingen'?", fragte sie, noch immer entsetzt.

„Nicht wenn du niemanden ins Vertrauen gezogen hast."

Sie bog die nackten Zehen. „Habe ich nicht."

„Fein."

„Die Scheidung wurde in beiderseitigem Einvernehmen ausgesprochen." Du liebe Güte, wie sollte sie ihm erklären, was für eine Idiotin sie gewesen war? Und ob man von beiderseitigem Einverständnis sprechen konnte, wenn einer der beiden mitten in der Nacht das Weite suchte, sich sein taillenlanges Haar in einem schäbigen Hotelzimmer abschnitt und schwarz färbte, sich in unzähligen größeren und kleineren Städten versteckt hielt und sich jedes Mal fast in die Hose machte, sobald jemand an die Tür klopfte, blieb fraglich.

„Ich will nicht neugierig sein. Ich wollte nur sichergehen, dass mit dir alles in Ordnung ist."

Teal ging ein Licht auf. „Ah, du glaubst, Denny sei für das Leck in der *Decrepit* verantwortlich?"

Nick zuckte die Schultern. „Ganz auszuschließen ist das nicht. Besonders wenn er dir einen Haufen Unterhalt zahlen muss." „Er zahlt keinen Cent. Nichts. Und das ist mir auch ganz recht so. Ich will keine Spur in Form von Anträgen und Formularen hinterlassen. Er weiß nicht, wo ich mich aufhalte, und mir wäre es ganz lieb, wenn das auch so bliebe."

Prüfend sah Nick sie mit seinen intensiven blauen Augen an, die Zanes so sehr ähnelten. „Aber er weiß, wo Sam wohnt. Hättest du etwas dagegen, wenn ich diskret herauszufinden versuche, wo Ross steckt und was er so treibt?"

Erneut kroch eine Gänsehaut ihren Arm hinauf. „Ich will keine schlafenden Hunde wecken, Nick. Er ist kein netter Kerl, um es mal harmlos auszudrücken. Und ich will ihn nicht auf meine Spur bringen, indem du ..."

„Ich kenne Leute, die diskret sind", unterbrach er sie. „Ich verspreche dir, er wird nichts erfahren."

Woher kannte Nick denn Leute in San Francisco? „Ich glaube, das ist reine Zeitverschwendung. Aber wenn du dich dadurch besser fühlst, dann finde meinetwegen heraus, ob er etwas mit dem Sabotageakt zu tun hat." Nur würde sie ab jetzt ständig einen Blick über die Schulter werfen und mit Dennys Auftauchen rechnen. Dabei hatte sie sich gerade wieder einigermaßen in Sicherheit gewähnt.

„Apropos Sam", sagte sie, um das Thema zu wechseln. „Hast du ihn vor deiner Abreise noch gesehen? Wie geht es ihm?" Zane hatte zwar auch mit ihm gesprochen, aber Sam war ein Meister der Untertreibung und Zurückhaltung. Teal hätte sich selbst gern ein Bild gemacht, aber er ließ sie ja nicht an sich heran.

Da war sie den ganzen Weg von Alabama nach Cutter Cay geflogen, und er hatte nicht einmal so viel Interesse aufgebracht, um sie vor ihrer Abreise mit Zane zu sehen.

Stattdessen hatte er Zane angerufen, um ihm mitzuteilen, dass er seine Meinung geändert habe und sich nun doch behandeln lassen werde. Wohlgemerkt, er hatte Zane angerufen, nicht etwa seine Tochter. Das schmerzte.

Eigentlich hätte sie auf Cutter Cay sein sollen, um zu versuchen, irgendeine Art von Beziehung zu ihm aufzubauen. Aber nun war sie Hunderte Meilen weit weg, und er kommunizierte mit allen möglichen Leuten, nur nicht mit ihr.

„Es ging ihm den Umständen entsprechend gut", erklärte Nick.

Offenbar hatte Sam Nick nicht einmal eine Nachricht für sie mitgegeben oder ihn etwas ausrichten lassen. Was, um alles in der Welt, hatte sie denn erwartet? Dass er sie mit offenen Armen empfangen würde? Das hatte er noch nie getan. Und jetzt, wo er so krank war, war seine Tochter anscheinend die Letzte, an die er dachte. Sie hatte es kapiert. Es tat zwar weh, aber sie hatte verstanden. „Er ist stark. Vielleicht überrascht er uns alle."

„Ich hatte kein gutes Verhältnis zu meinem Vater", bemerkte Nick beiläufig, wobei er den Zusatz „auch" wegließ. Doch das Wort hing unausgesprochen in der Luft. „Wir waren wohl zu verschieden. Er war ein sehr lebhafter Mensch. Zane ist ihm sehr ähnlich."

Sie verschränkte die Arme über der Brust und war sich nicht ganz sicher, ob sie wirklich über Väter sprechen wollte. Oder über Zane. Beides waren unangenehme Themen, die sie im Lauf der Jahre zu analysieren versucht hatte. Am Ende hatte ihr das nur noch mehr Schmerz beschert und keine Antworten. Mittlerweile war sie zu der Erkenntnis gelangt, dass es besser wäre, sowohl Sam als auch Zane aus ihren Gedanken zu verbannen.

„Dads Beerdigung war das einzige Mal, als ich Zane sinnlos betrunken erlebt habe", berichtete Nick. „Von uns dreien hat ihn Dads Tod am meisten getroffen. Sie waren sich so ähnlich - waghalsige Draufgänger, immer im Mittelpunkt der Aufmerksamkeit. Aber es gab auch deutliche Unterschiede zwischen ihnen. Zane war Dads Fehlern gegenüber sehr unkritisch. Er wollte sie einfach nicht wahrhaben. Logan und ich hingegen sahen seine andere, hässlichere Seite. Vielleicht weil wir älter waren. Nehmen wir zum Beispiel seine Frauengeschichten. Damit wollte er sich immer etwas beweisen. Es fiel ihm leicht, sie herumzukriegen. Genauso schnell ließ er sie wieder fallen."

„Ich glaube, Zane sah sehr wohl, wie euer Vater war, und versuchte von klein auf, ihm nachzueifern." Teal war genervt. Es war nicht nötig, sie zu warnen. Sie hatte längst verstanden.

Nick trank einen Schluck und betrachtete sie nachdenklich. „Ich denke, Zane ist gar nicht so, wie er sich gibt. Da ist viel mehr in ihm als der Sonnyboy, der Mittelpunkt jeder Party."

Stimmt, dachte Teal. Er besaß eine verborgene Tiefe, die darauf wartete, von der richtigen Frau ergründet zu werden. Wenn sie nur schön genug war, amüsant genug, was auch immer. Wenn sie nur das gewisse Etwas hatte. Das war genau die Art von Frau, die Zane favorisierte.

Teal schaute hinaus, über das stille blaue Meer zur *Decrepit*. Zane und Colson standen in der Nähe des Krans und unterhielten sich mit Maggie.

Seine Schultern und Haare glänzten in der Sonne, sein goldener Ohrring funkelte. Heftige Sehnsucht stieg unvermittelt in ihr auf. Der Kuss gestern schien eine Ewigkeit her zu sein. Sie wollte nicht, dass Zane wusste, welche Wirkung dieser Kuss auf sie gehabt hatte. Zane zu küssen, dachte sie und wünschte ...

Zane zu küssen war vollkommen bedeutungslos. Er hatte sie geküsst, weil sie es zugelassen hatte. Während sie den Kuss erwidert hatte, weil sie nicht anders konnte.

Aber das durfte nicht wieder passieren. Es würde auch nicht wieder geschehen. Ganz gleich, wie wundervoll und verlockend es war. Sie hatte genug davon, bedeutungslos zu sein.

Als spüre er ihren Blick, sah Zane auf einmal in ihre Richtung, zur *Scorpion*, und winkte. Dieser anmaßende Kerl.

Nach kurzem Zögern winkte Teal zurück. Dann wandte sie sich wieder an Nick und beugte sich absichtlich ein wenig zu ihm hinüber. „Jeder hat Fehler.“

„Sicher. Aber Dad trank zu viel. Von uns dreien macht das keiner, wenn man mal von Zanes Ausrutscher nach Dads Begräbnis absieht. Wir haben oft genug mit angesehen, wie er sturzbetrunken war. Einen solchen Weg wollte keiner von uns einschlagen. Außerdem war es kein Geheimnis, dass er ein Schürzenjäger war, und sein Verhalten verletzte meine Mutter sehr.“ Das wusste sie. Der Klatsch auf der Insel besagte, dass Mrs Cutter die Jungen mitgenommen hatte. „Seid ihr alle nach Oregon gegangen?“

„Sie wusste von seinen Affären, aber was sollte sie machen? Sie musste drei Jungen großziehen, während Dad zu seinem nächsten Abenteuer unterwegs war. Für gewöhnlich nahm er eine Frau mit, wenn er rausfuhr. Und er betrog sie, kaum hatte das Schiff in irgendeinem Hafen festgemacht. Als Mom endlich genug hatte, brachte sie uns zu ihrer Mutter in Portland. Ich weiß nicht, was letztlich das Fass zum Überlaufen gebracht hat, jedenfalls reichte sie die Scheidung ein.“

„Aber dein Vater erhielt das Sorgerecht?“

„Dad war ein reicher Mann. Er wollte sich von niemandem die Söhne wegnehmen lassen, auch nicht von unserer Mutter. Also schleppte er uns zurück nach Cutter Cay und engagierte die teuersten

Anwälte, um das Sorgerecht vor Gericht zu erkämpfen." Teal horchte auf. „Aber er trank und betrog seine Frau."

„Ja, eigentlich hätte er den Prozess nicht gewinnen können. Aber das spielte keine Rolle, denn Mom wurde ein paar Monate später von einem betrunkenen Autofahrer getötet. Dad ließ uns nicht zur Beerdigung fahren." Nick klang, als handele es sich um eine uralte, längst erledigte Geschichte. Doch Teal ahnte seinen Schmerz.

„Wir gewöhnten uns an ein Leben ohne sie. Kinder sind widerstandsfähiger, als Erwachsene oft glauben. Und wir hatten ein tolles Leben auf der Insel. Immer waren Frauen um uns herum. Langbeinige Blondinen, kleine kurvige Brünette, schlanke Rothaarige …"

„Schon gut, ich verstehe."

„Die meisten Freundinnen unseres Dads mochten wir. Er brachte sie zwischen zwei Schiffsreisen für einen oder zwei Monate mit nach Hause. Als wir alt genug waren, begleiteten wir ihn."

„Was hat das alles mit mir zu tun?" Sie wusste, sie sollte die Nacht, in der Zane so betrunken gewesen war, dass er sich nicht mehr an sie erinnerte, nicht zur Sprache bringen. Aber es war, als würde man eine Prellung berühren, um herauszufinden, ob es noch wehtat. Ja, es tat noch weh. „Ich verstehe nicht ganz, warum du mir das alles erzählst."

„Ich nehme an, ich versuche dir zu erklären, was Zane geprägt hat. Unser Vater war ein harter Trinker und Schürzenjäger, und wir wuchsen ohne Mutter auf …"

„Na schön, Zane ist ein Frauenheld. Was spielt das für eine Rolle? Sein Lebensstil hat doch nichts mit mir zu tun. Im Übrigen habt ihr anderen, du und Logan, keine der Gewohnheiten eures Vaters übernommen. Zane ist genau der Mann, der er sein will."

„Teal…"

Sie stand auf. Ihr emotionaler Schutzschild war wieder intakt. „Ich werde mich um den Abwasch kümmern, und dann sollte ich gehen. Mal sehen, was Maggie und Saul gefunden haben. Dies ist ja nur eine

Aktion zur Ablenkung, also erwarten wir gar nicht, irgendetwas zu entdecken."

Er rieb sich den Nasenrücken. „Ich habe Leute, die sich um den Abwasch kümmern. Keine Panik. Ich garantiere, dass die da drüben nirgendwohin fahren werden, solange du nicht auf dem Schrottkahn bist."

Teal verspürte zur eigenen Überraschung den Impuls, die *Decrepit* zu verteidigen, als wäre es ihr Schiff. „Sie ist gut in Schuss. Lass dich von ihrem Äußeren nicht täuschen."

„Magst du diesen rostigen alten Kahn etwa?"

„Na ja, das wäre wohl übertrieben. Aber es stimmt, sie wächst mir langsam ans Herz, auch wenn sie heruntergekommen ist." Er betrachtete sie mit offenkundigem Interesse. „Du und Zane, ihr seid die Einzigen, die so denken."

SIX

Nick fuhr Teal einige Stunden später wieder zurück.

Die ganze Zeit hatte Zane die *Scorpion* nicht aus den Augen gelassen. Falls Nick eine Verführung im Sinn hatte, würde er mit ziemlicher Sicherheit ans Ziel kommen. Hatte er? Hatten sie alle beide?

Zane wartete, bis sein Bruder ihr an Bord der *Decrepit* half. Teals Haar war vom Wind zerzaust, Nase und Wangen waren ein wenig gerötet. Ihr Anblick in Zanes T-Shirt war hinreißend. Am liebsten hätte er es ihr gleich ausgezogen. Langsam. „Wir haben ein Wrack gefunden, das noch nicht ganz leer geräumt zu sein scheint. Nichts Besonderes, nur ein paar Münzen. Hilfst du beim Polieren? Dann kann Maggie Pause machen", erklärte Zane.

„Klar." Sie musterte ihn, dann wandte sie sich lächelnd an seinen Bruder. „Danke für das tolle Essen." Mit provozierendem Hüftschwung ging sie auf ihren langen Beinen davon. Zane liebte den Anblick dieser aufregenden Beine und malte sich aus, wie er die zarte Haut ihrer Kniekehlen küsste ...

Er sah Nick an. „Essen? Dafür brauchtest du meine Maschinistin? Damit du Gesellschaft beim Lunch hast?"

Nick beachtete ihn gar nicht, sondern schaute Teal hinterher. „Sie hatte ein paar ... Probleme."

„Allerdings. Zum Beispiel einen sogenannten Freund, der sich an sie heranzumachen versucht. Was hast du dir dabei gedacht, Spock? Du hast kein Recht, irgendetwas von ihr zu wollen. Sie ist nicht mehr das Mädchen, das wir gekannt haben. Hinter ihrer kratzbürstigen, aufsässigen Art verbirgt sich ... ach, ich weiß nicht. Ich glaube, dahinter verbirgt sie ihre Verletzlichkeit. Sie ist dir nicht gewachsen, im Ernst."

„So wenig wie dir." Nick schien seine Worte sorgsam zu wählen, als er hinzufügte: „Handle nach dem, was du sagst, Ace. Ich glaube, sie wurde missbraucht."

Zane überlief es erst eiskalt, dann heiß. Oh nein. Verdammt nein, das wollte er nicht hören. Aber natürlich, Nick könnte recht haben. Es passte ins Bild. Allerdings nicht von Sam - der vernachlässigte sein Kind nur. „Du meinst, sie hatte einen gewalttätigen Partner?"

Diese Vorstellung machte ihn ganz krank. Aber da waren ihre emotional unbeteiligte Art und andere Kleinigkeiten, die er an ihr beobachtet hatte. Wut stieg in ihm auf. Er hasste Menschen, die Schwächere misshandelten. Es war unfassbar, dass irgendwer Teal wehgetan hatte.

Nick schob die Hände in die Taschen und schaute nachdenklich auf die Stelle, an der Teal eben noch gestanden hatte. Dann schien er zu einer Antwort gelangt zu sein, denn er hob den Kopf und sah Zane an. „Ihr Ehemann. Sie war verheiratet."

Zane starrte seinen Bruder an. „Verheiratet? Bist du dir sicher? Sie hat nichts dergleichen erwähnt, und Sam hat auch nie etwas darüber verlauten lassen."

„Sie wollte nicht, dass irgendwer es weiß. Mir hat sie sich anvertraut, und eigentlich sollte ich nicht darüber sprechen." „Warum sollte sie ihren Ehemann vor ihrem Vater geheim halten? Moment mal. Woher weißt du überhaupt davon?" Zane tippte Nick auf die Brust. „Sie hat sich dir anvertraut? Warum?" „Während des Essens gestand sie mir, dass ihr Ex nicht wissen soll, wo sie sich aufhält. Ich werde wohl mal ein paar Nachforschungen anstellen."

„Mann, Nick. Lass das lieber. Damit dringst du in ihr Privatleben ein." Zane ballte die Fäuste.

„Man hat einen Sabotageakt auf dein Schiff verübt, vergiss das nicht. Da sollten wir in alle möglichen Richtungen nachforschen, meinst du nicht?"

„Glaubst du etwa, ihr Exmann steckt dahinter?"

„Hast du noch andere Verdächtige? Angesichts der Gefahr haben wir als ihr Arbeitgeber ein Recht, jede fragwürdige Person aus ihrer Vergangenheit unter die Lupe zu nehmen."

„Zunächst einmal bin ich momentan ihr Arbeitgeber, nicht du. Und die Tatsache, dass sie verheiratet war und geschieden ist, hat keinerlei Auswirkungen darauf, wie sie ihre Arbeit macht."

„Stimmt. Aber sie gehört zur Familie. Ich denke doch, das rechtfertigt ein bisschen mehr als die übliche Überprüfung der Referenzen. Keine Sorge, ich werde diskret vorgehen. Falls sich der Typ als harmlos erweist, kannst du schon mal einen Verdächtigen von der Liste streichen."

Familie? Zane stellte sich Kinder mit Teals zerzausten Haaren und ihrem Temperament vor - und fragte sich sofort, ob er zu viel Sonne abbekommen hatte. „Da ich von dem Arschloch nichts wusste, stand er auch nie auf der Liste meiner Verdächtigen. Aber meinetwegen, nur zu", sagte er, obwohl er nicht wusste, ob es das richtige Vorgehen war. „Lass mich wissen, was du findest. Ich werde ihr gegenüber nicht erwähnen, dass du mir von diesem Kerl erzählt hast. Doch für den Fall, dass wir uns mit ihm beschäftigen müssen, werde ich mich persönlich um ihn kümmern. Danach hältst du dich heraus, Spock. Das meine ich ernst."

Sein Ton war scharf, und Nick runzelte die Stirn. „Da steckt doch eine Geschichte dahinter."

„Mag sein, aber die geht dich nichts an. Also vergiss es." „Schon geschehen. Hauptsache, ich kann Erkundigungen über diesen Typen einholen und herausfinden, wo er sich letzte Woche aufgehalten hat. Einverstanden?" Mit finsterer Miene fügte er hinzu: „Und jetzt gebe ich die Warnung an dich zurück. Fang bloß nichts mit ihr an. Wenn du glaubst, sie sei mir nicht gewachsen, dann ist sie dir erst recht nicht gewachsen, Mr Casanova. Frauen wie Teal sind für schnelle Affären nicht geschaffen, kapiert?"

„Verschwinde auf dein eigenes Schiff."

Nick kehrte auf die *Scorpion* zurück, und Zane ging hinauf auf die Brücke, um mit Teal seine Pläne für den bevorstehenden Tauchgang zu besprechen.

Warum hielt eine Frau ihre Ehe geheim? Warum hatte Teal das getan?

Zane fiel keine schlüssige Antwort ein, deshalb beschloss er, selbst ein wenig nachzuforschen.

Dass Nick die Frechheit besessen hatte, ihn zu warnen, machte ihn stinkwütend. Er stellte doch gar nichts an, verdammt noch mal!

„Was ist das hier? Ein illegales Wohnprojekt?", fragte Zane und schaute sich im Maschinenraum um. Es war frühmorgens am Tag nach Teals Lunch mit Nick. Sie hatte nicht gehört, dass die Tür aufging, weil er sich praktisch angeschlichen hatte.

Er trug schwarze Shorts. Und sonst nichts, bis auf den goldenen Ohrring. Weder T-Shirt noch Schuhe. Seine gebräunte seidige Haut spannte sich über seinen Muskeln. Ein schmaler Streifen schwarzer Härchen bedeckte seine Brust, lief auf seinem flachen Bauch zusammen und verschwand unter seinen Shorts. Seine Bauchmuskeln sahen aus, als mache er täglich fünfhundert Klappmesser. Neben anderen Fitnessübungen, über die sie jetzt nicht nachdenken wollte.

Teal bekam einen trockenen Mund. Ihr Magen zog sich zusammen. Mist. Fünf Minuten früher, und er hätte sie schlafend auf dem Boden erwischt. Zum Glück hatte sie ihr Bettzeug schon weggeräumt.

Dumm war nur, dass der Sessel und die Lampe, die sie gestern aus ihrer Kabine hierhergeschleppt hatte, noch dastanden. Ihre Schlafsachen sowie ihr feuchtes Duschhandtuch von gestern Abend hingen über der einen Sessellehne. Auf der anderen lag aufgeklappt ihr Buch über die Karibik.

„Was machst du hier?", verlangte sie misstrauisch zu erfahren und versuchte, größer zu wirken. Seine Nähe machte sie nervös, und das wiederum ärgerte sie.

Er musterte sie mit strengem Blick. „Mittwochmorgen-Inspektion des Maschinenraums. Hast du das Memo nicht erhalten?"

„Es ist Donnerstag. Und du hättest schon viel früher mit der Inspektion anfangen sollen", erklärte sie und versuchte, nicht daran zu denken, dass sie nur ein paar dünne Schichten Baumwolle am Leib trug. „Das Öl ist mies. Es ist flockig und stinkt.

Wahrscheinlich sind die Treibstoff düsen verklebt. Aber das weiß ich erst sicher, wenn ich sie nach unserer Rückkehr auseinandergenommen habe." In Wahrheit war sie verblüfft gewesen, wie sauber und in Schuss alles im Maschinenraum war. Dafür war natürlich Sam verantwortlich. Die Maschinen waren alt, aber gut gewartet. Nur würde sie Zane das nicht auf die Nase binden.

Seit jenem Abend, als sie sich geküsst hatten, waren sie nicht mehr allein gewesen. Es war offensichtlich, dass er den Kuss längst vergessen hatte. Ihr hatte sich dieser Moment der Zärtlichkeit hingegen unauslöschlich ins Gedächtnis gebrannt.

Und jetzt stand Zane viel zu dicht bei ihr. Wie ein Raubtier auf dem Sprung. Er kam ihr überlebensgroß vor, und er nahm viel zu viel Raum ein. Sein Körper war athletisch und muskulös durch die harte körperliche Arbeit auf See. Er duftete nach Seife und frischer Luft. Wie üblich war er unrasiert, doch seine Haare waren noch feucht von der morgendlichen Dusche. Jetzt hatte er sie zurückgekämmt, was seine Wangenknochen und das intensive Blau seiner Augen zur Geltung brachte. Er sah aus wie ein gefallener Engel. Oder wie ein sexy Unterwäschemodel. Teal fand, er sollte ein Warnschild um den Hals tragen.

Mit seinen klaren, intensiven, forschenden Augen begutachtete er gerade ihre nackten Beine, ehe er den Blick langsam wieder auf ihr Gesicht richtete. Es war, als berührte er ihre Haut, ganz sacht. Sie erschauerte. Er wirkte amüsiert.

Zanes Fähigkeit zu flirten war sein Kapital. Seine Waffe. Es war gar nichts Persönliches, er befand sich einfach nur ständig im Training. Der Himmel stehe der Frau bei, die er sich zum Zielobjekt erkoren hat, dachte sie. Teal gab sich Mühe, seinem Charme nicht zu erliegen. Vergebens.

Sie wich einen Schritt zurück. Den Faden der Unterhaltung hatte sie inzwischen vollkommen verloren. „Du solltest hier unten wirklich langärmelige Sachen tragen", sagte sie. „In einem Maschinenraum lauern unzählige Gefahren." Zane Cutter war eine davon.

Ungerührt musterte er ihr Trägerhemd und ihre karierten Shorts. „Klar doch. Übrigens hätte ich gern mein T-Shirt zurück. Es ist nämlich mein Lieblings-T-Shirt."

Sie hatte es auf ihr Kissen gelegt und darauf geschlafen. Zum Glück hatte sie nicht darin geschlafen. Jetzt lag es irgendwo zwischen ihrem Bettzeug. „Tut mir leid. Ich habe es zum Abwischen meiner ölverschmierten Hände benutzt und anschließend in den Verbrennungsofen geworfen." Teal lehnte sich mit der Hüfte an den kleinen eingebauten Tisch, so weit entfernt von Zane wie möglich.

„Das war kein Geschenk", empörte er sich, während er wie ein hungriger Panther durch ihren Maschinenraum strich. „Es war nur geliehen. Im nächsten Hafen kannst du mir ein neues kaufen."

Ruhelos schaute er sich in dem Raum um, der für sie beide nicht groß genug war. Es gab einfach nicht viel Platz. Da waren die zwei Motoren, zwei Menschen und all die anderen Sachen. Zum Beispiel der Generator und die Ersatzbatterien. Ein Sessel und die Lampe. Ach ja, und ihr Bettzeug, das Zane in diesem Augenblick hinter dem Sessel hervorholte - mitsamt dem T-Shirt. Er warf es auf das Sitzpolster und meinte skeptisch: „Ein T-Shirt reicht dir wohl nicht, was?"

„Nö." Der verflixte Kerl drang in ihre Privatsphäre ein. Kannte dieser Mann denn gar keine Grenzen? Der Duft seiner nackten Haut machte sie benommen. Doch sie würde nicht zurückweichen, deshalb hob sie trotzig das Kinn. „Du solltest dir nicht nur eine neue Maschine bestellen, sondern auch einen größeren Generator. Ich werde dir jedenfalls nicht helfen, diesen bei der nächsten Inspektion durchzuschummeln."

Er grinste. Die Drohung prallte spurlos an ihm ab. Die Art, wie er sie ansah, erhitzte ihre Haut und machte sie ... nichts. Es machte gar nichts mit ihr.

„Warum schläfst du hier? Du hast eine sehr gute Kabine und eine bequeme Koje."

„Woher weißt du denn, wie bequem die Koje ist? Hast du etwa mit einer deiner zahllosen Freundinnen darin geschlafen?"

Höchstwahrscheinlich, dachte sie und war im Nachhinein doppelt froh, nicht auf der schmierigen Matratze geschlafen zu haben.

„Die Matratze habe ich selbst gekauft. Ich habe sie nur ein einziges Mal getestet, und zwar im Laden."

„Trotzdem ziehe ich es vor, auf dem Fußboden zu schlafen. Ich lausche gern den Maschinen, nachts, wenn sonst alles still ist. Betrachte meinen Schlafplatz hier als zusätzliches Überwachungsinstrument. Ich werde dir dafür auch nichts berechnen."

„Wie nett von dir."

„Gestern habe ich den elektronischen Sensor repariert, den jemand schlampig installiert hatte. Ich nenne keine Namen", erklärte sie und sah ihn demonstrativ an.

Sie wusste besser als jeder andere, dass der äußere Anschein oft täuschte. Die *Decrepit* sah übel aus, und die Maschinen waren uralt. Aber sie waren noch gut in Schuss.

„Natürlich weiß ich, dass du hart arbeitest. Und deshalb bitte ich dich auch nicht um einen Bericht. Du machst deinen Job hervorragend. Ich kann absolut nicht klagen."

„Was willst du dann hier unten?"

In seinen Augen lag ein gefährliches Funkeln, als er die Hand ausstreckte, um ihr die Haare aus dem Gesicht zu streichen. Diesmal erschauerte Teal von Kopf bis Fuß und an einigen strategischen Punkten dazwischen. Zane beherrschte die beiläufigen Berührungen perfekt, das Flirten, bei dem jede Frau ihre Wachsamkeit vergaß.

„Ich bin hier, um dich zu fragen, ob du beim ersten offiziellen Tauchgang zur *Vrijheid* meine Partnerin sein willst." Wieder einmal war da dieses umwerfende jungenhafte Lächeln auf seinem attraktiven Gesicht, bei dem sie sofort zurücklächeln wollte.

„Ich will nicht bis nächste Woche warten. Man wird uns ohnehin folgen. Da können wir ebenso gut offiziell mit der Show beginnen. Wir gehen es an, Teal. Endlich werden wir wissen, welche Beute uns das Schiff nach all den Jahren am Meeresgrund freigibt. Und ich möchte dich an meiner Seite haben."

Teal war bereits völlig aus dem Konzept geraten, nachdem seine Finger ihre Wange gestreift hatten. Doch seine Bemerkung ließ sie innehalten. Ihr Herz schlug schneller. „Du bittest mich, den allerersten Tauchgang mit dir gemeinsam zu machen?" Seine Freude war ansteckend.

Er grinste, und seine Zähne leuchteten weiß. „Ja."

Sie hatte keine Ahnung, wie er ihr so nahe gekommen war. Jetzt nahm sie den Duft von Zahnpasta in seinem Atem wahr. Zu gern wollte sie ihre Hand auf seine Wange legen und die frischen Bartstoppeln spüren. Außerdem verspürte sie das verrückte Verlangen, ihre Hände an seinem Hals hinuntergleiten zu lassen, bis zu seiner muskulösen Brust. Sie wollte sich an ihn schmiegen, um seine warme Haut an ihrer zu spüren. Ihr Puls hämmerte. Küss mich, dachte sie. Verschwinde. Küss mich.

Sein Blick glitt über ihren Körper wie eine sinnliche Liebkosung. „Teal..."

Ihre Haut prickelte. Eine sachte Vibration, die zwischen ihren Beinen begann und sich vom Epizentrum ausbreitete. Sie streckte den Arm aus, um Zane auf Abstand zu halten. Aber irgendwie lag ihre Hand dann doch auf seiner Brust, und sie fühlte das Pochen seines Herzens. Es war eine elektrisierende Berührung, die eine heftige Begierde entfachte ... die ... das ... musste aufhören.

Sein Herzschlag ging so unregelmäßig wie ihrer. Dieser verdammte Kerl hatte eine ganz eigene Anziehungskraft, der sie einfach nicht entrinnen konnte.

Es wurde Zeit, dem Ganzen Einhalt zu gebieten. Sie atmete tief ein und befeuchtete ihre Lippen, um die entsprechenden Worte herauszubekommen. „Glaub ja nicht, du könntest einfach jederzeit, wann es dir passt, hier hereinmarschiert kommen und mich küssen ..."

„Ich habe dich nicht geküsst", unterbrach er sie mit tiefer, samtweicher Stimme. In dem gedämpften Licht wirkten seine Augen geradezu teuflisch. „Noch nicht." Er umfasste ihr Gesicht mit beiden Händen und zog sie zu sich heran, bis seine Lippen ihre berührten. Der Kuss war weder zögernd noch vorsichtig. Zane kam in weniger als einer Sekunde von null auf hundert.

Heiße Begierde durchflutete ihren Körper, als er sie stürmisch küsste. Sie schien in Flammen zu stehen und gab einen leisen, wimmernden Laut von sich. Im nächsten Moment schlang sie ihm die Arme um den Nacken und stellte sich auf die Zehenspitzen, damit er sie noch besser küssen konnte. Ganz deutlich fühlte sie seine Erregung und spürte, wie ihr Verlangen dadurch nur noch mehr angefacht wurde. Seine Zunge fand ihre, und alles war plötzlich nur noch reines Begehren ...

„Zane? He, Kumpel, bist du hier drin?"

Widerstrebend ließ er Teal los und war sich ihrer Nähe nur allzu bewusst, als Ryan in den Maschinenraum gestürmt kam. „Die *Sea Witch* ist gerade eingetroffen", erklärte er atemlos und aufgebracht.

Seine von der Sonne gebleichten Haare standen ihm wirr vom Kopf ab, und er hielt noch immer eine Schwimmflosse in der Hand.

Zane brauchte einen Moment, bis er die sinnliche Benommenheit abschütteln konnte, die der Kuss in ihm ausgelöst hatte. „Das ist nicht dein Ernst." Er fuhr sich durch die Haare. „Wie nah?" Beim letzten Mal hatte die *Sea Witch* keine fünfzig Meter entfernt von ihnen geankert, wobei sich die Ankerketten kreuzten. Sollte das erneut der Fall sein, würde Zane sich ernsthaft mit der Rothaarigen unterhalten müssen. Wieder einmal.

„Im Abstand der vorgeschriebenen Meile", beruhigte Ryan ihn. „Dort scheint sie zu bleiben. Zumindest vorerst."

„Wir werden sie im Auge behalten." Die Kapitänin der *Sea Witch* schien stets ganz genau zu wissen, wo sich die Cutter-Brüder gerade aufhielten. Schon bei Zanes letzten drei Bergungsfahrten hatte sie sich jedes Mal in der Nähe aufgehalten. Und er wusste, dass sie in den vergangenen Jahren auch Logan und Nick mehrmals gefolgt war. Sie war eine echte Nervensäge. Schlimmer war jedoch, dass sie ihnen Schatzfunde im Wert Zigtausender Dollars direkt vor der Nase weggeschnappt hatte.

Unwillkürlich musste Zane an das beschädigte Ruder denken. Erhöhte die *Sea Witch* den Einsatz jetzt mit Sabotageakten? Zuzutrauen wäre der Rothaarigen der Versuch, ihn in den Hafen zur Reparatur zu schicken, damit sie sich noch mehr von seiner Beute schnappen konnte.

Aber was, wenn doch Teals Ex dahintersteckte, wie Nick vermutete?

Wortlos betrachtete Teal die Daten auf dem Laptop, der auf einem kleinen Computertisch neben den Maschinen stand. Schon wieder ganz auf ihren Job konzentriert, öffnete sie das Cat ET, Caterpillars Electronic Technician, ein technisches Diagnoseprogramm.

Versuchte sie, so zu tun, als habe der Kuss nie stattgefunden? Netter Versuch, dachte Zane, als er die leichte Röte bemerkte, die sich auf ihren Wangen ausbreitete. Sie hatte wirklich einen hübschen Mund, und wenn Ryan nicht aufgetaucht wäre, würde Zane seine Maschinistin wahrscheinlich immer noch wild und leidenschaftlich küssen. Schnell riss er den Blick los und sah wieder zu Ryan.

„Die *Sea Witch* gehört zu den Geiern, die wir mit unserem Täuschungsmanöver abzuhängen gehofft hatten. Die ist eine echte Plage", erklärte Ryan Teal, ehe er sich an Zane wandte. „Ich habe dich gewarnt, dass dieses Weib es auf dich abgesehen hat. Denk an meine Worte. Sie ist eine üble Person. Der würde ich es glatt Zutrauen, dass sie höchstpersönlich unser Ruder manipuliert hat. Wir sollten schlau sein und sie nicht aus den Augen lassen. Wenn wir ihr den Rücken kehren, wird sie sich wieder auf unseren Schatz stürzen."

Teal wandte sich an Zane. „Kann sie das denn?"

„Es ist unmöglich, ein Wrack zu entdecken und keine Konkurrenten zu haben. Also ja, bis zu einem bestimmten Punkt kann sie das. Allerdings muss sie uns prozentual an ihren Funden beteiligen. Vorausgesetzt natürlich, wir wissen davon."

„Kannst du denn nichts unternehmen?"

„Nicht, solange sie nichts Illegales tut. Und das war bisher nie der Fall." Zumindest gab es keine Beweise. Falls die *Sea Witch* jedoch hinter dem Sabotageakt steckte, würde er sie drankriegen. „Ryan hat recht, die ist wie ein Pilotfisch und schnappt sich die Brocken, die wir übrig lassen."

„Ich nehme mal an, bei der Kapitänin handelt es sich nicht um eine gemütliche alte Dame?", fragte Teal Ryan.

„Ende zwanzig, gut gebaut, rothaarig."

„Aha. Eine Freundin, deren Namen du unangenehmerweise vergessen hast?", neckte sie Zane und faltete das Handtuch zusammen, das sie über die Sessellehne gelegt hatte. Es hatte einen feuchten Fleck auf der Polsterung hinterlassen. „Hast du es mal mit ‚Schatz" oder ‚Liebling" versucht?"

„Ich kenne sie gar nicht persönlich, und ich will sie auch nicht kennenlernen. Die ist doch nichts weiter als eine moderne Piratin." Dann wandte er sich an Ryan. „Verstärken wir unsere Sicherheitsvorkehrungen. Lass vorsichtshalber ein paar Leute von St. Maarten kommen, um den Schutz für die Dauer der Bergung zu erhöhen."

„Zu Befehl, Käpt'n." Ryan salutierte scherzhaft. „Ich werde mich sofort darum kümmern." Kurz sah er zwischen Zane und Teal hin und her. „Hm", war alles, was er noch von sich gab, bevor er verschwand.

„Diese Frau hört sich gefährlich an."

„Bis jetzt war sie nur lästig. Gefährlich? Nein. Aber das heißt natürlich nicht, dass sie nicht gefährlich werden könnte. Wenn sie erst den Wert des Schatzes kennt und so schlau ist, wie ich vermute, könnte alles passieren. Sobald es um so viel Geld geht, werden die Menschen gierig."

„Aber bisher weiß sie nicht, welchen Schatz die *Vrijheid* an Bord hatte?"

„Das ist ihr vollkommen egal. Sie hat uns schon Kunstgegenstände weggeschnappt, die bloß ein paar Dollar wert waren, und dann wieder Sachen im Wert mehrerer Tausend Dollar. Das hat weder Sinn noch Verstand. Sie will die Sachen, also schnappt sie zu. Anscheinend besteht ihr Hauptziel darin, jederzeit zu wissen, wo sich die Bergungsschiffe der Cutters aufhalten. Mein Pech, dass sie es in dieser Woche auf mich abgesehen hat. Falls du wissen willst, wie sie das schafft: Jeder, der einen Computer besitzt, kann den Standort eines Schiffes leicht herausfinden", erklärte er grimmig.

„Und was machen wir jetzt?"

„Wir ankern und beeilen uns."

Teal hoffte, dass so der Himmel aussah. Friedvoll. Still. Einsam. Und von so klarem Blau wie Zanes Augen. Das Wasser umgab ihre nackte Haut wie warme Seide. Sie schwebte, und zwar nicht nur dank ihrer Tarierweste. Ganz leicht und schwerelos fühlte sie sich. Seite an Seite mit ihr schwamm Zane. Nah genug, um einander zu berühren. Was sie jedoch nicht taten. Ihre Bewegungen waren synchron, während sie wie in Zeitlupe in die Tiefe hinabtauchten. Sie hatten Metalldetektoren bei sich und jeder einen Korb für die Proben, die sie sammeln wollten.

Uber ihnen ankerte die *Decrepit* wie ein dunkler Fußabdruck im hellen Licht der Morgensonne, die durch das Wasser schien. Schwärme bunter Fische schwammen wie ein einziges Wesen vorbei, ihre winzigen leuchtend roten Körper schossen ruckartig im perfekten Einklang hin und her.

Zane legte ihr die Hand auf die Schulter und deutete auf einen vorbeischwimmenden Schwarzspitzenhai. Teal verfolgte mit angehaltenem Atem, wie der stromlinienförmige Körper nur wenige Meter entfernt von ihnen vorbeiglitt. Zane schüttelte den Kopf und bedeutete ihr zu atmen. Während eines Tauchgangs die Luft anzuhalten war gefährlich. Das wusste sie.

Er beobachtete sie, um sicherzugehen, dass sie wieder normal atmete, und registrierte die kleinen, aus dem Sauerstoffgerät aufsteigenden Bläschen. Nachdem sie ihm das OK-Signal gegeben hatte, konzentrierte er sich wieder auf den Hai. Vorsichtshalber zog er sein Tauchermesser aus der an seinem Oberschenkel befestigten Messerscheide. Der Hai schien nicht an ihnen interessiert zu sein. Mit seinem braunen Rücken, dem schmutzig weißen Bauch und dem weißen Rennstreifen an der Seite war er fast so lang wie Teal.

Zane und sie schwebten still im Wasser. Mit den Händen und den Schwimmflossen vollführten sie nur sehr langsame Bewegungen. Der Hai drehte sich zu ihnen um und schien ihr Körpergewicht sowie den Kaloriengehalt einzuschätzen. Dann überlegte er es sich anders und schwamm einfach davon.

Teal machte eine Geste des Essens. Zane deutete auf sie und dann auf den sich entfernenden Hai. Nein, sie wollte nicht den Hai essen. Er grinste trotz des Mundstücks, bewegte die Hand vor und zurück und zeigte nach unten.

Unter ihnen lagen die auseinandergebrochenen Teile der *Vrijheid*, unter weißem Sand und Korallen begraben. Der Sand kräuselte sich in der Strömung wie ein Schleier. In ihrer Vorstellung sah Teal die Fregatte heil und in voller Pracht um die halbe Welt segeln, um den gut bewaffneten Galeonen kostbare Schätze abzujagen.

Jetzt war von dem einst stolzen Schiff kaum noch genug übrig, um es zu identifizieren. Nur ein paar kleinere und größere Erhebungen auf dem Meeresboden. Unter jeder dieser Erhebungen und faszinierenden Formen konnte sich ein Piratenversteck voller Gold oder eine Kiste mit den Juwelen einer Königin verbergen.

Obwohl Teal die letzte Ruhestätte der *Vrijheid* schon in der Woche zuvor gesehen hatte, klopfte ihr Herz auch diesmal wieder vor Aufregung.

Zane zeigte auf seine Uhr. Teal schaute auf das eigene Zifferblatt und hob den Daumen. Sie war bereit, endlich loszulegen. Zane wackelte mit dem Arm, um sie vor versteckten Muränen zu warnen. Sie verdrehte die Augen. Heute war sie viel zu froh und hatte zu viel Spaß, um sich über ihn zu ärgern. Schon vor dem Tauchgang hatte er ihr einen zehnminütigen Vortrag über das Was, Wann und Wie gehalten.

Dann präsentierte er ihr mit ausgebreiteten Armen das ganze Wrack. Luftblasen stiegen über seinem Kopf auf und wurden größer, je näher sie der Wasseroberfläche kamen. Teal tauchte mit kraftvollen Bewegungen nach unten, um das Wrack genauer zu untersuchen.

Sie hätte den ganzen Tag dort verweilen können, doch wegen des Zeitlimits fing sie gleich an, vorsichtig den Sand mit den Händen wegzuschaufeln. Zane tat in einiger Entfernung dasselbe. Sie sah ein trübes Schimmern unter den Sandkörnern. Ein Stück gelbes Plastik?

Wie enttäuschend. Sie machte sich daran, es auszugraben, um es auszusortieren.

Wie sich herausstellte, handelte es sich keinesfalls um Plastik, sondern um Gold. Wie toll wäre es wohl, eine ganze Kiste mit Goldmünzen zu entdecken? Das Gold lag direkt unter einem Klumpen, der aussah wie ein Stück von einer grauen Koralle. Zane hatte ihr neulich die erste im Wrack gefundene Goldmünze gegeben. War dies eine weitere Münze? Waren es mehr als eine? Was für eine aufregende Vorstellung!

Die Münze, die Zane ihr großzügigerweise und ganz beiläufig letzte Woche überlassen hatte, bewahrte sie in jenem kleinen silbernen Kästchen auf, das er ihr als Kind geschenkt hatte. Das war ihr Gewinn aus der Wette, dass sie sich nicht mehr übergeben durfte. Bei dem Gedanken daran musste sie lächeln.

Der kleine Behälter, den er ihr damals als Wetteinsatz geschenkt hatte, stammte frisch vom Meeresboden. Er war dunkel verfärbt und von Gestein überwuchert. Sie hing daran, denn er stammte von ihrem Helden. Den materiellen Wert des Kästchens kannte sie zu jenem Zeitpunkt noch gar nicht. Erst Jahre später ließ Teal es professionell reinigen und entdeckte, dass es sich um eine ovale silberne Puderdose handelte. Sie trug sie immer bei sich.

Allerdings vermutete sie, dass er sich an dieses kostbare Geschenk, das er einem schüchternen Mädchen gemacht hatte, ebenso wenig erinnerte wie an ihre gemeinsame Nacht.

Mit der Goldmünze zusammen waren es jetzt zwei kostbare Geschenke.

Vorsichtig schaufelte sie mit der Hand den Sand zur Seite und zog mit pochendem Herzen eine schwere Kette aus dem Boden. Am liebsten hätte sie Zane gleich zu sich gewinkt, aber sie wollte die Kette nicht loslassen, aus Angst, sie dann nicht wiederfinden zu können.

Das Schmuckstück war etwa einen Meter lang. Teal hielt es hoch, um es zu bewundern. Die einzelnen Kettenglieder waren schwer und mit faszinierenden, an die Struktur von Blättern erinnernden Mustern graviert. Sie konnte es im unruhigen Licht im Wasser nicht genau erkennen. Die Kette glänzte und wirkte so neu, als käme sie direkt vom Juwelier. Erstaunlich. Beeindruckend. Magisch. Jetzt wollte sie Zane zu sich winken, doch er hatte ihr den Rücken zugekehrt.

Teal verstaute die Kette vorsichtig in ihrem Korb. Dann hielt sie nach weiteren Funden Ausschau. Verblüfft hob sie etwas hoch, das wie ein Herrenring aussah, groß und schwer, mit einem dicken transparenten Stein. Ein Diamant? Hinein damit in ihren Korb. Nachdem sie mit behutsamen Handbewegungen den Sand weggewischt hatte, entdeckte sie ein großes Goldmedaillon mit einem grob geschliffenen grünlichen, vielleicht schwarzen Stein in der Mitte.

Sie machte aufgeregt weiter. Ihr Korb war schon halb voll, als sie mit dem Knie gegen den Korallenklumpen stieß, unter dem sie die Kette gefunden hatte. Sie schaute hinunter auf die steinharte Erhebung.

Moment mal... Vorsichtig strich sie mit der Hand darüber und stellte fest, dass es sich auf eine Art eckig anfühlte, die man für gewöhnlich nicht in der Natur fand. Wow, vielleicht handelte es sich um ein Kästchen, in dem sich irgendetwas befand?

Es war zu groß, um es allein auszubuddeln, obwohl sie ihr Bestes gab. Es half nichts, sie brauchte Verstärkung. Aufgeregt erinnerte sie sich daran, wie sie sich am besten bemerkbar machte. Sie zog ihr Tauchermesser aus der Scheide und klopfte mit dem Griff gegen die Sauerstoffflasche. Das Geräusch hallte im Wasser wider.

Zane wirbelte zu ihr herum und schwamm auf sie zu. Sein Korb war bereits gefüllt mit interessanten Fundstücken, die Maggie und Colson an Bord reinigen und katalogisieren würden. Teal zeigte ihm aufgeregt, was sie gefunden hatte und beobachtete ungeduldig, wie er es von allen Seiten betrachtete.

Gemeinsam brachten sie mithilfe ihrer Hände und der Messer eine Kiste von der Größe eines kleinen Koffers zum Vorschein. Angesichts der verstrichenen Zeit würden sie erst an Deck des Schiffs versuchen, sie zu öffnen, nachdem Maggie einen Blick darauf geworfen hatte, vermutete Teal. Sie konnte es kaum erwarten. Die Kiste sah irgendwie bedeutsam aus. Zane gab ihr jedoch zu verstehen, dass sie diesen Fund dort lassen würden, um ihn später an die Oberfläche zu holen. Teal war enttäuscht, aber es gab noch so viele andere Dinge, die sie über ihre Ungeduld hinwegtrösteten.

Wenig später fanden sie einen Ring mit kleinen roten Steinen, außerdem eine Brosche, die so groß war wie Teals Handfläche und geformt wie eine Libelle, deren Augen und Muster aus verschiedenen Edelsteinen zu bestehen schienen. Dann entdeckten sie noch einen weiteren Ring mit einem Smaragd von der Größe eines Fingernagels. Zane und Teal blickten einander über den Schatz hinweg an, und trotz ihrer Atemregler im Mund grinsten sie begeistert.

SEVEN

D as wird viel Geld einbringen, dachte Zane oben im Führerhaus, von wo aus er auf sein Team an Deck herunterschaute. Er wusste es zu schätzen, Geld zu verdienen, und noch mehr gefiel es ihm, welches auszugeben. Doch der Adrenalinkick, als Erster bei einem Wrack zu sein, zumal einem, von dem nur sehr wenige Menschen wussten, war noch weitaus aufregender. Klar, das Geld war immer gut, man brauchte es, um seine Rechnungen zahlen zu können. Tauchen dagegen bedeutete ihm alles.

Maggie und Colson erzählten Teal von einigen Dingen, die sie heute gefunden hatten. So gern Zane auch den Lehrer spielte, hatte er beschlossen, sich wenigstens für ein paar Stunden von Teal fernzuhalten.

Er hatte es genossen, mit ihr zu tauchen. Doch das wollte er lieber nicht zu gründlich analysieren. Er wusste nur, dass es gefährlich war, wenn so viele Emotionen im Spiel waren. Viel zu schnell ließen sich die Menschen dadurch zu spontanen Reaktionen hinreißen. Deshalb blieb er vorerst allein auf der Brücke, was eigentlich untypisch für ihn war. Dort oben kostete er seinen Triumph aus und beobachtete eine langbeinige Brünette mit frechen Augen, die über etwas lachte, was Ryan ihr erzählte. Selbst sie vergaß offenbar für einen Moment, dass sie ja eigentlich nicht umgänglich war.

Maggie wollte sich die Kiste, die er und Teal gefunden hatten, so schnell wie möglich ansehen, besonders da sie jetzt Begleitung hatten. Ein Dutzend Boote unterschiedlicher Größen hatte den ganzen Nachmittag über um sie herum geankert. Es mochten an die fünf zig sein. Zane hätte lügen müssen, wenn er hätte behaupten wollen, dass ihn so viele potenzielle Störenfriede in solcher Nähe nicht beunruhigten. Doch die Chancen standen gut, dass sie keine Ahnung hatten, was für ein Schatz sich unter ihnen befand. Es würde eine echte Herausforderung sein, dafür zu sorgen, dass es dabei blieb. Wie gut, dass er die Herausforderung liebte.

Er dachte an die Kiste, die Teal entdeckt hatte. Alles Mögliche konnte sich darin befinden, von Goldbarren bis zu absoluter Leere. Zane beschloss, sie erst morgen früh an Deck zu holen. Wenn sie sie im ersten Tageslicht heraufholten, war die Wahrscheinlichkeit geringer, dass die Konkurrenten es mitbekamen. Der Nachteil war, dass er noch warten musste, ehe er endlich erfuhr, was sich in dieser Kiste befand.

Er lehnte sich in seinem Sessel zurück und verfolgte die Aktivitäten an Deck. Grinsend und erwartungsvoll verschränkte er die Hände hinterm Kopf. „Das hier ist wirklich der Beginn von etwas Großem."

Als Zane und Ryan am nächsten Morgen tauchten, um die Kiste heraufzuholen, war sie verschwunden. „Bist du noch einmal da gewesen, als du gestern Abend mit Ben getaucht bist?", fragte Zane Teal später.

Sie war gerade dabei, Maggie im Schatten des Kranes beim Reinigen und Verpacken der Goldmünzen zu helfen. „Nein." Mit schräg gelegtem Kopf sah sie ihn unter dem Schirm ihrer Baseballkappe hervor an. „Ist sie etwa weg?", fragte sie entsetzt. „Das ist mir nicht aufgefallen, weil wir heute Morgen eine ganz andere Gegend abgesucht haben."

„Verdammt." Zane klang sehr grimmig. „Jemand hat uns die Beute weggeschnappt."

Teal empfand die Kiste auch zum Teil als ihren Besitz. „Zusammen mit dem Sabotageakt kommt mir das nicht geheuer vor. Ich habe da so eine Ahnung."

„Lass hören."

„Statten wir der *Sea Witch* mal einen Besuch ab und hören, was die Kapitänin zu ihrer Verteidigung zu sagen hat." Teal war bereit zurückzuschlagen.

Zane schüttelte den Kopf. „Wir beide hätten die Kiste nicht an Bord hieven können, und die Kapitänin ist dort drüben allein. Wenn sie keine Hilfe hat, kann sie die Kiste unmöglich gehoben haben."

„Vielleicht befindet sich ja doch noch jemand außer ihr an Bord."

„Ich habe das Boot beobachtet, und mir ist niemand aufgefallen."

„Na schön. Trotzdem sollten wir der Sache so schnell wie möglich auf den Grund gehen. Irgendjemand muss die Kiste schließlich haben." Teal stand auf und schaute auf das funkelnde Meer hinaus. „Sieh sie dir doch an. Jeder von ihnen könnte es gewesen sein."

Ringsum ankerten lauter mögliche Verdächtige. Segelboote, Taucherboote, Jachten. Alle hielten sich an die Abstandsvorschrift von einer Meile, aber an Bord der Boote befanden sich Dutzende von Leuten. Für Teal waren sie alle schuldig, solange nicht ihre Unschuld bewiesen war. Sie würde alle im Auge behalten, sich die Namen der Boote notieren und Notizen über sämtliche Vorgänge an Bord machen.

Auf einer der Jachten hatten drei ältere Damen ihr Strickzeug an Deck hervorgeholt und es sich in ihren Liegestühlen bequem gemacht, um die Bergung zu beobachten. Das fand Teal reichlich bizarr.

„Sie halten die vorgeschriebene Meile Abstand ein", erklärte Zane und lehnte sich gegen den Fuß des Krans.

„Bist du nicht sauer?", wollte Teal wissen.

„Doch, klar. Aber solange ich nicht weiß, wer es war, kann ich nichts unternehmen. Ich werde eine Kopie der behördlichen Genehmigung laminieren und an den höchsten Balken der Vrijheid nageln."

Teal war skeptisch. „Meinst du, ein Stück Papier würde denjenigen von weiteren Aktionen abhalten?"

„Es wäre ein Anfang. Keine Panik, ich arbeite daran. Mach einfach deinen Job und beruhige dich. Aber halte die Augen offen. Vielleicht fällt dir etwas Merkwürdiges auf."

„Ich sehe direkt vor mir etwas Merkwürdiges", entgegnete sie schroff, was Maggie hinter ihr losprusten ließ. „Noch ein kleines bisschen gelassener, Cutter, und du liegst im Koma."

Er lächelte, doch es war ein schmales Lächeln, das seine Augen nicht erreichte. „Lass dich von meiner Gelassenheit nicht täuschen. Keine Sorge, Teal, ich werde denjenigen erwischen, der hinter dieser Geschichte steckt."

„Aber wie? Und wann?"

„Ich habe mich an die Polizei gewandt, damit sie die Boote um uns herum mal locker überprüft. Sie werden allen Hallo sagen und eine Kopie meiner behördlichen Genehmigung verteilen, damit jeder weiß, was ihm blüht, wenn er mir in die Quere kommt."

„Das ist alles?" Teal wäre am liebsten persönlich zu jedem Boot gefahren, bis an die Zähne bewaffnet und in Begleitung einer Kompanie der Navy SEALs, um den gestohlenen Schatz auf der Stelle zurückzufordern.

„Vorerst ja", beantwortete Zane ihre Frage. „Die Leute sind neugierig und wollen bloß bei der Bergung eines Schatzes Zusehen. Die haben keine Ahnung, was sich dort unten befindet. Und ich will, dass es auch so bleibt. Irgendwann wird es sie langweilen, dann verschwinden sie. Zuschauen ist öde, besonders aus der Ferne."

Anscheinend wollte er wirklich keine Warnschüsse abgeben. Teal seufzte frustriert. „Wird die *Sea Witch* sich irgendwann auch aus dem Staub machen?"

„Das bezweifle ich. Die bleibt für gewöhnlich ein paar Wochen, ehe sie sich verzieht wie ein übler Geruch." Lässig zuckte er die Schultern, ehe er fortfuhr: „Wie gesagt, ich glaube nicht, dass irgendwer weiß, was sich dort unten befindet. Die denken, wir graben ein kleineres Wrack aus. Die *Sea Witch* bleibt nur deshalb in unserer Nähe, weil sie sehen will, was wir finden. Wenn wir still und leise Vorgehen, wird sie irgendwann verschwinden." „Ich finde es viel besorgniserregender, wie schnell die alle hier aufgetaucht sind", sagte Teal, verschränkte die Arme und spähte hinaus zu den „feindlichen" Booten. „Und das, obwohl wir die ganze Woche versucht haben, sie mit falschen Tauchplätzen zu täuschen. Und trotz der Tatsache, dass man in dieser Gegend nur schwer navigieren kann. Aber kaum haben wir geankert, kreuzen alle hier auf. Man gewinnt fast den Eindruck, dass irgendwer ihnen einen Tipp gegeben hat." Die Arme noch immer vor der Brust verschränkt, drehte sie sich wieder zu Zane um und sah ihn herausfordernd an. „Was, wenn es jemand von der Crew war?"

„Was immer dir Nick erzählt hat - und ich weiß, dass er dir mit Sicherheit irgendeinen Floh ins Ohr gesetzt hat -, meine Crew ist in Ordnung. Jeder kann online herausfinden, wo wir uns gerade aufhalten. Unser Standort ist kein Geheimnis. Und Leute, die Bescheid wissen, werden die Cutters ohnehin genau im Auge behalten, in der Hoffnung, dass irgendetwas für sie abfällt. Nur wissen sie nicht, was wir haben oder was wir zu finden hoffen. Das ist das Geheimnis. Und ich möchte, dass es auch so lange wie möglich eines bleibt."

Teal wünschte, sie könnte jedes einzelne Boot dort draußen vom Bug bis zum Heck nach den gestohlenen Gegenständen durchsuchen und den Dieb überführen. Zane hatte jahrelang nach diesem Wrack gesucht, deshalb ertrug sie die Vorstellung nicht, dass irgendwer ihm einfach den hart verdienten Schatz vor der Nase wegschnappte. Womöglich würden die Sachen auf dem Schwarzmarkt verkauft werden, und so ginge auch ein Stück Geschichte für immer verloren.

„Das ist also unser Plan?", fragte Teal. „So schnell und unauffällig wie möglich den Schatz heben und hoffen, dass die anderen nicht wissen, was wir da tun?"

„Genau. Die erste Phase des Plans beinhaltet ein Ablenkungsmanöver. Dazu werden wir alle Leute von den um uns herum ankernden Booten zu einer Riesenparty einladen."

„Eine Party? Hast du den Verstand verloren?"

Zane hatte darauf geachtet, nicht jeden Tauchgang mit Teal zu absolvieren, obwohl er wirklich gern mit ihr tauchte. Ihre Begeisterung und ihre Freude über jede noch so kleine Entdeckung steckten auch ihn an.

Jeder Tag brachte neue unglaubliche Funde, und mehr und mehr Leute belagerten die Tauchstelle. Zane hoffte nach wie vor, sein Ziel geheim halten zu können. Dazu mussten sie aber weiterhin den Anschein erwecken, als legten sie hier ein nicht sehr bedeutendes Wrack frei. Daher hatte er sich entschlossen, eine Party zu veranstalten. Denn genau das hätte er getan, wenn es sich bei der *Vrijheid* um ein unbedeutendes Wrack handeln würde.

Das einzig Positive an der Anwesenheit der Presse und der vielen Neugierigen war, dass sie zur Sicherheit der Funde beitragen würden. Die örtliche Polizei und die niederländische Regierung beobachteten ebenfalls sehr genau, was aus dem Wrack gehoben wurde. Zane zu bestehlen bedeutete, den Staat zu bestehlen.

Er würde alle zu einer Party einladen, um die Verdächtigen persönlich kennenzulernen. Aus nächster Nähe wollte er sich ein Bild von ihnen machen. Es war ihm lieber, den Feind genau zu kennen. Außerdem verspürte er mal wieder Lust auf ein Fest. Er mochte den Lärm, das Tanzen, die ausgelassene Stimmung.

Es würde seinen benebelten Verstand von seiner Maschinistin ablenken.

Zane wusste, dass eine Unwetterfront nahte. Sie war typisch für diese Jahreszeit, und Zane behielt sie permanent im Auge. Trotz der höher werdenden Wellen gab keines der um sie herum ankernden Boote auf und fuhr weg. Alle schienen darauf eingestellt zu sein, das schlechte Wetter über sich ergehen zu lassen.

Ein paar Tage später lief er in dem schmalen Gang, der zur Toilette führte, Teal über den Weg. Sie hatte Handtuch und Zahnbürste dabei und sah verschlafen aus. Deshalb bemerkte sie ihn wohl erst, als er ihr den Weg versperrte, damit sie stehen blieb und mit ihm redete. Zane kam sich albern vor, wie früher auf der Highschool. Mit dem Unterschied, dass die Mädchen ihm damals hinterhergelaufen waren.

Erst Teals Reserviertheit machte ihm klar, wie wenig er jemals über seine Beliebtheit nachgedacht hatte. Er hatte sich nie etwas darauf eingebildet und deshalb auch keinen Gedanken daran verschwendet. Erst jetzt, wo eine Frau seinem Charme nicht erlag, schien es ihm nicht mehr selbstverständlich. Er sollte es dabei belassen. Doch es nagte an ihm, denn sie gefiel ihm. Mehr als das. Warum mochte sie ihn nicht?

„Wie ist die neue Matratze?", erkundigte er sich und lehnte sich gegen das Schott. Ihr Haar war zerzaust und stand auf der einen Seite in alle Richtungen ab, während es auf der anderen plattgelegen war. Zane fand, sie sah frech und süß aus.

Teal blinzelte erschrocken, als sei es ein Schock, ihn hier vor sich zu sehen.

„Sie ist... hart."

Obwohl sie ihn nicht leiden konnte, trug sie interessanterweise sein T-Shirt, das er ihr letzte Woche zum Lunch mit Nick geliehen hatte. Das T-Shirt, von dem sie behauptet hatte, sie habe es verbrannt. Es reichte ihr bis hinunter zu den Oberschenkeln. Trug sie eigentlich etwas darunter? Am liebsten hätte er seine Hände an ihren Beinen hinaufgleiten lassen, um es herauszufinden.

„Bequem?" Er zupfte an einem ihrer Ärmel, der prompt bis zum Ellbogen herunterrutschte.

Sie gab ihm einen Klaps auf die Hand. „Es ist zu früh."

„Wofür?"

„Um mich mit dir anzulegen. Ich muss aufs Klo, Zane. Darf ich also bitte vorbei?"

Er drückte sich mit dem Rücken an das Schott, um ihr Platz zu machen. „Warum benutzt du nicht das kleine Bad neben deiner Kabine statt das der anderen?" Das hatte er ihr schon mehrmals angeboten, und jedes Mal hatte sie es abgelehnt. „Da bist du ungestörter. Besonders jetzt, seit wir die Sicherheitsleute an Bord haben."

Die Vorstellung, wie sie nackt unter der Dusche stand, machte ihn an.

„Die Tür vom Mannschaftsbad lässt sich abschließen", erwiderte sie, als hätte sie seine Gedanken gelesen.

„Ganz wie du willst."

„Ja, wie ich will. Vergiss das nicht." Mit bösem Blick schob sie sich an ihm vorbei und schaffte es, ihn nicht zu berühren.

Die *Sea Witch* ankerte hinter drei anderen Booten. Teal konnte keine Rothaarige auf dem Boot erkennen. Dafür entdeckte sie an den Relings der anderen Boote lauter Frauen, die sich in knappen Bikinis präsentierten. Mehrere der spärlich Bekleideten unterhielten sich mit Zane, Ben und Ryan, die sich ihren Fragen stellten und den Wert der täglichen Funde aus dem Wrack stark herunterspielten. Unterdessen fotografierten und reinigten Maggie und Colson begeistert, was die anderen vom Meeresboden heraufgeholt hatten.

Sobald sie fertig waren, würde alles in Seewasser gelagert und in den Geheimfächern der *Decrepit* versteckt werden.

Sie wollten kein Risiko mehr eingehen. Was sie entdeckten, wurde gleich an die Oberfläche gebracht und katalogisiert. Zane und sein Team verpackten die kostbarsten Stücke mit äußerster Vorsicht und verstauten sie schließlich in Müllsäcken. Diese nahmen Brian und seine Leute mit auf ihr Boot, sodass es aussah, als handele es sich um den Müll der *Decrepit*. Die Säcke wurden mehrere Tage lang an Deck übereinandergestapelt, während die Männer zu Besuch waren. Wenn sie wieder abfuhren, nahmen sie Gold und Edelsteine im Wert mehrerer Millionen Dollar mit.

Als sich abzeichnete, dass der Schatz zu umfangreich war, um ihn unauffällig abzutransportieren, ließ Zane Security-Leute kommen, die demonstrativ und bewaffnet auftraten. Da sich mit ihrer Ankunft Größe und Wert des Funds nicht mehr verbergen ließen, verfügte Zane, dass niemand mehr ohne ausdrückliche Einladung an Bord kam. Für die Einhaltung dieser Regel sorgte ein Dutzend bewaffneter Männer. Jeden Abend um sechs kam ein unauffälliges Motorboot, um die wertvollsten Stücke abzuholen und nach Cutter Cay zu bringen, wo weiteres Sicherheitspersonal aufpasste, dass niemand unbefugt an Land kam. Die Insel war abgesichert wie Fort Knox.

Ironischerweise verursachte Zane nicht der Wert des Schatzes Herzklopfen. Geld bedeutete ihm wenig. Viel mehr begeisterte er sich für die Schönheit der Edelsteine und Goldmünzen. Jeder Tag war die reinste Offenbarung. Er tauchte abwechselnd mit Ryan, Ben und Teal. Ab und zu wollte Maggie sich selbst ein Bild vor Ort machen. Meistens war sie jedoch viel zu beschäftigt, um die *Decrepit* auch nur für eine Stunde zu verlassen.

Trotz der Tauchgänge und Sicherheitsvorkehrungen hatte Zane Colson zu jedem Boot geschickt, um alle für später einzuladen. Teal hielt Zanes Idee für Wahnsinn und sagte es ihm ins Gesicht.

Zane tat ihre Einwände mit einem Lachen ab.

Sie gab zu bedenken, jeder auf den um sie herum ankernden Booten könnte ein Pirat sein. Jeder der freundlich lächelnden, hohlköpfig aussehenden Typen konnte sowohl den Sabotageakt auf die *Decrepit* verübt als auch die Kiste gestohlen haben, von der Teal inzwischen glaubte, dass sie mit den sagenhaften faustgroßen Smaragden gefüllt gewesen war. Sie warnte ihn, dass sie von Hyänen umringt seien, die nur darauf warteten, bis die ganze Arbeit getan war, um sich dann über die Beute herzumachen.

Das sei ein höchst unwahrscheinliches Szenario, hielt Zane ruhig dagegen.

Teal hoffte nur, nicht an Bord zu sein, wenn die feindliche Übernahme stattfand. Beim nächsten Anschlag hatten sie vielleicht nicht so viel Glück wie bei der ersten Sabotage. Womöglich sank die *Decrepit*, wenn alle schliefen. Darüber sollte er sich lieber Gedanken machen, statt eine Party zu planen.

Genervt und verschwitzt schob Teal ihren Liegestuhl aus der Sonne. Ihre Kakihose war viel zu warm, und das langärmelige Hemd klebte an ihrer Haut. Ihren Füßen ging es in den Turnschuhen nicht viel besser. Aber sie würde ihren Badeanzug nicht anziehen, solange sich all diese Leute an Bord befanden. Ganz demonstrativ hielt sie sich von der Party fern. Sollte Zane ruhig den Exhibitionisten spielen. Darin war er ja so ungeheuer gut.

Diese verdammte Party war in jeder Hinsicht ein Fehler. Teal konnte es einfach nicht fassen. Sie verstand Zanes Logik nicht. Wie sollte es helfen, das Rätsel zu lösen, wenn man lauter Leute auf sein Schiff einlud? Was glaubte er denn, wie er denjenigen identifizieren sollte, der versucht hatte, sein Boot zu versenken?

Dieses Fest ergab keinen Sinn. Außerdem nervte diese Ansammlung von Leuten nur.

Teal hob ihre Coladose an den Mund und schämte sich ein wenig dafür, Zane zu beobachten. Die tief auf den Hüften sitzende weiße Leinenhose mit Schnürbund betonte seinen gebräunten muskulösen Körper und seinen Waschbrettbauch. Auf dieser Schiffsreise hatte Teal gelernt, dass dieser Mann nichts von zu viel Kleidung hielt. Wenn sie und Maggie nicht wären, würde er vermutlich die ganze Zeit splitternackt herumlaufen. Und was wäre das für ein Anblick!

Ein warmes, sinnliches Gefühl durchflutete sie.

Zwei fast nackte Frauen, auf deren Haut Sonnencreme glänzte, hatten sich links und rechts von ihm drapiert. Die eine spielte kokett lächelnd mit ihren langen rot lackierten Fingernägeln an der Schnur, die seine Hose an ihrem Platz hielt. Ohne hinzusehen, schob Zane ihre Hand fort, während er mit der Blonden an seiner linken Seite sprach. Wow, dachte Teal verärgert. Das sah geübt aus. Aber es war sein Boot, da konnte er sich einladen, wen er wollte. Und sich von jeder Dame anfassen lassen, wie es ihm gefiel. Nur hieß das nicht, dass sie wie ein fünftes Rad am Wagen dabei Zusehen musste, wie fremde Frauen sich an ihn drückten und ihr Sonnenöl an ihm hinterließen.

Die gute Nachricht hingegen lautete, dass die Frauen zu dämlich aussahen, um Piraten zu sein, und ihre Begleiter zu faul. Dennoch würde sie alle im Auge behalten, für den Fall, dass der erste Eindruck täuschte.

Die Musik war laut, und alle schienen auf einmal zu reden. Also achtete niemand auf Teal, die genervt das Geschehen verfolgte. Der Alkohol floss in Strömen, die Musik dröhnte. Zweimal schon hatte Teal versucht, nach unten in ihren Maschinenraum zu gehen, um dort Ruhe zu finden.

Zane hatte gesagt, sie solle die Dinge leichter nehmen. Am liebsten hätte sie in diesem Moment die Streichhölzer vom Tisch genommen und damit seine Hose in Brand gesetzt.

Aber das war kindisch. Dumm. Berechtigt. Sie lag schlaff in ihrem Liegestuhl und hielt sich die kühle Dose an die Stirn. Ein kahlköpfiger Mann mit buschigen grauen Augenbrauen kam zu ihr, um sich mit ihr zu unterhalten. Er musste Mitte sechzig sein, etwa in Bens Alter, allerdings ohne Bens guten Geschmack. An Bord gekommen war er mit der blonden Nymphe, die höchstens ein Viertel so alt war wie er und jetzt praktisch die Hand in Zanes Hose hatte. „Hi, Babe, wollen wir tanzen?"

Aufgrund der Goldketten um seinen Hals hatte sie ihn bereits als Hi-Babe-Sager eingestuft, bevor er den Mund aufgemacht hatte. „Nein."

Er stand viel zu nah vor ihr. Teal schlug die Beine übereinander und trat ihm dabei versehentlich gegen das Schienbein. Er wich einen Schritt zurück, hielt ihr jedoch die Hand mit den beringten Wurstfingern hin. „Dieser Song ist nur für uns bestimmt."

„Tut mir leid." Teal riss die Augen weit auf. „Ich bin gelähmt und kann nicht mehr tanzen."

„Schwachsinn! Sie haben mich gerade getreten." „Schrecklich, nicht wahr? Diese Reflexe tauchen immer dann auf, wenn ich sie am wenigsten erwarte. Es macht mir nicht so viel aus, nicht laufen zu können." Sie senkte die Stimme, sodass er näher kommen musste und dabei den Duft seines penetranten Eau de Toilette verbreitete. „Aber diese Windeln, die ich wegen der verdammten Inkontinenz tragen muss, sind grässlich." Sie legte den Zeigefinger an den Mundwinkel. „Natürlich ist da auch noch das lästige Sabbern. Es ist gar nicht so heftig, ehrlich, aber manche Männer haben damit ein Problem. Aber wenn Sie Lust haben, mich zu tragen ..." Sie sah ihn hoffnungsvoll an.

Er suchte das Weite.

„Das war gemein", bemerkte Maggie amüsiert, die sich eine Cola aus der Kühlbox nahm. Sie wirkte jung und hübsch in ihrem orangefarbenen rückenfreien Sommerkleid. Ihre Füße waren nackt.

„He, es hat ihm das Leben gerettet. Wenn ich mit ihm hätte tanzen müssen, hätte ich ihn wahrscheinlich schon allein wegen seines grässlichen Eau de Toilette über Bord gestoßen ..." Sie verstummte.

Eine Brünette mit großen Brüsten und im winzigsten StringBikini, den Teal je gesehen hatte, warf sich Zane regelrecht an den Hals. Ihre Füße bewegten sich beim Tanzen kaum. Die Hände der Frau lagen auf seinem knackigen Hintern, seine auf ihrem Rücken. Das sollte ein Tanz sein? Teal wollte spöttisch lachen, doch das Lachen steckte irgendwie im Hals fest.

Sie beugte sich nach vorn und angelte sich ein Bier aus der Kühlbox. Jetzt war genau der richtige Zeitpunkt dafür. „Das Ol, mit dem sie sich eingeschmiert hat, bekommt man aus Leinen nur sehr schwer wieder heraus."

„Ich hatte noch gar keine Gelegenheit, mit dir zu reden. Wie geht es dir?"

„Fantastisch." Teal sah, wie Zanes lange Finger sich auf das Band zubewegten, mit dem das Top der Frau am Nacken geschnürt war. „Großartig. Perfekt." Er würde doch nicht hier vor ihrem Freund und allen Anwesenden an dem Band ziehen, oder? Selbst für einen Casanova der Karibik wäre ein solches Verhalten ungeheuerlich. Das würde er nicht wagen ...

Jetzt hatte er Teal den Rücken zugedreht, aber sie konnte das Gesicht der Frau seitlich von Zanes nacktem Arm sehen. Ihre Lippen wirkten klebrig, ihr teures Make-up beängstigend weiß, als sie an Zanes Bizeps knabberte. „Vorsicht, Tollwutgefahr!", murmelte Teal vor sich hin und trank ihr Bier aus, denn sie hatte einen ganz trockenen Hals bekommen.

Zane war wie eine außerirdische Kraft. Sosehr sie es auch versuchte, sie konnte sich von seinem Anblick einfach nicht losreißen. Der Mann liebte es zu lachen, zu tanzen und halb nackt zu sein. Es war ein Wunder, dass der Kerl angesichts der vielen Frauen, die ihn umringten und anfassten, nicht anfing zu schnurren.

Teal drückte die Finger auf ihre Augenlider und fragte sich, was für ein Problem sie eigentlich mit ihm hatte. Sobald sie in seiner Nähe war, benahm sie sich wie eine Katze, deren Fell man gegen den Strich gebürstet hatte.

Obwohl er sie geküsst hatte - zwei Mal -, erinnerte er sich immer noch nicht an jene Nacht. Ein bisschen konnte sie das verstehen. Er war damals wegen des plötzlichen Todes seines Vaters am Boden zerstört gewesen. Und hatte sich völlig betrunken. Er konnte nicht damit rechnen, dass sie vor seiner Tür auftauchte. Heute, als vernünftige Erwachsene, musste sie sich daher zur Hälfte selbst die Schuld geben. Abgesehen davon hatte er nichts getan, wozu sie nicht bereit gewesen wäre. Immerhin war er Zane Cutter, der Casanova der Karibik. Sie hatte seinen Ruf gekannt, als sie sein dunkles Schlafzimmer betreten und sich von ihm hatte ausziehen lassen. Na schön, „ausziehen" war zu harmlos ausgedrückt. Vielmehr hatte er ihr die Kleider vom Leib gerissen.

Teal merkte auf einmal, dass sie hier abseits saß und zitterte. Hör auf! ermahnte sie sich im Stillen. Hör sofort auf und reiß dich am

Riemen! Ein gleichzeitig heißes und kaltes Prickeln überlief sie so intensiv, dass sie befürchtete, ohnmächtig zu werden.

Die Wahrheit traf sie wie ein blendender Blitz und brachte eine Welle der Übelkeit mit. Sie war heute noch fast krank vor Liebe zu ihm. Und sie verhielt sich ihm gegenüber nur deshalb so schroff und abweisend, weil sie ihn andernfalls um etwas angefleht hätte, was er ihr nicht geben konnte. Mit Sams mangelnder Vaterliebe hatte sie gelernt zurechtzukommen. Doch tief in ihrem Innern wusste sie, dass eine Zurückweisung von Zane schlimmer wäre als alles, was Denny ihr angetan hatte.

In jener Nacht hatte sie absolut freiwillig und im vollen Bewusstsein dessen, was er ihr anbot, Zanes Zimmer betreten. Damals war sie schon ein paar Jahre in ihn verliebt gewesen. Die Wahrheit war niederschmetternd einfach, und nun, da Teal sie sich eingestehen konnte, würde es noch tausendmal schlimmer werden, mit ihm gemeinsam an Bord zu sein.

Sie war gefangen auf diesem Schiff der unerwiderten Liebe, und es gab keinen Ausweg.

Daran wird sich nichts ändern, sagte sie sich mit Bestimmtheit. Gar nichts. Niemand weiß, was passiert ist oder was ich fühle. Dabei wird es auch bis zum Abschied bleiben. Jahrelang hatte sie sich, was Zane anging, etwas vorgemacht, da würde es auf zwei Wochen mehr auch nicht ankommen.

Sie saß in ihrem Lieblingssessel draußen an der Salonwand, trank ihr zweites Bier, das sie eigentlich gar nicht wollte, und beobachtete Zane. Der hatte inzwischen die Partnerinnen gewechselt und tanzte nun mit einer attraktiven Rothaarigen, deren aufreizend knapper Bikini so gut wie nichts verhüllte.

Teal lehnte sich zurück und ließ den Blick über die spärlich bekleidete Menge schweifen. Befand sich der Dieb unter Zanes Gästen? Denn trotz der Security-Leute an Bord und Überprüfungen der Boote ringsum wurden weiterhin direkt vor ihrer Nase Sachen vom

Meeresboden gestohlen. Und dabei wussten sie nur von den Dingen, die sie zuvor schon entdeckt hatten.

Natürlich hatten sie keine Ahnung, was genau alles vom Schatz fehlte, weil längst noch nicht alles fotografiert und dokumentiert war.

Nick hatte recht, Zane war wirklich zu vertrauensselig. Seine Party, gedacht als kleines Ablenkungsmanöver, war praktisch eine Einladung, ihn zu bestehlen.

Zane wurde herumgereicht wie ein Spielzeug. Offenbar gefiel ihm das auch noch. Ein breites, zufriedenes Grinsen lag auf seinem Gesicht, als er geschmeidig und anmutig mit einer großen barbusigen Frau mit Dreadlocks tanzte. Sie trug lediglich einen kurzen roten Sarong und dazu ein einladendes Lächeln. Als Zane kurz aufsah, begegnete er Teals Blick. Sofort löste er sich von seiner sichtlich enttäuschten Tanzpartnerin.

Mit einer gewissen Panik sah Teal, dass er sich einen Weg durch die dicht gedrängte Menge an Deck des Schiffes zu ihr bahnte. Er schlängelte sich im Sambatakt zwischen den Tänzern hindurch, die zu Lady Gagas „Samba Rock" tanzten.

Was jetzt? Sie war hier, oder?

Es gab eine ganze Horde aufregender Frauen an Bord. Ein echtes Fest für einen Mann wie Zane. Den ganzen Abend hatte er nonstop getanzt. Um sich eine aus der Herde herauszupicken? fragte Teal sich finster.

„Hey", sagte er leise, nahm ihr die Flasche Bier aus der Hand und trank einen Schluck, bevor er sie ihr zurückgab. „Wie geht es dir?" Schweiß glänzte auf seiner Brust und rann an seinem Hals herunter. Sein feuchtes Haar ringelte sich wie kleine schwarze Flammen in seinem Nacken. Teal verspürte das absurde Verlangen, sich auf ihn zu stürzen, ihm die Beine um die Taille zu schlingen und die Schweißtropfen vom Hals zu lecken. Zur Hölle mit jeglichem Anstand und den vielen Leuten.

Aber glücklicherweise hatte sie den Verstand nicht verloren. Noch nicht.

„Und jetzt?", fragte sie und wedelte mit der Hand, damit er zur Seite ging, als wollte sie einen besseren Blick auf die Tänzer haben. Er blieb unerschütterlich direkt vor ihr stehen, sodass sie sich auf Augenhöhe mit seinem steinharten glänzenden Sixpack befand. Das war nicht fair.

Während sie den Blick über seine Brust bis hinauf zu seinem Gesicht gleiten ließ, nahm sie den Geräuschpegel um sich herum nicht mehr wahr. Sie hielt sogar den Atem an. Ihr Herz pochte. Vor Wut über sich selbst, wie sie sich versicherte.

Abweisend und finster sah sie ihn an. „Was immer du willst, mein Arbeitstag ist zu Ende. Ich will nicht schon wieder bis in die Puppen schuften. Ich habe bereits an die Gewerkschaft und meinen Kongressabgeordneten geschrieben wegen der vielen Überstunden, die du mir abverlangst. Ich bin müde und gehe jetzt nach unten in meine Kabine."

„Nein, das wirst du nicht. Du schläfst wie die Haselmaus im Maschinenraum."

Ganz ruhig, ermahnte sie sich. Reagier bloß nicht auf dieses Funkeln in seinen Augen. Lass dich nicht von seinem Charme einwickeln. Charme, das war sein Standardprogramm. „Die Haselmaus schlief im Teekessel, nicht im Maschinenraum", erwiderte sie in Anspielung auf die Geschichte „Alice im Wunderland".

„Ich glaube, diese Wand steht auch ganz von allein, ohne dass du darauf aufpasst." Prüfend klopfte er zweimal dagegen. „Ja, die ist fest." Er bot ihr die Hand. „Komm, tanz mit mir", lud er sie lächelnd ein.

Sagte die Spinne zur Fliege. Auf gar keinen Fall! Sie wollte nicht in seinen Armen liegen. Widerstrebend nahm sie den dezenten Duft seiner teuren Seife und den männlichen Geruch seiner Haut wahr. Die Mischung wirkte auf sie wie ein Aphrodisiakum. Anscheinend nicht nur auf sie. Nein, sie würde bleiben, wo sie war.

Teal rutschte tiefer in ihren Liegestuhl und verschränkte die Arme vor der Brust. Sie benahm sich wie eine Fünfjährige - eine verängstigte. „Ich will nicht, dass man aus Mitleid mit mir tanzt. Ich bin vollkommen zufrieden hier auf meinem Platz, mit mir allein, in Zwiesprache mit der Natur."

Er blockierte weiterhin ihre Aussicht, spreizte die Füße wie der König von Siam und lachte. „An denen da ist nicht mehr viel Natur, was? Ich wette, die haben die Nummer ihres Schönheitschirurgen unter der Schnellwahltaste abgespeichert."

„Und deine ist die zweite Nummer, was?", bemerkte sie spöttisch, aber ohne Wut. Sie hatte sich nur etwas vorgemacht, als sie dachte, sie könnte die Gelassenheit der letzten zwei Wochen ihm gegenüber aufrechterhalten. Ihre Liebe zu diesem Charmeur war unergründlich tief. Nur mischte sich mittlerweile eine gesunde Portion Realitätssinn sowie Groll hinein.

Und wie sollte sie Zane auch nicht übel nehmen, was er ihr vor achtzehn Monaten angetan hatte? Er erinnerte sich nicht an sie. Ihrem dummen Herzen war das ganz egal, weil sie nie aufgehört hatte, ihn zu lieben. Als scheues sechsjähriges Mädchen bereits hatte sie etwas in ihm gesehen, das ihr Herz berührte. Schon damals hatte sie sich hoffnungslos in ihn verliebt. Trotz seiner Gedächtnislücke liebte sie ihn auch heute noch. Das machte sie so wütend auf sich selbst, dass sie am liebsten über Bord gesprungen und nach Florida geschwommen wäre. Stattdessen erwiderte sie seinen Blick mit versteinerter Miene.

„Na komm schon", versuchte er, sie zu überreden. „Trau dich. Ein Tanz wird dich nicht umbringen."

Was weißt du denn schon? dachte sie. „Ich tanze nicht." Zane nahm ihre Hand und streifte dabei ihre Brüste, als er ihre Finger von ihrem Unterarm löste. Die Berührung war elektrisierend. Einige Sekunden lang gab es ein Gerangel. Sie versuchte, ihre fest geballte Faust gegen ihre verschränkten Arme zu pressen, während er sie hochziehen wollte. Mit roher Gewalt und dem verdammten Funkeln in seinen dämonischen Augen gewann er schließlich. Es war so gut wie unmöglich, seinem Drängen nicht nachzugeben. Er zog sie vom Liegestuhl hoch, sodass sie vor ihm stand.

„Kannst du mit den Füßen scharren?"

Sie mied seinen belustigten, herausfordernden Blick und blieb stehen, als wären ihre Turnschuhe festgeschweißt. „Ich werde es noch einmal wiederholen", erklärte sie und zwang sich, in seine sündhaft blauen Augen zu sehen. „Ich ... will ... nicht... tanzen."

Er legte ihr die Arme um die Taille, kreuzte die Handgelenke auf ihrem Rücken und zog sie an sich. Seine nackte Brust berührte ihre Brüste. Teal musste die Knie zusammenpressen, um aufrecht stehen zu bleiben.

„Du kannst nicht den ganzen Abend hier herumsitzen und ein finsteres Gesicht machen."

„Selbstverständlich kann ich das." Wenn sie so dicht vor ihm stand, war es unmöglich, ihm ins Gesicht zu sehen, ohne einen steifen Nacken zu riskieren. Deshalb richtete sie den Blick einfach auf seine Schulter. Die Versuchung war groß, daran zu lecken, um herauszufinden, ob seine Haut noch genauso schmeckte wie in jener Nacht. Sie verkniff es sich. Allerdings musste sie sich dafür auf die Zunge beißen, bis sie Blut schmeckte. Hauptsache, es funktionierte.

„Wenn den Leuten mein Gesichtsausdruck nicht passt, können sie ja jederzeit auf ihre eigenen Boote zurückkehren." „Das ist nicht sehr nachbarschaftlich."

„Nachbarn borgen sich Zucker aus und verschwinden anschließend wieder, um einen Kuchen oder so was zu backen. Aber einer von diesen Leuten ist wahrscheinlich derjenige, der versucht hat, uns zu versenken. Und der meine Schatzkiste gestohlen hat. Ach ja, und diese Kerzenhalter, über deren Verschwinden du dich gestern so geärgert hast." Sie fühlte sich bereits schwach vor Verlangen und gleichzeitigem Groll. Für ihn war nichts weiter dabei, ihren Rücken auf diese Weise zu streicheln. Für ihn waren nachts alle Katzen grau. Ihre

Nervenenden hingegen waren wie winzige Antennen nur auf ihn eingestellt.

„Wenn das so ist, wird derjenige für seine Taten zur Rechenschaft gezogen werden. Aber nicht heute Nacht. Warum bist du so mürrisch?", fragte er in sanft tadelndem Ton und legte sein Kinn auf ihren Kopf. Teal spürte seinen warmen Atem auf ihrer Kopfhaut, während er sich sachte zur Musik wiegte. Dadurch nahm sie den Rhythmus auf, ob sie nun wollte oder nicht. Sie fühlte sich fiebrig und unruhig. Diese Wirkung hatte Zane auf viele Frauen, das wusste sie.

„Ich bin hungrig." Mit den Ellbogen schob sie ihn von sich, um wenigstens ein paar Zentimeter Abstand zwischen ihnen herzustellen. „Lass mich los, damit ich nach unten gehen und mir ein Sandwich machen kann." Und dann würde sie einfach im Maschinenraum verschwinden. Mittlerweise hatte sie Kopfschmerzen von der Musik. Außerdem hatte sie unter dem Anblick von Zane mit all diesen Frauen gelitten. Jetzt in seinen Armen zu liegen war Himmel und Hölle zugleich.

Sein fast nackter Körper strahlte Hitze aus, als er anfing, die Füße zu bewegen. „Hier auf der Party gibt es reichlich zu essen." „Dieses Essen hat niemand zubereitet, den wir kennen", gab sie zu bedenken. „Jemand könnte etwas hineingemischt haben!"

„Was denn? Glas? Drogen? Oregano? Komm, Süße, bleib locker und amüsier dich."

Dass er sie „Süße" nannte und aufforderte, „locker" zu sein, machte sie von Neuem wütend. „Meinetwegen iss doch, was du willst. Ist mir vollkommen egal, ob du dich mit diesem Fraß vergiftest... oder dir die Tollwut holst, weil du so viele Fremde küsst. Aber lass mich gehen, Zane. Im Ernst."

Er hielt sie keineswegs fest umklammert. Im Gegenteil, seine Arme lagen locker um ihre Taille. Trotzdem fühlte sie sich auf eigenartige Weise von ihm gefangen und fürchtete, ihm nicht mehr entwischen zu können.

Dabei wollte sie sich unbedingt von ihm losmachen, am besten noch eine weitere bissige Bemerkung hinterherschicken, ihm auf den Fuß treten und sich in die Sicherheit ihres Maschinenraums flüchten. Stattdessen war sie wie berauscht von seiner Nähe und dem sanften Rhythmus, in dem er sich bewegte. Vom Duft seiner Haut, der Wärme seines muskulösen Körpers, dem milden Kratzen seiner frischen Bartstoppeln, als er ihr etwas ins Ohr flüsterte.

„Ich weiß, dass ich dir Angst mache." Sein Atem kitzelte ihre Wange, als er ihr diese Worte leise ins Ohr flüsterte. „Aber weißt du was, Teal? Du machst mir auch ein bisschen Angst."

„Du machst mir nicht im Geringsten Angst", versicherte sie ihm, was glatt gelogen war. Aber sie hatte das alles schon einmal erlebt. Wenn sie sich diesem sinnlichen Moment öffnete, wenn sie sich Zane hingab, würde sie am Ende doch nur wieder verletzt werden. Diesen Schmerz eines gebrochenen Herzens wollte sie kein zweites Mal durchleiden. Nein, das lag hinter ihr. Diesmal musste sie es besser machen.

Erneut versuchte sie, sich von ihm zu befreien. „Ich kann das nicht. Ich muss jetzt gehen."

„Teal..."

„Im Ernst, Zane, lass mich gehen."

Mit beiden Händen stemmte sie sich gegen seine Brust. Es war ein vertrautes Gefühl, seine Haut zu spüren. Oje, sie war verloren, sie spürte es deutlich. Seine Nähe hatte verheerende Auswirkungen auf ihre Selbstbeherrschung und all ihre Vorsätze. „Bitte", flehte sie noch einmal, fast schon ein wenig verzweifelt.

Nach kurzem Zögern, während Teals Herz wild pochte, ließ er sie schließlich los. „Ich verstehe dich nicht, Teal ..."

Den Rest hörte sie nicht mehr. Sie lief davon, so schnell ihr rasendes Herz es zuließ.

EIGHT

Sie hatte ebenso hart gearbeitet wie alle anderen, deshalb verdiente sie einfach einen freien Tag. Das entschied Teal am Nachmittag des nächsten Tages, als sie nach einem fruchtbaren Tauchgang zusammen mit Maggie an Deck saß. Sie verpackten und beschrifteten Münzen und andere kleine Fundstücke, begleitet vom Lärm des Kompressors, den die Taucher benutzten, um den Sand rund um das Wrack zu entfernen.

Der Himmel war bewölkt, die Luft schwül. Teal trank eine Cola und versuchte, an nichts zu denken. Das erwies sich jedoch als schwierig, weil ihr so vieles im Kopf herumging. Zane. Die Art, wie sie gestern Abend auseinandergegangen waren. Der Saboteur. Ihr sterbender Vater.

Sie hatte Sam angerufen und mehrere Nachrichten für ihn hinterlassen, doch er hatte bisher nicht geantwortet. Vermutlich brachte er es einfach nicht über sich, öfter als alle paar Monate mit ihr zu sprechen. Allerdings würde das ihr letzter Besuch auf Cutter Cay sein, bei dem sie die Gelegenheit hatte, ihren Vater zu sehen. Aber offenbar verspürte er nicht das Bedürfnis, sich vor seinem Tod von seinem einzigen Kind zu verabschieden. Sei's drum.

Teal war nicht einmal enttäuscht. Zumindest nicht sehr. Genau das hatte sie erwartet, als sie das Angebot annahm, für Sam einzuspringen. Die Cutters hätten irgendeinem Maschinisten eine Dauerstellung anbieten sollen, statt sie damit zu behelligen. Sie hatte schon angefangen, sich ein gutes Leben in Orange Beach aufzubauen.

Diesmal wollte sie es mit Denver versuchen. Sie würde sich eine hübsche Eigentumswohnung mit einem spektakulären Blick auf die Berge kaufen. Von weiten, endlosen blauen Wasserflächen hatte sie vorerst genug. Bei der Einrichtung ihrer Wohnung würde sie sogar ganz auf die Farbe Blau verzichten. Hier erinnerte sie alles doch nur an das, was sie seit Jahren zu vergessen suchte. Und Sam interessierte es nicht, ob sie durch die Karibik schipperte oder einen Müllwagen in Kalamazoo lenkte.

Na heul doch, dachte sie. Du vergehst ja vor Selbstmitleid. Komm endlich drüber hinweg.

Wenn sie von hier verschwand, würde sie eine sehr reiche Frau sein. Dann konnte sie ein eigenes Unternehmen gründen. Sie würde gehen, wohin sie wollte, und tun, wozu sie Lust hatte. Ha, und wenn sie mochte, konnte sie sich einen sexy Kerl kaufen.

Apropos kaufen: Teal fiel ein, dass sie unbedingt einkaufen musste. Sie hasste das zwar, doch ihre zwei Hosen und die Handvoll Hemden und T-Shirts reichten einfach nicht. Maggie trug zu ihrem Cowboyhut Shorts oder Sommerkleider. Darin sah sie hübsch und cool aus. Leider traf das auf Teal in ihrer Kakihose und dem Chambray-Hemd nicht zu. Weshalb sie diese Sachen jetzt hasste. Unmittelbar nach der Party kam ihre Garderobe ihr völlig unpassend vor. Aber sie wollte nicht zu viel in diese Ansicht hineininterpretieren.

„Ich muss nach St. Maarten, um ein paar Sachen zu kaufen", erklärte sie Maggie. Heute hielten sich nur wenige Boote in der Nähe der *Decrepit* auf. Ein paar Leute schwammen im Wasser und unterhielten sich laut.

„Ach?"

„Ja, ich will mir eine dicke Rolle Isolierband kaufen und denen den Mund zukleben", murmelte sie, als eine der Frauen kreischte. „Meinst du, man würde das als unsoziales Benehmen betrachten?", fragte sie Maggie augenzwinkernd, obwohl es nur halb scherzhaft gemeint war.

„Das Klebeband bekommst du von mir." Maggie lachte.

Teal musste ein wenig lauter sprechen. „Möchtest du mich begleiten?"

Ohne von ihrem Notizbuch aufzusehen, antwortete Maggie: „Liebend gern. Shoppen ist meine zweitliebste Beschäftigung. Also gut." Lächelnd schaute sie auf. „Meine drittliebste. Auch wenn ich meine Arbeit hier nur äußerst ungern unterbreche, würde ich doch gern meine Tochter und meine Enkelin Jessie besuchen, und sei es nur für ein paar Stunden." Sie klappte die Rückseite ihres Notizbuches auf, wo sie mehrere Fotos von einem Baby eingeklebt hatte. Dann reichte sie Teal das Buch. „Das ist meine Enkeltochter Jessica. Du darfst mir gern versichern, wie bezaubernd sie ist."

Teal nahm das Notizbuch entgegen, um sich die Bilder genauer anzusehen. Sie hatte nicht die leiseste Ahnung von Babys. Man fütterte sie an dem einen Ende und machte sie am anderen sauber. Darauf beschränkten sich ihre Kenntnisse, aber sie war bereit, sich beeindruckt zu geben. „Sie ist wirklich hinreißend ..." Dann stutzte sie.

Das Kind, vielleicht zwei Jahre alt, hatte gelocktes schwarzes Haar und ein süßes Gesicht. Und die typischen blauen Augen der Cutters. Zanes Augen, um genau zu sein. Die Ähnlichkeit war unübersehbar. Teal war wie erstarrt. Anscheinend schlug ihr Herz weiter, da sie nach wie vor aufrecht saß. Deshalb also hatte Maggie eine Schwäche für Zane. Er war der Vater ihres Enkelkindes.

Maggie nahm ihr das Notizbuch wieder aus den Händen und schrieb etwas hinein. „Wann willst du los?", erkundigte sie sich, immer noch schreibend.

„Jetzt?", schlug Teal ein wenig zu eifrig vor. Zane tauchte mit Ryan. Das Timing war perfekt. „Ich bin sicher, Zane hätte nichts dagegen, dass wir aufbrechen." Das Baby könnte ebenso gut von Nick stammen, dachte sie. Oder von Logan ...

„Nein, er hätte absolut nichts dagegen. Aber wollen wir nicht lieber morgen shoppen gehen? Es ist schon ziemlich spät. Falls du etwas dringend brauchst, kannst du es vielleicht von mir bekommen."

„Du hast mir schon einen Badeanzug geliehen", erwiderte Teal und streckte die Beine auf dem warmen Holz des Decks aus. Ihr Mund war so trocken, dass sie kaum die Worte herausbekam. Selbst wenn Zane ein Dutzend Kinder in die Welt gesetzt hätte, ginge sie das nichts an.

Ach nein? Nein, es ging sie absolut nichts an. Aber es schmerzte unendlich.

Sie wollte nicht länger hier im herrlichen Sonnenschein sitzen und sich fragen, warum Zane Cutter die Macht hatte, all diese Gefühle in ihr zu wecken. Am schlimmsten war, dass es sich nicht nur um Eifersucht handelte, die ihr so zu schaffen machte. Es war vielmehr die Tatsache, dass sie von Anfang an recht gehabt hatte, was ihn betraf. Daher war es richtig gewesen, gestern Abend vor ihm davonzulaufen. Es gab keine Hoffnung, dass dieser Mann sich ändern ließ. Das Kind war eine weitere Bestätigung dafür, dass Zane ein hoffnungsloser Fall war.

Sie atmete tief ein und registrierte, dass ihr Herz in normalem Tempo schlug und ihre Lungen voll funktionsfähig arbeiteten. Zane tat nichts, um sie absichtlich zu verletzen oder unglücklich zu machen. Das bekam sie schon allein ganz gut hin.

Hör endlich auf! ermahnte sie sich. Sieh das Positive statt immer nur das Düstere.

Zum Beispiel wurde sie ganz hübsch braun, obwohl sie sich nicht mit Vorsatz bräunte und mit beinah religiösem Ernst Sonnenmilch benutzte. Abgesehen von ihren Gefühlen für Zane war sie fit und gesund. Und zum ersten Mal seit langer Zeit fühlte sie sich mit sich selbst im Reinen.

Das Kind Jessie war nur eine weitere typische Zane-Geschichte, mit der sie irgendwie klarkommen musste.

Teal lehnte den Kopf an die Wand und beobachtete zwei Männer auf einem anderen Boot, die zum Gekreisch ihrer bereits schwimmenden Freundinnen synchron ins Wasser sprangen. Seid ihr die Diebe? fragte sie sich unwillkürlich. In der Ferne lag die *Sea Witch* wie ein auf Beute lauernder Raubvogel. War dort der Dieb zu finden?

„Ich hasse es zu shoppen. Ich glaube, da fehlen mir die weiblichen Gene", gestand sie und zwang die Anspannung zumindest ein wenig aus ihrem Körper. „Aber es ist nun einmal notwendig geworden."

Denny hatte es geliebt, für sie einzukaufen. Sein Geschmack war allerdings fragwürdig. Immerhin hatte sie stets genug zum Anziehen gehabt. Als sie gegangen war, hatte sie jeden String, jedes Korsett, jeden Spitzen-BH in San Francisco zurückgelassen. Es kümmerte sie nicht weiter, was sie anhatte, solange es nur bequem war. Dennys Kriterien dagegen waren ganz andere gewesen.

„Was hältst du davon, wenn ich dir ein hübsches Sommerkleid für heute Abend leihe? Gönnen wir uns einen Frauennachmittag. Wir geben uns gegenseitig eine Gesichtsbehandlung, machen uns die Fingernägel und die Haare ..."

„Wer sind Sie, und was haben Sie mit Maggie gemacht?", versuchte Teal zu scherzen. Es gelang ihr nicht so richtig.

„Mir ist aufgefallen, wie du Zane ansiehst", meinte Maggie in behutsamem Ton. „Dein finsteres Gesicht wird ihn jedenfalls nicht davon abhalten, mit all diesen albernen Frauen zu flirten. Und wenn du dich anziehst, als hättest du deine Sachen aus dem Wäschekorb gefischt, wird dich das der Erfüllung deiner Wünsche auch nicht näher bringen. Tut mir leid, das ist ein bisschen grob formuliert. Aber wozu sind Freunde schließlich da? Du willst doch, dass Zane dich als begehrenswerte Frau wahrnimmt, oder?"

Teal fühlte sich völlig überrumpelt von der Wendung, die dieses Gespräch nahm. „Schließlich muss ich ihn ja irgendwie ansehen, wenn ich mit ihm rede." Es war ihr peinlich, dass sie so beleidigt klang.

Maggie legte ihr die Hand aufs Knie. „Du bist in ihn verliebt, Schätzchen. Kümmern wir uns darum."

„Das ist nicht der Grund, weshalb ich einkaufen gehen möchte", versuchte Teal sich zu rechtfertigen, obwohl sie das selbst nicht ganz glaubte. „Mir gefallen meine Sachen. Ich will mich nicht wie jemand anziehen, der ich nicht bin."

„Zum Beispiel aufregend und sexy?" Maggie grinste. „Du hast wunderschöne Augen, die niemand richtig sehen kann, weil du sie hinter deinen Haaren versteckst. Und einen hübschen Mund hast du auch ... wenn du nur öfter lächeln würdest. Lass mich ..."

Teal hustete, um sich den erneut aufsteigenden Schmerz des Verrats nicht anmerken zu lassen. Vielleicht sollte sie es erklären? Wenn Maggie ihre Freundin war, würde sie sie so nehmen, wie sie war.

„Ich war mit einem Mann verheiratet, der jeden Tag unserer drei Jahre dauernden Ehe damit zubrachte, alles an mir zu ändern. Nichts an mir hielt seinen perfektionistischen Ansprüchen stand." Sie erhob sich, ihre Augen schwammen in Tränen. „Obwohl ich es hasste, hatte ich lange, rot lackierte Fingernägel, färbte mir die Haare und trug Haarverlängerungen - die übrigens wie verrückt juckten. Ich werde nie mehr so blöd sein zu glauben, dass ich die Liebe eines Mannes gewinne, indem ich mein Aussehen für ihn verändere."

Die Tatsache, dass Maggie ihr vorschlug, ihr Äußeres aufzupeppen, sagte ihr alles, was sie wissen musste. Kein Wunder, dass sie ihre Maschinen so liebte. Die konnten einem nicht das Herz brechen.

Maggie stand auf und streckte die Hand nach ihr aus, doch Teal wich zurück. „Um Himmels willen, Schätzchen, ich will dich doch gar nicht ändern. Oh nein, ich hab's vermasselt. Es tut mir leid. Ich wollte nicht..."

Blind vor Tränen lief Teal los ... und prallte gegen Zanes Brust. Er trug noch seinen Taucheranzug und hielt irgendetwas Schwarzes in der Hand. Mit gerunzelter Stirn betrachtete er ihr Gesicht. „Was ist denn los?"

Teal schubste ihn weg, sodass er ein wenig zurücktaumelte. „Geh mir aus dem Weg!"

Irritiert schaute Zane Teal hinterher, als sie über das Deck davonlief. Dann drehte er sich zu Maggie um. „Habe ich etwas verpasst?"

„Tja, den Teil, in dem sie von ihrem Exmann erzählt hat, der sie zu ändern versuchte", meinte Maggie, während Teal unter Deck verschwand.

„Nein", sagte Zane lässig. „Den habe ich mitbekommen." „Sie wollte zum Einkäufen nach St. Maarten. Ich schlug stattdessen einen Frauennachmittag vor, mit Gesichtsbehandlung und einer kleinen Schönheitskur. Offenbar habe ich damit ihre Gefühle verletzt, was absolut nicht meine Absicht war. Ich werde zu ihr gehen und mit ihr reden."

Zane hielt sie zurück. „Nein, lass *mich* gehen." Dieses Gespräch mit Teal war längst überfällig.

Erneut schaute er auf seine Uhr. Mittlerweile hatte er Teal fünfzehn Minuten Ruhe gegönnt. Sie war gern allein. Er nicht. Also war wohl ein kleiner Kompromiss angebracht.

Mit zwei Dosen Cola - sowohl als Friedensangebot als auch zum Selbstschutz - betrat er den Maschinenraum. Teal saß an dem kleinen, in die Wand eingelassenen Schreibtisch und starrte auf den zugeklappten Laptop. Sie hatte den Badeanzug gegen einen Overall eingetauscht, dessen Ärmel sie um die Taille gebunden hatte. Dazu trug sie ein kleines weißes Trägerhemd, das ihre zart muskulösen Arme und die sanften Wölbungen ihrer Brüste betonte.

Zane hätte schon blind sein müssen, um ihre Brustwarzen nicht zu bemerken, die blassrosa durch den dünnen Stoff hindurch erkennbar waren. Verdammt, er war nicht blind, deshalb sah er auch überdeutlich, dass sie keinen BH trug. Die Frau besaß Waffen, die sie nicht einmal einsetzte.

Er schloss die Tür hinter sich. „Es tut Maggie leid, dass sie deine Gefühle verletzt hat."

„Flat sie nicht." Mit harter Miene klappte Teal den Computer auf und schaltete ihn ein. „Ich muss die Filter des Kühlsystems überprüfen. War sonst noch was?"

Zane stellte die Coladosen auf den Tisch und klappte den Laptop wieder zu, wobei er ihr empörtes „Hey!" einfach ignorierte.

„Weißt du eigentlich, was für ein Gefühl das war, meinen Brüdern dabei zuzusehen, wie sie haufenweise Schätze nach Hause brachten, während ich vier Jahre lang wie ein Irrer an den falschen Orten nach der *Vrijheid* gesucht habe?" Damit sie sich nicht in die Enge getrieben fühlte, trat er vom Tisch zurück.

Er bemerkte, dass sie die Kaffeekanne hier unten hatte, die er eigentlich für Nachtfahrten auf der Brücke aufbewahrte. Außerdem befand sich ein rot-weiß gestreiftes Kissen in ihrem Besitz, das er zuletzt auf einem Liegestuhl auf dem Vorderdeck gesehen hatte. Er spürte Teals brodelnde Wut beinah körperlich.

„Ich war zutiefst frustriert", sagte er zu ihrem Hinterkopf. „Und ich ärgerte mich schwarz."

Er nahm ihr hässliches blaues Chambray-Hemd vom Sessel und atmete ihren Duft ein, nachdem er sich vergewissert hatte, dass er unbeobachtet war. Der Duft des Ärgers, dachte er, halb amüsiert, halb verblüfft von dieser Frau, zu der er sich wie zu keiner anderen jemals zuvor hingezogen fühlte.

Teal war ein echtes Original. Etwas für Kenner, und bei Gott, sein Geschmack veränderte sich gerade. „Es geht nicht ums Geld." Er warf das Hemd wieder auf den Sessel und lief in dem kleinen, tadellos sauberen Raum auf und ab. „Obwohl das natürlich keineswegs zu verachten ist. Nein, es geht ums Gewinnen. Um die Ziellinie. Um die Wette, die wir drei darüber abschließen, wer Erster wird."

„Faszinierend", sagte Teal gelangweilt. „Leider sind das keine neuen Informationen." Sie klappte den Computer wieder auf. „Wenn das alles ist, würde ich mich jetzt gern wieder an die Arbeit machen."

„Teal ..."

„Warum kümmert es dich überhaupt? Ich habe keine Ahnung, was du und Maggie besprochen habt, aber mir kommt es ziemlich verdreht vor. Sie muss so eine Art Freigeist der Liebe sein, weil sie dich zu deinen Abenteuern ermutigt."

„Ermutigt? Wovon redest du überhaupt?"

„Schon gut. Vergiss es. Ist nicht wichtig."

Er starrte sie einen Moment perplex an, dann schüttelte er den Kopf. „Ich weiß nur, dass zwischen zwei Leuten aus meiner Crew schlechte Stimmung herrscht. Das beeinträchtigt unsere Arbeit hier. Hast du das verstanden?"

Der Computer sprang summend an, und Zane hörte, wie Teal mit den Zähnen knirschte. „Ich kann gerne wieder verschwinden. Ich wollte ja gar nicht hier sein." Sie saß betont aufrecht.

Zane fuhr sich frustriert durch die Haare. „Du bist den Leuten hier an Bord nicht egal, und Maggie schon gar nicht. Kannst du nicht wenigstens versuchen, ein bisschen freundlicher zu sein?" „Du verwechselst Freundschaft mit vorübergehender Kollegialität." Ihre distanzierte Stimme ließ ihn erschauern. Wie sehr war sie verletzt worden, dass sie solche Mauern um ihre Gefühle errichtete?

Sie tippte in kerzengerader Haltung auf der Computertastatur. „Neulich habe ich einen Smaragd von der Größe einer Teetasse gefunden. Außerdem kann ich kochen, ohne die Kombüse dabei abzufackeln. Ich kann die Maschinen reparieren und hinter mir aufräumen. Eigentlich müsste ich die Mitarbeiterin der Woche sein", meinte sie bitter und schaute über die Schulter zu ihm. Dann biss sie sich auf die Unterlippe, als wäge sie ihre Worte ab.

„So ist das aber nicht. Wir sind hier wie eine Familie."

Rasch wandte sie sich wieder ab und schaute auf den Bildschirm. „Ich lasse Leute eben nicht so leicht an mich heran. Ist einfach so. Tut mir leid, wenn ich Maggie damit gekränkt habe, dass ich mich nicht mit ihr zusammen chic machen wollte. Aber ich gefalle mir so, wie ich bin."

Ja klar, dachte er ironisch. Man spürt, wie wohl du dich in deiner Haut fühlst. „Dazu hast du auch allen Grund. Du bist eine starke, unabhängige Frau. Klug. Sehr amüsant. Und ..."Er machte eine Pause, um die Wahrheit der folgenden Worte auszukosten. „Und du bist wunderschön."

Sie blinzelte mehrmals und schaute genervt zur Decke, ehe sie sich wieder mit finsterer Miene zu ihm umwandte. Bei jeder anderen Frau hätte er darauf getippt, dass sie Tränen zurückzuhalten versuchte. Aber Teal machte nicht den Eindruck, als toleriere sie Tränen. Schon gar nicht ihre eigenen.

„Wow, danke für die aufbauenden Worte, Käpt'n." Ihr eisiger Ton verriet, wie wenig sie von seinen Komplimenten hielt.

„Wir sind alle nur Menschen, Teal. Sei nett, dann sind die meisten Leute auch nett zu dir."

„In deiner Welt vielleicht. Ich mag Motoren. Ich verstehe, wie sie funktionieren, und ich weiß, wie man sie repariert, wenn sie nicht funktionieren. Aber mit Menschen ist das so eine Sache ..." Sie hob eine Hand, wedelte damit, ließ sie wieder auf die Tastatur sinken.

„Menschen sind gar nicht so kompliziert, Liebste." Er strecke die Hand nach ihr aus. „Jeder möchte von den Menschen, die ihm etwas bedeuten, geliebt und verstanden werden."

„Nenn mich nicht so." Sie widmete sich wieder ihrem Laptop und hüllte sich in eisiges Schweigen.

Was für ein Mistkerl ist ihr Ex gewesen? fragte Zane sich. Was hatte dieser Kerl ihr bloß angetan? Zum ersten Mal in seinem Leben biss er bei einer Frau auf Granit. Dabei wusste er selbst nicht so genau, was er eigentlich von ihr wollte. Nur dass er es wollte, und zwar wie verrückt.

Sie hatte einen der Plastikeimer, die Maggie zur Aufbewahrung der Fundstücke vom Meeresboden benutzte, als Abstellfläche umgedreht. Zane nahm ein kleines silbernes antikes Kästchen, das darauf lag. Etwas klapperte darin, als er mit dem Daumen über die glatte, abgenutzte Oberfläche strich.

Er wählte seine Worte sorgsam. „Was ich damit sagen will, ist, dass ich hart dafür gearbeitet habe. Und der Schatz ist viel größer, als ich es mir je erträumt habe. Wir könnten durchaus fünf Jahre hier verbringen."

Sie sog rasch die Luft ein und atmete wieder aus. Ihre Finger schwebten bewegungslos über der Tastatur. „Es geht also ums Prestige. Du schlägst deine Brüder in einem Wettbewerb. Ich werde auf dem Discovery Channel nach dir und deiner Crew Ausschau halten. Ich habe mich einverstanden erklärt, einen Monat dabei zu sein. Bleiben noch zwei Wochen. Es sei denn, du willst mich wegen schlechten Benehmens früher nach Hause schicken." Sie warf ihm einen kurzen, verzweifelt hoffnungsvollen Blick über die Schulter zu.

„Vergiss es. Ich will nur, dass alle miteinander auskommen. Uneinigkeit führt zu Unfällen."

„Was willst du eigentlich? Also, wenn du dafür aus meinem Maschinenraum verschwindest, werde ich mich bei Maggie entschuldigen, damit sie sich nicht unnötig aufregt. Aber falls du dir ernsthaft Sorgen wegen einer erhöhten Unfallgefahr machst, solltest du vielleicht einfach hin und wieder zeitig zu Bett gehenstatt dich auf Partys zu betrinken und wild mit fremden Frauen herumzuknutschen ..."

Jetzt war sie zu weit gegangen. Mit drei Schritten war er bei ihr und packte sie an den Schultern, damit sie ihm in die Augen sah. Nur mit Mühe konnte er sich beherrschen. „Eifersucht steht dir nicht, Williams. Offenbar hat sie dein Urteilsvermögen getrübt. Mein Vater war Alkoholiker, ich bin es nicht. Auf dieser Party, auf die du anspielst, hatte ich ein Bier. Und was mein angebliches Herumgeknutsche mit fremden Frauen betrifft, so war ich auf dieser Reise bisher ein Heiliger."

Ihre braunen Augen sahen aus wie geschmolzene Schokolade. Zanes Verlangen erwachte, als er in ihren geweiteten Pupillen die verräterischen Zeichen der Lust entdeckte. Er schluckte und schüttelte Teal sanft. „Nicht dass mir in letzter Zeit nicht nach Herumknutschen gewesen wäre. Weiß der Geier, warum." Ausdruckslos sah sie ihn an.

Ihr Gesicht war blass. „Was hat dich davon abgehalten? Die Frauen haben dich mit ihren Blicken ausgezogen, als sie hier waren und meinen Strom verbrauchten, das Benzin für meinen Generator, deinen Schnaps tranken und dein Essen aßen. Jedenfalls wäre jede von ihnen sofort mit dir ins Bett gegangen. Du hättest bloß mit dem Finger zu schnippen brauchen."

„Diese Party hat dich wirklich sauer gemacht. Komisch, ich habe dich nie für den eifersüchtigen Typ gehalten", neckte er sie, um das wütende Funkeln in ihren Augen zu sehen. Und er bekam, was er wollte.

„Ich bitte dich. Ich war nie ein Fan aufgewärmter Reste."

Zanes Miene wurde ernst und gleich darauf grimmig. Sein Griff an ihren Schultern wurde fester, und er zog sie an sich, bis sich ihre Nasen beinah berührten.

„Verrate mir eines. Hat dein Mann dich geschlagen?", fragte er. „Hat er dich in irgendeiner Art körperlich misshandelt?"

Sie sah ihn böse an. „Nein!"

„Ist das die Wahrheit?"

„Ja!" Ihr Selbstvertrauen schien zu wanken, die Röte in ihren Wangen verriet ihre Scham. „Es war eine mentale Sache ... eine verbale. Ich komme damit klar."

Zumindest erklärte es ihren bitteren Spott und ihre Abwehrhaltung. „Dass er dich nicht mit Fäusten traktierte, heißt nicht, dass er dich nicht misshandelt hat. Er ist ein Dreckskerl." Zane kam noch ein Stückchen näher, sodass sie seinen warmen Atem auf ihren Lippen spürte. „Und du warst schlau, dich von ihm zu trennen, bevor seinen Worten Taten folgten." Sie erschauerte und fachte seinen Zorn damit noch stärker an. „Ich würde jeden umbringen, der dich anrührt."

Ihr Körper stieß sacht gegen seinen, und sie unterbrach die Berührung nicht. Ihre Brüste wurden gegen seinen muskulösen Oberkörper gedrückt. Mit belegter Stimme sagte Teal: „Du rührst mich gerade an."

„Tja, wahrscheinlich werde ich mich später dafür bestrafen", murmelte er und betrachtete ihr leicht gerötetes Gesicht. Sie gab ein kurzes ersticktes Lachen von sich, und mehr Ermutigung brauchte er nicht. Er ließ seine Hände über ihre Schultern gleiten, hinauf zu ihrem Hals, fuhr mit den Fingern durch ihr seidiges Haar und hielt ihren Kopf so, dass sie ihn ansehen musste.

„Bis dahin jedoch werde ich dir etwas geben, was ich gestern Abend bei unserem Tanz vergessen habe", erklärte er. „Also könntest du wohl einmal im Leben den Mund halten und einfach etwas geschehen lassen?"

„Ich ..."

Er presste seine Lippen auf ihre. Diese Frau sagte einfach zu oft Nein. Einen Moment lang befürchtete er, zu weit gegangen zu sein. Sie hatte die Lippen zu einer schmalen Linie zusammengepresst, und er bemerkte ihre Angespanntheit. Aber er spürte auch ihre aufgerichteten Brustwaren an seiner Brust und ihre Hüften eng an seinen, als sie sich auf die Zehenspitzen stellte.

Als er all diese Zeichen ihrer Körpersprache las, gab er jede Zurückhaltung auf. Sosehr sie sich äußerlich auch noch sträuben mochte, es war unbestreitbar, dass sie die gleiche erotische Anziehung empfand. Zane liebte die Herausforderung. Er beugte sich hinunter, seine Lippen näherten sich ihren, genau in dem Moment, als sie anhob, irgendetwas zu sagen. Sanft küsste er ihren geöffneten Mund.

Eine spürbare Anspannung erfasste sie, und ein Schauer überlief sie, während sie ihre Hände fester auf seinen Rücken presste.

Endlich, dachte er. Das war es, was er sich ersehnt hatte. Heißes Verlangen packte ihn, als ihre Zungen sich fanden. Er machte sich an die sinnliche Erkundung ihres Mundes und fühlte ihren Herzschlag schnell wie den eines winzigen Vogels an ihren Schläfen, als er ihr durchs Haar fuhr.

Zane wusste, wie er eine Frau verwöhnen musste. Er setzte seine Zunge ein, drückte die Zähne behutsam an ihre weichen Lippen, ließ die Hände über ihre schlanke Silhouette wandern. Die gute alte nonverbale Kommunikation, die Teal besser zu verstehen schien als Worte. Sie gab sich jedenfalls ganz dem Kuss hin, schlang die Arme um Zanes Taille und krallte die Finger in den Stoff seines Hemdes.

In einem ärgerlichen Moment von Klarheit und Verstand begriff er, dass er sie gleich hier auf dem Fußboden nehmen würde, wenn er jetzt nicht sofort aufhörte. Jederzeit konnte jemand hereinkommen. Und dies war nicht der Ort, an dem er zum ersten Mal mit Teal schlafen wollte.

Langsam löste er sich von ihr. Ihre Lippen schienen wie magnetisch von seinen angezogen, deshalb kehrte er noch einmal für einen weiteren langen Kuss zurück, der seinen Puls beschleunigte. „Die Tür ist nicht abgeschlossen", flüsterte er und rieb seine Nase an ihrer warmen Wange.

Teal legte beide Hände auf seine Brust und schob ihn weg. „Du bist wirklich erstaunlich, weißt du das?" Sie wischte sich mit dem Handrücken über den Mund. Ihre Augen blitzten. „Gibt es denn nichts zwischen den beiden Extremen?"

„Reichlich." Zane merkte, dass sie ziemlich unbeeindruckt wirkte, während er aufgewühlt war. Oder täuschte der Eindruck? Ihre Augen leuchteten in ihrem blassen Gesicht. Sie sah ihn nachdenklich an und kaute an ihrem Daumennagel. Dann durchquerte sie den Raum, band die um ihre Taille geknoteten Ärmel ihres Overalls los, schob entschlossen ihre Arme hinein und zog den Reißverschluss bis zum Hals hoch.

„Tja, dann mach deine Spielchen mit jemandem, der dazu bereit ist."

Er stand breitbeinig da und schob die Hände in die Taschen seiner Shorts, um die Ausbuchtung zu verbergen. „Für eine Frau, die nicht bereit ist, bist du aber ganz nett darauf eingegangen." „Du bist größenwahnsinnig. Ich habe jedenfalls nicht die Absicht, eine weitere Kerbe in Ace Cutters Bettpfosten zu werden." Zane zog die Hände aus den Hosentaschen und ging wieder zu ihr. Er hatte seine Atmung und seinen Puls wieder unter Kontrolle. „Es gibt weder Kerben noch einen Bettpfosten." Rasch beugte er sich hinunter und gab ihr einen Kuss. „Falls du mal wieder bereit sein solltest, mich zu küssen, weißt du ja, wo du mich findest."

Etwas Schweres knallte gegen die Tür, nachdem er sie hinter sich zugemacht hatte. Er grinste. „Ich glaube, der Punkt ging an mich."

Ich hätte ihm eine saftige Ohrfeige verpassen sollen, dachte Teal zum etwa hundertsten Mal. Stattdessen hatte sie sich die ganze Nacht im Maschinenraum verkrochen und versucht, aus ihrer Reaktion auf Zane schlau zu werden. Inzwischen hatte er es sich zur Gewohnheit gemacht, sie zu küssen, wann und wo immer er wollte. Und sie ließ es nicht nur geschehen, sondern erwiderte seine Küsse auch noch.

Heute Morgen hatte sie sich benommen, als sei nichts geschehen. Darin war sie ziemlich gut. Es hatte eine rein berufliche Unterhaltung zwischen ihnen gegeben. Ihm aus dem Weg zu gehen hätte diesem Kuss einfach zu viel Bedeutung verliehen. Demonstrativ freundlich hatte sie mit Maggie gesprochen, ohne jedoch auf das gestrige Geschehen einzugehen. Dazu war keine Zeit.

Das ruhige Wetter und die glatte See ermöglichten im Wasser eine Sichtweite von bis zu dreißig Metern Tiefe. Der Helikopter hatte bei seinem Sechs-Uhr-Flug die Ausbeute des Tages mitgenommen. Allerdings ohne eine Reihe von Silberbarren, die auf mysteriöse Weise verschwunden waren, während alle beim Mittagessen gesessen hatten. Es war, als handele es sich bei den Dieben um unsichtbare Ninjas, die sich anschlichen, sobald man ihnen den Rücken zukehrte, und ungesehen wieder davonschwammen.

Teal schlang ihr Haar um den Finger und suchte den klaren Himmel nach Anzeichen für Gewitterwolken ab. Die Spätnachmittagsluft war schwül und drückend, was zu ihrer Stimmung passte. Ihr Magen knurrte, denn das Thunfischsandwich, das sie mittags gegessen hatte, war nur noch eine köstliche Erinnerung. Sie alle hatten so hart gearbeitet, dass vielleicht ein paar Kekse jetzt die Laune heben würden. Zane hatte jedenfalls recht gehabt. Eine Meinungsverschiedenheit zwischen zwei Crewmitgliedern hatte Auswirkungen auf alle anderen an Bord.

Meine Schuld, dachte Teal und fühlte sich mies, weil sie mit ihrem Verhalten die Atmosphäre belastete, so berechtigt ihre Empörung auch gewesen sein mochte. Während sie überprüfte, ob sie alle nötigen Zutaten beisammenhatte, schwor sie sich, es ab jetzt besser zu machen. Und sich freundlicher zu verhalten.

Das Backen hatte eine beruhigende Wirkung auf sie und gab ihr überdies Zeit zum Nachdenken. Es hatte außerdem den Vorteil, dass sie sich nicht an Deck aufhalten musste, wo die anderen auf die Ankunft der Taucher warteten. Maggie kam in die Kombüse, als Teal gerade das erste Blech in den Ofen schob. Teal wappnete sich für eine mögliche Konfrontation. Doch Maggie setzte sich nur auf einen Hocker und stützte die Ellbogen auf den Tresen.

Sie war getaucht, und ihre nassen Haare hatten einen dunklen Fleck am Ausschnitt ihres lilafarbenen T-Shirts hinterlassen, das sie über ihrem Badeanzug trug. Sie zupfte an der Krempe ihres Strohcowboyhutes. „Ich habe Töchter, Schätzchen. Eine von ihnen schminkte sich gern und gönnte sich eine Maniküre und Pediküre, um sich aufzumuntern. Die andere Tochter hätte sich lieber eine Nagelfeile ins Auge gestochen."

Teal lächelte und war froh, dass Maggie sie offenbar nicht hasste. „Ich war wohl ein wenig zu empfindlich."

Maggie nahm ihren Hut ab, legte ihn neben sich und wuschelte sich durch die feuchten Haare. „Nicht ohne Grund. Ich neige dazu, mich in das Leben der Leute einzumischen, die mir am Herzen liegen. Ich denke immer, ich kann ihnen mit Ratschlägen weiterhelfen, um die sie mich gar nicht gebeten haben." Teal dachte über ihre Worte nach.

„Zane liegt dir am Herzen. Hab ich schon verstanden", erwiderte sie schließlich.

„Stimmt. Du meine Güte, diese Kekse duften aber köstlich. Du liegst mir auch am Herzen." Sie hüpfte von ihrem Hocker und griff um den Tresen herum, um sich einen Becher Kaffee zu holen. „Ich habe ganz vergessen, dass du Einzelkind warst." Teal verspürte den verrückten Drang zu weinen, während sie mit dem Löffel Schokoladenteig in ordentlichen Reihen auf ein zweites Backblech gab. Hatte Zane etwa recht, und die anderen an Bord sahen in ihr mehr als nur ein Crewmitglied? Da sie nicht wusste, wie sie damit und den in ihr aufsteigenden Gefühlen umgehen sollte, stieß sie nur ein leises Lachen aus. „Wenn du mich jetzt für unsozial hältst, hättest du mich mal als Kind erleben sollen."

„Erzähl mir davon."

„Ich war schrecklich schüchtern." Das waren schmerzliche Erinnerungen. „Ich wusste nicht mal, wie ich mit anderen Kindern reden sollte, verstehst du? Sie hielten mich für arrogant und ließen mich in Ruhe." Sie achtete darauf, jeden Keks gleich groß zu machen und einen gleichmäßigen Abstand zwischen den einzelnen Reihen einzuhalten.

„Ach Liebes", meinte Maggie. „Du musst dich sehr einsam gefühlt haben."

Teal schluckte und schüttelte sich die Haare aus dem Gesicht. „Ich habe viel gelesen und bastelte an Sachen herum. Sam brachte mir bei, auf das Brummen einer rund laufenden Maschine zu horchen. Ich konnte die Geräusche schon vorher ganz gut erkennen, aber das brachte mich auf eine neue Stufe."

„Du bist ein Genie. Mindestens so gut wie Sam, wenn nicht noch besser. Das sagen alle an Bord."

Das Kompliment trug dazu bei, dass Teal etwas lockerer wurde. Sie lächelte spöttisch. „Du wirst es wahrscheinlich kaum glauben, aber meine Lehrer empfanden meine Schüchternheit als Unhöflichkeit."

Maggie lachte, genau wie Teal gehofft hatte. „Wir gingen zu einem Schulpsychologen", fuhr Teal fort. „Nur konnten wir ihm natürlich nichts von Moms Drogenproblemen erzählen. Man bescheinigte mir, verschlossen und unkooperativ zu sein." Sie sprach in neutralem Ton, obwohl sie die Erinnerung daran hasste. „Das lag daran, dass meine Mom nicht wie eine Drogensüchtige aussah. Bei den Elternabenden war sie stets das Inbild einer besorgten Mutter."

„Teal", meinte Maggie, und ihr Ton war eine Mischung aus Mitgefühl und Empörung. „Wie hättest du deine Mutter bloßstellen können? Natürlich hast du sie geschützt. Und dafür einen hohen Preis bezahlt. Du hattest sonst niemanden."

Teal starrte auf den Timer am Ofen und hoffte, er werde anfangen zu piepen. Aufgewühlt von der Erinnerung, kaute sie an ihrem Daumennagel. Dann schob sie die Hand in die Tasche. „Ich rede nicht gern darüber."

„Ich finde, man kann schlechte Erinnerungen bewältigen, wenn man darüber spricht. Aber wie gesagt, von jetzt an werde ich stärker darauf achten, mich um meine eigenen Angelegenheiten zu kümmern. Wenn du möchtest, können wir uns über etwas anderes unterhalten. Ich bin sicher, es gibt noch jede Menge anderer Dinge, die ich nicht über dich weiß. Gestern Abend zum Beispiel hast du mich mit der Feststellung überrascht, dass du mal verheiratet warst. Ich hatte ja keine Ahnung."

Noch ein lustiges Thema. Maggie hatte wirklich ein Gespür für dunkle Geheimnisse. „Inzwischen bin ich ja geschieden. Drei Jahre habe ich in dem Bett gelegen, das ich mir ausgesucht habe, bis mir klar wurde, dass ich nicht dort bleiben muss."

„Zum Glück bist du gegangen. Viele Frauen tun es nie. Du bist eine starke, erstaunliche Frau."

Endlich piepte der Timer. Teal nahm das Blech aus dem Ofen und schob ein neues hinein. Dann verteilte sie die heißen Kekse auf dem Abkühlgestell, was ihr Zeit gab, sich zu sammeln. „Ich war jung und dumm. Denny war mein erster richtiger Freund. Ich dachte, er sei die Antwort auf all meine Gebete. Sehr gut aussehend und kontaktfreudig. Er liebte es, im Mittelpunkt zu stehen, und er redete mir ein, dorthin gehöre ich auch. Aber erst, nachdem er mich in Super Teal verwandelt hatte."

„Super Teal mit den Haarverlängerungen?"

„Genau. Denny versprach Spaß und Aufregung." Sie bot Maggie einen heißen, duftenden Keks an. „Die Partys waren anders, als ich erwartet hatte, und nach den Partys war es noch viel schlimmer. Da fing er an, mich für mein Verhalten in der Öffentlichkeit zu kritisieren." Bei der Erinnerung an diese Demütigungen zog sich alles in ihr zusammen. Seine Vorwürfe lauteten, ihre Brüste seien zu klein, sie sei nicht hübsch genug, nicht sexy.

Maggie legte den Keks auf den Tresen und glitt erneut von ihrem Hocker. „Ich umarme dich", warnte sie Teal, legte beide Arme um sie und drückte sie mütterlich.

Teals Kehle war wie zugeschnürt, und Tränen brannten ihr in den Augen. Sie nahm Maggies Duft nach Kokos-Sonnenmilch, Meerwasser und Kaffee wahr. Diese Umarmung tat so gut wie lange nichts mehr. Trotzdem war sie nicht imstande, diese Geste zu erwidern, weil sie befürchtete, sonst ganz die Fassung zu verlieren. Unbeholfen tätschelte sie Maggies Schulter, worauf Maggie sie noch fester an sich drückte.

„Ach Liebes, das tut mir ja so leid. Jetzt verstehe ich. Jetzt verstehe ich dich viel besser." Sie löste sich von ihr und sah Teal voller Mitgefühl an. „Zur Hölle mit deinem Ex und allen Kerlen, die dich nicht so nehmen, wie du bist. Denn du bist wundervoll." Lächelnd strich sie Teal die Haare aus dem Gesicht. „Und eines Tages wirst du einen Mann finden, der dich so liebt, wie du bist." Ein wenig verlegen angesichts dieses rührseligen Moments, löste Teal sich von Maggie und setzte sich an den Tresen. Maggie gab sich Mühe und bot ihr die Freundschaft an. Das Mindeste, was sie tun konnte, war, sich ebenfalls um diese Freundschaft zu bemühen. „Eines Tages musst du mir mal dein Rezept für eine glückliche Ehe verraten", sagte sie. „Du und Ben, ihr habt anscheinend Glück gehabt."

Maggie lehnte sich an den Tresen und nahm ihren noch warmen Keks. „In einer langen Beziehung ist nicht alles eitel Sonnenschein. Glaub mir, wir haben auch schlechte Phasen." Sie biss vom Keks ab. „Oh, köstlich." Nachdem sie den ersten Bissen hinuntergeschluckt hatte, fuhr sie fort: „Ben und ich haben in den vergangenen dreißig Jahren so manche hitzige Debatte geführt." „Ich kann mir gar nicht vorstellen, wie ihr zwei streitet." „Oh, du würdest dich wundern. Ben war früher ein Spieler. Karten. Pferdewetten. Er schmiss das Geld zum Fenster raus. Es war kein Hobby, kein Wochenendvergnügen. Nein, er war spielsüchtig, und deshalb stritten wir uns ständig. Wir hatten eine Familie zu versorgen, und er stellte ein paar entsetzlich dumme Sachen an. Am Ende verloren wir unser Haus, und ich hatte die Nase voll. Ich stellte ihn vor die Wahl: seine Familie oder das Spielen." Ein Lächeln erschien auf Maggies Gesicht. „Zum Glück traf er die richtige Entscheidung. Wir zogen nach St. Maarten und schauten nie mehr zurück."

„Das war richtig von euch." Teal nahm einen Keks, den sie doch nicht essen würde. Ihr gingen ein paar unangenehme Gedanken durch den Kopf. Was, wenn Ben immer noch heimlich spielte? Mit einem Internetanschluss war das sogar an Bord der *Decrepit* möglich. Steckte Ben hinter dem Sabotageakt und den Diebstählen? Falls ja, wo verbarg er das Diebesgut? Teal fragte sich unwillkürlich, ob seine alte Spielsucht ihn veranlasst haben mochte, seine engsten Freunde zu verraten.

„Können wir für einen Moment das Thema wechseln?" Eigentlich wollte Teal das nicht, doch sie musste äußerst behutsam vorgehen. Zane würde am Boden zerstört sein, wenn sich herausstellte, dass Ben für die mysteriösen Vorgänge verantwortlich war. „Glaubst du eigentlich, jemand an Bord ist verwickelt in ..." Für das Loch im

Schiffsrumpf, die Diebstähle aus dem Schatzfund, das Herbeirufen der *Sea Witch*?

„Du meinst, ob ich mir vorstellen könnte, dass Ben dahintersteckt?"

Verdammt! „Nein ... ja, vielleicht. Tut mir leid, Maggie. Aber wir alle wollen herausfinden, wer Zane schaden will und deshalb die Bergung sabotiert."

„Ich bin nicht gekränkt. Dein Verdacht ist ja nicht unbegründet, nach all dem, was ich dir gerade über Bens frühere Spielsucht erzählt habe. Doch ich kann dir versichern, dass er seit über zwanzig Jahren nicht mehr gespielt hat."

„Ich glaube dir." Teal wählte ihre nächsten Worte vorsichtiger. „Was glaubst du denn, wer dafür verantwortlich ist?" Ryan? Saul? Colson? Auch von denen schien keiner infrage zu kommen. Aber was wusste sie schon über diese Männer? „Findest du es nicht reichlich seltsam, dass sich innerhalb kürzester Zeit so viele Boote am Wrack versammelt haben, einschließlich Zanes härtester Konkurrenten, und das trotz seiner wochenlangen Ablenkungsmanöver?"

„Jeder, der sich mit dem automatischen Identifizierungssystem auskennt, kann unsere Spur verfolgen. Das ist kein Geheimnis, sondern allgemein zugänglich. Ich rate Zane immer, er soll bei seinen Funden nicht so überschwänglich sein. Aber du kennst ihn ja. Jeder ist sein Freund, und er teilt eben gern." „Er zeigt es gern herum, meinst du." Teal dachte sofort wieder an die üppige Party, auf der Zane seine Casanova-Fantasien ausgelebt hatte.

Maggie grinste. „Na ja, ein bisschen vielleicht. Aber er teilt auch gern sein ganzes Wissen über das Schatztauchen mit jedem, der ihn danach fragt. Die Leute sind natürlich ganz fasziniert und scharf darauf, zu sehen, was er gefunden hat. Es ist nicht ungewöhnlich, dass ein Dutzend Boote herumlungert, nur um zu sehen, was da für ein Schatz gehoben wird. Zu Zanes Verteidigung muss ich aber sagen, dass er die Größe unseres Funds diesmal wirklich sehr heruntergespielt hat."

„Anscheinend nicht vor jedem", sagte Teal in Anspielung auf die verschwundenen Stücke. „Falls es niemand aus der Crew war." Wovon sie noch nicht ganz überzeugt war. „Sollte es keiner von uns gewesen sein, dann muss es einer seiner lauernden Bewunderer da draußen sein."

„Ja, möglich ..." Maggie verstummte nachdenklich. „Doch da gibt es etwas ..."

Teals Nackenhärchen richteten sich auf, als sie Maggies ernste Miene sah. Shit. Was jetzt?

NINE

Teal fand Zane an Deck, wo er mit dem Handy telefonierte. Er sah aus, als handele es sich nur um eine kleine Plauderei. Doch sie wusste, dass er taktische Vorkehrungen traf, um einen weiteren Teil des Schatzes unauffällig nach Cutter Cay zu schaffen. Sie wünschte nur, er würde das mit einem T-Shirt am Leib tun. Seine breiten Schultern sahen verlockend aus. Sie sehnte sich sofort danach, ihre Hände über die glatte gebräunte Haut gleiten zu lassen. Deshalb schob sie sie lieber in die Taschen und schaute aufs Meer hinaus, während sie darauf wartete, dass er das Gespräch beendete.

Sobald er das Handy in der Tasche seiner Shorts verstaut hatte, ging sie zu ihm. „Ich bin froh, dass ich dich allein erwischt habe. Ich muss dir nämlich etwas sagen."

„Dass du mir nicht länger widerstehen kannst und ich dich gleich hier auf der Stelle nehmen soll? Okay, aber gehen wir lieber in meine Kabine. Dort ist es bequemer." Er nahm ihre Hand, doch sie schlug sie weg.

„Ich meine es ernst."

„Viel zu ernst." Zane grinste. „Würde es dich umbringen, wenn du dir mal ein Lächeln abringst?"

Sie standen sich nur wenige Zentimeter voneinander entfernt gegenüber. Angesichts dieser Nähe bekam Teal einen trockenen Mund, doch sie wich nicht zurück. „Ich lächle."

Er berührte ihre Unterlippe mit dem Zeigefinger und sagte mit heiserer Stimme: „Zeig es mir."

Seine Augen waren so strahlend blau, das freche Funkeln in ihnen war faszinierend. Teal musste sich zwingen, nicht zu lächeln. Andererseits brachte seine Nähe sie viel zu sehr durcheinander, um ein echtes Lächeln hinzubekommen. „Halt dich zurück", warnte sie ihn. „Wir haben darüber schon gesprochen." Sein Gesicht näherte sich ihrem, während er ihr weiterhin in die Augen sah. „Ach ja?"

„Ja", hauchte sie.

Er hob die Hände und strich ihr die Haare zurück, ehe er ihr Gesicht umfasste. „Schließ die Augen", murmelte er.

Ihre Lippen verhärteten sich. „Warum?"

Zane lachte leise. „Ich will dir etwas geben."

Wider besseres Wissen machte sie die Augen zu, und er küsste sie so sanft, so zart und unbedrohlich, dass es sich anfühlte wie die Berührung eines Schmetterlingsflügels.

Als er sich wieder von ihr löste, öffnete sie die Augen. Ihre Lippen prickelten, ihr Gehirn schien zu einem unbrauchbaren Brei geworden zu sein. Körperteile hingegen, die gar nicht beteiligt sein sollten, standen in Flammen.

„Was wolltest du mir erzählen?" Sein verwegenes Grinsen beschleunigte ihren Puls und ließ ihren Verstand stocken.

„Du musst wirklich damit aufhören."

„Warum?"

Teal nahm sich zusammen und erklärte: „Hör mir zu, Ace. Das hier ist wichtig. Es geht um die gestohlenen Gegenstände ..." „Ich bin ganz Ohr. Was ist das Problem?"

„Maggie ist sich sicher, dass die Sachen gestohlen wurden, nachdem wir sie an Bord gebracht hatten. Sie erinnert sich an einige Stücke, die sie gesehen hat, bevor sie in den Bestand aufgenommen wurden."

Zane stand einfach nur da und sah sie an. Als er nicht reagierte, packte sie seinen Arm und rüttelte leicht daran. Sie fühlte seine warme Haut und seine harten Muskeln. „Kapierst du nicht? Der Dieb ist sich seiner Sache sicher. Er stiehlt nicht nur unter Wasser. Inzwischen wartet er einfach, bis wir den Schatz gehoben haben, um sich dann zu bedienen. Und das kann nur bedeuten, dass es sich um jemanden aus unserer unmittelbaren Nähe handelt."

„Wenn Maggie sich wegen möglicherweise gestohlener Dinge Sorgen macht, warum spricht sie dann nicht selbst mit mir?" „Weil sie nicht ganz sicher ist, ob sie sich an alles richtig erinnert oder die Sachen einfach auf der Liste nicht wiederfinden konnte. Sie wollte erst hundertprozentig sicher sein, bevor sie Alarm schlägt. Um zur Aufklärung der Geschichte beizutragen, habe ich ..."

Seine Lippen zuckten. „Ja?"

„Ich habe sämtliche Kabinen durchsucht. Nicht gründlich, ich habe mich nur kurz umgesehen, ob mir etwas auffällt."

Er hob eine Braue. „Und? Hast du etwas gefunden?"

Sie war ein wenig verlegen, sagte sich jedoch, dass ihr Handeln absolut gerechtfertigt war. Die Diebstähle betrafen schließlich jeden, nicht nur Zane. „Nein, aber ich finde, als Kapitän dieses Schiffs solltest du eine gründlichere Untersuchung durchführen."

„Das ist vollkommen unnötig, weil es niemand von der *Decrepit* war."

Nur weil sie noch keinen Teil der Beute gefunden hatte, hieß das nicht, dass es niemand von der Mannschaft sein konnte. Aber Teal hielt den Mund. Als Kapitän hätte er sie vermutlich für ihr Eindringen in die Privaträume der anderen in eine Arrestzelle oder so etwas sperren können. „Dann ist es eben einer deiner Freunde dort draußen. Vielleicht sind sie irgendwie an Bord gelangt."

„Wer denn? Vielleicht eine dieser hirnlosen Ladys mit künstlichen Brüsten? Oder diese netten älteren Damen?" Er winkte ihnen zu, und sie winkten zurück. „Vielleicht die alten Knaben mit ihren Goldketten um den Hals und dicken Ringen am kleinen Finger? Nein." Er streichelte ihre Wange, und ein sinnlicher Schauer überlief sie, der sich in ihrem ganzen Körper ausbreitete, bis in die kleinste Zelle hinein, wie die Vibrationen einer Stimmgabel.

„Maggie ist eine großartige Taucherin, und sie hat auch noch andere Stärken", sagte er ruhig. „Unter anderem ist sie die gute Seele auf diesem Schiff. Aber sie hat wirklich ein schlechtes Gedächtnis. Schon mehrfach hat sie Sachen falsch aufgelistet. Ganz zu schweigen vom Umfang dessen, was wir an die Oberfläche bringen. Gestern Abend allein haben wir sechs Behälter nach Cutter Cay geschickt. Möglicherweise befinden sich die vermissten Gegenstände darunter. Die *Sea Witch* geiert uns seit Jahren hinterher. Sie ist ein Ärgernis und hat wahrscheinlich die Fundstelle nach uns abgegrast. Aber dass die rothaarige Kapitänin an Bord der *Decrepit* kommt, halte ich für ausgeschlossen. Außerdem wüsste ich es, wenn irgendetwas Größeres abhandenkäme."

Offenbar ließ er sich von gewissen ... Vorzügen der Rothaarigen auf der *Sea Witch* den Kopf verdrehen. Eine lockere Haltung war ja ganz in Ordnung, aber sah er denn nicht, was hier los war? „Wie wäre es mit einem Smaragd von unschätzbarem Wert oder einem kostbaren, mit Diamanten besetzten Was-weiß-ich?", gab sie aufgebracht zu bedenken.

Er grinste. „Von solchen Funden wüsste ich ganz sicher, und erst recht, wenn sie verschwunden wären."

Teal rang um Geduld. Nick hatte vollkommen recht, dieser Mann war viel zu vertrauensselig. Und zu stur. Eine nicht gerade kleine Flotte von Booten unterschiedlichster Größe umzingelte die *Decrepit*. Auf jedem einzelnen Boot saß ein potenzieller Verdächtiger, einschließlich Zanes eigenem Team.

In einer interessanten optischen Täuschung sah es aus, als sitze die *Sea Witch* wie ein lauernder Raubvogel auf Zanes Schulter. Teal spähte zu dem Boot hinüber, konnte auf die Entfernung jedoch nichts erkennen.

„Ich tippe auf sie", murmelte sie. „Warte, ich bin gleich wieder da."
Sie ging nach unten, fand das Fernglas und kehrte damit zu Zane zurück
an die Reling.

Während sie das Fernglas scharf stellte, trat er hinter sie. Nun war
sie praktisch zwischen seinem Körper und der Reling gefangen.
„Wonach hältst du Ausschau?" Er beugte sich hinunter, um ihr die
Frage leise ins Ohr zu flüstern. Sie spürte seinen warmen Atem an ihrer
Wange. Teal scheuchte ihn weg wie eine lästige Fliege und hob das
Fernglas von Neuem mit beiden Händen an die Augen.

„Dieses Miststück da auf der *Sea Witch* - ich sehe sie mir mit dem
Fernglas an, und sie schaut zurück! Was macht sie denn ...

Sie hebt die Hand, um mir zu signalisieren, dass ich warten soll."
Sie stieß Zane den Ellbogen in den Bauch. Er war kein Schmetterling,
sondern ein achtzig Kilo schwerer Gorilla in ihrem Rücken. „Würdest
du bitte etwas zurücktreten? Ich kriege ja Platzangst."

Die Frau auf dem anderen Boot, die sie ebenfalls mit dem Fernglas
beobachtete, war atemberaubend schön. Ihr langes feuerrotes Haar
wurde zusammengehalten von einer orangefarbenen Sonnenbrille, die
sie auf den Kopf geschoben hatte. Ihr Körper hatte üppige Rundungen,
die ein türkis- und orangefarbener Bikini besonders zur Geltung
brachte.

Diese Frau entsprach so sehr Zanes Typ, dass Teals Unsicherheiten
sofort wieder mit voller Wucht zurückkehrten. Hatte Zane etwa
gewisse Details über ihre gemeinsame Vergangenheit ausgelassen?

Er stützte sich zu beiden Seiten von Teal auf die Reling, sodass
seine Arme einen Käfig um sie bildeten. „Lass dich auf keinen Kontakt
ein. Sie will dich doch bloß ..."

„Oh, diese Diebin! Dieses Miststück! Sie hält etwas hoch, was sie
gestohlen hat. Ein goldenes ... verdammt, was ist das? Es scheint eine
Art Medaillon zu sein! Na warte, die werde ich mir vorknöpfen!"

Zane musste lachen und legte ihr die Hände auf die Schultern. Wahrscheinlich versuchte er, sie davon abzuhalten, auf der Stelle ins Wasser zu springen und zu dem anderen Boot zu schwimmen.

„Beruhige dich erst einmal. Wir können doch überhaupt nichts beweisen. Wir haben sie nicht ertappt..."

„Oh! Dieses Weib zeigt mir gerade den Mittelfinger!"

Zane nahm ihr das Fernglas aus der Hand. „Nimm es nicht persönlich", meinte er trocken. „Die Geste galt höchstwahrscheinlich mir."

Teal drehte sich um. Das war ein taktischer Fehler, da Zane noch immer so dicht bei ihr stand, dass ihre Brüste seinen muskulösen Oberkörper berührten. „Was hast du ihr denn getan?

Warum hasst sie dich so sehr?"

„Nichts", antwortete er kühl. Doch seine Augen glühten, als er Teals Gesicht betrachtete. „Ich kenne ja nicht einmal ihren Namen."

An meinen hast du dich auch nicht erinnert, und trotzdem hattest du Sex mit mir, dachte sie. „Hast du mit ihr geschlafen?" Teal hätte sich ohrfeigen können. Sie hob die Hand. „Vergiss es. Das geht mich nichts an. Ich will es auch gar nicht wissen." „Ich werde es dir trotzdem sagen. Ich kann dir aufrichtig versichern, dass ich nie mit der Seehexe geschlafen habe."

„Das könnte auch bedeuten, dass du die ganze Nacht wach gewesen bist."

Zane lachte auf diese ungezwungene Art, bei der ihr zugleich heiß und kalt wurde und die dieses sinnliche Kribbeln auslöste. „Ja, das könnte es. Nur habe ich diese Frau nie persönlich kennengelernt." Er legte die Hand aufs Herz. „Ich schwöre."

„Wie kannst du bei all dem so gelassen bleiben? Macht es dich nicht wütend, dass irgendwer dich bestiehlt?"

„Doch, natürlich. Und ich arbeite an der Sache. Aber es hilft auch nicht weiter, deswegen die Beherrschung zu verlieren. Sobald ich einen konkreten Verdacht habe, werde ich handeln. Bis dahin warte ich ab und beobachte."

„Und was hält die Seehexe davon ab, in der Zwischenzeit noch mehr zu stehlen? Wie wirst du sie daran hindern?"

„Ich kann sie gar nicht daran hindern. Aber das Gesetz." „Na klar, das wird sie mächtig interessieren, dass es per Gesetz verboten ist, Leute zu bestehlen. Ach, komm schon, Zane." „Sie folgt den Cutters schon seit einigen Jahren. Nimm sie nicht zu ernst, sie ist bloß eine Nervensäge."

„Bis jetzt war sie das."

„Stimmt. Und wenn sich das ändert, werde ich mich damit auseinandersetzen", versicherte er ihr.

Teal glaubte ihm halbwegs, dass er nicht mit der Rothaarigen geschlafen hatte. Aber so ganz sicher war sie sich nicht. Auf keinen Fall glaubte sie, dass die Seehexe so unschuldig und unbedrohlich war, wie Zane ihr weismachen wollte. Der Rothaarigen traute sie nicht über den Weg.

„Wenn ich du wäre, Ace, würde ich ihr Blumen und Pralinen schicken. Jede Menge. Oder, noch besser, sie in eine Gefängniszelle stecken und den Schlüssel wegwerfen."

Alle Frauen in seiner heutigen Gesellschaft trugen Namen wie Barbie, Bambi oder Bitsy. Sie waren auf Zanes Einladung gekommen und drapierten sich in ihren knappen Bikinis wie geschmackloser funkelnder Baumschmuck überall an Deck und den Relings.

Die sie begleitenden Herren hatten viel Brusthaar, dafür kaum noch welches auf dem Kopf. Sie trugen Goldketten und dicke Ringe am kleinen Finger.

Eine weitere Party. Teal hatte keine Ahnung, wie Zane die alle wieder loswerden wollte. Einmal mehr bekam sie von all dem schlechte Laune.

Eines wusste sie mit absoluter Sicherheit: Wenn Zane ahnte, was sie für ihn empfand, würde er sich in den noch verbleibenden zwei Wochen unerbittlich auf sie stürzen. Zwei Wochen, mehr Zeit bliebe ihnen nicht mehr. Aber das war ohnehin eine unsinnige Überlegung, da es, wohin er auch blickte, hübschere und nettere Frauen gab. Und was Frauen anging, besaß er die Aufmerksamkeitsspanne eines Wassermolchs. Teal wusste das aus erster Hand.

Sein Interesse an ihr rührte daher, dass sie eine Herausforderung für ihn war. Aber dieses Interesse würde in dem Moment schwinden, sobald jemand Aufregenderes daherkäme. Sie musste bloß weiterhin schroff zu ihm sein, damit er nicht erfuhr, was sie wirklich empfand. Das war ermüdend.

Sobald sie ihre Pflicht getan hatte, wollte sie von diesem Boot verschwinden. Sie würde ihren Anteil nehmen und sich aus dem Staub machen.

Heute Abend hatte er sie im Maschinenraum aufgesucht und ihr von der Party erzählt. Und dann hatte er sie unmissverständlich aufgefordert, nach oben an Deck zu kommen. Andernfalls würde er sie holen. Teal lungerte am Rand des Geschehens herum. Ihr war heiß in ihrer Kakihose und dem blauen T-Shirt, weil sie immer noch nicht zum Einkäufen in St. Maarten gewesen war.

Maggie hatte ihr ein elegantes rotes Kleid auf das Bettzeug im Maschinenraum gelegt. Offenbar noch immer um Versöhnung bemüht nach ihrem kleinen Disput, hatte sie eine Nachricht daran geheftet. Darin stand nur, dass Teal toll aussehen würde in Rot und dass Maggie sich schon darauf freue, sie eines Tages in dem Kleid zu sehen. Die Party erwähnte sie mit keinem Wort. Aber natürlich wusste Teal, dass Maggie ihr das Kleid nur deshalb gebracht hatte.

Für einen kurzen Moment zog sie tatsächlich in Erwägung, es anzuziehen. Aber dann überlegte sie es sich anders. Für diese Art von Aufmerksamkeit war sie einfach noch nicht bereit - schon gar nicht von Zane.

Es war schrecklich, dass die Ehe mit Denny jeden Aspekt ihres Lebens getrübt hatte. So viel Macht verdiente er gar nicht. Doch sosehr sie auch versuchte, eine bessere, stärkere, selbstbewusstere Frau zu werden - in den Cutter-Brüdern sah sie ihren Ex. Ganz besonders in Zane. Alle drei waren unfassbar gut aussehend, groß, dunkel, verwegen, und sie besaßen einen Charme, dem man nicht widerstehen konnte.

Genau wie Denny. Der sie fast zerstört hätte. Der sie mit gemeinen Bemerkungen heruntergemacht hatte, die ihr ohnehin geringes Selbstwertgefühl zerstörten.

Teal musste sich von solchen Männern fernhalten, wenn sie ihr Selbstbewusstsein wieder stärken wollte. Nicht nur das, ihr Seelenheil hing davon ab. Denny hatte sie gebrochen, und es war so langsam und heimtückisch passiert, dass sie es nicht einmal gemerkt hatte. Bis es fast zu spät war.

Er hatte sie von ihren Freunden getrennt und sich in ihren Job eingemischt, indem er ihrem Chef die Ohren über sie vollquatschte. Der arme Kerl entschuldigte sich am Ende überschwänglich, als er ihr kündigte. Denny wollte sie einfach nur ganz für sich allein.

Teal brauchte keinen Psychologen, um darauf zu kommen, dass sie eine schädliche Beziehung führte, in der es sowohl verbalen als auch psychischen Missbrauch gab. Einer der Gründe, weshalb sie sich so zu Denny hingezogen gefühlt hatte, war die Ähnlichkeit zwischen ihm und Zane. Zumindest oberflächlich ähnelten sie sich. Zu spät begriff sie, dass sich hinter der Fassade nichts Gutes verbarg.

Ungeachtet dieses Unterschiedes war die Ähnlichkeit zwischen den beiden Männern äußerst alarmierend.

Verrückt. Vom Verstand her war ihr vollkommen klar, dass Zane keine ihrer zahlreichen Grenzen ohne ihre Einwilligung überschritten hatte. Er hatte sie zu nichts gedrängt, wozu sie nicht ohnehin allzu bereit gewesen wäre. Ein Kuss. Eine Berührung ... Aber es würde kein gutes Ende nehmen.

Diese Einschätzung entsprang keiner Logik, und es war auch nicht fair. Aber das Leben hatte sie das gelehrt. Von ihrem abwesenden Vater über die drogensüchtigen Freunde ihrer Mutter hatte sie stets alle männlichen Wesen auf Distanz gehalten. Denny hatte es verstanden, in ihr die Illusion zu wecken, sie sei es wert, geliebt zu werden. Ihre jugendliche Schwärmerei für Zane Cutter prädestinierte Denny geradezu, ihren Selbstschutz zu überwinden.

Die Wahrheit lautete, dass Zane Cutter sie niemals lieben würde. Sie war sich nicht einmal sicher, ob er annehmen würde, wenn sie sich ihm - erneut - anböte. Und das machte sie zu einer bemitleidenswerten Närrin. Dabei hatte sie überhaupt kein Mitleid verdient, wenn sie sich ein weiteres Mal mit ihm einließ.

Als Zane sich daher einen Weg durch die Menge bahnte und auf sie zukam, wappnete sie sich.

„Würdest du mir einen Gefallen tun?"

„Nein."

Zane lachte. „Du weißt doch noch gar nicht, worum es sich handelt."

„Flat es mit meinen Maschinen zu tun?"

„Nein."

„Mit Tauchen?"

„So ähnlich."

„Die Antwort ist nach wie vor Nein."

„Hab doch Erbarmen, Süße. Das Boot ist überfüllt mit..."

„... knapp bekleideten, sexhungrigen, aufregenden Frauen? Ja, das ist kaum zu übersehen. Was willst du von mir? Soll ich dir die richtigen für Frühstück, Lunch und Abendessen herauspicken?" „Gib dich als meine Freundin aus. Ich muss arbeiten. Die werden mich nicht behelligen, wenn sie uns für ein Paar halten." „Du bist größenwahnsinnig. Erstens hältst du dich für Gottes Geschenk an die Frauen. Und zweitens glaubst du ernsthaft, dass diese durch plastische

Chirurgie aufgemotzten Exemplare auch nur eine Sekunde in Erwägung ziehen, dass ich deine Freundin bin."

„Komm schon, Teal. Ich kaufe einen neuen Motor für die *Decrepit*, wenn du dich ins Zeug legst. Halte sie mir vom Leib, damit sie mich nicht ablenken. Nimm mich an die Leine."

Sie saß hier. In ihrem Liegestuhl. Kümmerte sich um ihre Angelegenheiten, weil sie keine Lust hatte, sich in die anderer Leute einzumischen. Sie würde sich nicht als Zanes Freundin ausgeben. Erstens war sie keine gute Schauspielerin, und zweitens waren die Frauen nicht so blöd, wie sie aussahen. Keine von denen würde glauben, dass ein Mann wie er eine Frau wie Teal eines zweiten Blickes würdigte.

„Ich sagte Nein! Was verstehst du denn daran nicht? Ich habe dir gesagt, dass ich bei dieser Bergung nicht mitmachen will. Ich wollte dich nicht küssen. Ich wollte nicht auf diese blöde Party. Und ich will ganz bestimmt nicht so tun, als sei ich deine Freundin! Ich warne dich, Cutter. Lass mich in Ruhe."

Teal ließ ihn einfach stehen, bevor sie ihm noch eine richtige Szene gemacht hätte.

Widerspenstiges Weib, dachte Zane beim gemeinsamen Tauchgang am nächsten Nachmittag. Er schwamm in nördlicher Richtung, während sie sich westlich hielt. Warum amüsierte ihn ihre Kratzbürstigkeit so?

Natürlich blieben sie in Sichtkontakt. Die Sichtweite unter Wasser war gut, sie betrug etwa siebzig Meter. Aber das würde wegen des herannahenden Sturms nicht so bleiben.

Der Meeresboden war sandig und relativ flach. Hin und wieder ragte ein Korallenriff auf. Er und Ryan hatten gestern die Mammutpumpe eingesetzt und eine Fläche von ungefähr zehn Metern Durchmesser frei geblasen, sodass der harte Boden zwei Meter unter dem Sand und Sediment zum Vorschein kam.

Nachdem sich der Sand wieder gesetzt hatte, blieb ein hübsches großes Loch, in dem sie zwei Bronzekanonen fanden. Es handelte sich um drei Meter lange Bordkanonen mit schmalen Rohren, die gut erhalten waren, da sich an Bronze ebenso wenig wie an Gold Gestein ablagerte. Obwohl die *Decrepit* mit einem Kran ausgerüstet war, gab es keinen Grund, die Kanonen zu heben.

Zane entschied sich dafür, die „Sechspfünder" dort zu lassen, wo sie waren. Er rechnete damit, auf weitere Kanonen unterschiedlicher Größe und von unterschiedlichem Material zu stoßen. Auch die würde er auflisten und liegen lassen.

Das Loch gab weitere interessante Dinge frei, die er und Ryan gestern an Bord der *Decrepit* gebracht hatten. Zum Beispiel ein Dutzend mexikanische Silbermünzen, datiert zwischen 1550 und 1575, einen Elefantenstoßzahn sowie ein paar wurmstichige Balken. Ben und Teal hatten sie abgelöst und waren mit einer Goldmünze zurückgekehrt.

Trotz des Vermögens, das sie bis jetzt schon gefunden hatten, ahnte Zane, dass dies erst ein Bruchteil dessen war, was die *Vrijheid* noch für sie bereithielt. Er ließ seinen Blick über den Abschnitt wandern, den sie gestern freigelegt hatten. Nichts schien zu fehlen. Aber falls jemand hier heruntergetaucht war, nachdem sie Feierabend gemacht hatten, woher sollte er dann wissen, ob etwas fehlte?

Er sah zu Teal, die seit ihrem ersten größeren Fund Blut geleckt hatte und die ganze Woche an der gleichen Stelle getaucht war. Sie hatte weitere Goldketten gefunden, einige Gold- und Silbermünzen, persönliche Schmuckstücke, vermutlich von den Passagieren. Allerdings hatte sie keine Smaragde mehr entdeckt. Aber sie schien entschlossen, das zu ändern.

Brian schätzte das schöne Stück, das sie letzte Woche gefunden hatte, auf einen Wert um hundertfünfzigtausend Dollar ein. Nicht schlecht für ihren ersten offiziellen Tauchgang. Zane entdeckte etwas. Es sah aus wie eine Kiste, ähnlich der, die Teal gefunden hatte.

Allerdings kleiner. Er schwamm hin, um sich die Sache genauer anzusehen. Ein kleiner Sandhaufen hatte sich auf der Fläche gebildet, die er und Ryan freigelegt hatten. Er wedelte sie wieder sauber, um herauszufinden, was er da entdeckt hatte.

Es war zwar fantastisch, einen Teil des Schatzes zu bergen, doch es machte ihm ebenso viel Spaß, einen vierhundert Jahre alten Nagel oder ein Stück wurmstichiges Holz aus dem Schiffsrumpf zu finden. Alles waren faszinierende Stücke eines großen Puzzles.

Die Wette mit seinen Brüdern hatte er schon gewonnen. Maggie und Colson sowie Brian und sein umfangreiches Team hatten vermutlich nicht einmal ein Viertel der gefundenen Sachen bisher katalogisiert und geschätzt.

Zane befreite die Stelle, die ihm aufgefallen war, weiter vom Sand. Ein wurmstichiger Balken von der Länge eines Menschen kam zum Vorschein und steigerte die gespannte Erwartung, vielleicht doch auf eine Kiste zu stoßen.

Obwohl Zane am liebsten gleich ungeduldig weitergesucht hätte, ließ er sich bei der Untersuchung des Balkens Zeit. Er wollte wissen, zu welchem Teil des Schiffs er gehört hatte, aber das war schwer zu sagen. Mehrere gelb gefleckte Kaiserfische begleiteten seine Erkundungen wie zutrauliche Hundewelpen. Sie schwammen flink zwischen den grauen Korallenstücken und dem Holzbalken hin und her, während Zane ihn langsam der Länge nach untersuchte.

Ein Zackenbarsch schoss aus einem Versteck hervor, nur wenige Zentimeter vor Zanes Tauchermaske, als er das geborstene Ende des Balkens erreichte. Wahrscheinlich handelte es sich um einen Teil des Schiffsrumpfes.

Er schwamm schnell weiter zu der Stelle, an der ihm dieses eckige Ding aufgefallen war. Nachdem er die Oberfläche etwas abgestaubt hatte, erkannte er, dass es sich um eine kleine Schachtel von der Größe eines Brotlaibes handelte. Mit klopfendem Herzen hob er sie hoch. Im Wasser konnte man das Gewicht eines solchen Behältnisses schwer schätzen, aber es fühlte sich immerhin schwer genug an, um seine Neugier zu wecken.

Die erste kleine Kiste, die Teal gefunden hatte, war durch Ablagerungen versiegelt gewesen. Der Mistkerl, der sie gestohlen hatte, hatte das Ding vermutlich mit einem Dosenöffner aufbekommen. Die Vorstellung war unerträglich, und er wusste, dass Teal wegen des Diebstahls immer noch sauer war.

Doch diese kleine Kiste ließ sich mithilfe seines Tauchermessers leicht öffnen. Drinnen lag ein Nest aus fein gehämmerten Goldketten. Zane nahm sie nicht heraus, sondern fuhr lediglich mit den Fingern zwischen den filigranen Kettengliedern hindurch. Der Behälter sah aus wie das Schmuckkästchen einer Frau. Er fand darin drei Ketten mit quadratischen Smaragden und einen Goldring, der einen größeren Smaragd einfasste. Vorsichtig schob Zane den Ring in den Ärmel seines Taucheranzuges, um ihn nicht zu verlieren. Die Kiste ließ sich nicht wieder verschließen, nachdem sie einmal geöffnet worden war. Maggie würde ihm einen Vortrag halten, weil er den Deckel mit seinem Tauchermesser geöffnet hatte. Wer es findet, dem gehört es, dachte er ungerührt. Er legte das Kästchen in seinen Korb, um es mit nach oben zu nehmen.

Durch seine Bewegung wurde wieder Sand aufgewühlt, und plötzlich sah er etwas golden funkeln. Er hob den Gegenstand auf. Eine Goldmünze. Als er die Stelle näher begutachtete, entdeckte er noch mehrere. Es waren so viele wie Kieselsteine am Strand. Mit beiden Händen griff er danach und füllte seinen Korb randvoll. Aufgeregt machte er sich auf die Suche nach dem, was er vor einer Stunde gesehen hatte. Na ja, was konnte besser sein als Hände voller Goldmünzen?

Goldbarren! Begeistert nahm er einen der angelaufenen Barren vom Stapel. Wow! Man nannte ihn nicht umsonst Ace. Das weiche Metall war durch die Bewegung des Sandes vom Meeresboden im Lauf der Jahrhunderte abgeschliffen. Der Schutz durch das Riff und das

Sediment hatten das Gold so gut erhalten, dass Zane es finden konnte. Der Goldbarren in seiner Hand funkelte im Sonnenlicht, das in das klare Wasser schien.

Er klopfte auf seine Sauerstoffflasche, um Teal auf sich aufmerksam zu machen. Sie schaute in seine Richtung und schwamm auf ihn zu. Ihre Bewegungen in dem schwarzen Tauchanzug sahen geschmeidig aus wie die einer Robbe. Ihr kurzes Haar umgab ihren Kopf wie ein Fächer.

Zane, dessen Herzschlag von dem Fund noch immer beschleunigt war, verspürte das verrückte Verlangen, ihr auf der Stelle den Taucheranzug auszuziehen. Er wollte ihren schlanken, hellen Körper hier sehen, wo er sich in der Welt der Schatztaucher für alle Zeiten einen Namen machte. Einen verrückten Moment lang dachte er daran, auch seine Ansprüche auf Teal geltend zu machen, genauso wie die auf die *Vrijheid*. Gleich hier mit ihr zu schlafen, dreißig Meter unter Wasser.

Er hob den Zeigefinger und schaufelte eine doppelte Handvoll Münzen aus dem Korb. Dann hob er die Arme und ließ die Münzen auf sie herabregnen. Goldenes Konfetti. Blasen stiegen aus ihrem Atemgerät auf, als sie sich wie in Zeitlupe umdrehte und die Hände ausstreckte, um die Münzen aufzufangen. Ihre Miene sagte alles.

Er gab ihr ein Zeichen zu warten und grinste, als sie die Brauen zusammenzog und den Kopf schüttelte. Per Zeichensprache forderte er sie auf, die Augen zuzumachen. Als sie es tat, legte er ihr einen Goldbarren in die Hand. Dann klopfte er ihr auf die Schulter, und sie sah ihn wieder an. Ihre Augen weiteten sich hinter dem Glas ihrer Tauchermaske.

Halleluja! Sie waren auf die Hauptader gestoßen.

TEN

Zane lag in der Dunkelheit auf dem gepolsterten Liegestuhl auf dem Vorderdeck, lauschte den sanften Klängen des Klaviers und beobachtete die Lichter der anderen Boote, die sich auf dem Wasser spiegelten. Die Luft war schwül. Ein Unwetter zog auf.

In den schwachen Ozongeruch mischte sich der Duft von gegrilltem Hühnchen, das Ben und Ryan für die aktuelle Party zubereitet hatten. Logan wären all diese lachenden und redenden Leute zuwider gewesen. Er behauptete, zu viele Menschen auf einem Haufen erschöpften ihn. Teal behauptete das auch. Der einzige Mensch, den Zane kannte, der noch öfter in Ruhe gelassen werden wollte als sein ältester Bruder, war Teal.

Nick hatte vor ein paar Minuten angerufen, um ihm mitzuteilen, jemand verfolge die Spur von Denny Ross, der sich derzeit irgendwo in Europa aufhalte. Zane fand die vagen Hinweise auf die Leute, zu denen sein Bruder Kontakt hatte, faszinierend. Doch Nick tat es stets ab mit der Bemerkung, es handele sich um Leute, die er durch sein Hobby kennengelernt habe. Zu gern hätte Zane gewusst, was das denn für ein Hobby sei. Aber Nick meinte, er müsste ihn sofort töten, wenn er es ihm verriete.

Zane grinste über Nicks theatralisches Geheimnis. Wie dem auch sei, diese Kontaktleute seines Bruders hatten innerhalb weniger Tage einige Informationen über Teals Exmann zusammengetragen. Offenbar handelte es sich bei diesem Denny um einen ziemlich arroganten Armleuchter. Er stammte aus einer alten reichen Familie, die zur Oberschicht San Franciscos gehörte. Drei Jahre lang waren er und Teal das Traumpaar gewesen, dann war Teal nicht mehr gemeinsam mit ihrem Mann zu Partys erschienen.

Schließlich hatte Ross die Scheidung bekannt gegeben. Nick hatte Zane erzählt: „In der Presse behaupteten seine Freunde, die Scheidung habe mit Teals niederer Herkunft zu tun. Sie habe nie in Ross' Kreise gepasst. Doch unveröffentlichte Gerüchte besagen, Denny sei ein Tyrann und Schürzenjäger gewesen, der jeden Aspekt ihres Lebens kontrollieren wollte. Teal hat nicht übertrieben, als sie ihn mir gegenüber als nicht besonders nett schilderte. Genau gesagt ist er ein von sich selbst eingenommener Idiot."

„Ein wenig hat sie mir inzwischen auch darüber erzählt. Ich sollte ihn mir vorknöpfen."

„Nach allem, was ich gehört habe, ist er kein Typ für einen Kampf Mann gegen Mann. Er kontrolliert lieber Frauen. Trotzdem wäre ich vor dem Kerl auf der Hut. Er kommt definitiv als Verdächtiger für die Sabotage an deinem Boot infrage. Und falls er noch immer etwas von Teal will, wird er versuchen, sie aufzuspüren."

„Dann muss er aber erst mal an mir vorbei", hatte Zane geknurrt.

Jetzt schaute er hoch zu den Wolken.

Ihr Mann hatte sie also nicht körperlich misshandelt. Darüber war Zane erleichtert. Doch verbale und emotionale Misshandlungen waren genauso schlimm, wenn nicht sogar schlimmer. Vermutlich erholte man sich langsamer davon. Er schob die Hände unter den Kopf, weil er kein Kissen hatte. Das hatte Teal sich für ihren Maschinenraum geschnappt. Zane war sich nicht sicher, wie er mit seinen gemischten Gefühlen ihr gegenüber umgehen sollte. Er war es nicht gewohnt, sich überhaupt so viele Gedanken über eine Beziehung zu machen.

Abgesehen von der zu seinen Brüdern waren alle seine Beziehungen locker und unkompliziert. Ihm lag etwas an seinen Freunden, und das zeigte er auch. Mit Leuten, die er nicht leiden konnte, umgab er sich gar nicht erst. Für so etwas war das Leben einfach viel zu kurz.

Glücklicherweise kam es nicht oft vor, dass er irgendwen nicht ausstehen konnte.

Über Teal jedoch musste er sich Gedanken machen. Das Gute war, dass sie nicht weglaufen konnte. Schlecht war allerdings, dass sie ihn nicht gerade in einem positiven Licht sah. Dabei entsprach sein Ruf als Schürzenjäger höchstens zu fünfundzwanzig - na schön, zu fünfunddreißig - Prozent der Realität.

Mit zwanzig hatte er geglaubt, sein Spitzname, Casanova der Karibik, sei eine Art Übergangsritus. Früher hatte schon sein Vater diesen Ruf gehabt. Gegen Ende seiner Teenagerzeit hatte man kurzzeitig Logan so genannt, was jedoch eher amüsant war. Logan war viel zu mürrisch. Also hatte man versucht, Nick den Titel zu verleihen. Aber der war wiederum viel zu kühl. Am Ende stieg Zane in diesen Rang auf - oder war es eher ein Abstieg? Jedenfalls übernahm er Thron und Titel von seinem Vater. Und es passte wohl auch. Obwohl der König damals noch fest auf seinem Thron saß, hieß er es gut, dass Zane in seine Fußstapfen trat.

Im Lauf der Jahre nagte immer mal wieder der Gedanke an Zane, dass seine Mutter reichlich enttäuscht von ihm gewesen wäre. Sosehr er seinen Vater auch verehrte, so überzeugt war er davon, dass der Mann es gründlich übertrieb. Zane hingegen wurden mehr Affären nachgesagt, als er tatsächlich gehabt hatte. Sein Ruf war eine maßlose Übertreibung. Doch wenn man erst einmal ein Image hatte, wurde man es nicht mehr so schnell los. Und wenn er ganz ehrlich war, hatte er es auch mehrmals darauf angelegt, weil ihm die Gerüchte gefielen.

Hier war er nun. An einer Frau interessiert, die ihm durchaus etwas bedeuten könnte. Die ohnehin schon fast zur Familie gehörte, wenn es nach seinen Brüdern ging. Tja, und sein Ruf holte ihn bereits ein, noch ehe er den ersten Schritt unternehmen konnte. Dieser Ruf und der seines Vaters waren bei dieser Geschichte sein Ruin.

In der Ferne leuchteten die Lichter der kleinen schlanken *Sea Witch*. Hatte die Rothaarige ihr Katz-und-Maus-Spiel verschärft? Wenn ja, dann hatte sie sich von einem bloßen Ärgernis in eine echte Gefahr verwandelt. Für gewöhnlich fuhr sie allein. Zane hatte niemanden sonst auf dem Boot gesehen, seit sie dort draußen lauerte. War sie imstande gewesen, ganz allein Teals schwere Kiste an Bord ihres Bootes zu bringen? Und dazu ein fast zwei Meter langes Stück, das aus in Gestein erstarrten Silberbarren bestand?

Oder hatte sie Partner angeheuert? Das könnte jeder von einem der Dutzend Boote ringsum sein.

Zane suchte das dunkle Meer ab. Ein paar elegante Jachten ankerten auch noch in der Nähe, doch Zane hatte genug von Gästen. Ein Dutzend feiernder Besucher hielt sich noch an Bord der *Decrepit* auf. Sie unterhielten sich selbst, denn ihr Gastgeber genoss einen seltenen Moment der Einsamkeit.

Nein, das war völliger Unsinn. Es war nicht das, was er tat. In Wirklichkeit grübelte er wie verrückt. Unter anderem kam er dabei zu dem Ergebnis, dass auch Eifersucht mit im Spiel war. Dabei war er noch nie auf irgendwen eifersüchtig gewesen. Klar, er alberte mit seinen Brüdern herum, und sie wetteten auf alles und nichts. Doch auf ihren Erfolg war er noch nie neidisch gewesen - und sie waren es nicht auf seinen.

Aber bei Teal...

Eifersucht, hm. Er war stolz auf das Ergebnis seines gründlichen Nachdenkens. Am liebsten hätte er sich von der sanften Musik und den allgemeinen Partygeräuschen einlullen lassen. Dummerweise war er dazu im Moment nicht in der Stimmung. Er hatte genug. Es wurde Zeit, sich einmal mit dieser ärgerlichen Frau zu unterhalten.

Zane klopfte an die Tür seines Maschinenraums. Nach minutenlanger Konversation mit der Tür trat er ein. Sauber und leer. Als Nächstes probierte er es mit Teals Kabine. Er klopfte dreimal kurz an.

„Maggie?", war Teals gedämpfte Stimme von drinnen zu hören.

„Nein, ich bin's. Bist du angezogen?" Er machte die Tür auf und trat ein. „Ich hoffe nicht..."

Sie war nicht nackt, trotzdem stockte ihm bei ihrem Anblick der Atem.

„Verschwinde!" Sie griff nach ihrer Hose und hielt sie sich zusammengeknüllt vor die Brust.

„Ich habe angeklopft." Das Atmen fiel ihm wirklich schwer. Sie hatte die Haare äußerst sexy hochgebunden, auf eine Weise, die ihren anmutigen zarten Nacken betörend zur Geltung brachte. Und dieses Kleid musste sie sich von Maggie geborgt haben.

Ein rotes Kleid. Ein trägerloses rotes Kleid. Was bedeutete, dass sie keinen BH trug. Die sanften Hügel ihrer Brüste wurden nur durch die bloße Elastizität des Kleides gehalten. Man könnte es mit einer schnellen Bewegung herunterziehen. Diese Vorstellung erregte ihn heftig.

„Spazierst du immer bei Leuten rein, wenn sie sich gerade anziehen? Das ist mal wieder typisch ..."

„Tut mir leid." Seine Stimme klang heiser. Er erhaschte einen Blick ihrer entzückenden Rückenansicht im Spiegel hinter ihr. Ihr straffer Po sah rund und verlockend aus unter dem dünnen Stoff des Kleids. Mit einiger Mühe gelang es Zane, seine Atmung wieder unter Kontrolle zu bekommen. „Kehrst du noch einmal zurück auf die Party?"

Sie gab einen verächtlichen Laut von sich. „Von wegen. Danke für den Besuch. Bis morgen."

„Willst du denn irgendwohin?" Dich mit jemandem treffen? „Warum hast du dich chic gemacht?"

„Das habe ich nicht. Es ist nur ein einfaches Strandkleid. Im Übrigen geht es dich überhaupt nichts an, was ich allein in meiner Kabine mache. Ich habe mich für mich selbst chic gemacht. Ist es vielleicht ein Verbrechen, wenn man sich gelegentlich wie eine Frau fühlen will? Du tust ja gerade so, als hättest du noch nie vorher eine Frau in einem Kleid gesehen."

Fieberhaft versuchte er, sich irgendeine komische Erwiderung einfallen zu lassen. Doch zum ersten Mal in seinem Leben verließ ihn seine Schlagfertigkeit.

Er ergriff ihre Hand und nahm die zusammengeknüllte Hose fort, die sie sich noch immer vor die Brust hielt. Dann warf er die Hose auf die Koje hinter ihr und betrachtete Teal von Kopf bis Fuß. „Du bist wunderschön."

Sie kniff die Augen zusammen und hob das Kinn. „Nein, bin ich nicht."

Er zog sie bis auf wenige Zentimeter an sich. „Glaub mir, ich kenne mich da aus." Seine Stimme war rau. „Du bist absolut umwerfend." Er wollte ihre Haut berühren. Er wollte ihr das Oberteil des Kleids herunterziehen und das verlockende Gewicht ihrer Brüste in den Händen wiegen. Er wollte sich an ihr sattsehen und jeden Zentimeter ihres Körpers mit seinem Mund erforschen, um sie schließlich zu lieben, bis er nicht mehr klar denken konnte.

„Das Kleid ..."

„Ist ganz hübsch, ja. Aber es liegt nicht an deiner Kleidung, glaub mir. Du wärst auch ohne sie wunderschön." Noch schöner, dachte er, als ihr Blick immer misstrauischer wurde.

„Warum bist du hier, Zane?"

Ah, klar. Das war die entscheidende Frage. Und er kannte die Antwort darauf. Er wollte sie flach auf dem Rücken. Auf den Knien, auf dem Bauch, ganz egal, wie auch immer er sie bekommen konnte. Vorsichtig berührte er ihre leicht gerötete Wange mit zwei Fingern und suchte in ihren braunen Augen nach Zustimmung. Aber es war schwierig, aus seiner kratzbürstigen Meerjungfrau schlau zu werden. „Die Party ist fast vorbei", sagte er, als er keinerlei Ermutigung bekam. „Kommst du für einen Spaziergang an Deck mit mir nach oben?"

Sie wirkte unentschlossen. Was immer noch besser war als eine klare, schroffe Abfuhr.

„Ein Spaziergang?"

„Na komm schon", neckte er sie sanft.

„Keine Küsse."

„Nur wenn du mich darum bittest."

„Werde ich nicht."

Doch, das würde sie. Aber er konnte warten.

„Bestens, siehst du?", sagte Zane, als sie einige Minuten später das inzwischen leere Deck betraten. „Alle sind nach Hause gegangen."

In der Dunkelheit sah die *Decrepit* besser aus. Das Mondlicht, das durch die Wolken schien, ließ die Roststellen und Schrammen und alle Wunden, die die Zeit am Schiff hinterlassen hatte, nicht mehr ganz so schlimm erscheinen. In der Dunkelheit wirkte die *Decrepit* sogar beinah schön. Die winzigen weißen Lichter schwangen in der schwachen Brise hin und her und spiegelten sich in den kleinen Wellen auf dem Wasser.

Zane hätte gern den Arm um Teals nackte Schultern gelegt, doch er behielt die Hände in den Taschen. Er hatte die Frau dazu gebracht, mit ihm an Deck zu kommen, da wollte er nicht riskieren, sie gleich wieder zu verschrecken.

„Wie stand deine Mutter dazu, dass du als Kind in jedem Sommer Sam besucht hast?" Ihre Mutter war ihm eigentlich vollkommen egal, aber Teal fing an, ihm ernsthaft etwas zu bedeuten. Deshalb interessierte ihn alles und jeder, der sie zu dem Menschen gemacht hatte, der sie heute war.

„Sie ..." Teal warf ihm einen kurzen Blick zu. „Sie hat Sam in einer Bar kennengelernt. Ich vermute, sie hat ihn dort aufgerissen. Wie dem auch sei, es war ein One-Night-Stand. Er trennte sich von ihr. Sie bekam mich - aus Gründen, die ich nie ganz verstanden habe. Als ich sechs war, las sie offenbar über deinen Vater und Sam in der Zeitung."

„Dad hatte die *Santa Teresa* entdeckt. Das war ein großes Ereignis wegen der vielen Goldmünzen, die damals im Wrack gefunden wurden. Damals bist du zum ersten Mal nach Cutter Cay gekommen." Zane erinnerte sich belustigt an das nervöse, stille kleine Mädchen von damals. „Ich fuhr mit ihnen nach Tortola, um dich abzuholen. Wenn ich mich recht entsinne, hattest du Angst vor der Überfahrt und musstest dauernd spucken." Außerdem hatte er sich geärgert, dass irgendein fremdes Mädchen auftauchte, mit dem er sich plötzlich die Aufmerksamkeit seines Vaters teilen musste.

„Oh ja, ich war elend seekrank." Sie lächelte, ohne ihn anzusehen. Was ihm die Gelegenheit bot, sie in Ruhe zu betrachten. Ihre Haut war mittlerweile leicht gebräunt, aber immer noch sehr hell. Und verlockend, geradezu einladend glatt. Trotzdem widerstand er der Versuchung. Er konnte wirklich stolz sein auf seine Selbstbeherrschung.

„Wie alt warst du damals?", überlegte sie. „Zwölf? Du hast mich kaum beachtet. Und Sam ... der arme Kerl. Hatte überhaupt keine Ahnung, was er mit einem kleinen Mädchen anfangen sollte. Natürlich wusste er nichts von meiner Existenz. Die Nachricht war ein ziemlicher Schock für ihn. Meine Mutter ... nun, sagen wir mal, sie benutzte mich als Garant für Unterhaltszahlungen."

Zane wünschte, er könnte alles Schlechte aus ihrem Leben einfach wegwischen.

„Sie hat nie begriffen, dass Sam ein anständiger Mann war. Sobald er von mir wusste, zahlte er Unterhalt. Ich muss ihm zugutehalten, dass er versuchte, eine Beziehung zu mir aufzubauen. Aber ehrlich gesagt, ich war kein einfaches Kind. Und doch fieberte ich jedes Mal diesen zwei Wochen im Sommer entgegen." „Warum bloß? Schließlich gehörte Mut dazu, alles Vertraute hinter sich zu lassen und an einen fremden Ort zu reisen." „Weil ich zwei herrliche Wochen lang ein Kind sein durfte. Ganz gleich, wie reserviert Sam auch sein konnte, ich hatte nie Angst vor ihm."

„Vor deiner Mutter schon?"

Sie verzog das Gesicht. „Na ja, sie war rauschgiftsüchtig. Kokain. Crystal Meth." Teal strich sich die Haare aus der Stirn. „Sie war unberechenbar und emotional unzuverlässig. Oft bekam sie

Wutanfälle. Ganz zu schweigen davon, dass ich mir ständig Sorgen wegen des Geldes machte. Die Miete, Lebensmittel." Sie zuckte die Schultern. „Solche Dinge. Wenn ich bei Sam war, musste ich mir über diese Sachen keine Gedanken machen. Das Essen war schlicht, aber reichlich."

„So viel kann es nicht gewesen sein." Er erinnerte sich, was für ein mageres Mädchen sie gewesen war. „Sam ist eine feste Institution auf Cutter Cay", sagte Zane mitfühlend. Ihre Kindheit musste Teal nachhaltig geprägt haben. Er konnte nur ahnen, wie viel innere Kraft sie gebraucht haben musste, um in der Beziehung zwischen ihr und ihrer Mutter die Rolle der Erwachsenen einzunehmen, obwohl sie doch nur ein kleines schüchternes Mädchen war. „Ich war geschockt, als er uns erzählte, er habe Krebs."

„Ja, ich auch." Teal kaute an einem Fingernagel. „Ich musste ihn praktisch anflehen, mir mehr als nur von der Diagnose zu berichten. Er spielte herunter, wie ernst es in Wirklichkeit um ihn stand. Logan erzählte es mir." Eine leichte Bö wehte ihr die Haare ins Gesicht. Sie rieb sich die nackten Arme. „Sam war stets stolz auf die Arbeit, die er für deinen Vater geleistet hat. Ich glaube, sein Tod hat Sam den letzten Schwung genommen. Sogar seine Stimme klang anders als früher."

„Die beiden waren beste Freunde."

„Ich weiß. Ich wünschte ..."

„Was?"

„Ich wünschte, er und ich würden uns näherstehen." Ein kurzes Lächeln huschte über ihr Gesicht. Erneut strich sie sich die Haare aus der Stirn. „Aber er lehrte mich beim Reparieren von Motoren wichtige Lektionen fürs Leben." Sie senkte die Stimme und imitierte die Miene ihres Vaters. „Reinige jedes Teil, bis es glänzt. Ein dreckiger Motor ist ein Zeichen für ein böses Herz." Sie schüttelte den Kopf. „Wenn ich mir vorher den Motor von Dennys BMW angesehen hätte, wäre mir eine Menge Kummer erspart geblieben."

„Dad und Sam haben praktisch alles auf der Insel aufgebaut. Dad entdeckte das noch unberührte Wrack der Conde de Santa Clara im dem Jahr, bevor er Cutter Cay kaufte." Zane hing für einen Moment seinen Erinnerungen nach. „Damals hatte er genug Geld. Eine kleine private Insel war genau das Richtige. Als Nächstes kam eine Frau. Er lernte meine Mutter in Miami kennen und heiratete sie. Nachdem er ein Haus gebaut hatte, brachte er sie mit nach Cutter Cay. Es war nur ein kleines Haus, das jedoch mit der Familie wuchs."

„Sam hat mir von deiner Mom erzählt. Er meinte, sie sei die freundlichste, süßeste Frau gewesen, die er kannte. Ich glaube, er war ein kleines bisschen verliebt in sie."

„Ja, sie war erstaunlich. Alle mochten sie. Sie starb, als ich noch ein Kind war, bei einem Autounfall. Ein betrunkener Fahrer." Jahre später, als er herausfand, warum sie die Insel und ihn und seine Brüder verlassen hatte, fragte er sich, wie sie es so lange mit seinem Vater ausgehalten hatte. Einem Mann, der tatsächlich damit prahlte, wie viele Frauen er während seiner Ehe gehabt hatte. Er war nie treu gewesen. Es war ja noch halbwegs nachvollziehbar, wenn ein alleinstehender Mann ein Schürzenjäger war, aber ...

Teal blies sich die Haare aus dem Gesicht. „Das tut mir leid." „Mir auch. Sie brachte uns zu ihrer Mutter nach Portland. Dad kam und holte uns zurück. Die Streitereien waren der Horror. Nachdem Dad uns drei wieder nach Cutter Cay mitgenommen hatte, schaltete sie die Gerichte ein. Am Ende hätte das Geld gesiegt, aber ehe die Scheidung rechtsgültig wurde, starb sie." Zane rieb sich das Kinn. Diese Unterhaltung würde eine Verführung nicht gerade begünstigen.

Ihm fiel das alte Sprichwort ein: „Sei vorsichtig mit deinen Wünschen, sie könnten in Erfüllung gehen." Er hatte ja wirklich mehr über sie erfahren wollen. Aber jetzt war er derjenige, der von sich erzählte. „Dein Dad war sein Mechaniker, Chefkoch und Mädchen für alles. Die zwei waren länger zusammen, als die meisten Ehen dauern - fast vierzig Jahre, bis zum Herzinfarkt meines Vaters."

Er betrachtete ihr Profil im Mondschein. Im Grunde war es Zane egal, was er und Teal taten. Wenn sie zusammen waren und sie sich ihm gegenüber nicht kratzbürstig benahm, war das schon ein Fortschritt.

„Ich weiß, dass du und dein Vater einander nahestandet. Du warst bei ihm, als es passierte, nicht wahr?"

Es kam ihm noch immer wie gestern vor, und die Erinnerung daran schnürte ihm die Kehle zu. „Ja, es ist fast zwei Jahre her. Wir befanden uns direkt hier, in der Kombüse. Die *Decrepit* gehörte ihm, bevor er in Geld schwamm." Zane versuchte, die Empfindung zu ignorieren, indem er sich auf Teals Gesicht konzentrierte. Doch seine Augen brannten, und seine Brust schmerzte. Er wollte sich nicht an sein Entsetzen erinnern, als er allein auf dem offenen Meer mit einem sterbenden Mann war, Stunden von jeglicher Hilfe entfernt. Es hätte ohnehin nichts genützt. Erst hinterher wurde ihm klar, dass sein Vater längst tot war, während er noch wie verrückt versuchte, ihn mit Herzmassagen wiederzubeleben. Trotzdem fühlte er sich schuldig.

Sicher, er hatte seinen Kummer mit seinen Brüdern geteilt. Aber sie hatte es nicht so tief getroffen wie ihn. Er war schließlich derjenige, der am ehesten nach seinem Vater kam. Durch einen Tränenschleier hatte er gesehen, wie die Lippen seines Vaters sich violett verfärbten, alle Farbe aus seinem Gesicht wich und er von Minute zu Minute kälter wurde. Es war Zanes Schuld, und er bedauerte es jeden Tag.

„Jahrelang habe ich nach der *Vrijheid* gesucht und hatte diese Stelle hier schon abgehakt. Keiner der Sensoren schlug je an. Inzwischen ist mir natürlich klar, dass technisches Gerät in dieser Ecke des Ozeans generell zu Unzuverlässigkeit neigt. Trotzdem kam ich nie auf die Idee, hier könnte ein Wrack liegen. Bei einem Tauchgang rein zum Vergnügen stieß ich dann auf eine Kanone. Als ich sie sah, war ich mir ziemlich sicher, dass sie zur *Vrijheid* gehört. Ich wollte meinen Vater dazü überreden, ihren Schatz mit mir gemeinsam zu bergen. Es wäre toll gewesen, das mit ihm zusammen zu erleben. Er war aufgeregt... so hatte ich ihn lange nicht erlebt. Und dann starb er."

Ihre Augen schimmerten wie geschmolzene Schokolade, als sie ihn so voller Mitgefühl ansah, dass es ihm das Herz zusammenzog. „Er war immer nett zu mir, und ich weiß, dass er dich und deine Brüder geliebt hat. Ständig hat er von euch geredet. Du musst schreckliche Angst gehabt haben, hier draußen, ohne jede erreichbare Hilfe. Aber ich bin mir sicher, dass er sich genau solch einen Tod gewünscht hätte, wenn er es sich hätte aussuchen können. Mit dir zusammen draußen auf dem Meer zu sein und das zu tun, was er liebte ... Lieber schnell als langsam. Trotzdem ist es schrecklich."

Zane rieb seine Brust. Ein plötzlicher Tod war nicht besser. Er war genauso übel. Ein plötzlicher Tod machte einem klar, was man nun alles nicht mehr würde unternehmen können. All die Dinge, die man nicht mehr sagen konnte. Ein plötzlicher Tod nahm einem alles, und es blieb eine große Lücke, die sich nie mehr zu schließen schien, egal, welchen Vergnügungen im Leben man nachjagte. „Du hast immer noch die Chance, Sam wieder näherzukommen. Es ist noch nicht zu spät."

„Was?" Sie hob die Schultern.

Damit war er ihr offenbar zu nahe getreten. Ihre emotionale Barriere war bedroht. Um die Situation schnell zu entspannen, machte er einen Scherz und präsentierte seinen Bizeps wie Popeye. „Bis zum Tod meines Vaters fühlte ich mich unsterblich."

„Du bist nach wie vor unsterblich." Teal schaute über das Wasser, einige Strähnen ihres Haars tanzten im Wind. „Und sehr glücklich."

„Sie ist erstaunlich, nicht wahr?", sagte er in Anspielung auf die *Vrijheid*. Teal verstand und erwiderte sein Lächeln. Sie zum Lächeln zu bringen war, als käme nach einem Hurrikan die Sonne zum Vorschein. Es war nicht nur wundervoll, sondern ein Zeichen dafür, dass das Schlimmste überstanden war.

„Deshalb nennt man dich Ace, stimmt's? Die See und hübsche Frauen geben dir alles, was du willst", neckte sie ihn.

„Nicht jede", entgegnete er mit ernster Miene und sah ihr in die Augen. Er strich ihr die Haare aus dem Gesicht. Sie erstarrte, doch als er die Hand sinken ließ und wieder zurückwich, entspannte sie sich.

Er stützte sich auf die Reling hinter sich. „Es gibt tatsächlich ein paar hübsche Frauen, die mir widerstehen. Das ist wirklich erstaunlich, wo ich doch ein so netter Kerl bin", sagte er leichthin, aber gleichzeitig sehnte er sich heftig danach, sie erneut zu küssen. Er wollte ihr dieses aufregende Kleid ausziehen und ihre nackten Brüste betrachten. Er wollte ... es zu schnell. Doch er musste sich zusammenreißen und es langsam angehen. Behutsam.

Maggie hatte ihn gewarnt. „Bitte die Kleine um einen Tanz. Akzeptiere ihre Antwort. Dräng sie nicht auf die Tanzfläche, nur weil dein Fuß zum Takt der Musik wippt."

Er legte ihr den Arm um die Taille und zog sie sanft an sich, ihren Rücken an seine Brust. Er schmiegte das Gesicht an die duftende Haut ihres Halses, direkt unterhalb ihres Ohrs. Natürlich wusste er, dass er mit dem Feuer spielte, aber sie hielt ihn nicht auf. Und er schaffte es nicht mehr, sich noch länger zu beherrschen.

Teal neigte sogar den Kopf und ermutigte ihn damit zu weiteren Zärtlichkeiten. Innerlich jubelnd, als hätte er den wichtigsten Preis der Welt gewonnen, fuhr er sacht mit der Zungenspitze an ihrer Ohrmuschel entlang. Erschauernd hob sie eine Schulter, wich aber nicht zurück.

Ihr seidiges Haar streifte seine Nase. „Nicht..."

Der Duft ihrer Haut war betörend, vertraut und aufregend neu zugleich.

Er drehte sie um, damit sie ihm das Gesicht zuwandte. Es war ihm unmöglich, genau zu bestimmen, welche Gefühle in ihm aufwallten, als er sie jetzt in den Armen hielt und ihre Bereitschaft spürte. Ihre Brüste wurden gegen seine Brust gepresst, und diese Berührung löste äußerst erotische Empfindungen in ihm aus. Gleichzeitig war ihm klar, dass nicht viel mehr als ein Kuss passieren würde. Trotzdem konnte er nicht mehr vernünftig denken. Alles drehte sich für ihn nur noch darum, ihre Wärme, ihr Verlangen zu spüren.

Sein Körper glühte, und das Herz hämmerte in seiner Brust, als er sich ihren Lippen näherte.

Kurz bevor sie zu einem erlösenden Kuss aufeinandertrafen, drehte Teal den Kopf zur Seite. „Was ist das?", flüsterte sie und deutete auf die dunklen Wellen.

Einen Augenblick lang glaubte er, sie meinte seine Erektion.

Mit zusammengebissenen Zähnen zupfte er seine Shorts zurecht und schaute widerwillig in die Richtung, in die Teal zeigte.

Verdammt. Unter der Wasseroberfläche flackerten Halogenscheinwerfer. „Da unten ist schon wieder jemand und bedient sich."

„Die Kapitänin der *Sea Witch*?"

Langsam wurde die Sache wirklich ärgerlich. „Schon möglich." Jetzt würde er sich die Rothaarige wohl mal vorknöpfen müssen. Er wartete einige Minuten, bis einer der Sicherheitsleute auf seiner Runde vorbeikam, und beauftragte zwei von ihnen, die Scheinwerfer bis zu ihrer Quelle zu verfolgen. „Meine Hauptverdächtige ist die Frau von der *Sea Witch*. Fangt dort an", befahl er.

Der Mann machte sich auf den Weg, um seinen Partner zu holen. Kurz darauf hinterließ das schnelle Beiboot eine weiß schäumende Spur auf dem Wasser.

„Und wenn sie es nicht ist?" Teal schaute dem kleinen Boot nach. „Nick wollte doch herausfinden, wo Denny sich aufhält..."

„Hat er auch. Ross steckt nicht dahinter. Dein Ex sitzt derzeit wegen Drogenschmuggels in einer ziemlich üblen Gefängniszelle in der Türkei. Der ist also von der Liste der Verdächtigen gestrichen. Es muss die Rothaarige von der *Sea Witch* sein. Sie ist die Einzige, die nach unserer Party nicht ihren Rausch ausschläft. Alle anderen waren heute Abend hier."

Teal kaute auf ihrer Unterlippe. Dieser Anblick weckte sofort das Verlangen in ihm, selbst zärtlich daran zu knabbern. „Die drei älteren Damen auch nicht."

„Ich kann mir nicht vorstellen, dass diese kleinen alten Damen um Mitternacht im Meer tauchen", meinte er amüsiert. „Genauso wenig wie ich sie mir auf einer Party mit diesen Puppen vorstellen kann. Du etwa?"

„Tja, dann war es entweder die *Sea Witch* oder irgendwer von diesem Hattaras Power Cruiser. Von der Crew der Good Fortune habe ich nämlich auch niemanden auf der Party gesehen. Du vielleicht?"

Etwas meldete sich vage in Zanes Hinterkopf. „Die Good Fortune?"

„Ja, so heißt das Boot der älteren Damen. Ich las ihn, als wir gestern unseren Tauchgang unternahmen."

„GoodFortune? Bist du dir sicher? Das war nämlich der Name eines Piratenschiffs aus dem achtzehnten Jahrhundert."

Am nächsten Morgen reinigte Teal gerade ihre Taucherausrüstung, als eine attraktive Blondine in einem eleganten kleinen Boot an der Tauchplattform der *Decrepit* festmachte. Dummerweise war Teal momentan die Einzige dort.

„Hallo", rief die Blonde. „Sie müssen Teal sein. Ich bin ..."

Wer auch immer diese Frau war, ihr Name ging unter im Lärm der Mammutpumpen, die Maggie und Colson bei ihrem Tauchgang benutzten. Teal gab der Frau ein Zeichen, dass sie nach unten kommen werde.

Sie sprang hinunter auf die Plattform und half der Blonden beim Vertäuen des Bootes, eines Acht-Meter-Bayliner-Cruisers, nicht neu, aber gut gepflegt. Das traf auch auf die Frau zu. Sie musste Mitte dreißig sein, war gebräunt und trainiert. Ihre langen blonden Haare schienen endlos zu sein. Natürlich trug sie ihre Mähne offen. In ihren türkisfarbenen Shorts und dem winzigen Trägertop, das ihre Bräune betonte, sah sie aus wie eine sexy Meerjungfrau. Ihren wohlgeformten

Busen schätzte Teal auf Körbchengröße C, das kurze Shirt gab den Blick auf ein funkelndes Bauchnabelpiercing frei. Teal hasste sie vom ersten Moment an.

Sie vertäuten das Boot, und Teal bedeutete ihr, voran in den Salon zu gehen. Zane befand sich mit Ben auf der Brücke.

Teal stieg zu den beiden Männern hinauf und verkündete so ruhig, wie es angesichts des Neids möglich war: „Du hast eine Besucherin."

Zanes Miene wurde sanft, als er Teal erblickte. Ihr Herz pochte, doch sie ermahnte sich, nicht albern zu sein. Wahrscheinlich dachte Zane, sie sei heraufgekommen, um ihm mitzuteilen, dass das Essen fertig sei.

„Wer ist es?"

„Sie hat mir ihren Namen nicht genannt. Lange blonde Haare, helle Augen..." Was vermutlich auf neunzig Prozent aller Frauen zutraf, die Zane kannte. „Bayliner Cruiser."

„Cat!", rief Zane erfreut.

Na fabelhaft. „Tja, dann überlasse ich euch mal eurer Wiedersehensfeier. Ryan wartet darauf, dass wir tauchen."

Als Teal gemeinsam mit Ryan ihren Taucheranzug angezogen hatte, sah sie, wie sich die blonde Frau Zane in die Arme warf und ihm einen intensiven Kuss gab. Die beiden schienen förmlich aneinanderzukleben.

Ryan, der neben ihr stand, bemerkte, wohin sie sah. Schon fertig zum Tauchen, legte er ihr die Hand auf die Schulter, während sie in ihre Tauchermaske spuckte.

„Das ist Cat Berland", erklärte er. Teal hätte sich eher die Zunge abgebissen, als zu fragen. „Maggies und Bens Tochter. Wir drei sind zusammen zur Schule gegangen, sie ist eine gute Freundin. Aber Zane und sie standen sich schon immer nah. Besonders seit Jessies Geburt."

Obwohl die Sonne schien, glaubte Teal, ihr gefriere das Blut in den Adern. Mit der Tauchermaske in der Hand sah sie Ryan an und sagte vorsichtig: „Sie haben ein Kind." Das war keine Frage.

Nun, da hatte sie die Bestätigung. Sofort fiel ihr das Bild des Kleinkindes mit den blauen Cutter-Augen in Maggies Kalender wieder ein. Es handelte sich also tatsächlich um Zanes Tochter. Ryan machte ein Gesicht, als bereue er, etwas gesagt zu haben. Pech. Solche Geheimnisse blieben nun einmal nicht lange geheim. Schon gar nicht, wenn sich die Cutter-DNA so deutlich durchsetzte.

„Nicht offiziell", erklärte Ryan hastig. Als hieße „nicht offiziell", dass Zane keiner Verantwortung nachkommen müsste.

Teal runzelte die Stirn.

„Ich würde mir deswegen keine Gedanken machen", meinte Ryan. „Mist, hätte ich bloß nichts ... es ist mir nur so rausgerutscht, klar? Frag Zane lieber selbst danach."

Nicht offiziell? Und die Berlands redeten noch mit ihm? Teal setzte die Tauchermaske auf und nickte. Klar doch. Eher würde die Hölle zufrieren, als dass sie Casanova Zane dazu befragte.

Cat Berland war zwar unangekündigt aufgetaucht, aber alle freuten sich so sehr, sie zu sehen, dass daraus gleich eine Party wurde. Maggie und Ben waren sichtlich froh, ihre Tochter zu sehen, die von ihrem Zuhause auf St. Maarten zu Besuch gekommen war. Cat sah Maggie mit ihrer kecken Nase, dem breiten Mund, den langen blonden Haaren und den hellblauen Augen sehr ähnlich. Sie lachte viel, berührte Zane sehr häufig und war allgemein sehr freundlich. Es war offensichtlich, dass sie und Zane alte Freunde waren. Und neben all den anderen Dingen, um die er sich kümmern musste, kümmerte er sich auch um Cat. Er legte ihr den Arm um die Schultern, zupfte an ihren Haaren oder brachte ihr eine Cola, noch ehe sie Durst bekam.

Teal bemühte sich, liebenswürdig zu bleiben, obwohl sie sich ihre Eifersucht eingestand. Sie war sowohl eifersüchtig auf Zanes Freundschaft mit der sexy Blondine als auch auf die Nähe zwischen Mutter und Tochter.

Aber die anfängliche Abneigung war längst verflogen. Sie mochte diese Frau inzwischen. Zum Glück würde morgen, wenn Cat abfuhr, alles wieder zur Normalität zurückkehren. Teal fragte nicht, wo Cat schlafen würde, und niemand erwähnte es.

Es wurde einer der längsten Tage in ihrem Leben. Dummerweise weigerte ihr Gehirn sich, einfach mal abzuschalten. Sie probierte es mit Lesen, Computerspielen und dem Herumschrauben am Generator. Nichts half. Was sie brauchte, war ein ausgiebiger Spaziergang an Deck, um frische Luft zu schnappen.

Der Niedergang wurde nur von gedämpftem Licht erhellt. Alle hatten einen langen Tag hinter sich und waren entsprechend früh zu Bett gegangen. Auch das Adrenalin der vergangenen Wochen verhinderte die Erschöpfung nicht. Und ein müder Taucher riskierte, dumme Fehler zu machen. Abgesehen von den Leuten, deren Job es war, Wache auf dem Schiff zu halten, waren alle anderen schon vor Stunden schlafen gegangen.

Teal hatte den ganzen Tag hart geschuftet. Drei Tauchgänge hatte sie absolviert, ihre Berichte geschrieben und für Maggie Fotos vom Schatz gemacht. Außerdem hatte sie herauszufinden versucht, was die mysteriösen Taucher in der Nacht zuvor mitgenommen hatten. Die Sicherheitsleute hatten keine Informationen liefern können. Die Seehexe schien auf ihrem Boot gewesen zu sein. Obwohl dahinter natürlich eine gut durchdachte List stecken konnte. Als die Männer vom Wachdienst endlich ihre Taucherausrüstung angelegt und zum Wrack hinuntergetaucht waren, war dort niemand mehr zu sehen gewesen.

Während Teal den Fundort des Wracks absuchte, wurde ihr klar, dass sich die Unbekannten im Zentrum der Fundstelle zu schaffen gemacht hatten. Eine große Urne fehlte. Was sonst noch verschwunden war, vermochte sie vorläufig nicht zu sagen.

Für eines war sie den Dieben jedoch dankbar: Sie wusste jetzt sicher, dass Ben mit der Sache nichts zu tun hatte. Nachdem sie Zane eilig verlassen hatte, machte sie die Runde und überprüfte die Crew. Sie wollte wissen, ob alle an Bord waren.

Die ganze Mannschaft war da, einschließlich Ben. Er hielt sich in der Kombüse auf, wo er mit Maggie Portwein trank. Die beiden kicherten wie zwei Teenager.

Teal fühlte sich in diesem Moment schrecklich schlecht, weil sie Ben verdächtigt hatte. Auch wenn sie es Zane niemals gestehen würde, fragte sie sich inzwischen doch, ob sie in puncto Vertrauen nicht das eine oder andere von ihm lernen konnte. Möglichweise gelang es ihr ja tatsächlich, im Umgang mit Menschen ein wenig lockerer und offener zu werden.

Aber dann war Zanes Baby-Mama aufgetaucht und hatte alles ruiniert.

ELEVEN

Es war windstill, kaum eine Brise wehte in dieser sehr warmen Nacht. Teal ging zu ihrem Lieblingsplatz unter dem Kran am Bug des Schiffes. Es war ein schmuckloser Platz, der von den anderen nie genutzt wurde. Doch sie hielt sich gern dort auf.

Sie hatte sich an die Geräusche auf der *Decrepit* gewöhnt. Das Knarren von Holz, das Geräusch von Metall auf Metall und das beruhigende Plätschern der Wellen, die gegen den Rumpf schlugen. Jetzt, wo sie endlich seefest war und nicht ständig zu ihrem kleinen gelben Plastikeimer rennen musste, fing sie an, die neue Erfahrung auf dem Meer zu genießen.

Der Mond schien am Himmel, aber er versteckte sich immer wieder hinter den Wolken. Hatte sie jemals zuvor eine solche Stille erlebt? Die *Sea Witch* lag nach wie vor backbord vor Anker, war in der Dunkelheit jedoch kaum zu erkennen. Teal hörte plötzlich eine leise hohe Frauenstimme. Die Stimme wurde übers Wasser getragen, und es lagen ja auch andere Boote in der Nähe. Maggie? Oder Maggies und Bens sexy Tochter Cat?

Teals Herz pochte, als sie die Silhouetten zweier Menschen an der Reling ausmachte. Es war genau die gleiche Stelle, wo vor wenigen Stunden erst Zane ihre Brüste gestreichelt hatte. Dieser Hund!

Das war unverkennbar Cats langes Haar, und Teal erkannte Zane auf eine Meile Entfernung. Die beiden standen dicht zusammen und flüsterten miteinander. Einen Moment lang glaubte Teal, ihre Seekrankheit sei zurückgekehrt. Aber dann wurde ihr klar, dass ihr Magen nur auf die Szene reagierte, die sich vor ihren Augen abspielte. Es war schon schlimm genug gewesen, Zane mit diesen Flittchen, die bisher an Bord gekommen waren, flirten zu sehen. Doch ihn auf dem dunklen Schiffsdeck mit dieser Frau zu sehen, die ihm ein Kind geboren hatte ...

Leise zog Teal sich zurück, drehte sich um und verschwand nach unten. Sie nahm drei Treppenstufen auf einmal und rannte durch den Niedergang, wobei sie sich immer wieder selbst verfluchte.

Bis eine starke Hand sie packte und herumwirbelte.

„Es ist nicht das, wonach es aussah", sagte Zane, dessen Finger ihren Oberarm fest umschlossen.

Teal wollte weinen. Sie war erschöpft und frustriert. Und sie wollte Zane verletzen. Sie wollte, dass sein Herz brach. „Bei dir ist es immer genau das, wonach es aussieht. Du kriegst es nie dezent hin, das ist dir einfach nicht gegeben. Du willst etwas, du nimmst es dir. Pech für alle anderen." Du meine Güte, wo kamen denn diese Worte plötzlich her? Am liebsten hätte sie alles wieder zurückgenommen, nur war das leider unmöglich. Und nun kam es auch schon nicht mehr darauf an, deshalb fügte sie noch hinzu: „Du bist genau wie dein Vater, Zane Cutter."

Das war die schlimmste Beleidigung, die ihr in diesem Augenblick einfiel. Sie versuchte, sich von ihm loszureißen, doch er war wütend und hielt sie erbittert fest.

„Was sagst du da?" Zanes Stimme klang bedrohlich leise. Teal überlegte, ob sie wegrennen sollte. Aber Maggies und Bens Kabine lag nur wenige Schritte entfernt, und die Sicherheitsleute waren auch nicht weit weg. Ein Schrei, und sie würden angelaufen kommen.

Sie hätte den Mund halten sollen. Sie war übermüdet und viel zu aufgewühlt. Aber Zane mit dieser Frau zu sehen hatte sie zutiefst getroffen.

„Ich sagte", zischte Teal, „dass du alles bespringst, was nicht bei drei auf den Bäumen ist. Du bist ganz genau wie dein Vater." Er drängte sie gegen die Wand. „Nimm das zurück."

„Was denn? Es ist die Wahrheit. Warst du nicht derjenige, der die Dinge so gern beim Namen nennt?"

„Ich bin überhaupt nicht wie mein Vater."

„Erzähl das den Frauen, die sich in dich verliebt haben und dann von dir verlassen wurden."

„Verurteile es nicht, bevor du es probiert hast."

„Ach bitte, verschon ..." Plötzlich presste er seine Lippen auf ihre, und jeder vernünftige Gedanke löste sich auf. Es war ein wilder, leidenschaftlicher und verheißungsvoller Kuss. Er schmeckte nach Versuchung und unerfüllten Fantasien. Es war himmlisch. Nur kurz wehrte sie sich gegen ihn, dann öffnete sie sich seinem Verlangen. Er schob seine Zunge zwischen ihre Lippen, nahm ihre Hände und drückte sie links und rechts von ihrem Kopf gegen die Wand des Niedergangs. Während er sie weiter stürmisch küsste, hielt der sanfte Druck seines muskulösen Körpers sie gefangen.

Ihre Zungen fanden sich zu einem wilden erotischen Spiel. Teal fiel das Atmen schwer. Ein sinnliches Prickeln breitete sich überall in ihrem Körper aus. Ihre Haut glühte wie im Fieber. Geräusche drangen nur gedämpft an ihr Ohr, genau wie unter Wasser. Wehrlos schloss sie die Augen. Es gab nur noch sie beide, nichts anderes zählte mehr.

Sie zwang sich, ihren Verstand zu benutzen. Das hier durfte nicht geschehen, sie musste dringend etwas tun. Doch kaum war dieser Gedanke aufgetaucht, verschwand er auch schon wieder im diffusen Nebel der Lust. Sie wollte ihre Hände freibekommen, doch Zane hielt sie unerbittlich fest.

Immerhin gelang es ihr, sich genügend Platz zu verschaffen, um ihm in die Unterlippe zu beißen. Seine Augen funkelten, und er küsste sie erneut, diesmal nicht mehr ganz so wild. Ihre Zungen neckten einander zärtlicher, und Teal schlang ein Bein um seine Hüfte.

Sie spürte seine Erektion zwischen ihren Beinen und das Pochen seines Herzens. Erfolglos versuchte sie, ihre Hände zu drehen, die nach wie vor in seinem festen Griff gefangen waren.

Zane hob ein wenig den Kopf. „Wirst du auf mich losgehen?"

„Lass mich los, und finde es heraus."

Er presste eine Reihe heißer, begieriger Küsse auf ihren Hals und weiter bis hinunter zu ihrem Schlüsselbein. Teal schlang ihre befreiten Arme um seinen Hals und fuhr ihm mit beiden Händen durch sein volles, viel zu langes Haar.

Ihre Brustwarzen hatten sich sehnsüchtig aufgerichtet, und sie führte seinen Kopf dorthin. Sie stellte sich sogar auf die Zehenspitzen, damit er sie besser erreichte. Mit einem leisen Stöhnen schloss er durch den Stoff hindurch die Zähne um eine der geschwollenen Spitzen. Heißes Verlangen durchströmte Teal, und sie drückte Zane mit ihrem Bein fester an sich.

„Du spielst mit dem Feuer", warnte er sie.

„Hör auf zu reden." Sie brachte die Worte vor Erregung kaum heraus. Selbst ein Flüstern gelang ihr nicht mehr. Nie zuvor hatte sie einen Mann so sehr gewollt.

„Soll ich gehen?"

„Danke für das rücksichtsvolle Angebot, aber ist es dafür nicht schon ein bisschen zu spät?"

Er lachte heiser. „Leg deine Beine um mich." Er schob die Hände unter ihre Arme und hob Teal an. Sie schlang ihm die Beine um die Taille, und er trug sie mühelos in seine Kabine.

Eine kleine Lampe beleuchtete die breite Koje mit dem zerwühlten Bettzeug darauf und den zerdrückten Kopfkissen. Er setzte sie auf den kühlen Stoff und kniete zwischen ihren gespreizten Schenkeln. Ihre Beine hatten ihn freigegeben, dafür hielt sie die Arme um seinen Nacken geschlungen. Sie fuhr mit der Zunge über seine Schulter, um ihn zu schmecken. Salzig und sehr männlich. Genüsslich schloss sie die Augen. Sie wollte mehr von ihm, der Geschmack hatte eine aphrodisische und süchtig machende Wirkung auf sie.

Teal ließ ihre schlanken Finger durch die seidigen Haare auf seiner Brust gleiten. Die waren viel weicher als in ihrer Erinnerung. Seine glatte Haut spannte sich über eisenharten Muskeln. Mit der Zunge fuhr sie über sein Schlüsselbein, während er mit einer Hand geschickt ihre Bluse aufknöpfte und dabei ihre aufgerichteten Brustwarzen streifte.

Sie trug einen schlichten weißen Baumwoll-BH ohne Fransen oder Spitze. Das ist bestimmt nicht das, was er normalerweise gewohnt ist, dachte sie. „Das machst du gut."

„Ich habe jahrelang an einem Kissenbezug geübt."

Sie musste lachen. Wow, sie fühlte sich überhaupt beschwingt und euphorisch. Das Blut pochte in ihren Adern, als er die Bluse aufgeknöpft hatte und sie über ihre Schultern streifte. Dann hielt er inne und betrachtete sie mit einem ehrfürchtigen Ausdruck in den blauen Augen - offenbar eine Täuschung, die durch das gedämpfte Licht in der Kabine zustande kam. Er runzelte die Stirn. „Du bist..."

Zu dünn, dachte sie. Zu flachbrüstig. Lausig im Bett. Zu schnell. Zu langsam. Sie konnte sich irgendeine Beleidigung aussuchen. Sie hatte ganz vergessen, sich gegen seinen prüfenden Expertenblick zu wappnen. Warum hatte sie das nicht getan? Zane Cutter war schließlich Gottes Geschenk an die Frauen. Er konnte jede Frau haben, und er hatte sie ja auch alle bekommen. Ihren ohnehin schon überreizten Körper überliefen abwechselnd heiße und kalte Schauer. Verzweifelt versuchte sie, ihre Blöße wieder zu bedecken. Doch Zane hielt sanft, aber bestimmt ihre Hände fest.

Tränen der Verlegenheit brannten in ihren Augen. „Lass mich aufstehen." Was immer er gleich sagen würde, sie wusste jetzt schon, dass die Wirkung weitaus heftiger sein würde als bei allen Erniedrigungen, die Denny zu ihr gesagt hatte. Sie kam sich dumm vor und unerfahren, und sie wartete darauf, dass sich der berechtigte Zorn einstellte und sie schützte. Wie ein in die Falle gegangenes Tier erstarrte sie.

Ohne ein Wort zu sagen, beugte er sich tiefer zu ihr hinunter und presste sich an sie, sodass sie das Pochen seines Herzens spürte. Deutlich nahm sie seine erregte Härte wahr, die sich zwischen ihre Oberschenkel schmiegte. Teal konnte ihm nicht entkommen. Sie fühlte sich in die Enge getrieben. Zu kämpfen wäre sinnlos. Auch das wusste sie. Also entschied sie sich, reglos zu verharren, obwohl ihr Puls raste. „Ich muss ..."

„... vollkommen", murmelte er im gleichen Moment heiser.

Teal stutzte. „Was?"

Voller Ehrfurcht und Bewunderung betrachtete er ihre Brüste und strich sacht mit den Fingern durch das Tal zwischen den beiden aufragenden Hügeln am Rand ihres BHs entlang. Sie sehnte sich mit jeder Faser ihres Körpers nach ihm.

„Deine Brüste sind wundervoll. Klein und fest schmiegen sie sich in meine Hand. Siehst du?" Er schob den BH-Stoff zur Seite und brachte eine der Wölbungen zum Vorschein. Zärtlich legte er seine warme Hand darauf und rieb die rosafarbene Spitze mit dem Daumen. Teal wand sich unter ihm. Seine Hand hob sich dunkel von der fast milchig weißen Haut ihrer Brust ab.

Er beugte den Kopf, und sein kühles, zerwühltes Haar strich über ihre empfindsamen Brüste. Diesmal lagen keine Stoffschichten mehr zwischen seinem weichen Mund und ihren aufgerichteten Brustwarzen. Wild beugte Teal sich ihm entgegen, als er an einer Knospe saugte. Er benutzte seine Zähne ebenso wie seine Zunge, um sie langsam um den Verstand zu bringen.

Geschickt und ohne sich ablenken zu lassen, zog er ihr den schlichten Baumwollslip aus. Als er sich wieder auf sie legte, trug auch er plötzlich keine Badeshorts mehr. Seine nackte Haut heiß, viel zu heiß an ihrer zu spüren ließ ihr Herz rasen.

Unwillkürlich hob sie ihm das Becken entgegen, als er sich behutsam zwischen ihre Beine drängte.

„Ich will dich so sehr, Liebes murmelte er.

Es dauerte einen Moment, bis Teal klar wurde, was sie hier gerade tat.

Mit beiden Händen stemmte sie sich gegen seine unnachgiebige Brust, um ihn von sich hinunterzuschieben. „Geh!"

Kaum hatte Zane sich aufgerichtet, schob sie ihr Bein zwischen ihre Körper. In den verlangenden Ausdruck auf seinem Gesicht mischte sich Verwirrung. Noch immer war er viel zu schwer. Sie würde sich nicht von ihm befreien können, es sei denn, er wich freiwillig zurück. Erneut drückte sie gegen seine Schultern, wobei sie beide Hände und ein Knie einsetzte. Tränen der Wut brannten ihr in den Augen.

„Ich habe meine Meinung geändert", stieß sie hervor und boxte ihn gegen die Schulter. Als er keine Anstalten machte, von ihr abzulassen, schlug sie ihn härter. „Lass mich aufstehen!"

Endlich drehte er sich zur Seite und hob kapitulierend die Hände. Er atmete schwer, genau wie sie. Irritiert strich er sich das dunkel glänzende Haar zurück. „Es ist dein gutes Recht, deine Meinung zu ändern. Aber Liebes, was ..."

Liebes. Liebling. Wie hieß sie noch? Die sind ja ohnehin alle gleich. „Und von diesem Recht mache ich Gebrauch." Ihr Kiefer schmerzte, weil sie die Zähne so fest zusammenbiss. Sie sprang aus dem Bett. Wo, zur Hölle, war ihr Hemd? „Und nenn mich bloß nicht ‚Liebes' oder ‚Liebling'. Niemals!" Verdammt, Zane saß darauf.

„Was ist denn passiert, Ace? Hat die Mama deines Babys dir gesagt, dass sie es sich überlegt hat und dich zurückhaben will? Habt ihr deswegen den ganzen Tag herumgeturtelt?" Teal schnappte sich sein T-Shirt vom Boden und zog es sich auf links über. Es roch nach ihm, nach sauberem Schweiß, salziger Luft und Zanes ganz eigenem sexy Duft.

„Was..."

„Hier kommen Neuigkeiten für dich, Ace. Nur weil du scharf bist und ich da bin, heißt das nicht, dass ich dir gehöre." „Selbstverständlich nicht..."

„Ich arbeite für dich. Und das ist alles. Wenn du scharf bist, hol's dir woanders."

„Okay, ich habe verstanden. Aber ..."

„Solltest du mich j emals wieder anrühren, werde ich ... " Was? Es ihrem Vater sagen? Lachhaft. Es Logan oder Nick erzählen? Albern. Es würde sie ebenso wenig interessieren wie Sam. „Dann wird es dir leidtun." Das war eine schwache Drohung, aber noch immer bestand die Gefahr, dass sie in Tränen ausbrach. Und das würde ihren Fehler nur noch schlimmer machen.

Anmutig stand Zane auf und schämte sich nicht im Geringsten seiner Nacktheit. Bitter musste sie sich eingestehen, wie wundervoll er nackt aussah. Leider hatte er nicht einen anständigen Knochen im Leib. Zögernd machte er einen Schritt auf sie zu. Sie hob die Hand. „Fass mich nicht an."

Sofort blieb er stehen. Seine Miene entspannte sich. „Es tut mir leid, wenn ich dir wehgetan habe. Ich dachte, was zwischen uns passiert, geschähe in gegenseitigem Einverständnis. War ich zu grob? Ich hatte mich vielleicht nicht mehr ganz unter Kontrolle." „Du hast mir nicht wehgetan. Ich habe mich bloß geirrt. Nicht ich bin es, die du so heftig begehrst, Zane. Du wolltest einfach nur Sex. Aber ich will für den Mann, mit dem ich schlafe, nicht irgendwer sein, sondern die eine."

Er wirkte perplex. „Ich wollte nicht..."

Teal warf die Tür hinter sich zu und rannte in ihren Maschinenraum.

„Genug mit diesem Unfug", knurrte Zane, als er kurz nach ihr die Tür zum Maschinenraum aufstieß. Teal hatte schon feststellen müssen, dass man wasserdichte Türen nicht gut zuknallen konnte. Und diese hier ließ sich nicht einmal abschließen.

Mit vor der Brust verschränkten Armen, den Rücken der offenen Tür zugekehrt, sagte sie mit belegter Stimme: „Verschwinde." Ihre wunderschönen gelben Maschinen verschwammen vor ihren Augen. Ihre Brust schmerzte. Sie fühlte sich dumm. Es gab keine Entschuldigung für ihr Benehmen. Alles, was geschehen war, hatte sie sich selbst zuzuschreiben. Dabei hatte sie doch all diese Lektionen bereits gelernt. Trotzdem war es ihr wieder passiert, war sie seinem tödlichen Charme erlegen. Sie wusste es doch besser. Die Katze lässt das Mausen nicht.

Auf seinen nackten Füßen bewegte er sich mit der Anmut eines Raubtiers. Und weil sie ihn nicht näher kommen hörte, konnte er ohne rechtzeitige Gegenwehr ihr Handgelenk umfassen. „Komm mit", befahl er wütend.

Von seinem Charme war nichts mehr zu merken. Sie blieb stehen. „Fahr doch zur Hölle."

Er zerrte nicht an ihr, ließ sie aber auch nicht los. „Hier drin werde ich nicht mit dir reden", erklärte er. „Entweder kommst du freiwillig mit, oder ich schwöre, ich werfe dich über meine Schulter und trage dich raus."

Zum Glück hatte er sich die Zeit genommen, um seine Badeshorts anzuziehen. So wütend hatte sie ihn noch nie erlebt. Aber seine Wut fachte nur ihre von Neuem an. „Du hast überhaupt kein Recht, sauer zu sein!" Sie zerrte an ihrem Handgelenk, das seine Finger unnachgiebig umschlossen. Er tat ihr nicht weh, aber er ließ einfach nicht los.

„Habe ich doch, wenn du mich verleumdest."

Sie stutzte und wischte sich mit der freien Hand die Wange ab. „Verleumden?"

„Eine falsche Behauptung, die den Ruf einer Person - in dem Fall meinen - beschädigt."

„Nun hör aber auf! Deinen Ruf beschädigen?" Sie lachte spöttisch. „Du fährst doch voll drauf ab, dass jeder dich für einen Bad Boy hält." Mit der freien Hand versuchte sie nun, wenigstens einen seiner Finger von ihrem Handgelenk loszubekommen. Doch sein Griff lag wie eine eiserne Fessel darum. Ohne Werkzeug würde sie sich vermutlich nicht daraus befreien können.

„Nein", erwiderte er mit leiser Stimme, während er Teal den Niedergang entlang hinter sich herzog. „Das stimmt nicht."

Sie kamen an der Kabine der Berlands vorbei. „Maggie ...“ „Schläft“, knurrte er. „Willst du sie aufwecken, damit sie Zeugin dieser Starrköpfigkeit wird?“

So leise wie er entgegnete sie: „Mir wär's egal. Ich bin schließlich nicht diejenige, die ...“

Er schob sie in seine Kabine und warf die Tür hinter sich zu. Und dann verriegelte er sie.

Die Kapitänskajüte war groß, ebenso die Koje und der Schreibtisch darin. Doch Teal nahm kaum etwas davon wahr, als Zane sie zum Bett zog und dort die Hände auf ihre Schultern legte. Ihre Knie waren weich, er musste kaum Druck ausüben, um sie hinunterzudrücken. Langsam sank sie auf die Matratze mit dem zerwühlten Bettzeug. Abwehrend verschränkte sie die Arme vor der Brust und sah ihn finster an. „Oh, da wären wir ja wieder am Ort des Verbrechens. Na schön, ich bin hier. Lass mich ...“ „Bleib da sitzen, und halt den Mund, bis ich fertig bin.“ Seine Stimme klang ziemlich normal, doch seine Miene verriet eine enorme Anspannung. Ein gefährliches Funkeln lag in seinen Augen. „Und wenn ich fertig bin, höre ich mir gern an, was du zu sagen hast.“

Sie hatte nichts zu sagen. Genervt ließ sie den Blick durch den Raum schweifen und blieb bei einem weißen Stoffknäuel neben seinem rechten Fuß auf dem Boden hängen. Ihr Slip. Peinlich berührt richtete sie ihre Aufmerksamkeit wieder auf Zane, lehnte sich zurück und stützte sich mit den Händen ab. „Du hast das Wort. Und wenn du fertig bist, lässt du mich gefälligst sofort gehen. Also los, sprich, Ace.“

Er fuhr sich durch die Haare und holte tief Luft. „Cat Berland ist seit der Highschool eine gute Freundin von mir. He, ich bin noch nicht fertig“, fuhr er sie an, als sie Anstalten machte aufzustehen. Gehorsam setzte sie sich wieder auf eine Ecke seiner Koje.

„Ich liebe sie - wie eine Schwester. Cat ist ungewöhnlich intelligent, wunderschön und zufällig lesbisch. Ich habe ihr meinen Samen gespendet, damit sie und ihre Partnerin Liz ein Kind bekommen können. Jessie ist ihr Kind, nicht meines. Jetzt ist Liz schwanger. Ebenfalls durch meine Spende. Das Kind wird ihre zweite Tochter. Nicht meine." Er schoss jedes Wort wie eine Gewehrkugel ab.

„Oh", war alles, was sie im ersten Moment herausbrachte. Teal wusste nicht, wie sie mit dieser völlig überraschenden Information umgehen sollte. Auf einmal kam sie sich dumm und kleinlich vor. Andererseits hätte er ja auch einen Ton sagen können, wie er zu dieser Frau stand. Aber warum? Offenbar war er zu der Ansicht gelangt, dass es sie nichts anging. Sie hob die Hand, ließ sie aber gleich wieder sinken und legte die Hände in den Schoß.

„Ja, oh. Sie ist vorbeigekommen, um ihre Mutter zu besuchen, weil sie sich wegen Liz Sorgen macht. Maggie und ich haben ihr versichert, dass Liz' Hormone verrücktspielen ... Ach, das ist ja auch unwichtig. Sie war jedenfalls aufgebracht, und ich habe meine Freundin ein bisschen getröstet."

Teal stand auf und wünschte, sie könnte einfach im Boden versinken. „Tut mir leid, dass ich voreilige Schlüsse gezogen habe." Automatisch versuchte sie, die Hände in die Hosentaschen zu schieben. Nur trug sie gar keine Hose. Und nicht nur das - sie hatte auch keinen Slip an. Unter Zanes großem T-Shirt trug sie nichts als einen offenen BH. Ihr Herz pochte. „Es tut mir ehrlich leid. Ich hatte kein Recht..."

Zane trat vor sie, und da sie die Kante seiner Koje an den Kniekehlen fühlte, konnte sie nirgendwohin zurückweichen. Ernst und aufgewühlt sah er ihr ins Gesicht. Doch als er ihr durchs Haar fuhr und ihren Kopf umfasste, geschah das mit einer unglaublichen Zärtlichkeit.

Sanft drückte er sie auf das weiche Bettzeug hinunter. Die schlichte weiße Baumwolle duftete nach Sonne. Zane war schwer, als er mit dem Knie ihre Beine spreizte und sich auf sie legte. Noch immer hielt er ihren Kopf. Sein Körper strahlte eine aufregende Wärme aus, während seine Erektion durch seine Shorts hindurch ihren sensibelsten Punkt reizte.

„Auf der Party habe ich mit all den kurvigen, hirnlosen Mädels geflirtet, um dich eifersüchtig zu machen. Du hast nur das gesehen, was du sehen solltest. Leider bist du zu störrisch, um zu begreifen, dass ich das alles absichtlich gemacht habe." Er legte die Stirn an ihre, und Teal spürte seinen warmen Atem auf den Lippen. „Das war ziemlich dumm von mir. Ist mir inzwischen auch klar geworden. Aber kann man es einem Mann verdenken, dass er sich dumm benimmt, wenn er alles versucht, damit das Mädchen, das er mag, seine Gefühle erwidert?"

Teals Anspannung nahm zu. „Ich bin eine Frau, kein Mädchen", sagte sie, aber es klang weder scharf noch wütend. Seine Worte hatten sie angerührt.

„Jetzt komm schon." Langsam ließ er die Hand durch ihr Haar gleiten, hinunter zu ihrer Schulter und von dort weiter über ihren Arm. Dann schob er die Finger unter das T-Shirt, hinauf zu ihrem nackten flachen Bauch.

„Man soll dankbar sein für die kleinen Dinge", flüsterte er amüsiert. „Hör wenigstens einmal mit dem Grübeln auf. Lass deine Zugbrücke herunter, Süße. Lass mich dich lieben."

Schön wär's, dachte sie. Trotzdem bekam sie eine Gänsehaut, als er seine Hand über ihre nackte Haut wandern ließ. Ihre Brustwarzen richteten sich auf, und sie spürte seinen muskulösen Oberkörper direkt an ihren harten Knospen. Seine Lippen waren nur noch Millimeter von ihren entfernt.

„Ich mag dich", sagte sie ein wenig unsicher. „Meistens jedenfalls."

Leise lachte er. „Na, das ist ja schon mal ein Anfang." Er schob die Hand höher und massierte sanft eine ihrer Brüste. Teal schloss die Augen.

„Bin ich zu schwer?"

„Nein", log sie, obwohl sie kaum Luft bekam. Aber sie wollte ihn nirgendwo anders haben. Vor Erregung konnte sie kaum einen klaren Gedanken fassen, und doch erinnerte sie sich an jene Nacht vor zwei Jahren. An den erhitzten Sex in der Dunkelheit. Dies hier war ganz anders. Es war natürlich das Gleiche und doch vollkommen anders. Nicht schnell und verzweifelt, sondern sanft. Als hätten sie alle Zeit der Welt, einander auf erotische Weise zu erforschen und neu kennenzulernen.

Er bewegte die Hüften ein wenig und verlagerte einen Teil seines Gewichts auf den Ellbogen. Gleichzeitig biss er sie zärtlich in die Unterlippe, was ihr Verlangen weiter anfachte. Tief in sich spürte sie ein ungleichmäßiges Pulsieren. Fordernd drängte sie sich ihm entgegen. Zane legte ihr die Hand in den Nacken und flüsterte: „Küss mich, als sei es dir ernst."

Ich meine es ernst, dachte sie. Ich habe es immer ernst gemeint. Langsam teilte sie die Lippen, und ihre Zunge empfing seine zu einem sinnlichen Spiel, während sie die Arme um seine Schultern schlang. Geh nicht, dachte sie. Geh nicht.

Zane erlaubte ihr, die Initiative zu übernehmen. Diese neue Erfahrung stieg ihr zu Kopf wie ein schwerer Wein. Es war berauschend, ihn auf diese Weise zu küssen, während er ihre Brüste liebkoste. Er zupfte sacht an ihren harten Brustwarzen, bis sie den Rücken durchbog und scharf die Luft einsog. Sie schlang die Beine um seine Hüften und drängte ihn dorthin, wo sie ihn haben wollte.

„Du bist wundervoll." Er streichelte mit seinen starken Fingern ihre Brust, mit der anderen Hand hielt er ihren Hinterkopf umfasst. „Du bist vollkommen."

„Die Aussicht auf Sex schränkt dein Urteilsvermögen ein", hauchte sie und küsste ihn erneut stürmisch. Sie konnte einfach nicht genug bekommen von diesem Mann. Keinen Gedanken verschwendete sie mehr an das Morgen. Hier und jetzt zählte nur diese unendliche Begierde.

Wortlos erkundeten sie, schmeckten, fühlten, reizten einander.

„Ich kann nicht mehr klar denken", stieß Zane irgendwann stöhnend hervor. „Die Aussicht auf Sex mit dir benebelt meinen Verstand. Mit dir ... verdammt, ich weiß nicht, wie ich es erklären soll. Bei dir ist es, als würde ich nach Hause kommen."

Bei seinen Worten schlug ihr Herz noch schneller. Zum ersten Mal war sie bereit, sich wilder, ungehemmter Lust hinzugeben. Ihr Körper schien innen wie außen in Flammen zu stehen. „Gib mir mehr", forderte sie mit einer rauen Stimme, die ihr selbst fremd war.

Er küsste sie voller Hingabe und Leidenschaft. Teal überließ sich ganz ihren sinnlichen Empfindungen. Dieser Mann konnte wirklich küssen. Er schien ihren ganzen Körper gleichzeitig zu erobern. Sie fühlte seine Hand auf ihrer Brust, spürte seine Erektion zwischen den Oberschenkeln und genoss das fordernde Spiel seiner Zunge. Atemlos gab sie sich seiner Zärtlichkeit hin. Wer musste schon atmen? Sie tastete sich hinunter zum Bund seiner Shorts.

Er sog scharf die Luft ein, als sie ihn durch den Baumwollstoff hindurch berührte. Er war hart und groß. Teal schloss ihre Finger darum. Zane stöhnte und bog sich ihr entgegen.

Sie ließ ihn los und schob die flache Hand in seine Shorts. Es war ein beinah elektrisierendes Gefühl an den Fingerspitzen, als sie seine warme nackte Haut berührte. Mit einem Finger verrieb sie den Tropfen der Lust an seiner Gliedspitze. Zane löste die Lippen von ihren und erschauerte. Er machte sich nicht erst die Mühe, sich die Shorts aufzuknöpfen, sondern zerrte sie sich einfach herunter, wobei er ein animalisches Stöhnen von sich gab. Teals Nackenhärchen richteten sich auf. Und dann gab es keine Barrieren mehr zwischen ihnen.

Er bewegte sich auf ihr, und noch intensiver als zuvor spürte sie seine nackte Haut. Seine rauen Brusthaare streiften ihre empfindsamen Brüste. Erst da wurde ihr klar, dass er es irgendwie fertiggebracht hatte, ihr das T-Shirt auszuziehen, ohne dass sie es bemerkt hatte.

Während er ihre Hüften gepackt hielt, glitt er an ihr herunter und liebkoste dabei jeden Zentimeter ihres Körpers, bis sie nicht mehr länger stillliegen konnte. Er leckte erst an der einen, dann an der anderen Brustwarze, biss zärtlich hinein und umspielte sie von Neuem mit der Zunge, bis Teal es vor Begierde nicht mehr aushielt.

Mit gespreizten Fingern fuhr sie ihm durchs Haar, um seinen Kopf dort an ihren Brüsten festzuhalten. Doch Zane hatte anderes im Sinn. Er rutschte weiter hinunter, wobei er eine Spur heißer Küsse auf ihrer Haut hinterließ. Mit den Schultern drängte er sich behutsam zwischen ihre Oberschenkel und schob die Hände unter ihren Po. Heißes Verlangen durchströmte sie, und sie winkelte instinktiv die Knie an. „Zane ..."

Er tauchte mit der Zunge zwischen ihre Schenkel und verwöhnte sie, bis sie sich seinem hungrigen Mund wild entgegenbog und den Kopf ins Kissen drückte. Mit beiden Händen griff sie in sein Haar, während er ihre kleine Knospe liebkoste. Als sie kam, bäumte sie sich auf.

Während sie sich allmählich wieder beruhigte und sich ihre Muskeln entspannten, löste Zane sich von ihr. Dann legte er sich auf sie und drang tief in sie ein. Teal stieß einen lustvollen Schrei aus. Dieses Gefühl war so vertraut und zugleich so überwältigend. Alles in ihr zog sich zusammen, als sie erneut einen Orgasmus erlebte, der ihr die Sinne raubte.

Zane hielt sie in den Armen, während Teal erschauerte und ihre Muskeln sich immer wieder fest um sein Glied schlossen, bis auch er zum Höhepunkt gelangte. Er war erschöpft, geschafft und beschwingt zugleich. Er verspürte den unsinnigen Wunsch, Besitzansprüche auf Teal zu erheben. Auf die primitive Weise eines Höhlenmenschen, dachte er amüsiert. Er konnte sich nicht erinnern, jemals so für eine Frau empfunden zu haben, ganz egal, wie spektakulär der Sex gewesen war.

Sie hob ihm das Gesicht entgegen, und er küsste sie zärtlich. Ihr Kopf ruhte auf seinem Arm, und er drehte sich ein Stück, sodass sie noch näher bei ihm lag. Mit den Fingern fuhr er durch ihr seidiges Haar. Vor seinem geistigen Auge zogen lauter Bilder von ihr vorbei.

Wie sie empört die Hände in die Hüften stemmte und das Kinn reckte. Wie sie die Augen zusammenkniff und fragte, ob er ein Ratespiel mit ihr veranstalte.

Die Aussicht auf Sex schränkt dein Urteilsvermögen ein.

Du hast keine Ahnung, wie sehr ich dich liebe, Zane Cutter.

Nein, das hatte sie nicht gesagt. Das war reines Wunschdenken, wie Zane sehr wohl wusste. Für einen kurzen Moment flackerte ein Bild von ihr mit langen blonden Haaren auf, wie sie unter ihm lag und ihn voller Liebe ansah, während er seinen Kummer in sie pumpte. Dann war das Bild verschwunden, und er sah wieder Teals gerötete Wangen, ihr kurzes schwarzes Haar und ihr störrisches Kinn.

Sie streichelte seine Brust und legte den Arm um ihn, als wollte sie ihn festhalten.

Nein, er würde nirgendwohin gehen.

Sie schwang ein Bein über ihn und setzte sich rittlings auf ihn. Er liebte ihr zufriedenes sinnliches Lächeln und das freche Aufflackern in ihren Augen.

Sanft hob er die Hände an ihre Brüste und beobachtete, wie ihre Brustwarzen sich aufrichteten. Seine Finger hoben sich groß und dunkel von ihrer hellen Haut ab. „Für eine entschlossene Kriegerin besitzt du einen zierlichen Körper. Wie eine Nymphe.

Zart und stark zugleich." Vom Feuer geschmiedet und scheu wie eine Meerjungfrau, die sich im Seetang versteckt.

Wieder erwachte das schier unbändige Verlangen in ihm, und er spürte, dass auch sie wieder bereit für ihn war. Er legte ihr die Hände auf die Hüften und half ihr, den richtigen Rhythmus zu finden. Teal warf den Kopf in den Nacken und presste die Fingernägel in seine Brust. Auf ihrer Haut hatte sich ein feiner Schweißfilm gebildet.

Zane biss die Zähne zusammen. Zum Zerreißen gespannt versuchte er, den Höhepunkt hinauszuzögern. Er wartete, bis sie ebenfalls so weit war. Sie bog den Rücken durch, stützte sich auf seiner Brust ab, und schließlich umschloss sie ihn fest mit ihren Muskeln.

Der Orgasmus war überwältigend, und Zane fühlte sich, als treibe er weit draußen im Meer und tauche hinab in eine schwarze unerforschte Tiefe. Ein Beben durchlief seinen Körper auf dem Höhepunkt. Plötzlich stiegen nie gekannte Empfindungen in ihm auf. Er wollte sich nie wieder von ihr lösen, denn nur seine Meerjungfrau konnte ihn retten.

Zärtlich schmiegte er das Gesicht in ihr duftendes Haar und stürzte vom Rand der Welt in tiefen Schlaf.

TWELVE

Der Sturm trieb direkt auf sie zu. Nachdem Zane abgewartet hatte, ob er Richtung Süden zog oder seinen bisherigen Weg fortsetzte, wusste er jetzt, dass sie ihn abbekommen würden. Normalerweise wäre er das Risiko nicht eingegangen, während eines solchen Sturms auf offener See zu bleiben. Aber ringsum lag immer noch eine Handvoll Boote, und ihm gefiel die Vorstellung einfach nicht, die *Sea Witch* oder die *Good Fortune* hier mit der *Vrijheid* allein zu lassen, während er einen Hafen anlief.

Nicht dass irgendwer bei einem Sturm tauchen konnte. Aber es würde Zeit kosten, vom Festland wieder zurück zum Wrack zu fahren. Und das bot jedem die Chance, sich über seinen Fund herzumachen.

Abgesehen davon musste er sich eingestehen, dass er nicht wie ein Feigling verschwinden wollte, wenn sein größter Rivale dem Sturm die Stirn bot. Natürlich wollte er seine Crew nicht gefährden, um seinen Ehrgeiz zu befriedigen. Aber alles deutete darauf hin, dass der Sturm zu bewältigen war. Momentan gehörte er nicht einmal in die Kategorie eins.

Bis jetzt war Zane davon ausgegangen, dass nur die *Sea Witch* die Größe des Schatzes in dem Wrack kannte. Nun sah es so aus, als hätte er noch einen anderen Konkurrenten. Warum sonst sollte jemand inmitten eines Sturms auf hoher See ankern - außer weil er auf das Wrack scharf war? Die Tatsache, dass eines der umliegenden Boote nach einem berühmten Piratenschiff benannt war, machte ihn nur noch misstrauischer. Aber du meine Güte - drei ältere Damen? Das ergab doch überhaupt keinen Sinn.

Die Antwort auf seine Fragen lag irgendwo dort draußen. Er konnte sie nur nicht sehen. Noch nicht.

Sie hatten den Kühlschrank geleert und alles in eine große Tonne umgefüllt, die sie dann fest verschlossen und verzurrt hatten. Das Gleiche machten sie mit dem Inhalt sämtlicher Schränke und Schubladen. Die Deckel wurden mit Klebeband abgedichtet, damit alles trocken blieb. Die Computer und sonstigen elektrischen Geräte wurden mit Plastikfolien und Klebeband gesichert. Auf der Brücke machte Zane alles wasserdicht, was er nicht von Bord schleppen konnte, sobald sie das nächste Mal im Hafen lagen.

Nachdem sie die Sturmschotten an den Fenstern des Salons angebracht hatten, war es drinnen dunkel. Nicht stockfinster, aber dämmrig. Außerdem wurde es heiß und stickig.

Zane wartete ab, ob die anderen Boote einen Hafen anliefen. Sie taten es nicht. Er beschloss, es drauf ankommen zu lassen. Es war, als belauerten sie einander, und das zerrte an den Nerven. Jetzt, wo das Schiff vollständig gesichert war, entschied er, noch einen Tauchgang zu unternehmen, bevor der Sturm da war. Das würde ihm helfen, einen klaren Kopf zu bekommen. Er fragte Teal, ob sie ihn begleiten wollte.

„Meinst du, die anderen hauen ab?" Sie schaute finster über die kabbelige See, während sie ihre Sauerstoffflasche festzurrte.

„Sobald der Sturm hier ist, wird niemand mehr tauchen können", erwiderte er und zog seine Flasche ebenfalls fest. „Uns bleibt etwa eine Stunde, dann werden wir auftauchen, ob die anderen noch da sind oder nicht." Der Himmel war blaugrau, und die Luft schien aufgeladen. Für einen Tauchgang war das Meer noch nicht zu aufgewühlt. Aber schon bald würde das der Fall sein.

Sie zogen die Reißverschlüsse ihrer Taucheranzüge hoch, überprüften die Druckanzeigen ihrer Sauerstoffflaschen und ließen sich in das blaue Wasser gleiten. Nach einem langen, anstrengenden Tag überkam Zane eine angenehme Ruhe. Er breitete die Arme aus und ließ sich einen Moment einfach nur treiben. Dann deutete er in die Richtung, in die er tauchen wollte.

Er hatte die Absicht, jede Sekunde der verbleibenden Stunde zu nutzen. Er wollte nicht arbeiten, nichts aus dem Wrack bergen, sondern eins sein mit der unfassbaren Schönheit des Ozeans.

Sie schwammen durch einen Schwarm bunter Feenbarsehe, deren winzige zweifarbige Körper den Farben des violett-goldenen Abendhimmels entsprachen. Völlig ohne Angst schwammen die Fische um die beiden Taucher herum wie neugierige Unterwasser-Schmetterlinge.

Teal lächelte, verzaubert vom Tanz der kleinen Fische in den aufsteigenden Luftblasen aus ihren Sauerstoffgeräten. Beim Anblick ihres Lächelns zog sich etwas in Zanes Brust zusammen. Warum, wusste er nicht.

Plötzlich kniff sie die Augen hinter der Tauchermaske zusammen. Sie packte seinen Arm und zeigte nach unten. Die Feenbarsche stoben erschrocken auseinander und waren nur noch wie bunte Stecknadelköpfe zu sehen. Zane zückte automatisch sein Messer, um sich zwischen Teal und die Gefahr zu begeben.

Aber es handelte sich nicht um einen Hai, sondern um Menschen.

Schwemmsand schwebte um drei Taucher herum, die sich etwa zehn Meter unter ihnen am Wrack zu schaffen machten. Offenbar hatten sie Zane und Teal noch nicht bemerkt. Die Männer sammelten hastig alles, was sie fanden, in ihren Körben. Zane wurde wütend. Anscheinend glaubten die Kerle, sie könnten sich nach Belieben bedienen, während Zane und seine Crew auf der *Decrepit* den Sturm abwarteten.

Von wegen.

Teal drückte seinen Arm und schüttelte den Kopf. Nein!

Sie hatte recht. Klüger wäre es, unbemerkt wieder aufzutauchen. Zane hatte keine Ahnung, wer diese Typen waren, aber geldgierige Männer konnten gefährlich werden. Und wenn es sich um die gleichen

Verbrecher handelte, die schon einen Sabotageakt auf die *Decrepit*verübt hatten, machte sie das zu potenziellen Mördern. Wäre die *Decrepit* gesunken, hätten sie freie Bahn gehabt, die Früchte seiner jahrelangen mühevollen Arbeit zu ernten.

Obwohl es ihn sehr reizte, sich die drei auf der Stelle vorzunehmen, war er nicht so dumm, es im Beisein von Teal zu tun. Am sinnvollsten wäre es, die Polizei zu benachrichtigen, damit sie die drei Taucher erwartete, sobald diese wieder an die Oberfläche kamen.

Es wurde mit jeder Minute dunkler, die letzten Sonnenstrahlen durchdrangen kaum noch das Wasser. Eine starke Strömung zog sie von der*Decrepit* fort. Trotz der Gefahr - für das Wrack wie für Teal - zögerte Zane.

Von welchem Boot stammten die Taucher? Von der *Sea Witch*? Der *Good Fortune?* Von einem der anderen Boote? Es handelte sich ganz offensichtlich um Männer, und die Rothaarige fuhr, soweit er das wusste, allein. Andererseits könnte sie Helfer angeheuert haben ...

Weitere dunkle Schatten erschienen an der Bergungsstelle, als das Tageslicht endgültig verschwand. Offenbar waren noch mehr Diebe auf die Beute aus. Auf der anderen Seite des Wracks schwammen jetzt Haie auf der Suche nach ihrem Abendessen.

So gern Zane sich die Diebe auch vorgeknöpft hätte, die Chancen standen einfach zu schlecht. Es war besser, ihnen in einigem Abstand zu folgen und die Polizei die Arbeit erledigen zu lassen. Dies war eine Situation, in der er seine Impulsivität unter Kontrolle halten musste. Wenn er hier zu viel riskierte, konnte ihn das sein Leben kosten. Noch schlimmer, es könnte Teal das Leben kosten.

Und dieses Risiko war er nicht bereit einzugehen.

Er kannte sie inzwischen gut genug, um zu wissen, dass sie nicht ohne ihn zur *Decrepit* zurückkehren würde. Trotzdem gab er ihr ein Zeichen, sie solle schon losschwimmen. Statt zu gehorchen, zückte sie mit einem wilden Leuchten in den Augen ihr Tauchermesser. Zanes

Miene verfinsterte sich. Störrisch, wie sie war, gab sie ihm deutlich zu verstehen, dass sie auch bleiben würde, wenn er blieb.

Er bedeutete ihr per Handzeichen, dass sie beide ein wenig aufsteigen sollten, um etwas Abstand zwischen sich und die Männer zu bringen. Außerdem mussten sie die Haie im Auge behalten, die lauernd am Meeresgrund schwammen.

Wegen der untergehenden Sonne würden Zane und Teal den Schutz der Dunkelheit für sich haben. Bei der ganzen Aktion ging es in erster Linie darum, nicht gesehen zu werden. Es war eine Frage der Geduld.

Sie nickte, ließ jedoch seinen Unterarm nicht los, während sie im dunkelblauen Wasser langsam höher stiegen.

Aus dem Augenwinkel registrierte Zane einen verschwommenen schwarzen Umriss und erhielt gleich darauf einen Schlag gegen den Kopf, hart genug, um für einige Sekunden benommen zu sein. Luftblasen vor seiner Tauchermaske verhinderten, dass er seinen Angreifer erkannte. Es kostete ihn Mühe, bei Bewusstsein zu bleiben und in der Dunkelheit Ausschau nach Teal zu halten.

Sie war verschwunden!

Zane riss sich zusammen und drehte sich hektisch nach allen Seiten um. Wo, zur Hölle ...

Plötzlich entdeckte er sie. Sie kämpfte mit einem Mann, es war ein Durcheinander aus Armen und Beinen und Sauerstoffflaschen. Ein Messer blitzte auf - in Teals Hand oder in der des Angreifers? Dann eine schnelle Bewegung, gefolgt von einer roten Wolke im Wasser. So schnell er konnte, schwamm Zane auf das kämpfende Paar zu. Ein Hai streifte sein Bein, und er trat zu, um das Tier aus dem Weg zu bekommen.

Der Mann löste sich von Teal und zog eine rote Spur hinter sich her. Zum Glück war Teal nicht diejenige, die verletzt war. Sie hatte ihr Messer zur Selbstverteidigung genutzt.

Zane packte den Sauerstoffschlauch des Mannes und schnitt ihn durch. Ein dichter Schwarm Luftblasen stieg auf, und der Mann versuchte mit hektischen Bewegungen, rechtzeitig an die Oberfläche zu kommen.

Zane drehte sich zu Teal um. Unter ihnen befanden sich nach wie vor die anderen Taucher. Mit etwas Glück würde es ihm gelingen, Teal aus dem Wasser zu bekommen, bevor die Diebe ihre Anwesenheit bemerkten.

Er erstarrte. Fünf Schwarzspitzenhaie schwammen wie in einem makabren Tanz um sie herum.

Zane wusste, dass diese Haie von Natur aus eher ängstlich waren. So schnell er konnte, tauchte er mit kraftvollen Bewegungen in Teals Richtung. Normalerweise leicht einzuschüchtern, wurden die Haie in der Gruppe jedoch mutiger. Und wenn sie Futter witterten, wurden sie auch aggressiv. Ihre Blicke verrieten ihre Gier. Der größte der hungrigen Burschen umkreiste ihn warnend. Das hier war sein Abendessen.

Teal sah verängstigt aus und hielt sich den Arm. Feiner rötlicher Nebel stieg zwischen ihren Fingern auf. Um Himmels willen! Sie war verletzt. Kein Wunder, dass die Haie sie umkreisten.

Die Schatzdiebe waren ihm in diesem Moment völlig egal, ebenso die lauernden Haie. Auch sein Sauerstoffvorrat kümmerte ihn jetzt nicht. Er musste Teal so schnell wie möglich aus dem Wasser bekommen. Sofort!

Zane stieß ihre Hand fort, die sie auf die blutige Wunde hielt, und drückte seine Hand fest darauf. Alles, was sie zur Verteidigung gegen diese fünf hungrigen Haie besaßen, waren ihre Tauchermesser. Und falls die Diebe unter ihnen nach oben sahen ...

Zeig keine Angst, ermahnte Zane sich und zog Teal hinter sich her, als er zwischen den Haien hindurchschwamm und einfach so tat, als gäbe es sie nicht.

Sein Bluff funktionierte, zumindest für einen Augenblick.

Schmerz explodierte in seinem Hinterkopf. Nein! Er fühlte Teals Arm nicht mehr in seiner Hand. Hatte er sie losgelassen? Seine Sicht verschwamm, und er kämpfte darum, bei Bewusstsein zu bleiben. Das Wasser um ihn herum wurde schwarz.

Du schaffst es, spornte er sich an, und ein neuer Adrenalinschub rüttelte seine Sinne wach. Ihm war übel von der Wucht des Schlags, und sein Sehvermögen war ernsthaft beeinträchtigt. Doch ihm blieb keine Zeit, sich darum zu kümmern. Er wirbelte herum, auf der Suche nach Teal. Nirgends eine Spur von ihr. Um Himmels willen, er konnte sie nirgends mehr sehen!

Es gab nur noch ihn und fünf kreisende Haie.

Er tauchte zum sandigen Meeresboden herunter, wo die Sicht wegen des aufgewühlten Sands und des nachlassenden natürlichen Lichts gefährlich trüb war. Die Taucher waren fort, ihre gefüllten Körbe ebenfalls. Und weit und breit keine Spur von Teal.

Zanes Angst überlagerte den Schmerz in seinem Kopf. So rasch er konnte, schwamm er nach oben, um Hilfe zu holen. Was hatte er sich überhaupt dabei gedacht, ungeachtet des aufziehenden Sturms zu tauchen? Er wusste doch, dass irgendwer da draußen scharf auf seinen Fund war. Er hatte Teal in Gefahr gebracht, weil er zu dumm und zu starrsinnig war, sich rechtzeitig vor dem Sturm zurückzuziehen. Und warum? Weil er befürchtete, dass die anderen sich über den Schatz hermachen würden, sobald die *Decrepit* sich zurückgezogen hatte.

Ein Körper streifte ihn. Verdammt, er hatte jetzt keine Zeit, sich um die Haie zu kümmern. Er wich dem Tier aus, und es schwamm an ihm vorbei. Der nächste Hai kam direkt auf ihn zu und starrte ihn aus glasigen Augen an. Zane zögerte keine Sekunde und schlug dem Hai, so fest er konnte, gegen den Kopf. Mit wütendem Flossenschlag drehte der Hai ab. In diesem Zustand der Selbstverachtung sollten sie sich lieber nicht mit ihm anlegen.

Er folgte seinen Luftblasen, so schnell er es wagte, an die Oberfläche.

Ryan und Ben tauchten mit Zane wieder hinunter. Diesmal hatten sie starke Unterwasserscheinwerfer dabei. Es war Wahnsinn, bei diesem Wetter zu tauchen. Die See war aufgewühlt und finster. Doch er musste Teal finden, um jeden Preis.

Und zwar lebendig. Etwas anderes würde er nicht akzeptieren.

Aber nach einer halben Stunde erfolgloser Suche mussten sie mit leeren Händen wieder auftauchen. „Sie haben sie entführt", stellte Zane grimmig fest, als sie auf der Tauchplattform ihre Sauerstoffflaschen ablegten. In der blaugrauen Dämmerung schaukelten in einer Meile Entfernung die fünf anderen Boote.

„Einer dieser Geier hat sie." Denn die Alternative lautete, dass sie tot war und von den Haien geschnappt. Da klammerte er sich lieber an die Vorstellung, sie sei entführt worden.

Maggie reichte jedem ein Handtuch. „Ich habe die Polizei informiert. Die sind in einer Stunde hier."

Zane spürte Übelkeit in sich aufsteigen, und der Schmerz in seinem Hinterkopf schwächte ihn. Er schüttelte ihn ab. „Ich warte keine Stunde."

„Du solltest nichts Überstürztes tun", warnte Maggie ihn mit besorgter Miene. „Die Polizei wird sie schon finden."

„Von wegen." Zane zog sich ein T-Shirt über und sprang in das an der Tauchplattform vertäute Schnellboot. „Kommt jemand mit?"

Mehrere Sicherheitsleute sprangen herunter und stiegen zu ihm ins Boot. Ryan und Colson ebenfalls. Maggie hielt Ben fest. Sobald alle eingestiegen waren, startete Zane den Motor, der röhrend zum Leben erwachte. In der Ferne grollte Donner. Jede Minute würde es zu regnen anfangen.

Die Wellen schlugen hart gegen den Bootsrumpf. Es fühlte sich an, als würden sie auf Beton springen. Zane musste seine ganze Kraft aufbringen, während sie sich der *Sea Witch* näherten, die am nächsten lag.

Das Schnellboot legte längsseits der eleganten Jacht mit einem dumpfen Geräusch an. Der Chef des Sicherheitsteams gab Zane wortlos eine Pistole. Zane mochte keine Waffen, aber er würde sich nicht scheuen, sie einzusetzen.

Er kletterte mit der Strickleiter an Deck des Bootes, genau in dem Moment, als der Regen einsetzte. Eine tödliche Ruhe überkam ihn, während die anderen Männer ausschwärmten und sich um die Tür herum postierten, die ins Innere des Bootes führte.

Zane trat die Tür auf. Die Rothaarige, die lesend auf dem Sofa lag, stieß einen schrillen Schrei aus, sprang auf und schnappte sich einen Baseballschläger.

Die Tatsache, dass sie sich damit gegen sechs bewaffnete Männer verteidigen wollte, hätte lustig sein können, wenn Zane wegen Teal nicht so besorgt gewesen wäre.

„Was willst du, Cutter?", verlangte sie zu erfahren. Für eine Frau, die sich plötzlich einem halben Dutzend Männer auf ihrem Boot gegenübersah, wirkte sie erstaunlich ruhig. Oder hatte sie ihn erwartet? Sie hob den Baseballschläger, als wüsste sie genau, wie man den benutzte. Die leuchtend roten Haare hatte sie zu einem Pferdeschwanz zusammengebunden. Sie trug eine Lesebrille und schien nicht gerade entzückt zu sein, ihn zu sehen. Tja, Pech.

Zane ging auf sie zu, packte sie an der Kehle und drückte ihr den Lauf der Pistole gegen die Schläfe. „Wo ist sie, du hinterhältiges Miststück?"

„Du liebe Zeit, Cutter! Es war doch bloß ein kleiner Goldbarren. Na schön, es waren ein paar ... Moment mal, du bist gar nicht deswegen hier, oder?"

„Nein. Scheiß auf die Goldbarren." Offenbar wurde sie sich der Anwesenheit der anderen Männer erst jetzt bewusst. Mit ihren halbautomatischen Waffen und Maschinenpistolen wirkten sie ziemlich einschüchternd.

„Was willst du?", wiederholte die Rothaarige.

„Du weißt genau, warum ich hier bin. Ich will Teal, und zwar sofort. Wo ist sie?" Er gab den Männern ein Zeichen, das Boot zu durchsuchen.

„Wer, zum Geier, ist Teal?" Ihr Gesichtsausdruck änderte sich, als es ihr dämmerte. „Ist das die unscheinbare kleine Brünette, mit der du deine Zeit verbringst? Falls sie es ist, müsstest du ihr mal sagen, dass sie sich vorteilhafter kleiden sollte."

Zanes Finger schlossen sich fester um ihren Hals, sodass ihre Wangen rosa anliefen und sie nach Luft schnappte. Sie presste die kurzen Nägel in sein Handgelenk, doch er achtete gar nicht darauf. „Du weißt genau, wer Teal ist, denn du hast sie entführt. Genau wie du vom Schatz der *Vrijheid* gestohlen hast."

„Schatz?" Ihre Augen weiteten sich hinter ihren Brillengläsern. „Willst du damit sagen, dass sich dort unten ein Schatz befindet?"

Er drückte noch ein bisschen fester zu, und sie versuchte, seine Finger von ihrem Hals zu lösen. „Spar dir den Mist, Lady." Die Wände der *Sea Witch* hingen voll von gestohlenen Stücken aus verschiedenen Bergungsaktionen der Cutters, als seien sie Trophäen. „Wenn du ihr etwas getan hast, bringe ich dich um", knurrte er.

Nie zuvor hatte er so etwas gesagt. Doch er meinte es todernst. „Hör auf, irgendwelche Spielchen zu spielen. Wo ist sie?" Um seinen Worten Nachdruck zu verleihen, schoss er in die Luft.

„Bist du verrückt geworden?" Fiberglasstücke und Splitter von brasilianischem Hartholz rieselten aus dem Loch in der Decke. „Du kannst mich mal, Cutter. Ich habe keine Ahnung, was in dich gefahren ist. Anscheinend bist du auf irgendwen verdammt sauer. Pech für dich, dass ich keine Ahnung habe, wer dir übel mitgespielt hat. Das ist außerdem nicht mein Problem. Und wenn du mir weiter den Hals zudrückst, werde ich das Bewusstsein verlieren."

Ihr Gesicht war rot. Zane war das egal. Die Uhr tickte. Wo hatte sie Teal versteckt? Hatte sie sie womöglich ermordet und über Bord geworfen? Die Vorstellung jagte ihm einen eiskalten Schauer über den

Rücken. Angesichts seiner Angst um Teal war es ihm herzlich gleichgültig, dass die Rothaarige verzweifelt nach Luft schnappte. „Das interessiert mich nicht." Seine Stimme war hart. Er drückte sie noch höher, sodass die Frau sich auf die Zehenspitzen stellen musste, und sah ihr fest in die Augen. „Letzte Chance. So groß ist dein Boot nicht. Wir werden es Stück für Stück auseinandernehmen."

„Einen Dreck werdet ihr." Sie holte mit dem Schläger aus, den sie noch immer festhielt, doch er schob sie einfach auf Armeslänge von sich. Die Rothaarige verlor das Gleichgewicht und stieß ihm das Knie in den Unterleib.

Zwar landete sie keinen direkten Treffer, weil er die Bewegung vorausgeahnt hatte, doch traf sie ihn heftig genug, um ihm einen Schmerzenslaut zu entlocken. Trotzdem ließ er sie nicht los. Zwei seiner Leute kamen ihm zu Hilfe. Der eine entwand ihr den Schläger, der andere umklammerte sie von hinten.

Sie trat um sich und traf den ersten Mann. Er krümmte sich. Dann verpasste sie dem anderen rückwärts einen Kopfstoß. Fast wäre sie freigekommen, doch drei weitere Männer stürzten sich auf sie, und es gelang ihnen, ihr die Arme auf den Rücken zu drücken.

„Wow, die kämpft wie ein Mann", bemerkte einer von Zanes Leuten, der sie zu Boden gerungen hatte und ihr das Knie zwischen die Schulterblätter drückte. Sie wand sich und fluchte. Zane wäre von ihren Flüchen vielleicht beeindruckt gewesen, wenn er nicht so in Sorge um Teal gewesen wäre.

Eine gründliche Durchsuchung des Schiffes ergab nichts. Teal befand sich nicht an Bord. Ebenso wenig die Taucher. Die Rothaarige war allein.

Allerdings fanden sie in einer der Kabinen noch unzählige Stücke, die sie aus dem Wrack der *Vrijheid* entwendet hatte. Sie sollten offenbar ebenso zu Trophäen werden wie die anderen Sachen, die sie im Lauf der letzten Jahre aus den Schatzfunden der Cutters hatte mitgehen lassen.

„Du hast noch eine Chance, mir zu verraten, wo sie ist", warnte Zane sie. „Danach werden wir dein Boot auseinandernehmen." Mittlerweile befürchtete er, dass sie die Wahrheit sagte und Teal sich tatsächlich nicht hier befand. Aber wo sollte er sonst noch suchen?

„Fahr zur Hölle!" Es klang gedämpft, weil sie noch immer mit dem Gesicht auf dem Teppich lag und der Mann sein Knie in ihren Rücken stemmte. „Du und deine Schläger, ihr seid hier einfach eingedrungen. Wenn ihr nicht auf der Stelle verschwindet, werde ich dir und deinen Pistolen schwingenden Komplizen mit bloßen Händen die Eingeweide herausreißen!" Zane gab seinen Leuten ein Zeichen, sie aufstehen zu lassen. Teal war nicht hier. Sie vergeudeten nur kostbare Zeit. Mit einem wachsenden Gefühl der Leere starrte er die Rothaarige an. „Man hat mir bereits die Eingeweide herausgerissen, Lady."

Die Lichter der *Good Fortune* tauchten hinter dem dichten Regenvorhang auf. Wegen des Regens und der Dunkelheit war die Sichtweite gleich null. Wahrscheinlich würden die Wellen und der Sturm jedes Geräusch, das sie verursachten, übertönen und sie daher unbemerkt an Bord gelangen können.

Trotz der Lichter wirkte das Boot unbemannt. Die drei älteren Damen waren heute Morgen mit dem Beiboot weggefahren. Das war nichts Ungewöhnliches. Sie fuhren regelmäßig los, zum Einkäufen oder was immer sie an Land zu erledigen hatten. Zane hatte ihnen zugewinkt, als sie vorbeikamen. Er hatte sich vage Sorgen gemacht, weil sie ihr Boot im heraufziehenden Sturm unbeaufsichtigt ließen.

Es war ihm eigenartig vorgekommen, aber weil er tausend andere Dinge im Kopf hatte, hatte er es gleich wieder vergessen.

Der Sturm gewann an Stärke, und das Schnellboot wurde auf den hohen Wellen hin und her geworfen. Es donnerte und blitzte, manchmal ging ein Blitz nur wenige Meter neben dem Boot herunter.

Zane zitterte bereits vor Erschöpfung, als sie längsseits der *Good Fortune* kamen. Das nasse Deck glänzte im Licht der Kabinenfenster, doch alles war ruhig.

Die Männer schwärmten aus und warteten auf Zanes Signal. Ryan berührte seine Schulter und zeigte auf etwas. Die wunderschöne bronzene Urne, die vor einigen Tagen gestohlen worden war, stand auf dem Achterdeck neben einem Tauchkorb. Lautlos ging Zane in die Hocke, um hineinzuschauen. Er entdeckte ein etwa dreißig Zentimeter großes goldenes Kreuz, ein Dutzend Ketten und Münzen, außerdem eine Handvoll Gegenstände, die wegen der Ablagerungen klumpig aussahen und nicht genau zu identifizieren waren. Beim Anblick der Sachen packte Zane die Wut.

Die Größe und das Gewicht der Urne bewiesen, dass die drei Diebe, die Teal entführt hatten, sich an Bord der *Good Fortune* aufhalten mussten. Von wegen drei kleine hilflose alte Damen. Was für ein cleverer Trick. Wer verdächtigte schon drei alte Damen der Plünderung eines kostbaren Schatzes? Niemand. Ganz sicher nicht Zane Cutter. Verdammter Mist!

Die drei Damen hatten die Drecksarbeit offensichtlich nicht allein gemacht. Dafür hatten sie Hilfe gehabt. Vermutlich waren sie inzwischen längst zu Hause in Peoria oder Poughkeepsie - mit einer gestohlenen Beute im Wert von einer Million Dollar - und lachten sich ins Fäustchen.

Die entscheidende Frage lautete jedoch: Wohin hatten ihre Komplizen Teal gebracht? Befand sie sich noch immer an Bord?

Sein Herz hämmerte, als sie mit gezückten Waffen unterhalb der Umrandung der Außenbrücke schlichen. Einer der Sicherheitsleute schaute vorsichtig in eines der Fenster. Dann legte er die Hände unter die Wange und hielt einen Finger hoch, um zu signalisieren, dass dort drinnen ein Mann schlief. Als Zane selbst einen Blick durch das Fenster riskierte, sah auch er den Mann auf der Couch liegen.

Er schätzte das Gewicht der Urne - das Ding wog sicher hundert Pfund - und gab Ryan ein Zeichen, die Tür zu öffnen.

Einen schlafenden Mann mit einer Urne außer Gefecht zu setzen war ein Kinderspiel und zudem in gewisser Weise eine Art poetischer

Gerechtigkeit. Schließlich hatten die Kerle die Urne gestohlen. Schwierig war es eher, den Kerl angesichts Zanes Wut nicht umzubringen.

Einer war ausgeschaltet. Wie viele blieben noch übrig?

Zane ging voran über das dunkle Deck und benutzte dabei eine der kleinen Taschenlampen, die sie mitgebracht hatten. Die Crew hatte das Boot gesichert und musste sich unten verkrochen haben. Offenbar wollten sie den Sturm abwarten, bis sie wieder tauchen konnten.

Die Männer teilten sich auf. Zane durchsuchte rasch die Kapitänskajüte, die in einen Schlafraum mit sechs Kojen umgewandelt worden war. Es roch nach Männerschweiß und Bier, was seine Theorie bestätigte.

Die nächste Kabine war ein Vorratsraum voller Stücke aus dem Schatz der *Vrijheid*, die zu groß waren, um sie mit der Barkasse zu transportieren. Zane fragte sich, ob das hier schon das Hauptlager für die gestohlenen Gegenstände oder erst die Spitze des Eisbergs war.

Sie setzten die systematische Suche ein Deck weiter unten fort. In der nächsten Kabine fanden sie nichts weiter als ein Paar Stricknadeln und ein halb fertig gestricktes Kleidungsstück. Von Teal noch immer keine Spur.

Wo waren die Männer, und was hatten diese Mistkerle mit Teal angestellt? Würde sich die Suche auf diesem Boot ebenfalls als Sackgasse erweisen? Er spürte den immensen Druck, der weiter zunahm. Na los, zeig dich, Teal, dachte er. Wo steckst du?

Abgesehen von den üblichen Geräuschen auf einem Schiff auf See - Knarren, Ächzen, das Geräusch der gegen den Bug schlagenden Wellen - war es unheimlich still an Bord. Das Blut rauschte ihm in den Ohren. Zane konnte sich nicht erinnern, jemals solche Angst im Leben empfunden zu haben.

„Teal?", rief er, und seine Stimme war heiser vor Anspannung. Bitte, lieber Gott...

Ein dumpfes Hämmern war zu hören. Gedämpfte Laute, nicht unterscheidbare Worte. Doch die Stimme gehörte eindeutig einer Frau. Vor Erleichterung fast überwältigt, sank Zane gegen die Wand. Sie lebte. Wahrscheinlich kochte sie vor Wut, aber sie lebte. Dem Himmel sei Dank. Ryan und zwei der Sicherheitsleute kamen aus der letzten Kabine. „Teal ist hier. Findet diese Dreckskerle, und schaltet jeden aus, den ihr an Deck antrefft. Sobald ich Teal befreit habe, verschwinden wir."

Die Männer stürmten die Treppe nach oben. Zane rannte den Weg zurück, den er gekommen war, riss die Tür zum Stauraum auf, schnappte sich die Axt von der Wand und lief zu der Tür, hinter der er die Laute gehört hatte. Mit zwei Hieben auf den Türknauf bekam er die schwere Tür auf. Licht fiel in die dunkle Kabine.

Teals braune Augen funkelten über dem silbernen Klebeband, mit dem man ihr den Mund zugeklebt hatte. Ihre erstickten wütenden Schreie brachen ihm das Herz und fachten seinen Zorn noch stärker an. Die Typen, die das getan hatten, würde er sich vorknöpfen. Aber zuerst musste er Teal in Sicherheit bringen.

Mit drei Schritten war er bei ihr und strich ihr über das zerwühlte Haar. „Oh Liebes ..."

Man hatte sie mitten in der winzigen Kabine an einen Metallstuhl zwischen zwei Kojen gefesselt. Ihre Beine waren mit Klebeband an die vorderen Stuhlbeine gebunden, die Arme waren offenbar auf den Rücken gefesselt. Kaum hatte sie Zane erkannt, begann sie wie wild an ihren Fesseln zu zerren.

Zane zückte sein Messer und ging zwischen ihren gespreizten Knien in die Hocke. „Halt durch. Halt durch. Nicht zappeln ... du machst es nur ... warte, lass mich ... okay. Okay, ein Bein ist frei. Halt durch, Liebes. Lass ... so, geschafft. Beweg die Füße, damit das Blut zirkuliert, bis ich deine Hände befreit habe. Was? Oh." Er lachte leise, als sie ihn gegen das Schienbein trat. „Natürlich zuerst der Mund, klar. Achtung, das tut jetzt weh ... tapferes Mädchen."

„Das wurde aber auch verdammt noch mal Zeit, dass du auftauchst, Cutter! Ich sitze hier schon seit Stunden gefesselt in der Dunkelheit." Ihre Stimme brach, weil sie sie so lange nicht gebraucht hatte. Und vor Erleichterung.

„Tja, ich freue mich auch, dich zu sehen." Das war die Untertreibung des Jahrhunderts. Es gefiel ihm nicht, wie sie die schreckliche Angst, die sie ausgestanden hatte, zu überspielen versuchte. Ihr Gesicht war blass, und an der Schläfe war ein bläulicher Fleck zu sehen. Zane vermochte nicht zu erkennen, ob es sich um Schmutz oder eine Prellung handelte. Wie dem auch sei, die Kerle würden dafür bezahlen.

Zane gab ihr einen raschen, zärtlichen Kuss auf die Lippen. Nur widerstrebend löste er sich von ihr und strich ihr mit dem Finger über die schmutzige Wange. „Befreien wir dich erst mal, dann rekapitulieren wir, was passiert ist. Einverstanden?"

Sie nickte und sagte mit rührend leiser Stimme: „Warum hast du so lange gebraucht?"

Er schnitt das Klebeband an ihren Handgelenken durch. Das Band hinterließ tiefe rote Furchen in der zarten Haut. Der Schnitt an ihrem Unterarm war von getrocknetem Blut verkrustet. Er fluchte im Stillen. „Ich habe mir zuerst die Kapitänin der *Sea Witch* vorgenommen", erklärte er und rieb ihre bleichen Finger, bis sie wieder Farbe annahmen.

Sie drehte den Kopf, um ihn anzusehen. „Ich hoffe, das meinst du wörtlich."

„Ich habe sie bloß ein bisschen gewürgt und ihr körperliche Gewalt angedroht", erwiderte Zane trocken. „Kannst du stehen?"

Sie richtete sich auf. „Ta da", sang sie triumphierend.

Er schlang die Arme um sie und zog sie so fest an sich, dass sie leise aufschrie. „Du hast keine Ahnung, wie froh ich bin, dich wiederzusehen." Aber sie hatten keine Zeit zu verlieren, deshalb löste Zane die Umarmung behutsam.

„Ich habe so eine ungefähre Vorstellung", entgegnete sie und rieb sich die Handgelenke, während er ihr die Haare aus dem Gesicht strich. Er konnte einfach nicht widerstehen, sie erneut zu berühren. Sie hielt seine Hand fest und schmiegte sie für einen Moment an ihre Wange. „Ist das eine Pistole in deiner Tasche, oder freust du dich tatsächlich so sehr, mich zu sehen?"

Er zog die Sig aus der Tasche. „Aber natürlich freue ich mich auch, dich zu sehen."

„Hast du mir auch eine Waffe mitgebracht?", fragte sie hoffnungsvoll.

Er schüttelte den Kopf und nahm ihre Hand. „Nein, tut mir leid. Und jetzt komm."

„Wie schade. Ich hatte mich schon darauf gefreut, Schweizer Käse aus dem Kerl zu machen, der mich geschlagen hat. Was ist? Bringst du uns heute noch von diesem Boot herunter, oder sollen wir fragen, ob wir noch zum Abendessen bleiben dürfen? Mir wäre ehrlich gesagt lieber, wir verschwinden."

„Guter Plan." Er grinste. „Kannst du allein gehen, oder soll ich dich tragen?"

Sie gab einen spöttischen Laut von sich. „Ich kann gehen, vielen Dank."

Zane legte ihr den Arm um die Taille und gab ihr noch einen Kuss. Leider einen viel zu kurzen. Am liebsten hätte er alles Mögliche mit ihr angestellt, um sich zu vergewissern, dass sie heil und unversehrt war. „Alles in Ordnung mit dir? Die Messerwunde ..."

„Nur ein Kratzer. Halten wir uns nicht mit Kleinigkeiten auf."

„Ich werde es mir später ansehen. Jetzt müssen wir erst mal an Deck. Ich habe ein paar Leute mitgebracht, und das Motorboot wartet."

„Was hast du mit den bösen Kerlen angestellt?", wollte Teal wissen, als sie Hand in Hand durch den schwach beleuchteten Niedergang zur Treppe hasteten. Oben hörten sie schlurfende Geräusche und einen

Knall, als sei etwas Schweres umgefallen. Dann ein Geräusch, als würde etwas über das Deck geschleift, ehe es wieder still wurde.

Er lauschte ein paar Sekunden. „Einer hielt sich im Salon auf", flüsterte er.

„Es waren noch fünf weitere Piraten, irgendwo ..." Ein Schuss fiel, und Teal drückte Zanes Hand. Er hielt sie auf der Treppe hinter sich. „Zum Beispiel da", flüsterte sie, als nur wenige Schritte entfernt ein Kugelhagel losging.

„Bleib hier", befahl Zane.

„Von wegen ..." Ihre Worte wurden von einem weiteren Schusswechsel übertönt.

„Duck dich!" Um an Deck und ins Motorboot zu gelangen, mussten sie durch den Salon. Einen anderen Weg gab es nicht. Entweder blieben sie im Treppenaufgang, oder sie stürmten durch die Hauptkabine in die Freiheit.

Wieder fiel ein Schuss. Die Kugel schlug im Fernseher ein, und ein Regen aus Glassplittern folgte. Zane drückte mehrmals ab, und als zurückgeschossen wurde, presste er Teals Kopf gegen die Treppenstufen. Dann wartete er eine Weile ab. „Na los, komm."

So ein verdammter Mist. Er hatte keine Ahnung, wer da schoss, ob es seine Leute waren oder die Gangster. Er wusste auch nicht, wer sich wo befand, deshalb schoss er ein weiteres Mal auf gut Glück. Sein Ziel war es, sich den Weg freizumachen. Vorsichtig schlich er bis zur obersten Stufe, sodass er in den Salon spähen konnte. Ryan und drei seiner Sicherheitsleute hatten sich hinter dem Tresen verschanzt.

Zane schaute zur Tür, die zum Achterdeck führte, wo er vor dem dunklen Himmel und dem strömenden Regen mehrere Silhouetten erkennen konnte. Die Gangster sammelten sich an Deck vor den kaputten Fenstern.

Gleich würden sie hereinstürmen und schießen. Zanes Leute saßen hier wie auf dem Präsentierteller. Es würde das reinste Blutbad geben.

Teal flüsterte ihm ins Ohr: „Lass mich ..."

Er wollte sie überhaupt nichts tun lassen, deshalb packte er ihren Unterarm und zwang sie, hinter ihm in Deckung zu gehen. Ohne ihren Arm loszulassen, feuerte er einen Schuss ab.

Dann war nur noch ein Klicken zu hören. Verdammt, keine Munition mehr ...

Er zog eine Leuchtpistole aus dem Hosenbund seiner Jeans. Seine Leute feuerten und durchlöcherten den Türrahmen. Mahagonisplitter flogen durch den Raum.

Er hob die Leuchtpistole über die Granitoberfläche des Tresens.

Eins ...

Der Küchenschrank über Ryan zersplitterte. Holzstücke, Konservendosen und trockene Nudeln explodierten und regneten auf den Boden.

Männer schrien durcheinander, während weitere Schüsse fielen. Die Kugeln durchlöcherten den Kühlschrank hinter ihnen, was ein grässliches Knirschen von Metall auf Metall erzeugte. Kalte Luft bildete sich zu ihren Füßen. Die kleine Birne beleuchtete die Stelle, an der sie kauerten, wie ein Scheinwerfer.

Zwei...

Auf drei drückte Zane ab und schoss eine Leuchtkugel direkt auf die Männer, die den Ausgang blockierten.

Grelles rotes Licht erfüllte den Raum und verschaffte ihnen, wenn sie Glück hatten, die nötigen Sekunden zur Flucht durch die Tür.

Mit klopfendem Herzen rannte Zane quer durch den Raum und stürmte durch eine halb zersplitterte Tür. Er stieß einen Mann zur Seite und floh mit Teal im Schlepptau über das Deck.

Er schubste sie beinah auf die Tauchplattform herunter und sprang anschließend selbst. Vom Schnellboot war keine Spur zu sehen, meilenweit umgab sie nur schwarzes Meer. „Scheiße!" In der Ferne erkannte er die Positionslichter der *Decrepit*.

Eine Kugel schlug nur wenige Zentimeter neben ihnen ein. Teal stieß einen Schrei aus. Ohne zu zögern, sprang Zane ins Wasser, genau in dem Moment, als eine Kugel sirrend dicht an seinem Ohr vorbeiflog.

„Hol tief Luft!" Er tauchte, bis seine Ohren knackten, und hielt Teals Hand fest umklammert. Er ließ erst los, als sie wieder auftauchten. „Alles klar?", rief er.

„Und du?"

„Spar dir den Atem." Jemand feuerte eine Maschinenpistole ab. Zane und Teal schwammen mit kraftvollen Zügen los.

Ringsherum herrschte schwarze Dunkelheit. Normalerweise besaß Zane einen ausgezeichneten Orientierungssinn. Aber nicht heute Nacht. Der Regen nahm ihm die Sicht, ihm klingelten von der Schießerei die Ohren, und die Wellen waren enorm. Außerdem mussten sie erst einmal so viel Abstand wie möglich zwischen sich und das Schiff mit den Gangstern bringen.

Seine Arm- und Beinmuskeln brannten vom Kampf gegen die Wellen, und er atmete schwer. Er machte sich Sorgen um Teal. Sie hielt sich zwar tapfer über Wasser, aber vor ihnen lag noch fast eine halbe Meile, ehe sie in Sicherheit waren. Er hatte Angst, dass sie in diesem sturmgepeitschten Meer ertrinken würde, nur wenige Meter von der *Decrepit* entfernt und kurz nachdem er sie gerettet hatte.

Dunkelheit umgab sie. Sie mussten etwa die halbe Strecke zwischen der *Good Fortune* und der *Decrepit* zurückgelegt haben, als er glaubte, das Brummen eines kleineren, näher kommenden Motors zu hören. Ryan und die anderen?

Über das Tosen der Wellen hinweg hörte er immer noch Schüsse auf der *Good Fortune*.

Das Geräusch des Schnellbootes kam näher und näher. Alles, was er sehen konnte, war ein wuchtiger schwarzer Umriss, der sich in der Dunkelheit abzeichnete. Und es war nicht sein Schnellboot.

Verdammter Mist. Wer war denn jetzt hinter ihnen her?

THIRTEEN

W ow, du hast wirklich einen Schutzengel, was?" Teal kuschelte sich unter einen Stapel Decken im Salon. Zane schmiegte sich an sie. Das Schnellboot, das sie gehört hatten, war die Polizei gewesen. Die Beamten hatten sie entdeckt und aus dem Wasser gefischt.

Die Wellen krachten inzwischen gegen die *Decrepit*, als wollten sie das Schiff zerbrechen, doch Zane hatte sich entschlossen zu bleiben. Erst wenn sämtliche Fundstücke sichergestellt und mit ihm an Bord waren, würde er einen Hafen anlaufen.

Maggie hatte sie mit Pflaster und Kaffee versorgt und war bei ihrem geschäftigen Treiben ganz in ihrem Element gewesen. Es grenzte an ein Wunder, dass die Verletzungen minimal waren. Teal und Zane saßen auf dem Sofa im Salon, während sie einer kleinen, verschroben wirkenden Frau Bericht erstatteten, die aussah wie eine Figur aus einem James-Bond-Film. Der weibliche Detective erwies sich jedoch als selbstbewusst und effizient. Später würde es noch reichlich Schreibkram und rotes Absperrband geben. Aber jetzt stand sie erst einmal auf, nachdem sie sich gründlich Notizen gemacht hatte.

„Was glauben Sie, warum man Sie entführt hat, Miss Williams?", fragte Detective Simmons und legte ihren Recorder beiseite. „Schließlich dachten die Männer, sie hätten Mr Cutter getötet. Da hätten sie Sie eigentlich auch umbringen müssen. Damit wären Sie beide aus dem Weg geräumt."

„Na vielen Dank", murmelte Teal trocken. Die Prellungen und Striemen an den Handgelenken brannten und pochten. Seitlich am Kopf hatte sie eine schmerzhafte Beule, und hinter den Augen spürte sie einen pulsierenden Kopfschmerz. Sie lehnte sich gegen Zanes Brust und schloss die Augen. Im Stillen sandte sie einen Dank zum Himmel. „Sie brauchten mich, damit ich sie nach Cutter Cay führe und ihnen Zugang zum Counting House verschaffe. Auf diesem Weg hätten sie an den gesamten Schatz herankommen können."

„Nur wer die genaue Lage der Insel kennt, kann dort anlanden", erklärte Zane der Polizistin. „Allerdings konnten die Diebe unmöglich wissen, dass wir noch einmal tauchen, bevor der Sturm aufzog." Er sah, dass Teal fröstelte und zog die Decke fester um ihre Schultern.

„Das wussten sie auch nicht", erklärte Teal. „Aber sie kombinierten rasch und erkannten die Chance, als sie uns entdeckten. Sie glaubten, du seist entweder tot oder hättest dich auf die Suche nach mir gemacht. In jedem Fall hätten sie genug Zeit gewonnen, damit ich sie nach Cutter Cay führe und ihnen Zugang zum Counting House verschaffe." Sie gab einen verächtlichen Laut von sich. „Von wegen."

„Ich hätte den ganzen Ozean trockengelegt, um dich zu finden." Er gab ihr einen zärtlichen Kuss auf den Kopf und drückte sie an sich. „Du bist wirklich mutig. Ich hatte schreckliche Angst, als ich dich nirgends finden konnte."

„Mein Held." Liebevoll lehnte sie ihren Kopf gegen sein Kinn. Davon wurde ihr zwar ein wenig schwindelig, aber mehr konnte sie nicht tun, da sie die Arme unter der Decke nicht freibekam. Aus allen Rohren feuernd, hatte Zane sie gefunden. Nie zuvor in ihrem Leben war sie von jemandem gerettet worden. Und wenn jemand angeboten hätte, ihr zu helfen, hätte sie ihm geantwortet, dass sie sehr gut allein zurechtkomme.

Jetzt hatte sie Mühe, ihre Gefühle unter Kontrolle zu halten. Es war nichts dagegen einzuwenden, sich ein paar Stunden dieser Fantasie hinzugeben. Teal fand, das hatte sie sich verdient.

In der vergangenen Stunde hatten sie dabei zugesehen, wie die Polizisten weitere Gegenstände aus dem Schatz von der *Good Fortune* holten. Sie fanden nicht nur Dutzende gestohlene Kunstgegenstände, sondern auch die Werkzeuge, die für die Sabotage an Zanes Boot benutzt worden waren. Der Computer an Bord verriet ihnen, dass die Diebe jede Bewegung der *Decrepit* verfolgt hatten.

Dummerweise war die *Sea Witch* inzwischen längst fort. Dafür hatte man die drei älteren Damen verhaftet, als sie St. Maarten mit dem letzten Flug vor dem Sturm verlassen wollten. Sie hatten zwar nicht unmittelbar mit den Diebstählen oder Teals Entführung zu tun, aber sie standen unter Verdacht und würden daher vorläufig in Untersuchungshaft bleiben.

Die auf frischer Tat ertappten Männer waren sofort im Gefängnis gelandet. Teal hoffte, dass sie bis ans Ende ihrer Tage in einer Zelle schmoren mussten. Die Polizei war noch dabei, Beweise zusammenzutragen. An denen wird es nicht mangeln, dachte sie bitter.

Wie durch ein Wunder war keiner von Zanes Sicherheitsleuten getötet worden. Einer hatte einen Streifschuss abbekommen und musste im Krankenhaus behandelt werden. Die Gangster hatte es schlimmer erwischt, sodass zwei der Männer von der *Good Fortune* noch eine Weile in der Klinik bleiben würden, ehe sie ihre Komplizen im Gefängnis wiedersähen.

Schließlich stiegen die Polizisten zurück in ihr Boot und machten sich auf den Heimweg, um im Hafen zu sein, ehe der Sturm richtig losging. Der Wind wurde immer stärker, und die Regentropfen prasselten wie kleine Kugeln gegen die Fenster. Teal war völlig erschöpft. Zane dagegen machte einen aufgekratzten, hellwachen Eindruck und schien trotz allem äußerst zufrieden mit sich zu sein. Der Mann war ein echtes Energiebündel, dachte Teal.

Am liebsten hätte sie ihn jetzt in seine Kabine geschleppt, sich in seiner Koje an ihn geschmiegt und eine Woche lang nur geschlafen. Dummerweise würden sie in den nächsten Stunden keinen Schlaf bekommen.

„Gib zu, du hast jede einzelne Minute dieses Abenteuers genossen", sagte sie mit geschlossenen Augen.

Sanft schob er die Hand unter ihre Haare und streichelte mit dem Daumen ihren Nacken. „Die Verbrecher sind gefangen, der gestohlene Schatz wiedergefunden. In dreißig Tagen bekommen wir ihn ausgehändigt." Er klang gut gelaunt. „Ab jetzt geht alles glatt, das verspreche ich dir."

„Wenn ich weiter so liegen bleibe, schlafe ich ein. Lass mich aufstehen, ich habe noch einiges zu erledigen."

Er schloss die Arme fester um sie, doch sie befreite sich aus der Umarmung und der inzwischen viel zu warmen Decke und stand auf. Sie war barfuß und trug noch ihren Taucheranzug. Zane fuhr mit der Hand an ihrem Oberschenkel hinauf.

„Wir laufen den Hafen an." Er stand ebenfalls auf und umfasste ihr Gesicht liebevoll mit beiden Händen. „Sobald wir dort sind, kannst du vierundzwanzig Stunden am Stück schlafen. Keine Sorge, es kommen keine dramatischen Ereignisse mehr. Wir haben jede Menge Zeit, um alles sicher in den Hafen von St. Maarten zu bringen. Dort werden wir den Sturm abwarten und uns umziehen. Ich habe alle informiert, dass wir uns gleich hier treffen. Also los."

Das Schiff schaukelte im Seegang. Teals Magen schaukelte mit. „Ich bin gleich wieder zurück." Am liebsten wäre sie von Bord gesprungen.

Er legte ihr die Arme um die Taille und fuhr mit den Lippen sanft über ihre Schläfe. Sofort erwachte Teals Verlangen. „Ich lasse dich nur sehr ungern aus den Augen. Sei vorsichtig", warnte er sie.

Lachend küsste sie ihn auf die Wange. „In meinem Maschinenraum halten sich keine Verbrecher auf."

„Na los, beeil dich."

Die Wellen hatten inzwischen eine Höhe von zwei Metern erreicht, und die *Decrepit* schaukelte von einer Seite auf die andere. Teal rannte in den Maschinenraum, wo sie sich über das verschwitzte Gesicht wischte. Zanes Besorgnis war süß und rührte sie zutiefst. Offenbar hatte er nach dem Drama der vergangenen Stunden noch immer einen

Adrenalinüberschuss. Ihr hingegen hatte die ganze Episode nur Angst gemacht und sie völlig geschafft.

Immerhin war sie einigermaßen unversehrt geblieben, und das war vermutlich auch schon was.

Es war sehr heiß, besonders unter Deck. Die Maschinen hatten alles gegeben, um sie so schnell wie möglich sicher in den Hafen zu bringen. Im Vorbeigehen tätschelte Teal sie liebevoll.

Plötzlich wurde sie gegen die eine Maschine geschleudert. Die *Decrepit* musste gegen ein Hindernis gestoßen sein, vermutete Teal. Wahrscheinlich hatte sie den Kai gerammt. Zum Glück trug sie noch immer den Taucheranzug, der den Stoß abfederte. Trotzdem tat es höllisch weh.

Sie rappelte sich hoch und rieb sich den Hüftknochen, während sie die Batterien auf volle Leistung schaltete, damit die Bilgepumpen arbeiteten. Als Nächstes stellte sie Strom und Wasser sowie die Treibstoffzufuhr ab. Dann schloss sie die Verbindungsstücke der Seewasser-Einlasssysteme, denn andernfalls würde das Wasser einen Weg selbst durch die kleinste Öffnung finden. Die Pumpe würde bis zu ihrer Rückkehr per Batterien laufen. Teal benutzte Klebeband und Plastikfolie, um die Auspuffrohre zu verschließen.

Sie schaute sich um und rieb ihren bandagierten Arm. Zufrieden mit ihrer Arbeit, ging sie nach oben an Deck, um zu sehen, was sonst noch getan werden musste.

Zane hatte in dem kleinen Jachthafen eines Freundes angelegt. Die gut konstruierten Betonslips würden ihnen bis zu einem gewissen Grad Schutz bieten vor dem ansteigenden Wasser. Die Leeseite der Insel hielt zusätzlich den Wind ab. Bei ihrer Ankunft entdeckten sie nur ein anderes bereits vertäutes Boot. Zanes Freund Phil, dem die Marina gehörte, besaß mehrere Mietboote, hauptsächlich Jachten. Aber die waren wegen des heraufziehenden Sturms alle schon in Sicherheit gebracht worden.

Zane wusste, dass Teal die Maschinen sicherte, und rief im tosenden Wind seine Befehle. Er drehte die *Decrepit* so, dass der Bug im Wind lag. Mithilfe der Männer sicherte er das Boot doppelt mit Tauen und verteilte die Ladung gleichmäßig.

„Benutzt alle Klampen und so viele Taue, wie einer halten kann!", ermahnte er sie, obwohl er allen schon beim Einlaufen in den Hafen Instruktionen gegeben hatte, wie das Boot an mögliehst vielen Punkten an Land zu vertäuen war.

Auf dem anderen Boot, der Partyjacht *Slow Dance*, versuchte ein Mann ganz allein, das Schiff zu sichern. Sofort entschloss sich Zane, ihm zu helfen, was ihn fünfzehn kostbare Minuten kostete. Allerdings geschah die Hilfe nicht ganz selbstlos. Die Partyjacht lag im Wind. Wenn sie sich losriss, konnte sie gegen die *Decrepit* geschleudert werden und sie schwer beschädigen oder sogar versenken.

„Vielen Dank, Mann. Meine Leute haben schon alle Feierabend gemacht. Ich bin nur zurückgekommen, um etwas zu holen. Da waren diese Leinen schon locker." Der junge Mann war rot im Gesicht und sichtlich geschafft, als er Zane die Hand schüttelte. „Der Sturm zog so schnell auf ..."

„Ja." Zane musterte die Sicherungsleinen der Jacht und wischte sich den Regen aus den Augen. „Es ist sehr schwer, einen tropischen Sturm vorherzusagen."

„Brauchen Sie Hilfe?", erkundigte der Mann sich. Er klang jedoch nicht allzu begeistert. Es war deutlich, dass er so schnell wie möglich aus Wind und Regen verschwinden wollte.

„Ich komme klar. Danke." Zane überprüfte noch einmal alle Leinen. Der Wind peitschte ihm die nassen Haare ins Gesicht. Ein kurzer Blick verriet ihm, dass Teal noch an Bord sein musste. Es wäre ihm lieber gewesen, sie im Auge behalten zu können.

„Achten Sie darauf, genug Leine für den Tidenhub zu lassen", rief der Mann, dem Schweiß und Regenwasser an den Schläfen herunterliefen. „Die Vorhersage hat fast zwei Meter angekündigt."

„So viel?" Zane nickte dem Mann noch einmal zum Abschied zu und war froh, zusätzlich Grundanker ausgeworfen zu haben. Der Wetterdienst hatte den Tropensturm zur Stärke eins heraufgestuft. Für einen Hurrikan war das noch nicht viel. Trotzdem war es vernünftig, alles gut und sicher zu vertäuen. Lieber zu viel als zu wenig.

Als Zane mit der Arbeit zufrieden war, kehrte er an Bord zurück, wo ihm Ryan und Ben entgegenkamen, die ebenfalls noch einmal alle Leinen überprüft hatten. Jetzt lag alles Weitere bei Mutter Natur.

„Willst du wirklich nicht mit zu uns kommen?", fragte Maggie ihn laut, um den Wind zu übertönen, der um die Kajüte heulte. „Wir werden dich schon irgendwo unterbringen. Es wird lustig, wie im Zeltlager früher."

„Danke, Maggie ..."In diesem Moment kam Teal herein und legte wortlos ihre Hand in seine. Zane warf ihr ein kurzes Lächeln zu, ehe er Maggie antwortete. „Wie gesagt, danke. Cyd ist diese Woche in New York, deshalb werde ich mit Teal den Sturm in seiner Hütte abwarten. Wir kommen schon zurecht."

Mit einem wissenden Grinsen schaute Maggie auf Zanes und Teals Hände. Zane erwiderte ihr Lächeln und fügte hinzu: „Aber es wäre großartig, wenn du alle anderen unterbringen könntest." Er musste seine Stimme wegen des heulenden Sturms erheben. „Gute Arbeit, alle zusammen. Mehr können wir im Augenblick nicht tun. Geht mit Maggie und bringt euch in Sicherheit. Wir treffen uns morgen wieder."

Der Wind trieb Teal die Tränen in die Augen. Im tosenden Sturm waren die Signalhörner zu hören, während sie und Zane sich gegen den stechenden Regen stemmten, in den der starke Wind Sandkörner gemischt hatte.

„Halt durch", ermunterte Zane sie. „Wir haben es gleich geschafft."

Das hoffte sie. Teal klammerte sich an seinem T-Shirt fest. Er zog sie an sich und legte schützend den Arm um sie. Auf dem Weg zur Hütte wehten ihnen Zeitungsfetzen, Stücke von Hausdächern und zerfledderte Blätter entgegen, während sie durch angeschwemmtes Strandgut wateten.

Sie trafen nur noch auf wenige Menschen. Einige kämpften noch mit lockeren Fensterläden, die sie zu sichern versuchten. Die meisten hatten jedoch schon vorher alle nötigen Vorkehrungen getroffen und sich längst in ihren Häusern verschanzt, in der Hoffnung, dort sicher und trocken zu sein. Am Himmel ballten sich dicke, finstere Wolken zusammen, und der Regen peitschte Zane und Teal fast waagerecht in die Gesichter.

Der Wind war mittlerweile so heftig, dass sich der Weg bergauf so anfühlte, als wateten sie durch flüssigen Zement. Umso dankbarer war Teal für Zanes starken Arm um ihre Taille. Als sie Cyds kleine weiße Hütte erreichten, waren sie beide außer Atem.

Himmelblaue, stabil wirkende Läden schützten die Fenster, registrierte Teal erleichtert. Zane nahm einen Schlüssel aus einem schweren Blumentopf neben der ebenfalls hellblauen Eingangstür. Die leuchtend roten Geranien waren vom Wind gerupft. Nur ein paar kleine Blütenblätter waren wie trotzige Flaggen übrig geblieben. Teal bezweifelte, dass der sonnengelbe Topf noch dort stehen würde, wenn der Sturm abgeflaut war. Sie versuchte, ihn näher zur Tür zu ziehen, doch Zane bedeutete ihr, ihn einfach stehen zu lassen.

Er schloss die Tür auf und hielt sie fest, damit der Wind sie ihm nicht aus der Hand reißen konnte. „Fühl dich ganz wie zu Hause", rief er. „Ich sehe mich nur kurz auf dem Gelände um. Bin gleich wieder da."

„Ich werde ..." Ehe sie ihm sagen konnte, dass sie ihm helfen wollte, war er schon um die Hausecke verschwunden. Mit einiger Mühe schaffte Teal es, die Haustür zu schließen. Nach dem tosenden Lärm draußen summte ihr die relative Stille im Innern des abgelegenen Bungalows in den Ohren. Sie tastete an der Wand nach einem Lichtschalter, während ihre Augen sich schon an die Dunkelheit gewöhnten. Endlich fand sie den Schalter und betätigte ihn - erfolglos.

Es hätte sie allerdings auch überrascht, wenn das Licht funktioniert hätte.

Sie sah sich um, doch in der Dämmerung konnte sie kaum mehr als Umrisse erkennen. Offenbar bestand die Hütte aus einem schlichten großen Raum mit einer Kochnische auf der einen Seite. Es gab ein großes weißes Sofa und hinter einer Trennwand ein Doppelbett. Alles andere nahm sie nur als dunkle Schatten vor den hellen Wänden wahr. Sie nahm an, dass die einzige Tür ins Badezimmer führte.

„Hauptsache trockene Sachen, Essen und Wasser", sagte sie laut und erschrak im nächsten Moment heftig, als etwas Schweres, Metallisches das Dach traf. Ein Mülleimer? „Beeil dich, Zane." Wahrscheinlich hatte er schon Dutzende solcher Stürme erlebt - und schlimmere. Er würde schon auf sich aufpassen.

Teal entdeckte eine dicke Aromakerze auf dem Couchtisch. In der kleinen Schublade unter der Tischplatte fand sie ein Gasfeuerzeug, mit dem sie die Kerze anzündete. Begleitet von heimeligem Vanilleduft, ging sie in die kleine Küche, um nach etwas Essbarem zu suchen.

Sie entdeckte einen Gasofen und fand in einem der Schränke eine Pressfilterkanne und zwei große Thermoskannen. Das bedeutete, dass Zane wenigstens eine Tasse heißen Kaffee bekommen würde, wenn er hereinkam. Sie kochte Kaffee, füllte ihn in die Thermoskanne und suchte weiter nach Lebensmitteln. Tatsächlich stöberte sie eine verschlossene Packung Brot, eingeschweißten Aufschnitt und Margarine auf, sodass sie Sandwiches zubereiten konnte. Sie hatte keine Ahnung, wie lange dieser Sturm dauern würde.

Die Haustür flog auf und schlug gegen die Wand. Von draußen drang eine Kakofonie des Lärms herein, bis Zane sich mit seinem ganzen Gewicht gegen die Tür stemmte und sie wieder zumachte. Teals Herz pochte bei seinem Anblick schneller. Er sah auf liebenswerte Art wild aus mit seinen nassen, vom Wind zerzausten Haaren, der durchweichten Kleidung und den vom prasselnden Regen und dem umherwirbelnden Sand geröteten Wangen. In seinen intensiven blauen

Augen spiegelte sich das Licht der Kerzenflamme. Teal liebte ihn so sehr, dass sie es kaum aushielt. „Alles in Ordnung?", erkundigte sie sich.

„Cyd und Ron haben das Haus gut gesichert, bevor sie abgereist sind."

Er registrierte die Sandwiches und die Thermoskanne. Lächelnd nahm er sich ein halbes Sandwich und biss hinein. „Gute Idee. Das reicht für eine ganze Armee. Wir sollten unsere nassen Sachen ausziehen und duschen, solange das Wasser noch heiß ist. Ich werde dir trockene Sachen heraussuchen."

Er legte das angebissene Sandwich auf die Arbeitsfläche, trat vor Teal und strich ihr die langen feuchten Strähnen aus dem Gesicht. „Nie kann ich deine schönen Augen sehen. Wenn das alles vorbei ist, werden wir dir mal eine neue Frisur verpassen", sagte er mit sanfter, rauer Stimme. „Du hast mir eine Heidenangst eingejagt mit dieser Entführungsgeschichte. In Zukunft gehst du nicht mehr mit fremden Männern fort, hast du verstanden?" Ihre Atmung beschleunigte sich. „Du bist auch ein fremder Mann."

„Ich bin *dein* fremder Mann." Er gab ihr einen flüchtigen Kuss auf den Mund. Dann löste er sich von ihr und nahm die flackernde Kerze in die Hand. „Nimm die mit... warte." Er stellte die Kerze wieder hin und zog Teal erneut an sich. „Ich brauche noch einen Kuss."

Seine Lippen fühlten sich kühl an, doch seine Zunge war heiß. So sicher wie in Zanes Armen hatte Teal sich nie zuvor gefühlt. Sie schloss die Augen, gab sich ganz diesem sinnlichen Kuss hin und fühlte sich für einen Moment unendlich geborgen.

Draußen heulte der Wind, die Fenster klapperten, der gasbetriebene Generator des Nachbarhauses brummte, Hunde bellten. Der Lärm und das Chaos draußen verblassten jedoch, als sie seine warmen Finger an ihrem Kopf spürte, während er sie leidenschaftlich küsste.

Nur äußerst widerstrebend löste sie sich von ihm. Aber sie musste jetzt praktisch denken, es half alles nichts. Von ihren nassen Sachen tropfte es auf den Boden, sie sollte sich schleunigst abtrocknen und frische Kleidung anziehen. „Ich liebe ..." Dich, dachte sie. „Ich liebe die Art, wie du mich küsst", sagte sie mit belegter Stimme. Seine Gegenwart hatte sie vollkommen aufgewühlt. Zum ersten Mal waren sie ganz allein. Ihre Lippen prickelten. Sie wollte mehr Küsse. Mehr Zane.

Er spielte an ihrem Ohr. „Glaub mir, das beruht auf Gegenseitigkeit." Seine Stimme war heiser, seine Augen waren dunkel.

Teal schmolz dahin. „Dich zu küssen ist jedes Mal ein Fest." Noch einmal ließ er die Lippen sanft über ihren Mund gleiten. „Und jetzt geh duschen, damit du wieder trocken wirst."

„Das ist ja wohl ein Widerspruch." Grinsend nahm sie die Kerze. „Was ist mit dir?"

Ihre Frage bezog sich auf seine nasse Kleidung, doch er antwortete neckend: „Ich habe Angst im Dunkeln, deshalb gehe ich dahin, wo du mit der Kerze bist."

Typisch Zane, dachte Teal und lachte. „Geh voran, ich werde dich beschützen."

Sie machten am Kleiderschrank Halt, um trockene Kleidungsstücke zu finden. Zanes Freundin Cydney wohnte also mit ihrem Freund zusammen. Teal wollte sich die Erleichterung über diese Information kaum eingestehen. In den Sachen einer seiner Bettgefährtinnen hätte sie sich nicht wohlgefühlt. Trotzdem hätte sie sie angezogen, wenn es hätte sein müssen.

„Cyd, Ryan, Cat und ich sind zusammen zur Schule gegangen", erklärte Zane und hob ihre Hand mit der Kerze ein wenig, damit er besser in den Schrank schauen konnte. „Ryan war eine Zeit lang in sie verliebt, aber es wurde nichts draus. Und nein, bevor du fragst - Cyd und ich waren nie zusammen." Sie machte ein unschuldiges Gesicht. Na schön, vielleicht ein bisschen übertrieben unschuldig. „Habe ich etwas gesagt?" „Ich konnte die gut geölten Rädchen in deinem Kopf arbeiten hören", erwiderte er trocken. „Hier, was ist damit?" Er reichte ihr Baumwollshorts und ein Trägertop aus einer der Schubladen. Für sich nahm er Hawaii-Schwimmshorts.

„Das Wasser wird nicht mehr lange heiß bleiben. Hier entlang."

Beim Bad handelte es sich um einen winzigen fensterlosen Raum, kaum groß genug, dass zwei Personen nebeneinander darin stehen konnten. Die Duschkabine bot gerade genug Platz für einen. Trotzdem verspürte Teal eine kribbelnde Erregung bei der Aussicht darauf, mit ihm gemeinsam zu duschen.

Zane stellte die Kerze auf den Waschbeckenrand und sah sich suchend um. „Soweit ich weiß, gibt es hier im Bad ein Radio. Ich möchte auf dem Laufenden sein, was den Sturm betrifft", erklärte er.

Sie musste zur Seite treten, um die Tür der Kabine öffnen und das Wasser anstellen zu können. Zane fand das Radio im Schränkchen unter dem Waschbecken, schaltete es ein und stellte es neben die Kerze. Dann zog er sein nasses T-Shirt aus und warf es ins Waschbecken, wo es mit einem klatschenden Geräusch landete. Teal bekam einen trockenen Mund beim Anblick seiner muskulösen Brust und Schultern. Seine Haut schimmerte wie goldbraune Seide. Wow, immer wieder geriet sie beim Anblick dieses Mannes ins Schwärmen!

Er drehte sich zu ihr um. „Warum bist du noch angezogen? Arme hoch", befahl er ihr. Dann zog er ihr das nasse Tanktop bis zu den Brüsten hoch. Teal hob gehorsam die Arme. Zane beugte sich hinunter. Ehe sie protestieren konnte, liebkoste er ihre nackten Brüste. Seine nassen Haare fühlten sich kühl an auf ihrer Haut, doch seine Lippen, die sich fest um eine ihrer Brustwarzen schlossen, waren heiß. Wohlig erschauerte sie.

Er wechselte die Seiten. „Ich will ja keine vernachlässigen", flüsterte er und küsste das Tal zwischen ihren Brüsten, ehe er sich der zweiten Brustwarze widmete. Sacht biss er hinein und ließ voller Verlangen eine Hand über ihren straffen Po gleiten.

238

„Du solltest erst ein Projekt zu Ende bringen, bevor du ein neues beginnst", flüsterte sie. Ihr Puls raste vor Erregung, sie fuhr ihm mit den Fingern durchs Haar, als könne sie dort Halt finden.

„Nichts lieber als das." Ein Funkeln lag in seinen Augen, als er ihr das Top über den Kopf streifte.

Kaum hatte er ihr das Oberteil ausgezogen, schlang sie ihm die Arme um den Nacken und schmiegte sich an ihn. „Wir müssen nicht duschen", hauchte sie und bedeckte sein Gesicht mit kleinen heißen Küssen. „Das Bett hier ist gut und breit. Wir werden uns im Nu aufgewärmt haben."

Doch Zane ließ sich nicht aufhalten. Wortlos zog er ihr die Hose über die Hüften, dann den Slip. Dann kniete er sich vor sie. „Heb den Fuß. Und jetzt den anderen", forderte er und streifte beide Kleidungsstücke ab.

„Wir brauchen kein großes Bett", flüsterte er, während er seine Lippen voll Verlangen auf ihre presste und Teal rückwärts in die kleine Duschkabine drängte. Er schloss die Tür. „Das hier wird vollkommen reichen." Seine Stimme klang rau und sexy.

Sie spürte die kühlen Fliesen am Rücken. Die Duschkabine war wirklich winzig. „Ich bezweifle, dass das möglich ist...", brachte Teal mühsam zwischen zwei Küssen hervor, während warmes Wasser auf ihre Haut prasselte. Sie hob den Kopf und genoss den heißen Strahl. Mit jeder Faser ihres Körpers nahm sie Zanes Nähe wahr. Voller Verlangen schmiegte sie sich dicht an ihn und spürte seine Erregung hart an ihrem Bauch. Das Wasser war nur noch lauwarm, doch die Luft zwischen ihnen war aufgeheizt und voller Spannung. Teal fühlte sich fiebrig und bereit für ihn.

Zane küsste sie auf die Lippen, das Kinn und ließ die Hand nach unten gleiten, über ihre Brüste, ihre Hüften bis hinunter zu ihrem Oberschenkel. „Hab Vertrauen. Lehn dich zurück", verlangte er mit tiefer Stimme. Mit einer Hand hob er ihr Knie und drang tief in sie ein.

Mit zielstrebiger Sicherheit manövrierte er sie in genau die Position, in der er sie haben wollte. Seine Küsse machten sie benommen vor Liebe und trunken vor Leidenschaft. Er wusste, wie er ihr lustvolles Vergnügen mit seinem Mund und seinen Fingern bereiten konnte. Das Liebesspiel war mehr für ihn als nur Sex, er erhob es zur Kunstform.

„Ich glaube, das machst du nicht zum ersten Mal", sagte sie stöhnend.

„Alles nur, damit es für dich gut wird."

Die Zärtlichkeit und Aufrichtigkeit in seiner Stimme, während er ihren Hals küsste, gingen ihr durch und durch. In der engen Duschkabine mit ihm zu schlafen war nicht nur möglich. Es war unglaublich und spektakulär. Voller Liebe und Verlangen öffnete sie sich für diesen Mann.

Später wusch er sie sanft und zärtlich mit einem weichen, großen Schwamm. „Ich habe noch immer ganz weiche Knie", gab sie zu. „Außerdem bin ich zu keinem vernünftigen Gedanken fähig. Ich kann keinen Muskel mehr rühren. Zeig mal deine männlichen Fähigkeiten und trag mich ins Bett."

Lächelnd erfüllte Zane ihr den Wunsch. Er hüllte sie in ein großes flauschiges Badetuch, hob sie auf seine Arme und ließ sich mit ihr zusammen in das saubere blaue Bettzeug fallen.

„Erzähl mir von deinem Exmann", bat Zane leise in der Dunkelheit. Der Sturm hatte sich gelegt, als sie zum vierten Mal miteinander geschlafen hatten. Vollkommen entspannt lag Teal jetzt halb auf ihm. Ihre Herzen pochten auf eine Weise synchron, die ihn beeindruckte.

Sie spielte mit seinen Brusthaaren. „Och nö. Muss ich? Warum willst du denn etwas über Denny wissen?"

„Weil er dazu beigetragen hat, dich zu dem Menschen zu machen, der du heute bist. Ganz unabhängig davon, was er war. Und diese Frau, die du heute bist, fasziniert mich."

Sie küsste seinen Hals. Zane streichelte ihr in stummer Ermutigung den Rücken. „Als ich ihn kennenlernte, erinnerte er mich ein bisschen an dich", gestand sie. „Nicht so sehr vom Aussehen her. Aber er besaß Charme und eine starke Ausstrahlung. Alle verehrten ihn. Es fiel nicht schwer, ihn zu mögen."

„Und du hast dich in ihn verliebt." Das war keine Frage. Er kannte sie inzwischen und wusste daher, dass sie sich nicht mit einem Mann einlassen würde, wenn sie nicht hundertprozentig sicher wäre.

„Ich war verliebt in meine Vorstellung, die ich von ihm hatte. Wir begegneten uns im Jachthafen von Seattle, wo ich für einige Jahre gearbeitet habe. Die Schiffe waren groß und luxuriös, es gab viel Arbeit und gutes Geld. Denny war sehr süß und charmant. Ein wirklich netter Kerl. Er drängte mich nicht, mit ihm zu schlafen. Ehrlich gesagt war er so zurückhaltend, dass ich die Initiative übernahm."

Ja, dachte Zane grimmig. Er hatte diesen Trick in der Vergangenheit selbst das eine oder andere Mal bei einer Frau angewandt.

„Meine Mutter war im Jahr zuvor gestorben. Ich fühlte mich einsam und orientierungslos. Ich war wie ein reifer Pfirsich, der kurz davor ist, vom Baum zu fallen. Dem ersten Typ, der charmant zu mir war, verfiel ich. Denny war der erste Mann, der mir gesagt hat, dass er mich liebt. Da war ich einfach hin und weg. Die Tinte auf unserer Heiratsurkunde war kaum trocken, als wir nach San Francisco zogen. Und plötzlich wollte er alles an mir ändern, was er angeblich so an mir liebte."

Kurz suchte sie seinen Blick, dann erzählte sie weiter. „Zuerst waren es meine Haare. Er stand auf Blonde. Also färbte ich mir die Haare blond. Er mochte lange lockige Haare. Machte ich auch. Nach und nach isolierte er mich von meinen paar Freunden, die ich im Jachthafen gefunden hatte. Er wollte nicht, dass seine Frau als Maschinistin auf den Luxusbooten seiner vornehmen Freunde arbeitete. Ich zögerte meine Kündigung so lange wie möglich hinaus. Aber ein paar Worte mit dem Hafenmeister genügten, und ich war meinen Job los.

Er wollte ein Baby, aber ich konnte nicht schwanger werden. Das machte ihn wütend. Ich schlug eine Adoption vor, er flippte aus." Sie lachte bitter. „Er warf mir vor, es nicht entschieden genug zu versuchen. Als ich mich anzog wie eine Barbiepuppe, lobte er meine Entschlossenheit. Er kaufte mir meine gesamte Garderobe, mein ganzes Make-up. Und der Friseurin erklärte er auch ganz genau, was sie mit mir machen sollte. Ich war zu fett, also setzte er mich auf eine strenge Diät. Aber dann wurde ich ihm zu mager, und er mästete mich wieder ein bisschen." Zane wünschte inzwischen, dass Denny Ross für den Ärger auf der *Decrepit* verantwortlich wäre. Zu gern hätte er die Möglichkeit bekommen, diesem Mistkerl von Mann zu Mann gegenüberzustehen. Da er nicht wusste, wohin mit seiner Wut, hielt er sie im Zaum. „Damals kamst du nicht mehr zu Besuch auf die Insel."

„Da waren wir schon drei Jahre verheiratet. Er hatte mir meine ganze Selbstachtung und Würde geraubt. Ich war ein Häufchen Elend und wollte nicht, dass Sam mich so sieht. Mal abgesehen davon, dass Denny mich niemals hätte allein reisen lassen. Ich hielt Sam vor Denny geheim und umgekehrt."

Zane fühlte zutiefst mit ihr. Sie hatte niemanden gehabt, der ihr half oder der sie unterstützte. Wie hatte sie das alles geschafft? Er spielte mit ihren Haaren. Wie gern hätte er sie im Nachhinein getröstet. Gleichzeitig fühlte er sich frustrierend hilflos. Nicht, dass es Teal jemals in den Sinn käme, irgendwen um Hilfe zu bitten. Sie hatte schon früh lernen müssen, dass sie sich nur auf sich selbst verlassen konnte.

Er wünschte, er könnte wiedergutmachen, was ihr zugestoßen war. Hätte er es damals gewusst, hätte er sie unter seinen Zauberumhang genommen und beschützt. „Was brachte das Fass zum Überlaufen?", fragte er.

„Eines Tages fand ich mich in der Praxis eines Schönheitschirurgen wieder. Da wachte ich endlich auf. Denny erläuterte dem Arzt, wie groß er meine Brüste machen und wie die Nase aussehen sollte. Plötzlich wurde mir klar, dass er fast alles an mir verändert hatte, während er mir ständig sagte, wie sehr er mich liebe. Da ging mir wirklich ein Licht auf. Mit Liebe hatte das alles nichts zu tun. Es ging einzig und allein um Kontrolle. Ein bisschen spät wurde mir klar, dass Denny mich zwar nicht schlug, aber trotzdem misshandelte. Ich stand auf und verließ ohne ein Wort die Arztpraxis. Genau da, wo wir waren, in der Clay Street, suchte ich im Telefonbuch einer öffentlichen Telefonzelle einen Anwalt. Ich fuhr zum ersten, der einen Termin frei hatte, und reichte die Scheidung ein. Ende der Geschichte."

„Nein, es ist noch nicht das Ende der Geschichte." Er streichelte ihre Hand, die auf seinem Herzen lag. „Solange du es nicht vergessen kannst, hat der Dreckskerl noch Kontrolle über dich. Es wird Zeit, die schlechten Erinnerungen zu vergessen und deine eigene Version vom Leben zu verwirklichen. Was hältst du davon, wenn wir uns einfach ganz neue Erinnerungen schaffen, die die alten ersetzen?"

Zane legte sich auf sie, wobei er sich auf die Arme stützte, und sah ihr ins Gesicht. „Zuerst müssen wir mal jede einzelne schlechte Erinnerung aus deinem Gedächtnis tilgen."

„Fantastisch." Sie lächelte, während er sich behutsam zwischen ihre Beine schob. „Tilgung der Erinnerung. Und wie kriegen wir das hin?"

Sobald sie seine Erregung spürte, war Teal feucht und bereit für ihn. Stöhnend drang er tief in sie ein. Sie schlang die Beine um seine Hüften und hob ihm das Becken entgegen, damit sie ihn noch intensiver spüren konnte. Dann drückte sie ihm die Fersen an den Po, um ihn anzuspornen, und heizte damit sein Verlangen noch mehr an.

„Es erfordert Hingabe, alte Erinnerungen zu löschen", flüsterte er und küsste sie wild und leidenschaftlich, im Rhythmus ihres Liebesspiels. „Ausdauer", fügte er schwer atmend hinzu. „Schweiß ..." Er drang erneut tief in sie ein und spürte, wie sich ihre Muskeln um ihn schlossen. Zane zog sich fast ganz zurück, nur um im nächsten Moment wieder in sie einzudringen. „Es gibt eine statistische mathematische Gleichung ..."

Er steigerte sein Tempo allmählich, was Teal kleine heisere Lustschreie entlockte. „Es geht nicht nur darum ..."Er zog sich zurück, bis sie sich an seinem Rücken festkrallte. „... einen guten Höhepunkt zu erleben. Ich will dir lauter genau abgestimmte, wundervolle, überwältigende Orgasmen bescheren ..." Seine Nackensehnen waren gespannt, als er seinen Orgasmus mit letzter Kraft hinauszögerte. „... die für alle Zeiten jedes schlimme Ereignis aus deinem Gedächtnis tilgen."

Teal hielt nichts zurück, sie keuchte, und das Haar klebte ihr an den verschwitzten Wangen, während sie ihn zu einem immer schnelleren Tempo antrieb. „Wow, dann los ... überwältige mich ..." Und dann kam sie in seinen Armen.

„Das war Ben." Zane klappte sein Handy zu und grinste wie eine zufriedene Katze, die gerade süße Milch geschleckt hatte.

Nachdem sie sich in der Nacht ein letztes Mal geliebt hatten, waren sie tief und befriedigt eingeschlafen. Jetzt saß er auf der Bettkante und konnte Teals nackte Hüfte durch die Bettdecke spüren. Sie lag auf dem Bauch, das Gesicht im Kissen vergraben. Uber Nacht war es auf geklart, und er wollte so schnell wie möglich zurück an Bord, um zum Wrack hinauszufahren. Andererseits war die Versuchung groß, für heute einfach alles abzusagen.

Es fiel ihm äußerst schwer, Teals schlankem hellem Rücken und ihren langen Beinen zu widerstehen. Zane strich mit den Fingern über ihren nackten Po und genoss das Gefühl, ihre zarte Haut zu spüren, das Spiel ihrer Muskeln, die sich bei der Berührung zusammenzogen. Es war beinah schmerzhaft, sich zurückzuhalten. So groß sein Verlangen nach ihr auch sein mochte, ihm blieb keine Zeit mehr.

„Alle sind wohlauf... Habe ich eigentlich schon erwähnt, dass du einen wunderschönen Hintern hast?" Er küsste sie auf eine straffe Pobacke. „Und ihr Haus ist auch heil geblieben", fuhr er übergangslos fort, während er ihren Rücken küsste und ihr Erschauern spürte.

Zärtlich biss er sie in jedes Schulterblatt, hob ihr Haar und küsste ihren Nacken, bevor er sich wieder aufrichtete. Wenn sie jetzt nicht aufbrachen, würde er sich nicht mehr länger beherrschen können. „Auf geht's, zieh dich an. Wir treffen uns in zehn Minuten mit den Berlands bei Sandy zum Frühstück."

Sie machte ein Auge auf. „Noch eine Freundin?"

„Sandy's ist ein Restaurant am Strand, in der Nähe des Jachthafens. Heute Morgen ist dort ziemlich viel los. Ben hält uns Plätze frei, und sie haben Kaffee bestellt, also trödle nicht herum." Er gab ihr einen sanften Klaps auf den Po, als sie stöhnte und das Gesicht wieder in den Kissen vergrub.

„Ich bleibe hier und halte dir einen Platz warm", murmelte Teal mit geschlossenen Augen.

„Oh nein, das wirst du nicht."

Ohne Gegenwehr ließ sie sich von ihm umdrehen wie eine Puppe. Sie schmiegte sich in seine Arme und legte die Wange an seine Brust. Schnell küsste er sie auf die Nase. „Raus aus den Federn, meine Schöne. Willst du denn nichts essen, bevor du dich um deine kostbaren Motoren kümmerst?"

Erneut öffnete sie ein Auge, und er grinste. Andere Frauen wollten Schmuck; Teal wünschte sich neue Motoren. Schon die Pflege alter Maschinen motivierte sie.

„Wir werden nicht lange bleiben", erklärte er und hob sie aus dem Bett. Verschlafen schlang sie ihm die Arme um den Nacken und schmiegte das Gesicht an seine Brust, während er sie ins Bad trug. „Ich war schon unten im Hafen, um nachzuschauen, wie die *Decrepit* den Sturm überstanden hat. Es scheint alles heil geblieben zu sein. Ich möchte gern so schnell wie möglich zum Wrack zurückkehren."

Zane öffnete die Tür der Duschkabine. „Hoffentlich hat der Sturm den Sand nicht zu sehr aufgewühlt. Wahrscheinlich werden wir die Mammutpumpe wieder einsetzen. Wenn wir Glück haben, verlieren wir nicht mehr als einen oder zwei Tage." Er ließ Teal an seinem

Körper hinuntergleiten und stellte sie auf die Zehenspitzen. Sie strich mit den Fingern über die Ausbuchtung in seinen Shorts. Mit einem belustigten Funkeln in den Augen flüsterte sie: „Hm, anscheinend freust du dich ja schon wieder, mich zu sehen."

FOURTEEN

Es war ein herrlicher Tag, schon warm und ohne eine einzige Wolke am klaren blauen Himmel. Teal setzte ihre Sonnenbrille auf, als sie den Strandweg entlang zum Restaurant gingen, in dem sie die anderen treffen wollten. Die Leute scherzten, während sie die Spuren der Verwüstung aufräumten, die der Sturm hinterlassen hatte - der Alltag kehrte ins Paradies zurück. Zwischen zwei Felsnasen erstreckte sich ein langer Strandabschnitt, auf dessen weißem Sand Trümmer verstreut lagen. Das türkisfarbene Wasser, auf dem sich bereits die weißen Segelboote tummelten, funkelte in der tropischen Sonne. Der Strand war voller Urlauber, die schwammen, Volleyball spielten oder sich bräunten. Spaziergänger sammelten Muscheln, die nach dem Sturm zahlreich am Strand zu finden waren. Andere suchten nach Strandgut.

In den treibenden Rhythmus von Steeldrums, die einen Calypsobeat spielten, mischten sich Lachen, Geschirrklappern und das sanfte Plätschern der Wellen. Aufgeregt ließ Teal die entspannte Atmosphäre auf sich wirken. Das Restaurant unter freiem Himmel war voll, und Zane schien jeden einzelnen Gast zu kennen. Wie üblich. Auf dem Weg zu ihrem Tisch blieb er alle paar Schritte stehen, um irgendwen zu umarmen, zu küssen oder um Hände zu schütteln und zu plaudern.

„Das ist der letzte Stopp, versprochen", versicherte er ihr, als sich ein Mann an einem Tisch erhob und die Hand ausstreckte. „Phil ... danke, Mann", begrüßte Zane ihn und wandte sich an Teal. „Phil gehört der Jachthafen, in dem wir gestern festgemacht haben", erklärte er und stellte sie seinem Freund einfach als „Teal" vor. Die beiden Männer unterhielten sich noch einen Moment, ehe sie einander erneut die

Hände schüttelten. „Noch einer, mit dem ich zur Schule gegangen bin", sagte Zane, als sie ihren Weg zwischen den Tischen hindurch fortsetzten. Erneut winkte er strahlend ein paar Leuten zu, aber diesmal blieb er nicht stehen. „Dieses Restaurant ist Phils Büro", erklärte er, dann zeigte er auf ihre Gruppe, deren Tisch sie sich endlich näherten. „Da sind sie ja. Gutes Timing."

Die Berlands saßen mit Ryan, Colson und Saul unter einem riesigen Sonnenschirm an einem Tisch direkt am Strand. Eine Kellnerin stellte gerade üppig beladene Teller auf den Tisch.

Cat und ihre hochschwangere Partnerin Liz, eine weitere attraktive Blonde, waren ebenfalls da. Zane gab allen Frauen zur Begrüßung einen Kuss auf die Wange, klopfte den Männern auf den Rücken und setzte sich. Diesmal war Teal in weit besserer Stimmung und stellte fest, dass sie Zanes Freundinnen sogar sympathisch fand. Jessie, die kleine Tochter von Cat und Liz, war hinreißend. Gerührt beobachtete Teal, wie das Mädchen, das Zane so ähnlich sah, ihm einen feuchten Kuss gab und bettelte, von ihm auf den Arm genommen zu werden.

Aber auch Eifersucht meldete sich wieder, als er das Kind hochhob und herumwirbelte. Fang nicht schon wieder damit an, ermahnte sie sich im Stillen.

„Zane, sie wollte gerade essen!", meinte Maggie tadelnd, doch Jessie kreischte vergnügt.

Teal lächelte mit den anderen, als Zane sich wieder hinsetzte, nachdem er dem Mädchen noch etwas ins Ohr geflüstert hatte, was es zum Kichern brachte. Er konnte wirklich gut mit Kindern umgehen. Genau wie jedes andere weibliche Wesen zog er Jessie unweigerlich in seinen Bann. Und er würde einen großartigen Vater abgeben.

Natürlich wäre er viel zu nachgiebig, dafür hätten die Kinder umso mehr Spaß mit ihm. Vermutlich würde er bei einer hübschen Tochter ein bisschen zu streng sein, aber sie würde wissen, wie sehr er sie liebte. Das würde er seinen Kindern jeden Tag zeigen. Glückliche zukünftige Kinder.

Die Nacht zuvor war magisch gewesen. Doch Teal wusste, dass Sex mit Zane kein Happy End bedeutete. Solche Erwartungen würden nur mit Enttäuschung enden. Lebe den Augenblick, lautete ihr neues Motto.

Nach einem großartigen Frühstück kehrte das Team zurück in den Hafen, der knapp eine Meile entfernt lag. Überall sah man die Spuren des Sturms - abgebrochene Äste, Palmwedel und Treibgut. Die Straße war überzogen mit Sand, und auf einem Hügel in der Nähe hatten die heftigen Regenfälle einen Erdrutsch ausgelöst. Doch abgesehen davon schien keines der Häuser ernsthaft beschädigt worden zu sein.

Teal hoffte, dass das auch für die *Decrepit* galt.

„Sie sieht gut aus", stellte Ben fest, als sie Phils Marina erreichten. Der kleine Laden, in dem man Segelboote ausleihen konnte oder Jetskis, Schnellboote oder Taucherausrüstungen, war geöffnet. Zane ging hinein, um die Liegegebühr für die Nacht zu bezahlen, während die anderen das Boot losbanden.

Teal beteiligte sich nicht an dieser Arbeit, sondern eilte gleich an Bord, um den Generator wieder einzuschalten und einen Sicherheitscheck durchzuführen. Innerhalb einer Stunde lief die *Decrepit* aus und nahm wieder Kurs auf die Fundstelle des Wracks. Teal kam es keine Sekunde lang in den Sinn, Zane zu sagen, sie wolle nicht mit.

Tauchen war für Zane eine sinnliche Erfahrung, die ihm nie langweilig wurde. Ihm gefiel das Atmen unter Wasser, das Gefühl zu schweben. Er mochte es, die Laute des gleichmäßigen Ein- und Ausatmens zu hören, während er mit Teal durch das von aufgewirbeltem Sand getrübte Wasser zum Wrack schwamm. Die Sichtweite betrug heute nur wenige Meter, aber das war nicht anders zu erwarten gewesen. Der Sturm hatte den Meeresgrund aufgewühlt. Zane hatte Teal gewarnt, dicht bei ihm zu bleiben, und sie schwamm tatsächlich so nah, dass er sie berühren konnte, ein eleganter schwarzer Schatten im Wasser.

Aus Gründen, die er lieber nicht näher analysieren wollte, machte ihm das Tauchen mit ihr zusammen noch mehr Spaß.

Es war der reinste Zauber.

Mit etwas Glück war das Wrack der *Vrijheid* vom Sturm nicht bewegt worden, sondern lag noch dort, wo sie es zuletzt aufgesucht hatten. Höchstwahrscheinlich müssten sie den Sand erneut wegblasen. Das würde Zanes Zeitplan um mehrere Tage hinauszögern, was angesichts der gerade beginnenden Hurrikan-Saison ein zusätzliches Hindernis war. Die *Sea Witch* aber war offenbar verschwunden und stellte keine Störung mehr dar - zumindest *eine* gute Nachricht.

Zane hatte keine Ahnung, wohin die Konkurrentin verschwunden war und wie lange sie fortbleiben würde. Hoffentlich hatte die Polizei sie vertrieben, sodass sie eine ganze Weile nicht mehr auftauchte. Früher oder später würde er sie Wiedersehen, davon war er überzeugt. Aber er hoffte, dass das erst der Fall wäre, lange nachdem Zane und seine Crew den gesamten Schatz der *Vrijheid* gehoben hatten. Er hatte sie der Polizei überlassen wollen, doch die Rothaarige war längst fort gewesen, als die Beamten eintrafen, um sie zu befragen. Sei's drum. Zane hatte keinen Zweifel daran, dass er und die Seehexe noch einmal aneinandergeraten würden.

Teal berührte seinen Arm. Sie sah wunderbar und geheimnisvoll wie eine Meerjungfrau aus mit ihrem dunklen Haar, das um ihren Kopf schwebte. Er zwinkerte ihr hinter der Tauchermaske zu. Sie erwiderte sein Lächeln nicht, und ihr Griff an seinem Arm wurde fester. Mit der freien Hand zeigte sie nach hinten und nach links. Auf alles gefasst, wirbelte er herum und griff nach seinem Tauchermesser.

Was, um alles in der Welt...

Mitten auf seinem Schatz hockte wie ein verdammter Geier ein zweimotoriges Flugzeug!

Es handelte sich um eine Cessna. Ein Flügel war abgerissen, er konnte in einem Umkreis von mehreren Meilen irgendwo aufgeschlagen sein. Der verbliebene Flügel war in die wenigen aufrecht stehenden Rippen des Wracks gekracht und hatte sie abrasiert.

Offenbar hatte der Sturm das kleine Flugzeug knapp hundert Meilen von St. Maarten oder einer der anderen Inseln entfernt zum Absturz gebracht. Wollte der Pilot vor dem Sturm fliehen? Wie viele Passagiere hatten sich an Bord befunden? Heiliger Strohsack, es musste Tote geben. Ihm graute davor, derjenige zu sein, der nachschaute.

Teal stieß ihn an, zeigte auf ihre Augen und dann auf das Flugzeug. Ja, er würde sich die Sache ansehen. Er deutete nach oben. Sosehr es ihm widerstrebte, wollte er zuerst allein einen raschen Blick auf das verunglückte Flugzeug werfen, ehe er Ben oder Ryan und die Kamera kommen ließ. Wenn es nach ihm ginge, hätte er gern darauf verzichtet, aber irgendwer würde die Fundsituation sicher gern dokumentiert haben wollen. Und bei der umlaufenden Strömung musste er sich beeilen.

Falls jemand von St. Maarten losgeflogen war und es auf die *Vrijheid* abgesehen hatte, hätte er nicht besser zielen können.

Er gab Teal ein Zeichen, dass sie zur *Decrepit* zurückschwimmen sollte. Natürlich schüttelte sie den Kopf. Mehrere Sekunden lang führten sie einen heftigen Streit in Zeichensprache, die sie beide nicht richtig beherrschten. Am Ende mussten sie beide lachen und spuckten Luftblasen. Dabei war die Situation alles andere als lustig. Doch Teals Anwesenheit machte selbst eine vertrackte und zugegeben unheimliche Situation erträglich für ihn.

Zane strich ihr über die Haare, wohl wissend, dass sie die Berührung unter Wasser nicht wahrnehmen würde. Trotzdem wollte er sie berühren. Er sah ihre Augen hinter der Tauchermaske lächeln. Das baute ihn auf und machte ihm Mut für das, was ihm bevorstand.

Letztlich erkundeten sie das Flugzeug gemeinsam. Keine Spur von Leichen. Dem Himmel sei Dank. Zane liebte es zwar, Schätze aus Wracks zu bergen, aber die waren meistens mehr als hundert Jahre alt.

Es war durchaus denkbar, dass die Insassen aus der Cessna herausgeschleudert worden waren und irgendwo in der Nähe des abgerissenen Flügels lagen. Vielleicht hatten sie auch Glück gehabt und waren mit dem Fallschirm abgesprungen.

Wenn nicht, würden sie nur noch schwer zu finden sein. Falls sie nicht längst Haifutter waren. Zumindest schien es, als habe sich im Innern der Kabine niemand mehr befunden, als das Flugzeug aufs Wasser schlug. Vielleicht waren sie glücklich gerettet worden. Trotzdem war es reichlich dumm, bei dem Sturm überhaupt zu fliegen.

Möglicherweise waren die Passagiere von einem der Boote aufgenommen worden, die im Hafen Schutz suchten. Nein, der Sturm war ja schon in vollem Gang gewesen. Das war also eher unwahrscheinlich. Andererseits hatte er schon viele verrückte Sachen erlebt. Wer immer in dem Flugzeug gesessen hatte, war entweder vor dem Aufprall noch herausgekommen oder trieb jetzt irgendwo im trüben Wasser.

Zane wünschte nur, das verdammte Flugzeug wäre nicht mitten auf seinem Schatz gelandet.

Er konnte anbieten, es zu heben, nachdem die Polizei es sich angesehen hatte. Schließlich hatte er den Kran. Die Polizei würde mit einem Schlepper kommen. Zane überlegte fieberhaft, wie er das Flugzeug auf die Barkasse heben könnte und wie viel zusätzliche Verspätung ihn das kosten würde, während die Behörden über die Zuständigkeiten stritten.

Teal und er schwammen um das Flugzeug herum. Aus dem Flugunterricht - man lebte nicht auf einer kleinen Insel, ohne ein Flugzeug fliegen zu können - wusste Zane, dass es sich um eine Cessna Citation handelte. Ein Geschäftsflieger. Viel zu teuer, um es hier vor

Ort mieten zu können. Also ein Privatflugzeug. Zanes Nackenhärchen richteten sich auf.

Ein Drogenflugzeug?

Er sah nirgends Gepäck oder sonstige persönliche Gegenstände, aber das musste nichts bedeuten. Solche Sachen konnten im Umkreis von einer Meile auf dem Meeresboden verstreut liegen. Die Windschutzscheibe war zersplittert, der Rumpf in zwei Hälften auseinandergebrochen, das Heck verschwunden. Der verbliebene Flügel ragte nach oben. Vom anderen keine Spur.

Was für eine Bescherung. Und falls es sich tatsächlich um ein Drogenflugzeug handelte, sah die Sache noch übler aus. Die Drogenschmuggler würden ihre Ware zurückhaben wollen.

Zane deutete grimmig nach oben. Zeit zum Auftauchen.

„Hallo, Barry, hier spricht Zane Cutter. Hör mal, hier bei meinem Wrack ... nein, nichts ist in Ordnung. Da unten liegt eine Cessna direkt auf dem Schiffsrumpf, in ungefähr dreißig Metern Tiefe." Er lauschte auf die Stimme am anderen Ende. „Und ob ich ein Boot von einem Flugzeug unterscheiden kann!"

Er telefonierte per Handy mit einem Freund am Flughafen in St. Maarten. Bevor er nicht wusste, wer in dem Flugzeug gesessen hatte, würde er keine offenen Kanäle benutzen, die jeder abhören konnte. Er schaute aus den großen Fenstern. Die See lag ruhig und glatt da. Der Himmel war strahlend blau. Angesichts des Chaos, das auf ihn zukam, schien ihm dieses Wetter äußerst unpassend zu sein.

Zane hatte den Verdacht, dass sein Leben gerade eine Wendung nahm, die er nie für möglich gehalten hatte. „Die Nase und der Rumpf", antwortete er seinem Freund. „Ein Flügel. Das Heck ist auch weg. Nein, wir haben es uns genau angesehen. Da war niemand. Ja, alles klar. Gib mir Bescheid."

Die Crewmitglieder hatten sich in der Kajüte versammelt, während er telefonierte. Als er das Handy zuklappte, spürte er die bohrenden Blicke. Alle waren genauso besorgt wie er.

„Barry vom Princess Juliana International Airport hat kein Notsignal empfangen. Seit Monaten nicht, schon gar nicht gestern oder heute. Und niemand hat in den vergangenen vierundzwanzig Stunden einen Flugablaufplan für eine kleine Maschine eingereicht, ankommend oder abfliegend. Die Maschine befand sich weitab von der gewohnten Route und wurde nicht vom Radar erfasst. Barry wird die Sache diskret überprüfen."

„Es ist ein Drogenflugzeug", meinte Colson überzeugt. Er lümmelte am Tresen, eine Cola in der einen, ein Stück von Maggies Apfelkuchen in der anderen Hand.

„Kann sein." Zane fühlte sich elend. Rauschgift bedeutete einen Aufmarsch verschiedener Behörden, von den Drogenfahndern bis zum FBI. Von der örtlichen Polizei ganz zu schweigen. Alles würde abgesperrt werden, und lauter Fremde würden sich um die *Vrijheid* herumtreiben. Ihm war, als hätte man ihm seinen Zauberumhang weggenommen - er fühlte sich plötzlich und völlig unerwartet vom Glück verlassen.

Aufgebracht fuhr er sich mit beiden Händen durch die Haare. „Ich muss hierbleiben. Aber ich will, dass ihr anderen geht. Macht euch auf den Weg nach St. Maarten, und wartet dort auf mich."

„Damit du hier ganz allein bist, wenn die Drogenbosse zurückkommen, um ihren Stoff zu holen?", fragte Teal herausfordernd. „Bist du verrückt geworden?"

„Nicht verrückt. Ich bin nur vorsichtig. Was immer auch passieren wird, ich hoffe, es passiert bald, damit wir uns wieder der Arbeit widmen können. Viel Zeit bleibt uns dafür nämlich nicht mehr."

„Zane, du kannst bei einem Drogenhändler nicht deinen Charme spielen lassen", meinte Maggie sichtlich nervös. „Sobald die wissen, wo das Flugzeug liegt, bringen sie dich um." „Nein, das werden sie nicht", erklärte er ruhig, obwohl er nicht den geringsten Zweifel daran hatte, dass Maggie mit ihrer Einschätzung richtig lag. „Das sind

Geschäftsleute. Ich werde ihnen ungefähr sagen, wo ihr Flugzeug runtergegangen ist, und dann können sie sich ihren Stoff holen."

„Bis jetzt ahnen sie nicht, dass wir wissen, wo ihr Flugzeug liegt", gab Teal zu bedenken. „Außerdem haben wir noch keine Gewissheit darüber, dass es sich um ein Drogenflugzeug handelt. Dein Freund Barry wird uns zurückrufen und berichten, dass irgendein Trottel von der Flugroute abgekommen ist. Inzwischen sitzt der längst im Whirlpool irgendeines teuren Hotels und genießt einen Cocktail mit Papierschirmchen, während wir hier reden."

Das wäre nicht schlecht, dachte Zane, legte die Arme von hinten um sie und das Kinn auf ihren Kopf. Leider war dieses Szenario vollkommen unwahrscheinlich. Die Lage würde ganz sicher brenzlig werden, und er wollte Teal auf keinen Fall dabeihaben. Bei der Vorstellung, sie erneut einer Gefahr auszusetzen, lief es ihm eiskalt den Rücken hinunter. „Ich werde die bewaffneten Sicherheitsleute zurückkommen lassen. Zufrieden?" „Zufrieden wäre ich, wenn ich dich k. o. schlagen und in Sicherheit bringen könnte", konterte sie.

Maggie tauschte einen Blick mit Ben und warf Zane ein listiges Lächeln zu. „Wenigstens habt ihr zwei die Dinge zwischen euch geklärt."

Geklärt hatten sie gar nichts. Zane war froh, dass Teal Maggies Bemerkung nicht gehört hatte oder es vorzog, sie zu ignorieren.

Saul krempelte sich die Ärmel hoch und wandte sich an Zane. „Wir könnten versuchen, den Magneten einzusetzen. Vielleicht haben wir Glück. Heck und Flügel sind wahrscheinlich aus Aluminiumlegierung, aber der Magnet könnte etwas anderes hochholen."

„Gute Idee, Saul", lobte Zane ihn. „Nur glaube ich nicht, dass die eine Ankerkette oder Kanonen an Bord haben."

„Welche anderen Metalle kann man mit einem Magneten denn noch heben?", wollte Teal wissen und lehnte sich an Zane, als sei es das Natürlichste der Welt. Es tat gut, sie in den Armen zu halten. Verdammt gut.

„Nur eisenhaltige Metalle", erklärte Saul. „Wie Zane schon sagt, Anker, Kanonen, Ketten ..."

„Ich könnte tauchen und mir den Motor ansehen. Vielleicht haben sie Ol verloren und sind deshalb abgestürzt. Vielleicht gab es eine geplatzte Leitung. Wenn es so wäre, hätten wir jedenfalls eisenhaltiges Material, nämlich am Boden der Ölwanne oder im Ölfilterbehälter. "

Diese Frau trieb ihn zur Verzweiflung. „Du wirst dich nicht mehr in der Nähe des Flugzeugs aufhalten, bis wir alles geklärt haben." Zane sah jeden Einzelnen an, damit sie genau zuhörten. „Niemand von euch begibt sich in die Nähe des abgestürzten Flugzeugs, bevor wir uns angehört haben, was Barry herausfindet. Ganz sicher gibt es einen ‚offiziellen' Weg, diese Angelegenheit zu handhaben. Wir sollten also nicht unsere Zeit verschwenden, wenn ohnehin eine Horde Profis losgeschickt wird."

Widerstrebend löste Zane seinen Arm von Teal und fühlte sich gleich ... allein. Das war verrückt. Er entfernte sich einen Schritt von ihr. „Maggie, Ben. Cat und Liz werden euch brauchen. Ihr habt sowieso geplant, wegen des Babys nächste Woche zu Hause zu sein. Ich würde mich wirklich besser fühlen, wenn ihr abreist. Wenn ich mich um euch alle sorgen muss, wird es mir schwerfallen, mich zu konzentrieren. Und ich möchte, dass ihr Teal mitnehmt."

„Ich werde nirgendwohin gehen!", verkündete sie störrisch. „Nach allem, was ich auf dieser Bergungstour schon durchgemacht habe, werde ich mich ganz sicher nicht von irgendeinem rätselhaften Flugzeug vertreiben lassen. Allerdings bin ich auch der Ansicht, dass Maggie und Ben abreisen sollten. Colson ebenfalls." Als der junge Mann zu protestieren versuchte, zeigte Teal streng mit dem Finger auf ihn. „Du bist minderjährig. Deine Eltern würden Zane verklagen und ihm alles nehmen, wenn du so blöd wärst, ums Leben zu kommen."

Zane verkniff sich ein Grinsen. Sie war wirklich süß, wenn sie jemanden herumkommandierte.

„Ich melde mich sofort, wenn die Luft rein ist", versicherte Zane seinen Leuten.

„Es gibt für keinen von uns einen Grund hierzubleiben", meinte Ryan und drehte sich auf seinem Barhocker, um alle im Raum ansehen zu können. „Was hindert uns daran, einen Hafen anzulaufen? Wir sagen kein Wort über den Fund und lassen die Polizei die Arbeit machen."

„Das Flugzeug liegt auf meinem Wrack", erinnerte Zane ihn. „Solange es da liegt, werde ich hierbleiben und dafür sorgen, dass niemand die Früchte unserer harten Arbeit erntet. Aber ihr anderen müsst weg von hier."

„Dem stimme ich zu", sagte Ben nüchtern. „Maggie muss zurück, um bei den Mädchen zu sein. Tja, und es tut mir echt leid, Colson, aber du musst dich ebenfalls aus der Gefahrenzone begeben. Ich bleibe hier. Maggie und Teal können ..."

„Ich gehe nirgendwohin", wiederholte Teal, diesmal an die ganze Gruppe gewandt. „Und damit basta. Ich bleibe. Abgesehen davon kenne ich mich ein bisschen mit Drogen und Dealern aus." Sie schenkte Maggie ein kurzes Lächeln. „Mit Geschäftsleuten auch. Ich gehe jetzt zu meinen Maschinen. Sagt mir Bescheid, wenn sich etwas tut."

Ryan schaute ihr nach, dann wandte er sich an Zane. „Du hast es nicht mehr drauf, Ace. Du hättest ihr sagen sollen, dass sie bleiben muss."

„Ja, kann sein", räumte Zane ein. „Aber sie ist so widerborstig, dass sie es wahrscheinlich hätte drauf ankommen lassen." Maggie legte die Arme um Zane und drückte ihre Wange an seine Brust. „Ich möchte bleiben und sehen, wie es mit euch beiden weitergeht. Aber ich muss gehen, denn ich weiß, du würdest dir nur Sorgen um mich machen, wenn ich bliebe. Ich werde mich um unsere Mädchen kümmern und mir um euch aus der Ferne Sorgen machen." Sie drückte ihn fest an sich. „Macht bloß keine Dummheiten, hört ihr? Wir müssen immer noch einen Schatz heben."

Teal hatte nie viel gebetet in ihrem Leben. Genau genommen konnte sie sich höchstens an ungefähr drei Mal erinnern. Doch kaum war sie im Maschinenraum, senkte sie den Kopf. „Bitte, lieber Gott, mach, dass dieses Flugzeug keinen Ärger bedeutet. Und falls es doch Ärger bedeutet, lass Zane nicht dumm handeln." Das deckte schon einiges ab. Gott hatte sicher verstanden, was sie meinte, deshalb beließ sie es dabei.

Sie nahm ihr Werkzeugset heraus und hämmerte ordentlich auf den Wärmetauschern herum, um ihre Frustration abzureagieren.

Jemand klopfte an die Tür. „Darf ich reinkommen?", fragte Maggie. Sie trug Jeans und ein T-Shirt in hellem Pink, auf dem „eat my bubbles" stand. Dazu trug sie ihren Cowboy-Strohhut.

Teal wischte sich die Hände an einem Lappen ab. „Klar. Brichst du schon auf?"

„Weder Colson noch ich wollen gehen. Aber Zane besteht darauf, und Ben verwandelt sich in Rambo." Mit reumütigem Lächeln fügte sie hinzu: „Na ja, die Mädchen werden sich freuen, mich bei sich zu Hause zu haben. Das macht es ein wenig leichter."

„Wahrscheinlich handelte es sich bei den Flugzeuginsassen bloß um ein paar Typen, die angesäuselt auf dem Weg zu einer Party waren. Die werden eine saftige Strafe zahlen müssen, und im Nu kannst du wieder auf die *Decrepit* zurückkehren", sagte Teal zu der älteren Frau, die sich anscheinend große Sorgen machte.

Maggie schloss Teal in die Arme und drückte sie an sich. Anspannung erfasste Teal. „Ich habe Angst um euch", flüsterte Maggie. Nach kurzem Zögern tätschelte Teal ihr den Rücken. „Ich habe schreckliche Angst, dass für den Absturz tatsächlich ein geplatzter Drogendeal verantwortlich ist und jeden Moment gefährliche Leute auftauchen werden. Ich will nicht fort, aber ehrlich gesagt habe ich noch mehr Angst hierzubleiben. Da nehme ich es lieber jeden Tag mit einem Barrakuda auf. Menschen sind viel unberechenbarer."

„Aber nicht unsere Leute", erwiderte Teal und drückte Maggie ebenfalls. „Zane wird sich die Burschen vorknöpfen, Ben wird sie mit seiner Brillanz austricksen, Ryan wird Zane helfen, und Saul wird die Mäntel halten."

Das brachte Maggie zum Lachen, genau wie Teal gehofft hatte. Sie löste sich von Teal und legte ihr die Hand an die Wange. „Ich mag dich sehr, weißt du das? Du bist mir einer der liebsten Freunde geworden. Und die Liste ist nicht sehr lang, weil ich sehr wählerisch bin." Ihre Worte rührten Teal, und sie wusste nichts darauf zu erwidern. „Selbst wenn du nicht perfekt wärst für Zane, hätte ich dich gern." Sie gab Teal einen Kuss auf die Wange. „Pass auf, dass die Jungs nicht in Schwierigkeiten geraten, bis ich wieder da bin, ja?"

„Es wird keinen Ärger geben", versprach Teal ihr. „Das alles wird sich als eine kleine Unannehmlichkeit erweisen, du wirst sehen."

Maggie lächelte und drückte sie noch einmal kurz an sich. „Dein Wort in Gottes Ohr. Pass auf dich auf, Schätzchen. Wir sehen uns bald wieder."

Kaum hatte Maggie den Maschinenraum wieder verlassen, hob Teal den Blick zur Decke. „Hast du das gehört, Gott? Wenn du mich nicht erhören willst, erhöre wenigstens sie. Bitte."

Sie blieb im Maschinenraum, solange sie konnte, führte unnötige Reinigungsarbeiten durch, überprüfte ihr gesamtes Werkzeug und las ein Kapitel ihres Buches. Tauchgänge würden nicht mehr stattfinden, und je mehr Zeit Teal hatte, desto wütender wurde sie auf die Idioten, die mit ihrem blöden Flugzeug direkt auf das Wrack gestürzt waren, in dem sich nach wie vor unentdeckte Schätze befanden.

Zane störte sie bei ihrer einseitigen Schimpfkanonade. „Ja, gib's ihnen", bemerkte er grinsend. In seinen Augen lag jedoch ein ernster Ausdruck. Er ging zu ihr und schloss sie in die Arme. „Aber ich müsste dich mal für eine Minute unterbrechen." Unter seinem amüsierten Ton hörte sie die Anspannung.

Teal schlang ihm die Arme um die Taille, schmiegte das Gesicht an seine Brust und atmete tief seinen vertrauten Duft ein. Sie spürte die Kraft seiner Arme, die sie hielten, und das Pochen seines Herzens an ihrer Wange. „Wenn es dir hilft, werde ich dich gern auf andere Gedanken bringen. Ich habe es zwar noch nie in einem Maschinenraum getan, aber ich glaube, auf dieser Luftmatratze ist es ziemlich bequem."

Er lachte leise und legte ihr den Zeigefinger unters Kinn, damit sie ihm ins Gesicht sah. „Wir werden es hier drin tun und überall sonst auf dem Boot, sobald dieser Mist ausgestanden ist. Bis dahin akzeptiere ich einen langen Kuss als Anzahlung." Sein Mund war heiß und hungrig, der Kuss berauschend und verheißungsvoll. Teals Verlangen erwachte, und sie schlang die Arme um seinen Nacken, während sie sich rückwärts bewegte, bis sie gegen die Schottwand stieß. Zane drängte sie sanft gegen die Wand, während er mit seiner Zunge ein erotisches Spiel in ihrem Mund begann.

Sein unverhohlenes Verlangen ließ Teals ganzen Körper pulsieren. Ihre Brustwarzen richteten sich auf, doch sie musste sich damit begnügen, dass sie sich an seiner muskulösen Brust rieben, denn seine Hände waren in ihren Haaren. Er drängte ihr das Knie zwischen die Schenkel.

Als sie sich voneinander lösten, rangen sie beide um Atem.

Zane legte die Stirn an ihre und zog Teal von der Wand fort. „So toll dieser Kuss auch war, ich bin eigentlich hier, um dich zu holen. Wir haben Besuch."

Trotz des starken Verlangens, sich an ihn zu schmiegen und die Arme um ihn zu schlingen, ja, sich an ihn zu klammern, begleitete sie ihn die Treppe hinauf in den Salon. Bilder von finsteren Gangstern mit Maschinenpistolen fuhren ihr durch den Kopf. Sie kannte diese Typen, schließlich war sie in einer Gegend voller Gangster groß geworden, auch wenn die nicht alle dem Klischee entsprachen. Einmal war der Dealer ihrer Mutter in seiner Uniform aus dem Fast-Food-Restaurant aufgetaucht, in dem er Manager war. Teal unterdrückte ein nervöses Lachen.

Als sie hinter Zane den Salon betrat, war sie auf alles gefasst.

Nur nicht auf Gäste, die aussahen, als seien sie geradewegs dem Film „Men in Black" entsprungen.

FIFTEEN

Die beiden Männer trugen schwarze Hosen, schwarze T-Shirts, schwarze Pistolenhalfter und schwarze Pistolen. Über ihren Sonnenbrillen stand ihnen regelrecht „Spezialeinheit" auf die Stirn geschrieben.

„Miss Williams", sagte der Mann links höflich und forderte sie mit einer Geste auf, sich auf eines der Ledersofas zu setzen. Zane ergriff ihre Hand und nahm zusammen mit Teal Platz. Ben und Saul saßen am Tresen, Ryan saß auf einem der Sessel bei den Computern. Er schien sich äußerst unbehaglich zu fühlen. Die zwei Männer versperrten die Tür, die aufs Deck führte, als bestünde die Möglichkeit, dass Zane und seine Crew bei der nächsten Gelegenheit die Flucht ergreifen würden.

„Wir glauben, dass sich an Bord der abgestürzten Cessna ein Mikrochip befand, der aus einem Sicherheitsbereich in ... ganz in der Nähe gestohlen wurde."

Teal hatte keinen Schimmer, wovon sie sprachen. „Na ja, so sicher kann es dort nicht gewesen sein, wenn man den Chip stehlen konnte", bemerkte sie trocken. Zane drückte warnend ihre Hand. Die Männer sahen nicht aus, als sei ihnen zum Scherzen zumute.

„Sie *glauben?*", fragte Zane ebenso höflich zurück. Doch ein Wangenmuskel zuckte in seinem Gesicht.

„Uns liegt die Bestätigung vor, dass sich der Mikrochip beim Absturz der Cessna an Bord befand. Wir möchten, dass Sie besagten Chip umgehend bergen. Danach können Sie gehen, wohin Sie wollen."

„Wie nett von Ihnen", erwiderte Zane. „Aber wir werden nirgendwohin gehen. Ich habe das exklusive Bergungsrecht für das Wrack der *Vrijheid*. Damit haben wir noch reichlich zu tun. Ihr gestohlener Chip liegt direkt auf meinem Wrack. Deshalb schlage ich Ihnen vor, Gentlemen, dass Sie das Flugzeug bergen lassen und von hier verschwinden."

„Die nationale Sicherheit hängt davon ab, dass dieser Chip innerhalb von neununddreißig Stunden gefunden wird." Neununddreißig Stunden waren eine ziemlich präzise Zeitangabe, fand Teal.

„Wenn dieser Chip nicht mindestens die Größe einer Brotdose hat, könnte er überall dort unten sein", erklärte Zane, den allmählich die Geduld verließ. „Wie wollen Sie ihn finden in Er sah zur Uhr an der Wand. „... achtunddreißig Stunden und fünfundvierzig Minuten? Hat er einen eingebauten Peilsender?" Die beiden Männer sahen sich an. „Nein, hat er nicht."

„Soll das heißen, das Flugzeug hat keine Drogen transportiert?", fragte Teal, noch immer nicht ganz sicher, ob diese Typen echt waren. Ein Mikrochip war winzig und unmöglich auf dem sandigen Meeresboden zu finden, selbst bei allerbesten Wetterbedingungen. Und die hatten sie momentan nicht. Beim letzten Tauchgang hatten Zane und sie sich kaum sehen können. Wie sollten sie da einen winzigen Computerchip finden?

„Keine Drogen. Nur den gestohlenen Chip."

„Es werden also nicht jeden Moment Drogenhändler das Boot stürmen, auf der Suche nach ihrem Stoff?", fragte Ben nervös.

„Nein", antwortete der Mann links, ehe er sich wieder an Zane wandte. Wegen der dunklen Sonnenbrillen waren ihre Mienen nicht zu deuten. „Aber die Leute, die den Chip gestohlen haben, werden sich ebenfalls schon sehr bald auf die Suche danach machen. Sie waren unterwegs zum Princess Juliana Airport. So weit sind sie nicht von ihrer Route abgekommen. Wie ich schon sagte, Sie haben neununddreißig Stunden, um den Chip zu finden und uns zu übergeben."

„Wenn das Ding so wichtig ist, dann können Sie gern selbst danach tauchen", lud Zane sie ein. „Allerdings muss ich Ihnen sagen, dass das eine unmöglich zu bewältigende Aufgabe ist. Wie wollen Sie etwas so Winziges in der unendlichen Weite des Ozeans finden? Wir haben nicht einmal den abgerissenen Flügel der Maschine entdecken können. Der Sturm hat den gesamten Meeresboden aufgewühlt. Da unten ist es im Augenblick, als würde man durch einen Sandsturm schwimmen."

„Der Chip befindet sich in einem versiegelten roten Kästchen, etwa von dieser Größe." Der Mann rechts zeigte tatsächlich die Größe eines Brotlaibes an. „Hier darf nichts ungewöhnlich wirken, wenn die Männer, die den Chip gestohlen haben, zurückkehren, um danach zu suchen."

Die Atmosphäre im Raum war plötzlich geladen. Teal fing vor Nervosität an zu schwitzen. „Und warum wollen Sie beide den Chip nicht selbst holen?"

„Weil wir nicht tauchen können."

Aus Zanes verärgerter Miene schloss sie, dass er ihnen das nicht abkaufte. „In St. Maarten gibt es jede Menge erfahrener Taucher."

„Aber keine, die das Wrack und die Gegend so gut kennen wie Sie. Sie arbeiten hier schon seit Wochen und beobachten das Areal noch länger. Wir sind überzeugt davon, dass Sie die Eigenheiten dieses Meeresabschnitts hervorragend kennen und Karten erstellt haben. Verwenden Sie die, um den Chip zu finden." Zane beugte sich vor. „Wenn Sie unsere Hilfe wollen, dann müssen Sie uns schon verraten, was hier eigentlich vorgeht." Er verschränkte die Arme vor der Brust.

Die beiden Männer tauschten erneut einen Blick, und der erste nickte kaum merklich.

„Knapp zehn Meilen von diesem Standort entfernt befindet sich eine Unterwassereinrichtung. Die Vorgänge dort unterliegen strengster Geheimhaltung. Aber seien Sie versichert, dass es für die nationale Sicherheit von höchstem Interesse ist, dass der Chip innerhalb des genannten Zeitfensters gefunden wird." „Sie meinen eine geheime

Regierungseinrichtung?", wollte Zane wissen. „Das hier sind niederländische Gewässer. Handelt es sich um eine holländische Einrichtung?"

Da die Männer ganz offensichtlich Amerikaner waren, war die Frage durchaus berechtigt.

„Vor einigen Monaten erhielten wir die Information, dass sich ein Spion in unseren Reihen befindet", erklärte der Mann rechts, ohne Zanes Frage direkt zu beantworten. „Kurz darauf sind Sie hier aufgetaucht. Wir überwachen Sie seitdem."

„Dann müssten Sie ja eigentlich wissen, dass ich keine Bedrohung darstelle."

„Jeder, der sich in der Nähe unserer Einrichtung aufhält, ist eine Bedrohung."

„Ja wirklich?", fragte Zane in drohend ruhigem Ton.

„Wir haben Sie nur deshalb überwacht, weil Sie sich in der Nähe eines extrem sensiblen Bereiches aufhielten."

„Sensibler Bereich, was?", meinte Zane. „Das erklärt wohl, warum die Navigationsgeräte hier in diesen Gewässern spinnen. Ihr verfügt wahrscheinlich über eine Art Störsender, habe ich recht?"

Keiner der beiden Männer sagte etwas. Sie sahen ihn nur an, als hätte er diese Frage nie gestellt.

Teal rutschte ein Stückchen näher an ihn heran. Diese Typen beunruhigten sie immer mehr - und regten sie langsam auf. „Was ist denn so wichtig an diesem Chip?"

„Wir können keine Einzelheiten nennen, aber er enthält entscheidende Daten für die Sicherheit des Landes. Und diese Daten befinden sich einzig und allein auf diesem Chip. Jeder, der im Besitz des Chips ist, hätte Zugang zu Top-Secret-Verteidigungssystemen. Sollte das passieren, wären die Folgen unabsehbar. Wir tragen hier keine freundliche Bitte vor, Mr Cutter", sagte der erste Mann. „Der Präsident unseres Landes erwartet Ihre Mithilfe. Es geht um die Sicherheit unseres Landes."

Ryan stieß einen anerkennenden Pfiff aus, Ben und Saul tauschten besorgte Blicke. Zane drückte Teals Hand. „Und wenn ich mich weigere? Was dann?"

„Ich würde Ihnen nur ungern die Bergungsrechte am Wrack wegnehmen und sie den Holländern zurückgeben, Mr Cutter. Es ist lebenswichtig, dass der Chip nicht in die Hände von Gangstern gerät", unterstrich der linke Mann noch einmal. „Das wäre eine Katastrophe gigantischen Ausmaßes ..."

„Na ja", wandte Teal ein, „vielleicht hätten Sie auf so etwas Wichtiges von vornherein besser aufpassen sollen."

Zane drückte erneut ihre Hand, um ihr Temperament zu zügeln. „Woher sollen wir wissen, dass Sie nicht diejenigen sind, die den Chip gestohlen haben?"

Der rechte Mann zeigte auf Zane. „Haben Sie ein Handy?" „Ja." Zane erhob sich, um es aus der Gesäßtasche seiner Jeans zu ziehen.

„Rufen Sie im Weißen Haus an. Ihr Anruf wird erwartet." Von wem? Etwa vom Präsidenten? Teal und Zane tauschten einen ungläubigen Blick. Dann fragte Zane die Männer: „Wie lautet die Nummer?"

„Wir könnten Ihnen irgendeine Nummer geben. Rufen Sie die Vermittlung an, und nennen Sie Ihren Nachnamen, gefolgt von der Nummer B-siebzehn. Wir warten draußen."

B-siebzehn war die Nummer auf Zanes Karten von der Gegend um das Wrack der *Vrijheid*. Wie konnten sie das wissen? Ein kalter Schauer überlief Teal. Himmel, in was waren sie denn da hineingeraten?

Teal und die anderen warteten ungeduldig. Zane stand auf und begann, auf und ab zu gehen, während er die Nummer vom Weißen Haus herausbekam. Er nannte seinen Namen, und nach einer kurzen Pause sagte er: „Guten Tag, Mr President. Mein Name ist Zane ... Ja, Sir. Ja, Sir. Ich verstehe. Die Leute versammeln sich gerade wieder. Wie kann ich ... Ja, Sir. Ich bin sicher, das werden sie."

Dann lauschte Zane nur noch und wurde dabei immer blasser. Das gefiel Teal gar nicht. Die Tatsache, dass er mit dem Präsidenten der Vereinigten Staaten von Amerika telefonierte, machte die ganze Angelegenheit erst recht beängstigend.

„Ich sage es nur ungern, Sir, aber möglicherweise wird niemand mehr diesen Chip finden." Er hielt inne und blieb mitten im Raum stehen. Draußen schien die Sonne, als hätte es den Sturm nie gegeben. Die beiden in Schwarz gekleideten Männer standen wartend da, bis Zane sein Gespräch mit dem Präsidenten beendet hatte.

„Könnten Sie das bitte ein bisschen genauer erklären?" Zane strich sich die Haare aus dem Gesicht. Seine markanten Wangenknochen traten deutlich hervor, seine Augen verdunkelten sich. „Ja, Sir, ich verstehe vollkommen. Ja, ich stimme Ihnen zu. Achtunddreißig Stunden wären optimal." Er legte auf und sah einen Moment benommen aus dem Fenster, ehe er sich zu den anderen umdrehte.

„Ich werde diesen verdammten Chip finden. Ihr anderen packt eure Sachen und verschwindet. Sobald ich den Mikrochip übergeben habe, melde ich mich bei euch. Dann könnt ihr wieder zurückkommen."

„Auf keinen Fall", protestierte Ryan. „Die haben doch gerade gesagt, wir sollen uns ganz normal verhalten. Und es ist nicht normal, wenn einer allein wer weiß wie viele Stunden am Stück taucht. Das ist viel zu gefährlich."

Saul stand auf und legte Zane die Hand auf die Schulter. „Du wirst jede Hilfe brauchen, die du kriegen kannst. Ich bin kein guter Taucher, aber ich kann für das Essen sorgen und mich um eure Sauerstofftanks kümmern. Ich bleibe jedenfalls hier."

„Das Gleiche gilt für mich", erklärte Ben mit Bestimmtheit. „Zu viert haben wir eine bessere Chance, dieses Ding innerhalb der kurzen Zeitspanne zu finden. Du bist überstimmt, mein Sohn. Wir bleiben."

Zane wandte sich an Teal. „Ich will, dass du ..."

„Zwei Teams", unterbrach sie ihn entschlossen. „Ist schon entschieden. Jeder taucht mit einem Partner. Keine Ausnahmen. Wie wäre es, wenn du uns jetzt über das unterrichtest, was du weißt?"

Zane rieb sich mit der Hand über das Gesicht. „Der Chip ist so konstruiert, dass er sich selbst sprengt, sollte er jemals in die falschen Hände geraten. Uns bleiben noch neununddreißig Stunden."

Ryan meldete sich zu Wort. „Moment mal! Soll das etwa heißen, dass das Flugzeug und alles hier in die Luft fliegt?" „Allerdings." Zane strich mit dem Daumen über sein Handy und konnte immer noch nicht so ganz fassen, mit wem er gerade telefoniert hatte. „So sieht's aus."

Sein Freund ließ sich wieder in den Sessel zurücksinken, aus dem er aufgesprungen war. Er sah genauso perplex aus, wie Zane sich fühlte. „Aber das ist wie die Suche nach der Nadel im Heuhaufen!"

„Ja, das kommt hin", bestätigte Zane trocken und begab sich in die Kombüse. Als er am Sofa vorbeiging, strich er sanft über Teals Haare. Sie erschauerte.

„Ihr habt gehört, was der Kerl da draußen gesagt hat. Der Chip befindet sich in einem roten Kästchen." Als würde die Farbe es leichter machen, dreißig Meter unter Wasser irgendetwas zu entdecken. Da unten war alles blau. Das Ganze war absurd. Zane verdaute immer noch die Tatsache, dass er mit dem Präsidenten telefoniert hatte. Das machte die Situation nicht nur bizarr, sondern unwirklich.

„Na, in einem roten Kästchen finden wir es bestimmt ganz leicht", spottete Teal. „Das ist ja schließlich riesig."

Zane musste grinsen, und er war überzeugt, dass genau das ihre Absicht gewesen war. Sie sah ihn mit großen braunen Augen besorgt an, und er wusste, dass ihre ganze Sorge allein ihm galt. Sie fürchtete um seine Sicherheit. Um die Verwirklichung seines Traums. Seine Kehle war wie zugeschnürt. Am liebsten hätte er seinen magischen Umhang um sie ausgebreitet und wäre von diesem Chaos weggeflogen. Doch der magische Umhang war im Augenblick ebenso unzuverlässig wie seine Gefühle.

„Ich nehme mal an, die Option, dass wir ablehnen, bestand nicht?", fragte Ben, auf dessen Stirn sich Schweißperlen gebildet hatten.

„Nein, ich hatte nicht die Möglichkeit abzulehnen. Aber das heißt nicht, dass ihr auch hierbleiben solltet. Ehrlich gesagt..." „Ehrlich gesagt, es ist längst geklärt, wer bleibt und wer geht", erinnerte Teal ihn. „Damit ist der Fall erledigt. Bei achtunddreißig Stunden bleibt uns nicht viel Zeit zum Diskutieren. Wir sollten uns lieber an die Arbeit machen."

„Können wir den Kran nicht benutzen, um die Trümmer zu bergen?", schlug Ryan vor. „Es ist doch leichter, außerhalb des Wassers zu suchen."

„Ja, das habe ich mir auch schon überlegt. Das werden wir also zuerst machen. Falls es nicht funktioniert..." Er hielt eine Coladose hoch und warf denjenigen, die etwas trinken wollten, eine Dose zu. Dann begann er erneut, im Raum auf und ab zu gehen, und während er sich das Hirn zermarterte, trank er seine Cola.

Bisher hatte er etwas so Instabiles noch nie mit seinem Kran gehoben. Das Flugzeug konnte auseinanderbrechen. Das war sogar wahrscheinlich. Trotzdem war es einen Versuch wert.

Sollte es ihnen tatsächlich gelingen, dieses kleine Kästchen auf dem Boden des riesigen Ozeans zu finden, konnten sie vielleicht zur Normalität zurückkehren. Wenn nicht, würden das Flugzeugwrack und das Wrack der *Vrijheid* in weniger als zwei Tagen in die Luft gesprengt werden. Und von allen Szenarien war das auch noch das wahrscheinlichste.

„Wenn die *Vrijheid* gesprengt wird, nachdem sie vierhundert Jahre Strömung und Stürme überstanden hat, werden ihre Teile wer weiß wie weit fliegen. Was für eine Schande. Die beiden Typen da draußen wollen den Chip zwar finden, aber ich vermute, es wäre ihnen ebenso recht, wenn einfach alles gesprengt wird. Hauptsache, die Gangster bekommen den Chip nicht wieder in die Hände. Nach dem Motto: Wenn wir es nicht bekommen, bekommt ihr es auch nicht."

Ben saß auf der Sofalehne, das Gesicht vor Aufregung gerötet. Das war sicher nicht gut für seinen Blutdruck und bereitete Zane zusätzlich Sorgen. „Lasst uns wenigstens mehr Taucher dazunehmen."

„Ihr habt es doch gehört." Teal zog die Füße aufs Sofa und schlang die Arme um ihre Knie. „Das kommt nicht infrage." „Wir sind zu fünft", sagte Saul. „Die Chancen stehen doch gar nicht schlecht, dass wir ihn finden."

Die Chancen standen denkbar schlecht, das wusste Zane, aber er war froh über jeden mit einer positiven Einstellung. Trotzdem würde er nicht darauf wetten, dass sie es schafften.

Die Tür ging auf, und die beiden Männer kamen zurück in den Salon. „Alles geklärt?", fragte der größere, der aussah wie ein Gewichtheber.

„Und wie", antwortete Zane. Er war ganz und gar nicht glücklich über die Situation. Ihn wurmte, dass die *Vrijheid* vielleicht für immer verloren war. Wichtiger aber war, dass er das Leben seiner Crewmitglieder nicht aufs Spiel setzen wollte. Für nichts und niemanden, auch nicht für den Präsidenten. Wenn die ihm sagten, ihm blieben noch achtunddreißig Stunden, würde er dafür sorgen, dass nach sechsunddreißig Stunden alle weit weg waren, wenn sie den Chip bis dahin noch nicht gefunden hatten. „Wir werden das Flugzeug an Bord hieven, denn das erleichtert die Suche ..."

„Das geht nicht", unterbrach ihn der Agent.

„Die Sichtweite dort unten liegt momentan unter einem Meter", erklärte Zane grimmig. „Wir können nicht darauf warten, dass die Strömung nachlässt. Wenn Sie dieses verdammte ..."

„Sie können keine Cessna an Bord hieven, für alle mit Satellitenbildschirm genauso sichtbar wie mit bloßem Auge", konterte der Spezialagent.

Mist. Zane machte aus seiner Genervtheit keinen Hehl. „Und welchen Vorschlag haben Sie?"

„Wir bleiben an Bord und sorgen dafür, dass niemand Sie behelligt, während Sie tauchen."

Klar, kein Problem. Nur fehlte ihnen dann immer noch das Wunder, das sie brauchten.

Zane und Ryan tauchten zuerst. Teal blieb mit Ben an Deck und wartete. Was ihr nicht leichtfiel, wie sie schnell feststellte.

Es war elf Uhr vormittags an einem Mittwoch. Sollte die Sprengvorrichtung am Donnerstagabend um elf Uhr noch nicht gefunden und gehoben sein, würden sie laut Zane nach St. Maarten aufbrechen.

Das war in sechsunddreißig Stunden.

Die beiden Männer in Schwarz hießen Davis und Smiley.

Vornamen hatten sie keine. Davis war klein und stämmig, mit militärisch kurzen graubraunen Haaren und einem leichten Überbiss. Smiley war größer und äußerst trainiert, mit sich wölbendem Bizeps, muskulöser Brust und mürrischer Miene. Teal war froh, dass die beiden zu den Guten gehörten. Die zwei waren ganz okay, und das Beste war ihre schwere Bewaffnung.

Sie gingen zu ihrem unauffälligen gemieteten Angelboot, das achtern an der *Decrepit* festgemacht war, und kehrten mit schwer aussehenden Reisetaschen zurück, die sie in der Nähe der Kombüse verstauten. Teal bot ihnen ihre alte Kabine an, doch sie lehnten ab.

„Danke, Ma'am." Smiley nahm eine Pistole mit einem sehr langen Lauf aus seiner Tasche, leerte die Besteckschublade in die mit den Küchengeräten und legte seine Pistole hinein. „Wir arbeiten, wir schlafen nicht."

Die Waffe war viel größer als die, mit der Zane ihr neulich zu Hilfe geeilt war. Und sie war faszinierend. Teal wollte unbedingt schießen lernen. Vielleicht würde sie so ein Ding mal komplett auseinanderbauen, um herauszufinden, wie es funktionierte. „Irgendwann müssen Sie ja mal schlafen."

„Nicht in den nächsten achtunddreißig Stunden."

„Klar. Darf ich die mal halten?" Sie deutete auf die Pistole in seinem Schulterhalfter.

Smiley wurde bleich. „Nein, Ma'am."

Zu schade. „Ein andermal vielleicht?" Er machte ein gequältes Gesicht. „Ich habe Sandwiches für Sie zubereitet. Bedienen Sie sich."

„Machen Sie einfach ganz normal weiter mit dem, was Sie sonst auch getan haben."

„Gute Idee. Dann kann ich ja jetzt nach unten gehen und mich um meine Maschinen kümmern, oder?" Das war eine rhetorische Frage, deshalb antworteten die Agenten auch nicht. „Dürfte ich vorschlagen, dass Sie etwas anziehen, was weniger ... Sie wissen schon."

Davis zog grüngelbe Surfshorts aus seiner Reisetasche. Teal musste sich ein Grinsen verkneifen. „Perfekt."

Sie ging an Deck und sagte Ben Bescheid, damit er wusste, wo er sie finden konnte, falls er sie brauchte. Dann stieg sie hinunter in ihren Maschinenraum. Sie hatte vorsichtshalber selbst schon ein paar Pläne geschmiedet und war froh, sich mit einem Projekt beschäftigen zu können. Jetzt brauchte sie nur noch ein paar Teile.

Ben holte sie ab, als ihr Tauchgang an der Reihe war. Zane und Ryan hatten nichts gefunden.

Die vier tauchten abwechselnd den ganzen Nachmittag bis in die Abenddämmerung hinein. Dabei benutzten sie starke Unterwasserlampen. Erfolglos. Außerdem war es frustrierend, zu tauchen und das Flugzeug auf ihrem Wrack liegen zu sehen.

Hier und da blinkte Gold lockend im Schein der Lampe unter dem Rumpf und dem Heck des Flugzeugs. Ein Schatz, den sie nicht heben konnten und möglicherweise ganz verlieren würden.

Das Abendessen verlief in trüber Stimmung. Alle waren gestresst, und Teal spürte Zanes Anspannung ganz besonders. Er sprach weniger als sonst. Sie hoffte sehr, dass er keine Dummheit begehen würde. Wie zum Beispiel, sie alle nach St. Maarten zu schicken, während er so verrückt war, die *Vrijheid*. allein zu bewachen. Er hatte hart gearbeitet, um das Wrack zu finden. Er sollte nicht dafür bestraft werden, dass ein Krimineller etwas gestohlen und anschließend das Pech gehabt hatte, auf sein Wrack zu stürzen.

Smiley kam herein, als sie den Abendbrottisch abräumten. „Wir haben Besuch."

Teal waren die näher kommenden Lichter in der Dunkelheit schon aufgefallen. Zane bestimmt auch, davon war sie überzeugt.

„Jeder weiß, dass wir über einem Wrack liegen", erklärte Zane ihm und reichte Ben einen Teller zum Abtrocknen. „Die werden bloß neugierig sein. Vor dem Sturm war hier richtig viel los. Ich nehme an, jetzt kommen langsam alle zurück. Und ihr Jungs werdet euch darum kümmern, habe ich recht?", fügte er grimmig hinzu. „Ich werde nicht zulassen, dass Unbeteiligte in diesen Schlamassel hineingezogen werden. Geht raus und wimmelt sie ab."

„Alles muss normal aussehen", erinnerte Smiley ihn mit ruhiger Stimme. „Wenn es die Gegner sind, die herausfinden wollen, ob Sie etwas gesehen haben, wird es für uns von Vorteil sein, ihnen eine ganz gewöhnliche Bergungsaktion vorzugaukeln."

„Mist." Zane ließ das schmutzige Wasser aus der Spüle laufen und trocknete sich die Hände ab. „Mit denen können wir uns morgen befassen. Ihr zwei werdet heute Nacht patrouillieren, nehme ich an?"

„Ja, Sir."

Zane hielt Teal die Hand hin. „Gehen wir."

Kaum hatten sie die Kabinentür hinter sich geschlossen, packte er sie an den Schultern, drängte sie gegen die Tür und küsste Teal wild. Zane atmete schwer, und sie spürte sein ganzes Gewicht. Er zitterte, und er packte zu fest zu. Der Kuss war von beinah brutaler Leidenschaft, und Teal erwiderte ihn, so gut sie konnte.

Zane zerrte ihr das T-Shirt über den Kopf, warf es zur Seite und riss sich seines vom Leib, das er über die Schulter warf. „Bett", flüsterte sie, während sie seinen Hals küsste.

„Dusche." Er zog ihr Shorts und Slip herunter und küsste sie von Neuem mit der gleichen Wildheit. Teals Hände glitten hinunter zu seiner Schwimmshorts und schoben sie von seinen schmalen Hüften. Als sie die Shorts bis zu seinen Knien hinuntergezerrt hatte, benutzte sie einen Fuß, um sie ganz hinunterzuziehen.

Das Verlangen war so heftig, dass sie es nicht mehr bis in die Dusche schafften. Teal schlang ihm die Arme um den Nacken und die Beine um die Hüften. Sie spürte seine Erektion hart zwischen den Oberschenkeln und brachte sich in Position, sodass sie ihn genau dort hatte, wo sie ihn wollte.

Er stöhnte und biss sie ins Ohrläppchen. Verschwommen sah sie ihr Gesicht im Spiegel. Ihre Wangen waren gerötet, ihre Augen glänzten fiebrig. Sie sah lüstern aus, und das war sie auch. Sie konnte nicht genug von ihm bekommen. Die sinnlichen Liebkosungen seiner Hände, seiner Lippen, der Duft seiner Haut - all das machte sie wild vor Begierde.

„Schau uns nur an." Er drehte sich zur Seite, sodass sie sich beide im Spiegel über dem Waschbecken sehen konnten. „Sieh nur, wie vollkommen wir zusammenpassen." Genussvoll beobachtete sie, wie er ihre harten Brustwarzen spielerisch mit seinen langen Fingern reizte. Sie sah es, und gleichzeitig spürte sie es, was das Ganze noch viel erotischer machte. Zanes Hände hoben sich deutlich ab auf ihrer hellen Brust.

Dann sah sie ihm ins Gesicht und entdeckte die Glut in seinem Blick, während er das Spiel seiner Finger an ihren Brüsten beobachtete.

Ihr Herz pochte wie verrückt, als ihre Blicke sich im Spiegel trafen. Plötzlich war sie so aufgewühlt, dass ihr Tränen in die Augen stiegen. Ich liebe dich, dachte sie. Ich liebe dich.

Heiß und kräftig spürte sie ihn zwischen ihren Oberschenkeln. Zane küsste sie erneut mit besitzergreifender Leidenschaft. Wie ein Pirat, der sich nimmt, was er haben will, dachte sie genüsslich. Und Teal gab sich diesem wilden Kuss hin, während sie die Hände in fieberhafter Eile über seinen Körper gleiten ließ. Der Kuss schien nie mehr enden zu wollen. Mit einem heiseren Laut hob Zane sie auf das Frisiertischchen und presste die Finger an ihre Hüften.

Benommen vor Lust, begann sie ein provozierendes Spiel mit ihrer Zunge in seinem Mund. Er schmeckte herb nach dem Bier, das er zum Abendessen getrunken hatte.

Teal war beinah überwältigt. Sie wimmerte leise, ihr ganzes Sein war konzentriert auf den Moment, in dem er sie erobern würde. Mit einem einzigen Stoß war er in ihr und brachte sie in einem heftigen Rhythmus zum Orgasmus, der wie eine hohe Welle über sie kam und nicht mehr enden zu wollen schien. Kaum ebbte das grenzenlose Verlangen ab, packte er mit beiden Händen ihren Po, und ein weiterer Höhepunkt ließ sie von Kopf bis Fuß erschauern. Ihr Herz raste, das Atmen war fast unmöglich.

Zufrieden registrierte sie - in dem winzigen Teil ihres Gehirns, der noch denken konnte -, dass auch Zane völlig außer Atem war. Er kam heftig und pulsierend, voller Kraft hielt er sie fest und nahm sie schnell und verlangend. Dann ließ er den Kopf auf ihre Schulter sinken, wo sein Schweiß sich mit ihrem vermischte.

Einige Minuten lang waren ihr ungleichmäßiger Atem und das Pochen ihrer Herzen die einzigen Geräusche in dem kleinen Badezimmer. Teal küsste Zanes Halsbeuge. Er schmeckte salzig und erschauerte, als sie mit der Zunge über seine schweißfeuchte Haut fuhr. Obwohl es eigentlich unmöglich war, beschleunigte sich ihr Puls von Neuem.

„Ich habe in der Nacht nach der Beerdigung deines Vaters mit dir geschlafen", sagte sie schwer atmend. Er war noch immer hart und tief in ihr. Ihre Muskeln pulsierten noch vom letzten Orgasmus, und doch spürte sie die Ankündigung eines neuen Höhepunkts. Die Marmorfläche fühlte sich kalt an unter ihrem Po, aber Zanes Körper strahlte eine Hitze aus, die ihre Haut zu versengen schien, während sie sich unaufhaltsam dem Gipfel der Lust näherte.

Plötzlich hielt Zane mitten in der Bewegung inne. „Moment ... was?" Er zog sich zurück, dann drang er wieder in sie ein. „Das ist unmöglich."

„Du warst nicht auf der ... Himmel, lass mich ..." Er steigerte sein Tempo, bis sie kurz vor dem Höhepunkt stand. „Ich habe dich bei der Beerdigung nicht gesehen."

Der Orgasmus kam erneut wie eine hohe Welle, die sie unter sich begrub. Verzweifelt und berauscht von sinnlicher Lust, klammerte sie sich an Zane.

Später schmiegte sie sich tief durchatmend an seine Brust. Er löste sich behutsam und stellte die Dusche an. Teal wollte etwas sagen, doch es kam nur ein unartikulierter Laut heraus. Zane lachte und küsste sie. „Später."

„Einverstanden", murmelte sie. „Ich bin völlig erledigt."

Offenbar war sie irgendwann unter der Dusche eingeschlafen, denn plötzlich lag sie müde und in ein flauschiges Handtuch gehüllt auf Zanes Bett. Sie hatte keine Ahnung, wie sie dorthin gelangt war.

Mit geschlossenen Augen atmete sie seinen einzigartigen Duft ein und fuhr mit den Fingern durch seine Brusthaare. „Du verfügst über Superkräfte", flüsterte sie benommen.

Er grinste, das Gesicht an ihre nassen Haare geschmiegt. Geduscht und ebenfalls erschöpft, zog er sie an sich. Er durfte dies nicht verlieren. Himmel, er durfte sie nicht verlieren. „Du solltest schlafen. Ich will gleich bei Tagesanbruch tauchen."

„Schlaf? Bist du verrückt geworden? Und auch nur eine Sekunde hiervon verpassen? Auf keinen Fall."

Er strich mit den Fingern sanft über ihren Rücken, fühlte ihre Muskeln und staunte darüber, wie stark und zugleich zerbrechlich sie

276

war. „Du hast also damals die Situation ausgenutzt, als ich betrunken und willenlos war?", nahm er den Faden wieder auf. Dabei fuhr er mit der Fingerspitze über die Hügel und Täler ihres straffen Pos und spürte ihre Wimpern wie Schmetterlingsflügel an seiner Brust.

„Mein Flug hatte Verspätung." Mit gespreizten Fingern fuhr sie durch seine Brusthaare und spielte mit einer seiner flachen Brustwarzen, bis er kurz davor war, seinem wachsenden Verlangen erneut nachzugeben. Doch so schnell würde er das nicht schon wieder schaffen, deshalb nahm er ihre Hand und legte sie sich flach auf die Brust.

„Ich kam erst an, als alles schon vorbei war. Ich fuhr zu deinem Haus ..."

„Oh, im Ernst?" Er hatte damals völlig neben sich gestanden und geschluchzt wie ein Baby. Der Alkohol hatte seine Melancholie nicht vertreiben können.

Ihre Lippen streiften die Unterseite seines Kinns. Trost. Liebe. Vertraute Nähe. „Ich wollte dich trösten, irgendetwas tun ... Aber du warst so betrunken, dass du überhaupt nicht wusstest,

wer ich war, und es hat dich auch nicht interessiert."

„Warum hast du nichts gesagt?"

„Du brauchtest niemanden, der Plattitüden von sich gibt. Du wolltest nicht reden. In jener Nacht brauchtest du mich. Und ich wollte dir geben, was immer du verlangtest."

Er spielte mit den nassen Haaren. „Dein Haar war damals lang."

„Ich habe es nach meiner Abreise aus San Francisco abgeschnitten. Als meine Scheidung rechtsgültig wurde, kam ich endlich von Denny weg und ging nach Alabama, wo ich neu anfing." Er küsste sie auf den Kopf. „Danke."

„Wofür? Dass wir es miteinander getan haben? Es war Sex." „Nein, mir half es über das hinweg, was ich gerade durchmachte. Eigentlich erinnere ich mich nicht mehr richtig an dich. Da ist nur die vage Erinnerung an seidige Haut und langes Haar. Ich erinnere mich aber an die Wärme und das Mitgefühl, an jemanden, der gab, ohne dafür eine Gegenleistung zu erwarten." Sie biss ihn zärtlich in den Bizeps. „Na ja, so selbstlos geschah das alles nun auch wieder nicht", erwiderte sie lachend. „Keine Sorge, ich bekam reichlich zurück."

Zane legte sich träge auf sie und presste eine Reihe kleiner zärtlicher Küsse von ihrem Ohr bis zu ihrem Mund. „Ich fühle mich benutzt."

„Du kannst es mir gern heimzahlen ... hm, ja, noch ein bisschen weiter links ... oh ja, genau da ..."

SIXTEEN

Trotz des farblosen frühen Morgens war der Ozean warm. Zane wollte natürliches Sonnenlicht statt dieser großen starken Tauchlampen, die sie bis jetzt benutzt hatten.

Zum Glück herrschte Windstille, und das Meer war ruhig. Mit aufgehender Sonne würde die Sichtweite zunehmen. Zane richtete seine Lampe auf Teal, die den Daumen hob. Er zeigte auf den verschwommen erkennbaren weißen Schatten des Flugzeugs unter ihnen.

Vielleicht würde die rote Box leuchten, wenn sie mit den Strahlern beider Lampen den Boden gleichzeitig absuchten. Bei Zanes Pech allerdings hatte womöglich ein Hai sie verschluckt.

Das war verrückt, einfach unmöglich. Sie würden das verdammte Ding niemals finden.

Nie zuvor hatte er die unermessliche Weite des Meeres so sehr gespürt wie an diesem Morgen. Die Unterwasserwelt war riesig, gefährlich, feindselig. Es gefiel ihm ganz und gar nicht, dass er heute so darüber dachte, wo er doch sein Leben lang den Zauber dieser einzigartigen Welt geliebt hatte.

Er verdrängte sein Unbehagen und konzentrierte sich stattdessen auf seine Wut. Hier stand für ihn alles auf dem Spiel, nicht nur die *Vrijheid*, sondern auch Menschen, die ihm am Herzen lagen. Teal und die anderen waren in höchster Gefahr, wenn nicht noch ein Wunder geschah und er bis sechs Uhr heute Abend diesen Chip fand.

Er richtete den Strahl der Lampe auf seine Uhr. Ihm blieben noch knapp achtzehn Stunden, um eine Box von der Größe eines Brotlaibes zu finden. Die Chancen standen denkbar schlecht.

Mit einem mulmigen Gefühl näherte er sich dem abgestürzten Flugzeug, dessen zerborstene Frontscheibe trübes Licht reflektierte.

Die ganze Sache war vertrackt, und es gab nichts, was er momentan daran ändern konnte. Ihm blieb nichts anderes übrig, als systematisch zu suchen und zu hoffen, dass sie die winzige Box rechtzeitig fanden.

Lange vor Sonnenaufgang hatte er alle in seiner Kabine zusammengerufen und ihnen erklärt, wie er bei der Suche Vorgehen wollte - langsam und nach einem bestimmten Schema. Gemeinsam mit Saul entwarf er eine Karte mit einem Gitternetz, das er per Computer kontrollieren würde. Jeder hatte seinen eigenen Abschnitt, der anschließend getauscht wurde, sodass alles zweimal abgesucht wurde. Auf diese Weise arbeitete man für gewöhnlich an einem Wrack. Hier war die Fläche zwar kleiner, aber das Prinzip blieb das gleiche. Es war gut, dass er und die anderen mit dieser Vorgehensweise vertraut waren. Trotzdem wäre es ihm lieber gewesen, wenn Teal nicht hier unten mit ihm tauchen würde.

Er schob Furcht und Frustration beiseite und machte sich daran, seinen Teil des Cockpits zu durchsuchen. Um den Rumpf des Flugzeugs herum hatte er bereits alles abgesucht, doch er beschloss, sich vorsichtshalber noch einmal umzusehen. Zum Glück war das Wasser um das gesunkene Flugzeug nach wie vor trübe und dunkel. In diesem Licht blieb ihm der Anblick der mit Sicherheit wieder verschütteten Kanonen vom Wrack der Vrijheid erspart. Der ganze Schatz war verschwunden, unter Sand und Schlick begraben, als hätte es ihn nie gegeben.

Er nahm sich zusammen, denn es konnte sehr gefährlich werden, dreißig Meter unter der Wasseroberfläche richtig wütend zu werden. Er musste ruhig und gleichmäßig atmen, um den Sauerstoff aus den Tanks nicht zu schnell aufzubrauchen. Sonst musste er zu oft auftauchen und verlor Zeit. Also lieber ruhig bleiben. Und die verdammte Box finden.

Teal schwamm um die Nase des Flugzeugs herum und begann mit ihrer Suche. Sie besaß eine natürliche Begabung für die Schatzsuche und schaute praktisch unter jedem Sandkorn, jeder Muschel nach. Beide Türen des Flugzeugs waren eingedrückt und ließen sich ohne Werkzeug nicht mehr öffnen. Doch soweit sie erkennen konnte, befanden sich keinerlei persönliche Gegenstände im Cockpit.

Neunzig Minuten später tauchten sie wieder auf. Als Teal vor ihm die verchromte Leiter hinaufkletterte, bemerkte Zane die Anspannung in ihrer Rückenmuskulatur.

„Habt ihr was?", fragte Ryan, bevor er sich seine Tauchermaske aufsetzte.

„Nein, noch nicht." Teal schnallte ihren Sauerstofftank ab. „Könnten wir das Flugzeug nicht mit dem Kran ein wenig anheben, um nachzuschauen, ob sich darunter etwas befindet?"

„Schon möglich." Zane musste sich zusammenreißen. „Das ist alles großer Mist. Seid trotzdem gründlich." Er klopfte Ben auf die Schulter. „Auch wenn es euch stinkt."

Ben deutete mit einer Kopfbewegung zu den Agenten hinter ihm. „Mir stinken vor allem diese beiden Burschen da", murmelte er und sprang ins Wasser. Ryan folgte ihm.

Teal war nicht nach Reden zumute - und Zane ausnahmsweise auch nicht. So saßen sie schweigend nebeneinander und schauten aufs Wasser. Die Sonne schien inzwischen hell und freundlich vom Himmel. Doch sie konnte die eisige Kälte, die sich in Zanes Knochen geschlichen hatte, nicht vertreiben. Er kämmte sich mit den Fingern die nassen Haare zurück und hoffte auf das Unmögliche.

Ryan und Ben kletterten still wie zwei Trauernde wieder an Bord. „Nichts außer einem Krebs", meldete Ben.

Ryan deutete auf die Karte auf dem Tisch, die mit einer Trompetenschnecke beschwert war. „Wir waren schon fast überall. Da, dort und da auch. Hier vielleicht?"

Teal wirkte entschlossen. „Wir werden das Ding finden, Jungs. Wir sehen uns in neunzig Minuten wieder." Sie trat an den Rand der Plattform und glitt ins Wasser.

Zane sprang ihr hinterher.

Aber auch sie kehrten anderthalb Stunden später frustriert und mit leeren Händen an die Oberfläche zurück.

Ben und Ryan lösten sie erneut ab, und so ging es weiter - neunzig Minuten unter Wasser, neunzig Minuten oben.

Während Zane im goldenen Licht der Vormittagssonne tauchte, öffnete er seine Seele dem Universum, Gott, Poseidon oder Zeus. Das alles war ein solcher Schlamassel, da wandte er sich am besten gleich an den Boss aller Götter.

Hilf mir, diese Box zu finden, dachte er. Zeig mir einfach, wo sie ist.

Stattdessen hörte er nur das Pfeifen und Klopfen der Fische und den Darth-Vader-Sound von Teals Atemgerät. Sie war ebenso konzentriert wie er und ließ sich von der Größe der Aufgabe nicht beirren. Zane war stolz auf sie und dankbar, dass sie letztlich mitgekommen war. Es hatte buchstäblich sein Leben verändert, dass sie sich am Ende doch einverstanden erklärt hatte, bei dieser Bergung mitzumachen.

Was für eine Frau. Dass er nun wusste, was sie nach der Beerdigung seines Vaters für ihn getan hatte, beschämte ihn. Sie hatte ihn trösten wollen, und das war ihr gelungen. Mehr als sie vermutlich jemals verstehen würde. Vielleicht sogar mehr, als er selbst jemals verstehen würde.

Damals hatte er sich eingeredet, die innere Leere nach der Beerdigung sei auf den Tod seines Vaters zurückzuführen. Jetzt wusste er, dass das nur zum Teil stimmte. Die menschliche Größe, die Teal ihm gezeigt hatte, fehlte ihm mindestens genauso. Das Einzige, was er an dieser Episode wirklich bedauerte war die Tatsache, dass seine fehlende Erinnerung Teal verletzt hatte. Das war unverzeihlich dämlich von ihm gewesen.

Verdammt, er brauchte Zeit mit ihr, und zwar ohne all diese Anspannung, Ablenkung und Gefahr. Er wusste, dass sie ohne ihn nirgendwohin gehen würde, ganz gleich, wie gefährlich die Lage war. Solange er sich dem Risiko aussetzte, würde sie nicht von seiner Seite weichen, auch wenn sie sich damit selbst in Gefahr brachte. Viele Möglichkeiten hatte er da nicht. Er hatte schon ernsthaft erwogen, sie k. o. zu schlagen und von Saul nach St. Maarten bringen zu lassen. Aber das war natürlich eine unsinnige Idee. Nie und nimmer konnte er sie schlagen ... hey, was war das denn?

Er schwamm näher ans Seitenfenster und leuchtete mit seiner Tauchlampe auf die teilweise zerstörten Armaturen im Cockpit.

Da war etwas Rotes.

Unmöglich. Er hatte hier doch praktisch jeden Zentimeter abgesucht.

Etwas Rotes und Rechteckiges. Wow! Er versuchte, sich zwischen die eingedrückte Tür und den Sitz zu zwängen. Aber er war zu breit, zumal mit der Ausrüstung auf dem Rücken. Die Lücke war höchstens dreißig Zentimeter breit. Er stellte einen Fuß auf den unteren Rand des Cockpits und zerrte mit beiden Händen, um die Tür aufzubekommen.

Der Rahmen gab ein seltsames Kreischen und Ächzen von sich, als handele es sich um ein erwachendes Ungeheuer.

Er klopfte auf seinen Sauerstofftank, doch das war gar nicht nötig, denn Teal kam bereits auf ihn zugeschwommen, lautlos wie ein Fisch. Ihre Augen waren fragend und erschrocken geweitet. Er machte das Okay-Zeichen und leuchtete wieder in das Innere des Flugzeugs, um ihr seinen Fund zu zeigen. Diese kleine rote Ecke, kaum sichtbar hinter all dem zerborstenen Glas, Metall und Holz und den Lederstreifen, die sich wie schwarzer Seetang in der Strömung bewegten.

Teal schob eine Hand und eine Schwimmflosse in die schmale Türöffnung und versuchte, ihr Knie hineinzuzwängen. Unmöglich.

Zane klopfte ihr auf die Schulter. Der Aluminiumrahmen hatte scharfe Kanten, die ihren Neoprenanzug oder die Schläuche zerschneiden konnten. Er wollte nicht, dass sie sich verletzte. Es hatte keinen Sinn, hier weiter Zeit zu vergeuden. Sie brauchten Unterwasserwerkzeuge, die nicht zur Ausrüstung der *Decrepit* gehörten.

Zane zeigte nach oben. Immerhin wussten sie jetzt, wo sich diese Box befand und was sie brauchten, um an sie heranzukommen. Das war schon ein Erfolg.

Noch sechzehn Stunden. Zeit genug, um nach St. Maarten zu fahren und mit dem nötigen Werkzeug wieder hierher zurückzukehren. Dann die Arbeitszeit. Höchstens drei Stunden. Er fühlte sich benommen vor Erleichterung.

Beinah euphorisch, dass das Glück wieder auf seiner Seite war, tauchte Zane nach oben, um den anderen die gute Nachricht mitzuteilen.

Niemand war vorhin an Deck der eleganten Luxusjacht gewesen, doch als Zane jetzt Teal auf die Tauchplattform half, bemerkte er einige Frauen an der Reling. Das hatte ihm noch gefehlt - Zuschauer. Noch dazu weibliche Zuschauer. Seine Beziehung zu Teal war noch äußerst zerbrechlich und ihr Vertrauen in ihn leicht zu erschüttern.

Zane schob sich die Tauchermaske auf den Kopf und schnallte den Bleigürtel ab. Er erkannte die *Slow Dance*, eine Mietjacht aus St. Maarten. Im Lauf der Jahre hatte er selbst schon die eine oder andere Party auf dieser Vierzig-Meter-Luxusjacht gefeiert, die für Leute mit entsprechend viel Geld keine Wünsche offen ließ.

Ein halbes Dutzend spärlich bekleideter Damen lehnte an der Reling. „Ahoi, da drüben! Wonach taucht ihr?", rief eine attraktive

Chinesin. Zierlich und kurvenreich, sah sie in ihrem winzigen roten Bikini aus wie eine Porzellanpuppe.

„Nach nichts Besonderem", erwiderte Zane und zwang sich zu einem Lächeln, während er Teal bei ihren Sauerstofftanks half. Eine langbeinige Brünette, nur mit der unteren Hälfte eines weißen Bikinis bekleidet, trat zu der Chinesin an die Reling. „Hi." Ihr Lächeln zeigte strahlend weiße Zähne. „Können wir mitmachen?"

„Bis jetzt haben wir nichts Aufregendes gefunden. Aber klar, ihr seid herzlich eingeladen."

„Cool. Bist du allein da drüben? Willst du ein bisschen Gesellschaft haben?"

Auf keinen Fall würde er irgendwem erzählen, wie viele Leute sich an Bord der *Decrepit* befanden. So harmlos ein Boot voller spärlich bekleideter Frauen auch sein mochte, konnte er doch nicht wissen, wer die Jacht gemietet hatte. Im Übrigen hätte er sich denken können, dass Teal es sich nicht gefallen lassen würde, von diesen Frauen wie Luft behandelt zu werden.

„Er ist nicht allein", erklärte sie der Frau in süßlichem Ton und legte ihm den Arm um die Taille. „Ich bin hier, und unsere fünf entzückenden Kinder sind es auch. Ach, und unser Dobermann."

„Na ja, dann vielleicht ein andermal", rief Zane der Frau lachend zu, als Teal vor ihm die Leiter zum Deck hinaufkletterte. Die Absichten der Frau an Bord der Jacht waren ziemlich klar. Nur bedeutete es ihm nichts angesichts dessen, was er gerade direkt vor der Nase hatte. „Wir müssen die Kinder und den hungrigen Hund füttern", rief er und deutete aufs Oberdeck, wo Smiley mit einer Angel im Liegestuhl saß und grinste.

Zu den beiden Frauen auf der *Slow Dance* gesellte sich eine zierliche Blonde in einem kobaltblauen Badeanzug.

„Hübsch", murmelte Teal. „Rot, weiß und blau. Die Farben des Sternenbanners. Wie patriotisch."

Er tätschelte ihren festen, wundervoll gerundeten Po, während sie vor ihm an Deck stieg. „Du bist mir mit gar nichts an lieber."

„Behalte das im Hinterkopf." Als er vor ihr stand, schlang sie die Arme um seinen Nacken und gab ihm einen sinnlichen Kuss, der ihm durch und durch ging. „Betrachte mich als deinen Bodyguard, Ace."

Er empfand ein eigenartiges Ziehen in seinem Innern, weil sie so offen ihre Besitzansprüche geltend machte. „Ach, nimm die doch nicht ernst", meinte er. „Die bibbern schon vor Angst." Grinsend gab er ihr einen Kuss auf die Nase, verschränkte seine Finger mit ihren und flüsterte ihr ins Ohr: „Komm, melden wir den anderen die guten Neuigkeiten."

Die Brünette beugte sich über die Reling. „Ihr seid nachher alle auf einen Drink eingeladen, wenn ihr wollt. Habt ihr einen Babysitter?"

„Denk nicht mal dran", sagte Teal und schmiegte ihr Gesicht im Gehen an seine Wange.

„Zane." Saul erschien im Türrahmen zum Salon und hielt Zanes Handy hoch. „Logan."

Mist. Der Anruf hätte ihm morgen wesentlich besser gepasst, denn dann wäre alles vorbei und die Geschichte schon toller Stoff für eine Legende. Ein Abenteuer, das man vielleicht mit entsprechenden Ausschmückungen gern erzählte. Aber momentan steckte er noch knietief in dem Schlamassel drin.

„Wolf, es ist gerade ein bisschen schlecht." Zane winkte Smiley zu, damit er hereinkam und die Tür hinter sich zumachte. Die Frauen auf der *Slow Dance* standen an der Reling aufgereiht wie die Elstern und beobachteten das Geschehen auf der *Decrepit* durch die großen Fenster des Salons. „Kann das nicht warten?" Jede Sekunde, in der die Box im Flugzeug lag, brachte sie der Detonation näher.

„Nein", sagte Logan knapp. „Hier ist ein Mann."

„Geht es auch etwas genauer? Wo hier? Und was für ein Mann? Irgendwo in Südamerika?" Smiley, Davis und die anderen waren an dieser privaten Unterhaltung nicht sonderlich interessiert. Sie standen herum und warteten darauf, dass Zane sie auf den neuesten Stand brachte. Und sosehr er seinen Bruder auch liebte, im Moment hatte Zane nicht die geringste Lust, mit ihm zu reden. „Was hältst du davon, wenn wir uns heute Abend unterhalten?", schlug er vor, schon bereit, einfach aufzulegen.

„Cutter Cay", sagte sein Bruder, womit die Frage nach dem Ort beantwortet war. „Bei dem Typen handelt es sich um einen teuren Anwalt aus New York. Er vertritt einen Klienten, der behauptet, unser lange verschollener Halbbruder zu sein."

„Was? Um Himmels willen." Sein Magen krampfte sich zusammen. Sein Vater hatte seinen Ruf als Casanova der Karibik nicht umsonst gehabt. „Ich rufe dich später zurück, ganz bestimmt, Logan."

„Ist alles in Ordnung mit dir?" Teal sah ihn skeptisch an, als er das Handy zuklappte und es in die Tasche seiner Schwimmshorts steckte. Dieser Anruf hatte ihn aus dem Konzept gebracht, und genau so etwas konnte er jetzt überhaupt nicht gebrauchen. Was nun?

„Später." Er wischte mit dem Daumen zärtlich einen Wassertropfen von ihrer Wange. Teal bemerkte den besorgten Ausdruck in seinen Augen und hätte sich gern an ihn geschmiegt. Damit sie sich sicherfühlte? Geliebt? Gebraucht? Reiß dich zusammen, ermahnte sie sich im Stillen und löste sich von ihm.

„Wir haben die Box gefunden", verkündete Zane den Anwesenden. Die Erleichterung im Raum war beinah mit Händen greifbar. Mit ernster Miene fügte er hinzu: „Leider können wir ohne das richtige Werkzeug nicht an sie herankommen. Also werde ich nach St. Maarten fahren und besorgen, was wir brauchen."

„Den Broco-Schneidbrenner", erklärte Teal und schob die Hände in die Taschen. „Der schneidet mit großer Hitze durch fast alles. Er arbeitet mit hundertfünfzig Ampere, also wird mein Generator ausreichen. Außerdem habe ich den schon benutzt, wir verschwenden also keine Einarbeitungszeit."

„Alles klar." Zane machte sich auf den Weg zu seiner Kabine, um sich umzuziehen. Über die Schulter fragte er: „Telefonierst du herum und versuchst, diesen Schneidbrenner zu beschaffen? Und dann sag mir Bescheid, wo ich hinmuss."

Teal folgte ihm. „Ich komme mit..."

„Nein, bleib hier. Solange das Partyboot da draußen ankert, läuft hier nicht viel. Zu viele Zeugen. Allein bin ich schneller."

Seine Argumentation hinkte, aber er wirkte schon gestresst genug, da musste Teal ihm nicht auch noch ihre Meinung dazu sagen.

Er wollte nicht, dass sie ihn begleitete. Nun, statt ihn mit ihren Bedenken zu behelligen, wollte sie ihm Zeit zum Nachdenken geben. Und wenn er zurückkam, würde er sich schon daran erinnern, dass sie ein Team waren und er sie brauchte. Ihr blieb noch Zeit für einen Anruf, um einen Broco-Schneidbrenner aufzutreiben, bevor Zane in Jeans, Segelschuhen und schwarzem T-Shirt zurückkam. Er sah ernst aus, nicht euphorisch.

Teal kaute an ihrem Daumennagel, da auch ihre Anspannung zunahm. Ihm war offenbar nicht wieder eingefallen, dass sie ja eigentlich ein Team waren. Plötzlich brannten Tränen in ihren Augen. Rasch wandte sie sich ab. Warum sollten sie unzertrennlich sein? Wenn er das allein machen musste, dann würde sie ihn unterstützen. „Bei Hampton Wholesale brauchst du es nicht zu versuchen. Die haben das richtige Werkzeug nicht. Ich werde weiter herumtelefonieren und dich informieren, sobald ich einen gefunden habe."

Zane atmete hörbar aus, als müsste er sich sammeln, und lächelte dankbar. „Danke, Liebes." Er klopfte auf die Gesäßtasche seiner Jeans, in der er das Handy aufbewahrte. „Ich werde auf deinen Anruf warten."

Teal blies sich die Haare aus dem Gesicht und zwinkerte ihm scheinbar lässig zu, während sie in Wirklichkeit versuchte, ihre Nervosität unter Kontrolle zu halten.

„Lassen Sie in der Zwischenzeit niemanden an Bord", wandte Zane sich an Smiley und Davis, die sich anscheinend ein wenig angegriffen fühlten, weil er ihnen erklärte, wie sie ihren Job zu machen hatten. „Und wenn es eine alte Dame ist. Die schon gar nicht. Verstanden? Niemand kommt an Bord dieses Schiffes." Er wandte sich an jeden Einzelnen. „Kein Tauchen, keine Heldentaten. Bleibt drinnen. Traut niemandem. Ich bin in ein paar Stunden wieder hier."

Davis, der telefoniert hatte, während Zane sich umzog, sagte nun: „Ein Mann namens Joseph Young erwartet Sie in Bobbys Jachthafen. Er ist unser unmittelbarer Vorgesetzter und wird Sie beim Kauf des Werkzeugs begleiten. Anschließend wird er mit Ihnen hierher zurückkehren."

„Ich werde in Phils Jachthafen festmachen", erklärte Zane knapp. Sein Haar tropfte auf seinen Kragen, und er hatte es nicht einmal gekämmt. Scheinbar ohne ersichtlichen Grund schlug Teals Herz schneller.

„Zu klein und übersichtlich", erwiderte Davis. „Wir wollen schließlich nicht, dass Ihnen die falschen Leute folgen. Mischen Sie sich unter die Touristen, und halten Sie sich ansonsten an Young. Der hat hundert Pfund Übergewicht, ist aber äußerst professionell. Sie werden ihn erkennen; er hat ein ständig gerötetes Gesicht und gelbe Haare. Er ist eins fünfundachtzig groß, trägt eine schwarze Hose und ein blaues offenes Hemd über einem weißen T-Shirt." Teal vermutete, dass das offene Hemd kein modisches Statement war. Young würde bewaffnet sein. Gut. Bei dem Gedanken, dass Zane einen Bodyguard hatte, machte sie sich schon etwas weniger Sorgen um ihn. „Du hast eine Waffe, nicht wahr?"

„Ja, habe ich. Aber die werde ich nicht brauchen." Er gab ihr einen flüchtigen Kuss und verließ den Salon. Draußen winkte er seinem Fanklub zu, der immer noch an der Reling der *Slow Dance* stand. Dann sprang er hinunter auf die Tauchplattform, wo das Schnellboot vertäut war, und verschwand aus Teals Blickfeld.

Sie lauschte auf das vertraute Brummen des kleinen Motors. „Ich habe noch Sachen zu erledigen", verkündete sie den Männern. Zwar hatte sie keine Ahnung, was genau, doch wollte sie dabei nicht beobachtet werden.

Young erwartete Zane, als er im Jachthafen festmachte. „Mr Cutter", begrüßte er ihn und hielt ihm eine für einen so korpulenten Mann erstaunlich kleine Hand hin. Sein schweißfleckiges weites Hemd verdeckte ein Schulterhalfter. Wegen seines Übergewichts und der tropischen Hitze sah der Mann aus, als könnte er jeden Moment einen Herzinfarkt erleiden. „Ich habe Ihren Broco-Schneidbrenner in meinem Wagen. Aber ich brauche Hilfe beim Tragen. Die junge Dame namens Teal hat ihn aufgespürt, bezahlt und wasserdicht versiegeln lassen, bis ich beim Laden war."

Natürlich, dachte Zane erleichtert. Er hatte ihre Fähigkeiten nie angezweifelt. „Ich helfe Ihnen", sagte er und ging mit dem großen Mann zu dessen Wagen. Das langsame Tempo stand in krassem Gegensatz zu Zanes Ungeduld. Er wollte holen, was er brauchte, und so schnell wie möglich zu Teal zurückkehren.

Auf die *Decrepit*. Er konnte praktisch das Ticken der Sekunden in seinem Kopf hören.

„Wo parken Sie?"

Young deutete auf ein paar Dutzend Autos, die im Schatten einer Baumreihe abgestellt waren, die den Parkplatz vom Gelände eines Hotels abtrennte. „Fünfhundert Meter von hier."

Der Parkplatz war noch immer übersät von den Spuren des Sturms - Äste, Papier und Dosen lagen herum. Angesichts des strahlend blauen Himmels und des ungetrübten Sonnenscheins war es kaum vorstellbar, dass hier erst vor Kurzem ein heftiges Unwetter getobt hatte. Smiley und Davis hatten ihnen ein Zeitlimit genannt. Aber was, wenn es falsch war? Oder eine Lüge? Zane setzte seine Sonnenbrille auf. Warum sollten sie lügen? Verdammt. Nur weil ihm kein vernünftiger Grund einfiel, musste das nicht heißen, dass es keinen gab.

„Wie lange kennen Sie Davis und Smiley?", fragte er, als sie über den Parkplatz gingen. Er war voll, Hunderte von Mietwagen und Dutzende Reisebusse warteten auf die Passagiere der anlegenden Schiffe. Obwohl die Insel nur knapp vierzig Quadratkilometer groß war, galt sie als beliebtes Ausflugziel. Mehrere Kreuzfahrtschiffe lagen im Hafen, und weitere würden im Lauf des Tages noch dazukommen. Es herrschte Betrieb wie in Disneyland.

Young schnaufte und keuchte, aber er ging weiter. „Davis seit dreißig Jahren, Smiley seit ungefähr neun. Gute, verlässliche Männer. Die sterben eher, als dass sie einen im Stich lassen."

„Hoffen wir mal, dass sie keinen Grund dazu bekommen", sagte Zane und rieb sich den Nacken, während sie durch die Reihen einander ähnlich sehender Mietwagen gingen. Unwillkürlich kam ihm das Telefonat mit Logan in den Sinn. Ein Halbbruder? Er sollte geschockt sein oder überrascht. Vielleicht sogar verärgert. Logan war das offenbar. Ihr Vater war ein streunender Schürzenjäger gewesen. Trotzdem konnte er sich keinen weiteren Cutter-Bruder vorstellen. Es hatte immer nur sie drei gegeben.

Zane war nicht wütend, eher neugierig. Er verdrängte diese Gedanken an ein seltsames Familientreffen der Cutters. Im Augenblick gab es weitaus dringendere Dinge, um die er sich kümmern musste.

„Was können Sie mir über diesen Mikrochip erzählen?", fragte er die Rückseite von Youngs verschwitztem Hemd.

Der andere warf ihm schnaufend einen Blick über die Schulter zu. „Ist geheim."

„Ich dachte mir, dass Sie das sagen würden", meinte Zane trocken. Plötzlich krümmte sich der Mann vor ihm und wankte. Zane musste sich am Außenspiegel eines Wagens festhalten, um nicht mit ihm zu Boden gerissen zu werden. Er packte Youngs Arm und versuchte, ihm aufzuhelfen. Doch der Mann war viel zu schwer, deshalb konnte Zane den Sturz nicht auffangen.

Als Young auf dem Boden lag, fiel er auf die Seite. Seine Augen in dem schweißnassen Gesicht waren weit aufgerissen vor Entsetzen.

Heiliger Strohsack! Der Kerl sah tot aus!

Ein Herzinfarkt? Zane kniete sich neben den Mann und tastete nach dem Puls der Halsschlagader. Gleichzeitig zückte er sein Handy. Er fühlte keinen Herzschlag mehr. Wow. Armer Bastard. Auf dem weißen T-Shirt des Mannes breitete sich ein grässlich roter Fleck aus. Zane roch den metallischen Geruch des Blutes. Hier, unter der tropischen Sonne, kam ihm das alles vollkommen unwirklich vor. Für den Bruchteil einer Sekunde weigerte sich sein Hirn, zu verarbeiten, was er sah.

Young war gerade eben direkt ins Herz geschossen worden.

SEVENTEEN

Irgendetwas knallte mit einem erschreckend lauten metallischen Geräusch in die Beifahrertür des Volvos hinter Zane, nur Zentimeter neben seiner Schulter. Verdammter Mist! Jemand schoss auch auf ihn!

Zane zückte die Sig .220 und hielt Ausschau nach dem Schützen. Während er die Gegend absuchte, zog er Youngs Waffe aus dem Halfter. Er überprüfte, ob sie entsichert war, dann schob er sie sich hinten in den Hosenbund. Er hasste Feuerwaffen. Ihr Vater hatte allen drei Söhnen das Schießen beigebracht, an vielen langweiligen Nachmittagen auf See. Es war wichtig, seinen Schatz gegen Seeräuber verteidigen zu können. Allerdings war Zane nie welchen begegnet. Trotzdem war es gut zu wissen, dass er tatsächlich etwas treffen konnte, wenn es nötig sein sollte. Zwei geladene Pistolen erhöhten seine Chancen.

Er hoffte, dass er sie nicht benutzen musste. Da er eher Liebhaber als Krieger war, zog er es für gewöhnlich vor, sich mit Worten durchzusetzen. Aber selbst er konnte nicht schneller reden, als eine Kugel flog.

Nachdem er hinter einem Wagen in Deckung gegangen war, richtete er sich vorsichtig ein Stück aus der Hocke auf, um Ausschau nach dem Schützen zu halten. Er konnte keinen Verdächtigen erkennen. Dennoch fühlte er sich wie eine Zielscheibe. Er zog einen Werbeprospekt unter dem Scheibenwischer des Wagens hervor und legte ihn gefaltet über die Sig. Jemanden, der genau hinschaute, würde das nicht täuschen. Aber etwas anderes stand ihm nun mal nicht zur Verfügung.

Sein Instinkt schrie, er solle rennen.

Nein, dachte er. Denk nach. Konzentrier dich. Erst musst du dich entscheiden, in welche Richtung du gehst, bevor du deine Deckung verlässt.

Er befand sich inmitten eines mit Autos vollgestellten Parkplatzes. Wenn er zum Jachthafen zurückkehrte, würde er in dem Augenblick schutzlos sein, wenn er sein Boot losband. Ganz zu schweigen davon, dass er, sollte er bis dahin am Leben bleiben, den oder die Schützen zur*Decrepit* und damit zu Teal führen würde.

Nein, vergiss es. Wie wäre es mit einem öffentlicheren Ort? Hier auf der Insel hielten sich Hunderte von Touristen auf, und so viele Zeugen würden den Schützen sicher abschrecken. Aber wenn Zane Pech hatte, kümmerte den Angreifer das einen Dreck, und er feuerte einfach in die Menge. Dadurch würde er unschuldige Menschen treffen, und das konnte Zane nicht zulassen. Wie er es auch drehte, er saß in der Klemme.

Vor ihm befand sich eine kleine Shoppingmeile aus Duty- free-Shops - Schmuck, Spirituosen, Elektronik -, die bereits von zahlreichen Touristen von den Kreuzfahrtschiffen bevölkert war. Wenn er aufpasste, konnte Zane über das weite Gelände eines Hotels entkommen. Die Leute saßen dort bei einem späten Frühstück, lagen am Pool oder am Strand. Dort hielten sich nicht ganz so viele Menschen auf, es gab Bäume und Nebengebäude, die ihm Schutz boten. Allerdings herrschte am Strand schon reichlich Betrieb. Ihm blieb gar nichts anderes übrig, als es über das Hotelgelände zu versuchen.

Los, renn!

Und was war mit dem Schneidbrenner? Er hatte nicht die leiseste Ahnung, in welchem Wagen sich das Werkzeug befand. Zane lief auf die Baumreihe vor dem Strand zu und rechnete die ganze Zeit damit, den Einschlag einer Kugel im Rücken zu spüren. Nachdem er seine Deckung hinter den geparkten Wagen verlassen hatte, war er praktisch schutzlos ausgeliefert. So schnell er konnte, rannte er und hielt den Kopf geduckt.

Er überquerte ein ausgedehntes sattgrünes Rasenstück, noch feucht vom frühmorgendlichen Bewässern. Als er sah, wie die Leute vor ihm zur Seite sprangen, wusste er, dass ihm jemand auf den Fersen war. Und dann hörte er auch die Schritte auf dem Gehsteig. Der Werbeprospekt war längst weggeflogen, sodass die Leute allein schon beim Anblick der Sig in seiner Hand panikartig die Flucht ergriffen.

Zane scherte nach rechts aus. Auf der Leeseite der Insel gab es einen kleinen Meeresarm, in dem sich Phils Jachthafen befand. Dort hatten sie mit der *Decrepit* den Sturm abgewartet. Inzwischen schien ihm das eine Ewigkeit her zu sein. Hier in diesem Jachthafen hatte er eigentlich anlegen wollen, um das Werkzeug zu holen. Jetzt war er froh, dass Young darauf bestanden hatte, ihn in dem anderen Hafen zu treffen. Wenn nötig, würde er sich einfach eines von Phils Mietbooten schnappen.

Renn! dachte er. Du musst die *Decrepit* und die anderen erreichen, um sie zu warnen. Aber wenn er tot war, würde er niemanden mehr warnen können. Mit der freien Hand griff er hinten in seine Hosentasche, um sein Handy hervorzuholen und seine Leute anzurufen, die Polizei...

Verdammt! Das Handy war verschwunden. Hatte er es irgendwo verloren? Er tastete nach Youngs Pistole. Die war noch da.

Im Zickzack rannte er über die Wege zwischen den Bäumen und Büschen und durch kleinere Gärten, die schon für spätere Feiern vorbereitet wurden. Hinter sich hörte er die Schritte seiner Verfolger auf dem Kopfsteinpflaster. Waren es mehrere?

Er rannte zwischen den Tennisplätzen hindurch und kam an den hohen Bäumen vorbei, die einen der Swimmingpools säumten. Schweiß rann ihm über das Gesicht und brannte ihm in den Augen. Die Angst raubte ihm fast den Atem. Bald würde es nichts mehr geben, um Deckung zu finden.

Er riskierte einen Haken und floh durch eine schmale Gasse, bis er sich zwischen zwei Lieferwagen versteckte. Beim Geräusch knirschender Schritte auf dem Schotter ganz in der Nähe stellte er sich auf die Radkästen der Lieferwagen, sodass die Verfolger seine Füße nicht sehen konnten.

Er hörte sie auf dem Schotter rennen. Nachdem er einige Minuten abgewartet hatte, sprang Zane herunter und spähte hinter einem der Lieferwagen hervor. Er konnte keinen der Männer entdecken. Trotzdem wartete er lieber noch ein wenig, um den Abstand zwischen ihnen zu vergrößern. An der Rückseite eines Wohngebäudes sah er eine eingezäunte Fläche, in der sich Mülltonnen befanden. Er rannte das kurze Stück bis dorthin und versteckte sich zwischen den Tonnen.

Hatte er seine Verfolger abgehängt? Das schien nicht sehr wahrscheinlich zu sein. Er blieb vorerst, wo er war und lauschte auf Schritte und schweren Atem. Sei schlau, ermahnte er sich selbst. Stell dich nicht so blöd an wie die Blondine in den Horrorfilmen, die jedes Mal in den dunklen Keller geht, um nachzuschauen. Denn dort lauert immer der Killer.

Er wartete noch weitere zwei Minuten und hielt Ausschau. Da war die Parkzone für Lieferwagen. Ein paar Bäume. Viel offene Fläche zwischen ihm und dem Jachthafen. Aber ihm blieb gar keine andere Wahl. Zane machte sich bereit, dann rannte er aus seiner Deckung zwischen den eingezäunten Mülltonnen. Kaum hatte er sein Versteck verlassen, hallte der erste Schuss. Die Kugel verfehlte ihn so knapp, dass er sie sirren hörte.

Er schoss zurück, erst ein Mal, dann gab er noch zwei weitere Schüsse ab. Mehrere Leute schrien, und ein halbes Dutzend Menschen rannte auseinander. Zane wunderte sich, dass seine Verfolger so viele Zeugen in Kauf nahmen.

Er rannte erneut zwischen Büschen und Bäumen hindurch und sprang über Blumenbeete. Ein weiterer Schuss erzeugte nur ein leises „Plopp". Schalldämpfer. Sein Verfolger musste schon viel näher sein.

Etwa dreihundert Meter vor ihm lag Sandy's Restaurant und Cocktaillounge. Ein paar Nachzügler vom Frühstücksansturm saßen noch an den Tischen auf der Terrasse. Die dreiköpfige Band spielte ihre Steeldrums, und alles war friedlich in dem Restaurant, hinter dem das Meer blau schimmerte. Am Strand drängelten sich inzwischen die Besucher. Zane steckte die Sig zu Youngs Waffe, damit niemand sie sah.

Wenn er ein Stück ins Landesinnere lief, musste er nicht an den vielen Strandbesuchern vorbei. Er bog scharf nach links ab. Hier war er noch ungeschützter, aber er konnte auch schneller rennen.

Neben ihm splitterte der Stamm einer Palme, als eine Kugel einschlug. Wow, das war knapp. Seine Lungen brannten, und er hörte das Pfeifen der nächsten Kugel, die ebenfalls vorbeiging und einen dekorativen Laternenpfahl mit einem lauten „Ping" traf.

Die Verfolger saßen ihm praktisch im Nacken.

Es hatte keinen Zweck mehr, die Pistolen verbergen zu wollen. Er zog die Sig erneut, wirbelte herum und gab in rascher Folge drei Schüsse ab. Diese Typen hatten keine Angst, dass die Polizei auftauchen könnte. Zane hoffte, dass das nicht mehr lange dauerte. Auch wenn er denen einiges zu erklären haben würde, wäre es eine Erlösung.

Was wollten die Kerle eigentlich? Er hatte den Mikrochip doch gar nicht. Aber wussten die Typen das? Glaubten sie, er habe sich mit Young getroffen, um den Chip zu übergeben? Sie mussten die Leiche durchsucht und nichts gefunden haben. Deshalb vermuteten sie, Zane habe ihn noch. Ehrlich und offen, wie er nun mal war, hatte er allergrößte Lust, einfach stehen zu bleiben und den Verfolgern die Wahrheit zu sagen. Dass sich der verdammte Chip nicht in seinem Besitz befand. Dummerweise würden die erst schießen und dann fragen.

Zane hörte Stimmen, bevor er ein Pärchen auf dem Weg zu Strand entdeckte. Im nächsten Moment spürte er ein Brennen, als eine Kugel seinen Arm traf. Er geriet ins Stolpern, stürzte jedoch nicht. Der Schmerz war auszuhalten, aber er fühlte sofort das warme Blut an seinem Arm hinunterlaufen. Ihm blieb keine Zeit nachzuschauen. Er drückte die Hand auf die Wunde und rannte weiter.

In dem Pärchen, das ihm entgegenkam, erkannte er Phil und seine Freundin. Zane reagierte schnell. „Typen verfolgen mich. Wirf mir deine Schlüssel zu. Ich muss zur *Decrepit*!" Er rief nicht laut, aber Phil begriff trotzdem. Ohne weitere Fragen zu stellen, zog er den Schlüssel für sein Boot aus der Hosentasche und warf ihn Zane zu.

Im Vorbeirennen drückte er Phil die Sig in die Hand. Phil war früher Ranger gewesen. „Gib mir Deckung!", schrie Zane.

„Bleib unten, und ruf die Polizei!"

Phil verstand sofort. Sein Jachthafen lag unmittelbar vor Zane. Obwohl es noch relativ früh war, hielten sich auch dort viel zu viele Leute auf. Rennend hielt Zane Ausschau nach dem gelbweißen Boot seines Freundes. „Geht in Deckung!", schrie er den Leuten zu und sprang über ein paar Eimer voll Fisch, als er den Anleger entlangrannte. Dazu wedelte er wie verrückt mit den Armen. „Runter mit euch! Gangster! Pistolen! Aus dem Weg!" Mehr konnte er nicht tun.

Momentan schossen die Verfolger nicht, aber sie konnten jederzeit wieder das Feuer eröffnen. Ein junger Mann und ein Kind saßen nahe Phils Boot auf dem Anlegesteg und ließen die Füße ins Wasser baumeln. Beide hielten eine Angel in der Hand. Als der junge Vater aufsah und Zane entdeckte, mit der Waffe in der Hand und einem Arm, an dem das Blut herunterlief, schnappte er seinen Sohn und sprang mit ihm zusammen ins Wasser. Kluge Entscheidung.

Zane band hastig das Boot los und startete die Motoren. Das kleine Schnellboot schoss aus dem Jachthafen und hüpfte über die Wellen, die bei dieser Geschwindigkeit hart wie Zement waren. Jeden Sprung spürte er schmerzhaft in seinem Arm. Er blickte zurück und sah, dass sich eine Menge Schaulustiger auf dem Anleger versammelt hatte. Von den Verfolgern keine Spur.

Zane wusste, dass sie die Finger von den Booten im Hafen lassen würden. Die Gangster würden dorthin zurückkehren müssen, woher sie gekommen waren. Dadurch gewann er mindestens zwanzig Minuten Vorsprung, um die *Decrepit* zu erreichen und mit ihr schleunigst von dort zu verschwinden.

Scheiß auf die Sprengvorrichtung, dachte er. Menschenleben gingen vor. Wenn diese Mistkerle ihn ohne Rücksicht auf Zeugen durch eine Besuchermenge verfolgt hatten, dann wollten sie diesen Chip um jeden Preis.

Na schön, den konnten sie gern haben.

Er stand am Ruder, die kühle Gischt erfrischte ihn und wusch ihm den Schweiß vom Gesicht. Allmählich sank sein Adrenalinpegel wieder. Dafür spürte er den Schmerz im Arm umso heftiger. Zum Glück handelte es sich nur um eine oberflächliche Wunde, und obwohl ziemlich viel Blut an seinem Arm heruntergelaufen war, hatte die Blutung inzwischen aufgehört.

Zane jagte das kleine Boot mit Höchstgeschwindigkeit über die Wellen. Ein kurzer Blick nach hinten verriet ihm, dass niemand ihm folgte. Noch nicht. Als die *Decrepit* in Sicht kam, verspürte er grenzenlose Erleichterung. Alles schien ruhig zu sein. Dem Himmel sei Dank.

Jetzt, wo ihm ein kurzer Augenblick zum Nachdenken blieb, wägte er seine Optionen ab. Die sahen düster aus. Er wollte weder, dass sein Boot in die Luft flog, noch wollte er das Wrack verlieren. Möglicherweise schaffte er es, die *Decrepit* aus der Gefahrenzone zu bringen. Aber nicht das Wrack voller Schätze. Um das zu retten, würde er diesen verdammten Chip finden müssen. Und ohne Schneidbrenner ... vielleicht klappte es doch.

Er würde vom Beiboot aus tauchen und darauf bestehen, dass Ryan und Teal mit der *Decrepit* in den Hafen fuhren. Mit dieser vertrackten Situation käme er besser zurecht, wenn er die anderen - und ganz besonders Teal - in Sicherheit wüsste. Und er würde einfach keine Rücksicht mehr darauf nehmen, ob Teal nun gehen wollte oder nicht.

Sie musste gehen, und damit basta. Irgendwohin, wo er vor Sorge um sie nicht verrückt werden würde.

Anscheinend hatte die Mannschaft auf ihn gehört und war unter Deck geblieben. Teal war vermutlich unten im Maschinenraum. Die *Slow Dance* ankerte noch immer in der Nähe. Musik plärrte übers Wasser.

Zane ging mit dem Schnellboot so schwungvoll längsseits, dass die Wellen am Heck hochschossen und er vor Schmerz zusammenzuckte, als die Fiberglasrümpfe knirschend aneinanderprallten. Er sprang auf die Tauchplattform und hielt sich nicht damit auf, das kleinere Boot zu vertäuen; er schuldete Phil ohnehin ein neues Boot. Mit zusammengebissenen Zähnen kletterte er die Leiter hinauf und rannte übers Deck zum Salon. Sein Verstand arbeitete fieberhaft. In einem der kleineren Speedboote würden sie schneller an Land kommen, aber er wollte unbedingt die *Decrepit* retten. Er musste rasch handeln und von hier verschwinden, ehe die Gangster ihn aufgespürt hatten. Richtung Norden, entschied Zane. Hinaus aufs offene Meer und weg von den in der Nähe gelegenen Inseln.

„Teal!" Er stieß die Tür zum Salon auf und blieb wie angewurzelt stehen. Ein Mann mittleren Alters mit grauen Haaren, einer Hornbrille, weißer Hose und pinkfarbenem Polohemd saß in Zanes Lieblingssessel. Er blätterte das Logbuch der *Decrepit* durch. Sofort beschlich Zane ein ungutes Gefühl. Ein äußerst ungutes Gefühl. Anscheinend wurde sein Tag immer schlimmer.

„Wer, zur Hölle, sind Sie?" Er griff hinter sich nach Youngs Waffe.

„Vorsicht. Das würde ich an Ihrer Stelle nicht tun, Mr Cutter." Der Mann sprach mit ruhiger Stimme und einem schwachen europäisch klingenden Akzent, den Zane nicht zuordnen konnte. Als er das Logbuch sinken ließ, kam eine große schwarze Pistole zum Vorschein. „Wenn Sie bitte so freundlich wären, Ihre Waffe auf den Tresen zu legen."

„Ich werde ..."

Der Mann spannte den Hahn und schoss ein Loch in die liebevoll restaurierte Holztheke dicht neben Zanes rechtem Knie. Zane legte seine Pistole auf einen Barhocker und hob die Hände zum Zeichen dafür, dass er nicht mehr bewaffnet war.

Angst beschlich ihn, als er jetzt registrierte, dass sich niemand sonst hier befand. Teal? Ben? Ryan? Übelkeit stieg in ihm auf, als er einen grässlichen Geruch wahrnahm. Seine Gedanken rasten wie Barrakudas, die einen silbern blinkenden Köder verfolgten. Es gab noch andere Möglichkeiten als die grausamen, die ihm wie Szenen aus einem blutigen Horrorfilm durch den Kopf schossen. Teal ... um Himmels willen ...

„Ich wiederhole: Wer, zur Hölle, sind Sie? Und wo sind meine Leute?"

„Mein Name tut nichts zur Sache, Mr Cutter. In Ihrem Besitz befindet sich etwas, das ich haben will. Sobald Sie es mir übergeben haben, werde ich verschwinden."

„Ich habe Leute auf dem Schiff zurückgelassen", knurrte Zane, ohne auf die Forderungen des Mannes einzugehen. „Wo sind die?"

„Hinter dem Tresen dort. Überzeugen Sie sich selbst. Aber beeilen Sie sich. Unser Geschäft unterliegt einem gewissen Zeitdruck."

Zane hörte ihn kaum, als er den Tresen entlangrannte, der die Kombüse vom Salon trennte. Als er ihn umrundet hatte, blieb er unvermittelt stehen. Zuerst sah er Smiley, dem der Kopf weggeschossen worden war. Daneben lag ausgestreckt Davis, offenbar ebenfalls tot. Zane richtete seine Aufmerksamkeit auf die Gruppe von Leuten, die unter der Spüle an die Schränke gelehnt saßen.

Ryan, Ben und Saul waren mit der dicken Schnur aus einer der Küchenschubladen gefesselt. Alle drei sahen lädiert und blutig aus. Sie waren an Händen und Füßen gefesselt und saßen schlaff aneinandergelehnt da. Zane flehte im Stillen, dass sie nur ohnmächtig waren. Bitte lass sie nicht...

Er ging neben ihnen in die Hocke und fühlte Bens Puls. Ja, sie lebten alle noch. Rasch, bevor der Mann im Sessel es mitbekam, schob er sein Schweizer Messer Ryan zwischen die erschlafften Hände. Dann richtete er sich langsam wieder auf. „Wo ist die Frau?"

„Ah, diese Giftnudel. Sie genießt meine Gastfreundschaft an Bord der *Slow Dance*, während wir zwei hier unsere kleine Unterhaltung führen."

Zane atmete erleichtert auf. Teal lebte. Er schaute aus dem Fenster zu der im Sonnenlicht glänzenden Jacht. Die *Slow Dance*. Offenbar war sie keineswegs als Partyboot im Einsatz. „Haben Sie sie angerührt? Ihr irgendetwas angetan?"

„Sie gönnt sich einen kalten Drink mit den anderen reizenden Damen, die ich direkt am Strand engagiert habe. Hübsche Köder."

Zu schade, dass Sie Ihre Freundin mit an Bord hatten."

„Sie wussten die ganze Zeit, wo das Flugzeug ist." „Allerdings. Gleich nach dem Sturm sollte die Übergabe stattfinden. Aber der Flug verspätete sich, das Flugzeug stürzte ab. Sehr unangenehm."

„Ja, für mich auch." Wusste der Typ von der Selbstzerstörungsvorrichtung des Chips? „Und was jetzt?" Dieser Kerl hatte zwei Männer getötet, drei, wenn man Young mitzählte. Außerdem hatte er Ryan, Ben und Saul bewusstlos geprügelt. Woher sollte Zane wissen, ob Teal nicht auch verletzt auf den anderen Jacht lag? Verdammter Schlamassel.

„Na los, setzen Sie sich, Mr Cutter."

Zane ließ seine Freunde in der Kombüse zurück, gefesselt und verletzt, mit nichts zu ihrer Verteidigung außer einem Schweizer Messer mit zehn Zentimeter langer Klinge.

Der Mann erhob sich, seltsam elegant. An ihm war kein Blutfleck zu sehen. Das legte die Vermutung nahe, dass er die Drecksarbeit nicht selbst gemacht hatte. Es musste also mindestens noch eine weitere Person an Bord sein, die schlagkräftig und bewaffnet war. „Haben Sie meinen Chip?"

„Was glauben Sie, wie die Chancen stehen, etwas so Winziges wie einen Mikrochip im riesigen Ozean zu finden, noch dazu unmittelbar nach einem Sturm?"

„Für einen erfahrenen Bergungstaucher ist das durchaus möglich, Cutter. Im Übrigen wissen Sie ja bereits genau, wo sich die Box befindet."

Zane hörte hinter sich jemanden, eine Sekunde zu spät. Der Mann hinter ihm legte ihm den Arm um die Kehle und drückte zu. Zane spürte den Lauf einer Pistole in den Nieren. Schwarze Punkte tanzten vor seinen Augen. „Falsch."

Der Mann im pinkfarbenen Hemd gab dem Typen, der Zane würgte, ein Zeichen. Im nächsten Moment lag Zane mit dem Gesicht nach unten auf dem Fußboden, ein Knie hart im Rücken, eine Pistole an der Schläfe.

„Sie haben genau zwei Möglichkeiten, Mr Cutter." Aus seiner jetzigen Lage konnte Zane lediglich die weißen Segelschuhe des Mannes erkennen. „Entweder händigen Sie mir den Chip auf der Stelle aus, vorausgesetzt, Sie haben ihn schon. Oder Sie tauchen und holen ihn herauf."

„Und wenn nicht?" Zane bekam wegen des Drucks, den der Schläger mit seinem Knie ausübte, kaum noch Luft.

„Wenn nicht, wird Ihr unkooperatives Verhalten für Ihre Freunde den Tod bedeuten. Für Ihre hübsche Freundin selbstverständlich auch."

„Ihnen ist schon klar, dass *Ihre* Freunde auf St. Maarten inzwischen von der Polizei festgenommen sein dürften, oder?" Zane überkam eine eigenartige Ruhe, während er gefasst und, soweit es möglich war, deutlich sprach. „Die Polizei kennt den Absturzort, und sie weiß, was sich an Bord befand. Sie weiß, dass es sich um einen gestohlenen Chip handelt, und sie wird verhindern, dass Sie ihn bekommen. Abgesehen davon haben Sie drei FBI-Agenten umgebracht."

Zane wurde der Lauf einer weiteren Waffe gegen den Kopf gedrückt, schmerzhaft fest. Der Mann im pinkfarbenen Hemd beugte sich dicht zu ihm herunter und zischte: „Dann schlage ich vor, dass Sie den Chip so schnell wie möglich holen, damit alle anderen am Leben bleiben. Lass ihn aufstehen."

Zane wurde unsanft hochgerissen. Die Finger des Schlägers schlossen sich um die Schusswunde an Zanes Oberarm. Fast hätte er vor Schmerzen das Bewusstsein verloren. Blut rann zwischen den Fingern des Mannes hindurch und lief in schmalen Rinnsalen an Zanes Unterarm herunter. Zane wurde schwarz vor Augen.

„Wie soll ich das anstellen, wenn Sie mein Team ausgeschaltet haben? Ich habe niemanden, der mir hilft."

„Vier meiner Männer werden mit Ihnen tauchen. Sie haben dreißig Minuten, um den Chip zu finden und mir zu bringen. Falls Sie das nicht schaffen, werden wir die Cessna mithilfe Ihres Krans heben und hier an Deck Ihres Schiffes durchsuchen." „Dafür haben wir weder ausreichend Zeit noch genügend Leute. Außerdem würde ich wetten, dass uns das Flugzeugwrack auseinanderbricht, wenn wir es zu heben versuchen."

„Dann bleiben Ihnen nur zwei Optionen, Mr Cutter. Finden Sie meinen Mikrochip, oder sorgen Sie dafür, dass die Cessna heil an Bord dieses Schiffes kommt. Sollten Sie den Chip innerhalb der nächsten zwei Stunden nicht finden, werde ich die zusätzliche Zeit, die Sie benötigen, dazu nutzen, Ihrer Freundin unsägliche Schmerzen zuzufügen. Es liegt also in Ihrem Interesse, sich zu beeilen."

Mit offenkundiger Abscheu schaute er auf Zanes blutigen Arm. „Ich kann nicht zulassen, dass Sie wegen des vielen Blutes von Haien angegriffen werden, Mr Cutter. Verbinden Sie die Wunde, und dann machen Sie sich bereit für Ihren Tauchgang."

„Würdet ihr bitte alle mal die Klappe halten, damit ich nachdenken kann! ", fuhr Teal die wimmernden, jammernden Bikinimädchen an. Sechs von ihnen waren zusammen mit ihr in einer Kabine eingesperrt worden. Seit fast einer Stunde beklagten sie sich, dass das hier keine hundert Dollar wert sei.

Teal rieb sich den schmerzenden Kiefer, während sie auf und ab lief und dabei jede der Frauen ungeduldig zur Seite scheuchte, die ihr in den Weg geriet. Man hatte sie auf der *Decrepit* überrumpelt. Sie hatte Schüsse gehört, was ihr jedoch erst später klar geworden war. Als sie nach oben lief, um zu sehen, was da los war, stieß sie mit einem Fremden zusammen. Er schlug sie nieder, bevor sie fliehen konnte.

Zu sich gekommen war sie, weil sechs hohe Stimmen durcheinanderschnatterten und jemand ihr einen nassen Waschlappen ins Gesicht klatschte. Als hätte sie von dem Schlag nicht schon genug Kopfschmerzen.

Die Kabine war ziemlich groß—es gab zwei Doppelbetten und ein Badezimmer. Das Bullauge lag dummerweise auf der falschen Seite, und vier der sechs Frauen waren schlichtweg dämlich.

Teal nahm an, dass sie das Schloss der Kabine leicht knacken konnte. Zuerst aber durchsuchte sie das Badezimmer. Sie fand Flaschen mit teurem Shampoo und Conditioner, verschiedene Flaschen Schaumbad, in einer Schublade eine halb leere Schachtel Tampons, eine heruntergebrannte Kerze, eine Streichholzschachtel, in der sich noch zwei Streichhölzer befanden, und eine kleine Tüte M&Ms.

Sie nahm die Süßigkeiten und gab sie den Mädchen, die sich darüber hermachten, als hätten sie seit einem Monat nichts mehr zu essen bekommen. Teal schüttelte den Kopf und fing wieder an, wie ein Tiger im Käfig auf und ab zu gehen. Zwischendurch zog sie Schubladen auf oder stieß ihre idiotischen Zimmergenossinnen zur Seite. Leider konnte sie nirgends eine Nagelfeile finden.

„Ich nehme nicht an, dass eine von euch eine Kreditkarte bei sich hat, oder?"

Die jungen Frauen verneinten. Eine der Frauen mit champagnerfarbenem Haar und einem in fast jeder Hinsicht durch plastische Chirurgie veränderten Äußeren erwiderte verwirrt: „Ich glaube nicht, dass es an Bord einen Souvenirladen gibt."

Teal warf ihr einen genervten Blick zu. Wahrscheinlich hatten ihre Eltern bei ihrer Geburt fest daran geglaubt, dass ihre Tochter einmal der erste weibliche Präsident des Landes werden würde. Ihr Glück, dass sie wenigstens hübsch war. Teal suchte weiter nach etwas, womit sie die Tür aufbekommen konnte. Gleichzeitig überlegte sie, was sie mit den sechs Frauen anstellen sollte.

Teal jedenfalls würde das Beiboot der *Slow Dance* stehlen und damit nach St. Maarten fahren, um Zane zu warnen. Seufzend befürchtete sie, dass sie vermutlich alle Frauen irgendwie an Bord des kleinen Motorbootes bekommen musste - und zwar, ohne dass irgendwer sie hörte oder sah. Da konnte sie ebenso gut eine Horde durchgedrehter Katzen hüten.

„Geht es vielleicht damit?", fragte eine Brünette in einem Nichts von Bikini aufgeregt und gab Teal eine glänzende laminierte Tauchbroschüre. Teal nahm sie geistesabwesend entgegen und lauschte angestrengt auf das Geräusch eines starken Motors, das rasch näher kam. Zane! Sie musste ihn unbedingt warnen!

Alles, was sie durch das Bullauge sehen konnte, war offenes Meer.

Nein, was sie hörte war nicht der Klang von Zanes Speedboot. Teal war sich allerdings nicht sicher, ob sie froh oder noch besorgter als ohnehin schon sein sollte.

Mithilfe der Broschüre bekam sie die Kabinentür auf, sie brauchte keine Minute. Zwar stoppte niemand die Zeit, aber es dürfte tatsächlich ihre persönliche Bestzeit sein. „Janelle und Maria, stimmt's?"

Teal zeigte auf die beiden Frauen, die nicht nur beeindruckend perfekt geformte Körper hatten, sondern anscheinend auch noch ein bisschen Verstand besaßen. Sie nickten. „Ist eine von euch schon mal ein Schnellboot gefahren?" Es wäre unsinnig, mit den Frauen wie mit einer Schar aufgeregter Hühner durch die *Slow Dance* zu rennen. Sie brauchte einen Plan.

„Ich", antwortete die Brünette namens Maria.

„Ich auch", sagte Janelle.

„Okay." Teal sprach leise, damit die anderen Frauen nicht alles mitbekamen. „Wir müssen alle zum Heck der Jacht und dort runter auf die Tauchplattform. Und zwar, ohne von jemandem gesehen zu werden."

„Die haben Pistolen", gab Janelle, eine üppige Blonde in einem äußerst knappen grünen Bikini, nervös zu bedenken.

Natürlich haben die Waffen, dachte Teal. „Wisst ihr, wie viele Männer es sind?", fragte sie und kaute am Fingernagel des kleinen Fingers.

„Als sie uns in St. Maarten einluden, an Bord zu kommen, waren es neun oder zehn", erklärte Maria. „Aber Mr Werner ist in dem kleinen Boot mit fünf Männern vor ein paar Stunden zu eurer Jacht hinübergefahren."

Ja, das wusste Teal, denn einer von denen hatte eine Faust wie ein Vorschlaghammer. Ihr Kiefer schmerzte immer noch.

„Nehmen wir mal an, dass sich nicht jeder an Bord gezeigt hat", meinte Teal. „Also gehen wir ruhig von etwa einem Dutzend bewaffneter Männer aus, die gelangweilt herumlungern und auf Action warten. Wie können wir die ablenken, damit sie uns nicht bemerken?" Teal ging in Gedanken lauter verschiedene Szenarien durch.

„Die haben uns alle schon gesehen", meinte Janelle trocken. „Deshalb würde es wohl keinen vom Hocker hauen, wenn eine von uns nackt vor ihnen herumtanzt. Nein, wir müssen uns etwas anderes einfallen lassen."

„Stimmt", pflichtete Maria ihr bei. „Etwas, was sie alle zum Bug des Schiffes lockt, damit wir am Heck ins Beiboot steigen und flüchten können. Aber was?"

„Eine große Explosion", sagte Teal und rieb sich die Hände. Das war ihre Lieblingsidee.

„Na ja", meinte Janelle skeptisch. „Ich weiß aber nicht, wie man etwas in die Luft fliegen lässt. Du etwa?"

„Lasst es mich mal so ausdrücken", erklärte Teal grinsend. „Ich gäbe alles für ein bisschen Ammoniumnitrat und einen Kanister voll Benzin. Aber da Düngemittel üblicherweise nicht auf einer Jacht zu finden ist, würde Alkohol auch genügen. Ladys, wir werden ein paar Molotow-Cocktails basteln. Wo finde ich den Schnaps?"

Damit kannten sie sich aus. „Zweite Tür rechts", sagte Maria. „In Mr Werners Kabine habe ich im Vorbeigehen ein Tablett mit Spirituosen gesehen."

„Janeile, im Bad befinden sich drei große Flaschen Schaumbad. Kipp den Inhalt aus, bis nur noch ein Drittel in der Flasche ist. Maria, hol die Schachtel Tampons und die Streichhölzer. Wenn ihr das alles habt, fangt an, das Schiff zu zeichnen. Alles, woran ihr euch erinnern könnt - Treppen, Durchgänge, Kabinen, Fluchtwege oder mögliche Verstecke zwischen hier und dem Heck. Alle beteiligen sich daran, denn davon wird unser Leben abhängen."

„Sei vorsichtig", flüsterte Maria.

„Klar", versprach Teal. „Bin gleich wieder da." Sie machte die Tür einen Spaltbreit auf und spähte nach links und rechts.

Dann trat sie in den leeren Gang hinaus und lief zur Kabine von diesem Mr Werner.

Zanes Hoffnung, dass die vier Muskelmänner nichts vom Tauchen verstanden, zerschlug sich bereits, als er sie mit ihrer Ausrüstung sah. Ihre Sauerstofftanks zu sabotieren kam nicht infrage, weil er dazu viel zu nahe an die Leute herankommen müsste. Und das würden sie kaum zulassen.

Er hielt seine Tauchermaske fest und sprang als Erster ins Wasser, dicht gefolgt von seinen vier Wachhunden. Er schaute auf seine Taucheruhr. Fünf nach drei. Laut seinem Zeitplan blieben ihm noch drei Stunden, bis hier alles in die Luft flog. Nach Smileys Plan waren es noch fünf Stunden.

Das Sonnenlicht durchdrang das einigermaßen klare Wasser. Die Sichtweite betrug immerhin schon gute zehn Meter. Heute wäre ein guter Tag gewesen, um an der *Vrijheid* zu arbeiten. Zane verdrängte seine Wut, seine Angst, seine Sehnsucht. Er konzentrierte sich auf das, was vor ihm lag.

Irgendwie musste er diese Typen loswerden. Und zwar lange genug, um zur *Slow Dance* zu schwimmen und Teal zu finden. Zur *Slow Dance* gehörte ein kleines Beiboot, das am Heck vertäut war. Das andere, schnellere Boot lag längsseits der *Decrepit*.

Sein Ziel war es, Teal zu finden, sie nach St. Maarten zu schicken, wo sie in Sicherheit sein und Hilfe anfordern würde. Zane wusste, dass er Ryan, Ben und Saul nicht einfach schutzlos zurücklassen konnte. Ebenso wenig konnte er sein Boot im Stich lassen - oder sein Wrack.

Der Plan war simpel, seine Ausführung allerdings schwierig.

Bei einem gegen vier standen die Chancen schlecht. Vermutlich blieben ihm noch dreißig Minuten, um sich etwas einfallen zu lassen. Wenn sie bis dahin nicht den Chip vorlegten, würde Pinkfarbenes Hemd davon ausgehen, dass er den Haken des Krans an der Cessna befestigte. Insgesamt hatte er vielleicht noch neunzig Minuten, bis der Mann auf der *Decrepit* ihn wieder zu sehen erwartete.

Diese Männer hatten keine Ahnung, dass er ganz genau wusste, wo sich dieser Chip befand. Auch wussten sie nicht, dass man nur mit einem Unterwasserschneidbrenner herankommen konnte.

Das bedeutete, das hochexplosive Flugzeugwrack musste an Bord seines Schiffes gehievt werden, was Zane aus mehreren Gründen zu verhindern versuchen würde. Erstens wollte er nicht, dass sein Schiff in die Luft flog, und zweitens brauchten sie weder ihn noch seine Crew, sobald sie das Flugzeug hatten.

Er wäre tot, noch ehe die Cessna das Deck berührt hätte.

Grimmig führte er die Männer zum Flugzeug und machte eine ausladende Geste mit beiden Armen. Bitte sehr, ihr Armleuchter.

EIGHTEEN

Teal schloss leise die Tür hinter sich. Diese Kabine war größer als die, in der sie mit den anderen Frauen eingesperrt gewesen war. In der Luft lag der intensive Duft von jenem teuren Eau de Toilette für Männer, das Denny bevorzugte. Der Geruch von Kardamom und Grapefruit trieb ihr immer noch die Tränen in die Augen. Vielleicht lag es auch nur an der verdammten Erinnerung an Denny. Was auch immer der Grund sein mochte, der vertraute Duft machte sie jedenfalls noch nervöser.

Aus dem großen Bullauge erhaschte sie einen Blick auf die *Decrepit*. Ein gelb-weißes Sea-Ray-Schnellboot lag längsseits. Wegen des Gejammers der anderen Frauen hatte sie den Motor des kleinen Bootes kaum gehört und daher gehofft, es handele sich um die nahende Rettung. Hatten Maggie und Colson sich entschlossen zurückzukommen? Aber nein, sie erkannte jetzt, dass es sich um ein neueres Boot handelte. Zum Glück waren es nicht Maggie und Colson. Die beiden befanden sich auf St. Maarten in Sicherheit, wo sie auf Nachrichten warteten.

Von Zanes rotem Speedboot war noch nichts zu sehen. Müsste er inzwischen nicht längst mit dem Schneidbrenner zurück sein? Sie sah zum Wecker auf dem Nachttisch. Er hätte schon vor mindestens einer halben Stunde wieder da sein müssen. Langsam machte sie sich Sorgen. Sie wollte ihn hier haben, damit sie wusste, wo er war. Andererseits wollte sie natürlich, dass er um Himmels willen wegblieb, denn auf der *Decrepit* erwartete ihn nichts Gutes mehr.

War etwas Schreckliches passiert, als er auf der Insel war? Er hatte sich mit einem anderen Regierungstypen getroffen. Das waren ausgebildete Profis mit geladenen Waffen. Teal presste die Finger gegen ihre pochenden Schläfen. Nein. Sie musste einfach daran glauben, dass es Zane gut ging und er mit dem Schneidbrenner auf dem Rückweg war.

„Beschwör den Ärger nicht herauf", flüsterte sie und hielt auf der *Decrepit* Ausschau nach irgendwelchen Lebenszeichen. Es gab keine. Die Frauen hatten ihr erzählt, Werner sei mit seinen Leuten zur *Decrepit* herübergefahren. Was hatten die mit ihren Leuten angestellt? Mit Ryan, Ben und Saul?

Irgendwer hatte Teal außer Gefecht gesetzt und auf die *Slow Dance* gebracht. War ihrer Crew das Gleiche widerfahren? Mal ehrlich, diese ganze Kidnapperei wurde allmählich öde.

Weiterhin aus dem Fenster zu starren würde niemandem helfen. Widerstrebend wandte Teal sich ab.

Sie sah das Tablett mit den Spirituosen, benötigte jedoch noch einen Moment, um im Bad nach etwas Brauchbarem zu suchen. Dort fand sie Flaschen mit Shampoo und Schaumbad. Außerdem zwei romantische Kerzen und eine unbenutzte Schachtel Streichhölzer. Die Streichhölzer steckte sie in die Hosentasche, leerte die großen Glasflaschen bis auf einen Rest und klemmte sie sich unter die Arme.

Zurück in der Kabine, sah sie den Alkoholvorrat durch. Die meisten Flaschen waren ungeöffnet. Na bestens.

Sie las die Etiketten, auf der Suche nach dem höchsten Alkoholgehalt. Am besten wäre reines Ethanol. Immerhin gab es mehrere Flaschen österreichischen Stroh-Rum. Die angegebenen Volumenprozente entlockten ihr einen anerkennenden Pfiff. Achtzig Prozent. Perfekt.

Sie sah sich ein letztes Mal gründlich um und fand einen Plastiksack im Mülleimer neben dem Schreibtisch. „Sehr rücksichtsvoll von Ihnen, Ihren Dieben Einkaufstüten zur Verfügung zu stellen, Mr Werner." Teal grinste, während sie ihre Beute vorsichtig in die Tüte legte.

Zwischen die Flaschen legte sie Waschlappen, damit das Glas nicht klirrte. Dann schlich sie hinaus auf den Gang und drückte die Klinke der anderen Kabinentür mit dem Ellbogen herunter.

„Schließ ab", wies sie Maria an, die sofort gehorchte.

Teal packte die Sachen aus und stellte die großen Flaschen neben jene drei, die die anderen Frauen in der Zwischenzeit gefunden und vorbereitet hatten. Die geringe Menge Palmöl im

Schaumbad würde reichen, um den Alkohol zu verdicken, damit er dort kleben blieb, wohin er geschleudert wurde.

Unter den Blicken vier blasser Frauen befüllte Teal mit ihren beiden Assistentinnen Maria und Janelle die sechs Zwei-Liter- Flaschen mit dem Stroh-Rum und gab noch jeweils hochprozentigen Cognac dazu. „Jetzt schüttelt das Zeug", forderte sie die Frauen auf.

„Kannst du mir bitte ein Glas aus dem Bad holen?", bat sie dann eine der Frauen, die ihr aufgeregtes Geschnatter längst eingestellt hatten und still zusahen, während sie in jede Flaschenöffnung einen Tampon stopfte, dessen Band sie heraushängen ließ.

Als die Frau zurückkam, füllte Teal das Glas mit dem Stroh-Rum, den sie übrig gelassen hatte.

„Du meine Güte", flüsterte Janelle, als Teal vorsichtig jeden Tampon mit dem Rum tränkte. Der weiße Faserstoff quoll auf und verschloss die Flaschen. „Das ist unglaublich schlau. Aber wird es auch funktionieren?"

„Das werden wir gleich herausfinden. Lasst mich mal die Zeichnung sehen, die ihr vom Boot angefertigt habt."

Mit der Aufrisszeichnung der *Slow Dance* in den Händen, befahl Teal Maria, die Nachhut zu bilden, und Janelle, in der Mitte zu bleiben. Die anderen vier Frauen waren viel zu verängstigt von allem, was bisher geschehen war. Dieser Fluchtplan war heikel, und Teal warnte sie, dass er möglicherweise schiefgehen würde. Die Männer hatten sie eingesperrt, damit sie ihnen nicht in die Quere kamen. Die würden nicht gerade begeistert sein, wenn die Frauen nach St. Maarten flohen und dort die Polizei benachrichtigten.

Mehrmals war Teal mit ihnen den gesamten Plan durchgegangen und hatte sie sämtliche Anweisungen wiederholen lassen. Sie hatte ihnen eingeschärft, sich auf dem Beiboot flach auf den Boden zu legen, den Mund zu halten und Janelle fahren zu lassen. Und zwar so schnell sie konnte. Janelle hatte sie instruiert, so viele Schwimmpolster wie möglich anzulegen.

Ein anderer Schutz gegen die Kugeln fiel ihr nicht ein. Ihnen war vollkommen klar, dass die Männer das Feuer eröffnen würden, sobald sie die Flucht bemerkten.

Teal hoffte, dass die Frauen alles verstanden hatten.

Zuerst musste sie sechs völlig verängstigte Frauen in Bikinis zwei Decks hinaufführen, und zwar ungesehen. Von da an oblag es Maria und Janelle, den genau richtigen Zeitpunkt abzupassen, um sie nach achtern zu bringen, wo das Motorboot vertäut lag.

Teal schärfte ihnen ein, lieber um ihr Leben zu rennen, statt auch nur eine Sekunde zu zögern, wenn es so weit war.

Und das war nicht übertrieben.

Zane hatte bewusst kein Licht vorgeschlagen, also hatten sie jetzt keines. Und obwohl die Sichtweite inzwischen zehn bis fünfzehn Meter betrug, würden sie ohne zusätzliches Licht die Box nicht entdecken. Nur mit einer Unterwasserlampe konnte man in alle Ecken und Winkel leuchten, und die Box befand sich unter dem zerdrückten Armaturenbrett. Selbst wenn sie in der Lage wären, die Plastikschachtel zu sehen, hatten sie abgesehen von ihren Tauchermessern kein Werkzeug, um an sie heranzukommen. Er hätte ihnen zu verstehen geben können, dass sie mit dem Versuch, die eingedrückten Türen aufzubekommen, nur ihre Zeit verschwendeten. Selbst mit ihrer brutalen Kraft würden sie das nicht schaffen. Aber er ließ sie einfach machen.

Er schwamm um das Wrack herum und tat, als helfe er bei der Suche nach der Box. In Wahrheit untersuchte er den Zustand des Wracks. Aber das brauchten sie ja nicht zu wissen. Er zeigte auf ein paar Stellen, an denen der rote Kasten vielleicht zu finden war. Die Männer trennten sich für die Suche. Außerdem wirbelte er Sand auf, sodass die Sicht schlechter wurde.

Er schaute nach oben und sah die dunklen Umrisse der *Decrepit* und der *Slow Dance* beinah direkt über ihnen. Sein Boot war am nächsten. Der kleinere Schatten von Phils Beiboot und die der anderen waren mit der *Decrepit* verbunden. Am Heck der *Slow Dance* war nur ein kleinerer Schatten zu sehen.

Wo war Teal? Er würde die *Slow Dance* von vorn bis nach achtern auseinandernehmen, um sie zu finden. Zane weigerte sich, die Möglichkeit in Betracht zu ziehen, dass sie nicht wohlauf war. Vermutlich war sie einfach stocksauer. Das Bild von Teal, wütend und handlungsfähig, behielt er im Kopf.

Dann klopfte er auf seinen Sauerstofftank, um die anderen darauf aufmerksam zu machen, dass er weitere Wrackteile gefunden hatte, etwa dreißig Meter vom Rumpf entfernt. Ein Dutzend etwa fünfzig Zentimeter lange, grau-gelb gestreifte Muränen schoss aus einem Korallenriff unter ihm hervor.

Zwei Männer schwammen zu ihm, während die anderen beiden weiter versuchten, die Türen der Cessna aufzubekommen. Sie waren weit genug weg, in einen trüben Schleier aus aufgewirbeltem Sand und Sediment gehüllt und strengten sich gefährlich an, wie die über ihren Köpfen aufsteigenden Luftblasen verrieten.

Noch zehn Minuten, bis der Haken des Krans ins Wasser gelassen wurde. Zehn, fünfzehn Minuten, um alle Seile zu befestigen. Sobald das Flugzeug gesichert war, brauchten sie ihn nicht mehr.

Er schwamm parallel zur Unterseite des Wracks und entdeckte eine gerade, nicht von der Natur geschaffene Linie im Sand, in etwa vier bis fünf Metern Entfernung. Die beiden Kanonen, verloren, entdeckt und wieder verloren, lagen unter dem vom Sturm aufgewirbelten Sand. Zane schätzte Länge und Entfernung ab, während ein einzelnes winziges, leuchtend blaues Schwaibenschwänzchen vorbeischoss. Seine Färbung schimmerte selbst in dieser Tiefe noch brillant.

Der Kran an Deck der *Decrepit* gab ein seltsam kreischendes Geräusch von sich. Verdammt! Pink Shirt hatte den Mechanismus früher aktiviert. Zane hörte das beinah menschlich anmutende Ächzen unter Wasser und wusste, dass seine Zeit abgelaufen war. Schlimmer war jedoch, dass Teals Zeit sich ebenfalls drastisch verkürzt hatte.

Er wartete darauf, dass die Männer näher kamen, und zeigte auf die Stücke aus weiß lackiertem Aluminium und Metall, die durch den Aufprall nach dem Absturz und später durch den Sturm über den Meeresboden gewirbelt worden waren.

Die zwei tauchten nach unten, um sich die Sache genauer anzusehen. Beide Männer trugen Waffen, die an ihren Oberarmen befestigt waren. Eine Pistole funktionierte bestens unter Wasser. Es stand vier Männer gegen einen. Zanes einziger Vorteil war es, dass er mit dem, was sich auf dem Meeresgrund befand, vertraut war. Nun musste er das Überraschungsmoment nutzen. Er durfte nicht an sich zweifeln. Es hieß: er oder sie. Die Wahl fiel ihm leicht.

Allerdings hatte er nur eine einzige Chance. Er tauchte mit schnellen Schwimmstößen hinunter, schlang dem ersten Mann den Arm um den Hals und riss ihm die Waffe aus dem Halfter. Dann zerrte er ihm die Sauerstoffmaske vom Gesicht und drehte den Regler zu, ehe der Mann begriff, wie ihm geschah.

Der Mann taumelte mit Armen und Beinen zappelnd rückwärts und wirbelte dabei eine Wolke Sand auf. Mit einem Fuß traf er Zanes Hand, wodurch ihm die Waffe aus der Hand geschleudert wurde. Sie landete auf dem weichen sandigen Meeresboden.

Zane zog sein Tauchermesser und stürzte sich erneut in den Kampf. Er versuchte, den Sauerstoffschlauch des Mannes zu erwischen, doch der drehte sich weg. Zane packte den Gurt, mit dem die

Sauerstoffflaschen befestigt waren. Verzweifelt versuchte der Mann, sich zu befreien. Luftblasen stiegen über seinem Kopf auf.

Mit aller Kraft bemühte sich Zane, sein Messer in den Aluminiumtank des Mannes zu stoßen. Es machte kaum eine Delle, und der Mann drehte sich schneller um als eine Schlange. Zane holte aus und durchtrennte den Schlauch, sodass der Sauerstoff in das trübe Wasser entwich. Die Augen des Mannes weiteten sich vor Schreck. Hastig öffnete er den Schnellverschluss vorn an seiner Tarierweste und ließ sie samt Sauerstofftank auf den Meeresboden sinken. Er warf auch den Bleigürtel ab, um schneller an die Oberfläche zu gelangen.

Der Körper des Mannes spannte sich an, während ihm die Luft ausging. Der Überlebensinstinkt drängte ihn, so rasch wie möglich aufzusteigen. Der schnelle Aufstieg an die Wasseroberfläche würde jedoch Folgen haben und ihn für eine Weile außer Gefecht setzen.

Die schweren Ketten des Krans wurden oben mit einem dumpfen Aufprallgeräusch zu Wasser gelassen. Das Rasseln der Kette erzeugte fast musikalische Töne. Kleine Schwärme silbriger und blauer Fische schossen auseinander.

Irritiert von dem Lärm, drehte sich der zweite Mann um und erkannte die Situation. Schnell und kraftvoll wie ein Hai schwamm er auf Zane zu. Zane tauchte und hob die Waffe auf, die der erste Mann fallen gelassen hatte. Dabei streifte sein Knie eine Kanone, und er schaufelte sich eilig eine kleine Kuhle, um dahinter in Deckung zu gehen.

Eine Kugel sirrte durchs Wasser, dicht an Zanes Schulter vorbei. Er spürte, wie sie vorbeizischte, und erkannte die Mordlust im blassen Gesicht des Mannes hinter dem Glas der Tauchermaske. Aber diesmal war Zane schneller. Er schoss. Einmal. Zweimal. Wie in Zeitlupe schlug der Mann ein Rad, wobei sich Blut und Luftblasen zu einem rötlichen Nebel vermischten, in dem er langsam aufstieg.

Die anderen beiden Männer, offenbar alarmiert durch die Pistolenschüsse, schwammen bereits in Zanes Richtung.

Er feuerte. Scheiße. Vorbei.

Eine Kugel zischte, sich spiralförmig drehend, direkt auf ihn zu. Winzige Bläschen beschrieben ihre rasante Flugbahn. Zane drückte sich hinter der drei Meter langen Kanone flach in den Sand. Wenige Zentimeter alter Bronze retteten ihm das Leben, denn die Kugel traf mit einem lauten „Pling" die Kanone statt ihn. Er feuerte blind zurück. Die Männer schossen ebenfalls. Über Zanes Kopf zischten die Kugeln hinweg.

Als er erneut abdrückte, glaubte er, den einen Gangster erwischt zu haben, als er die Luftblasen rasch aufsteigen sah. Doch der Mann schwamm weiter auf ihn zu, ein gefährlicher dunkler Schatten, der sich schnell durch das Wasser bewegte.

Sie hatten nur noch für wenige Minuten Sauerstoff.

Zane hob den Kopf über die Kanone und gab einen weiteren Schuss ab. Er ging daneben, denn im selben Moment wurde das Meer von einer heftigen Explosion erschüttert, die das Wasser bernsteinfarben aufglühen ließ.

Oben an der Wasseroberfläche schlugen offenbar Flammen aus dem Bug der *Slow Dance*.

Teals Arm zitterte und brannte, nachdem sie zwölf Liter flüssigen Sprengstoff über die ganze *Slow Dance* geschleppt hatte. Noch dazu bemüht, kein Geräusch zu verursachen. Das machte fast zweieinhalb Kilo pro Flasche, und sie hatte sechs davon gute zwanzig Minuten mit sich herumgeschleppt.

Die Zeichnung, die die Frauen angefertigt hatten, war ziemlich gut. Als sie Stimmen hörte, fand Teal die Toilette auf Deck zwei sofort und versteckte sich mehrere Minuten. Zwei Männer gingen nur wenige Schritte entfernt an ihr vorbei. Zum Glück hatte keiner der beiden einen Toilettenstopp einlegen müssen. Beim leisesten Geräusch ging sie in Deckung, da sie ständig fürchtete, jeden Moment erwischt zu werden.

Das laute Echo eines Pistolenschusses hallte übers Wasser. Teal erstarrte. Dann nahm sie sich zusammen. Sie hatte keine Zeit zu verlieren. Die Mädchen warteten ungeduldig darauf, endlich von dieser Jacht fliehen zu können. Alles hing von Teal ab.

Trotzdem war ihr die ganze Angelegenheit unheimlich. Sie war bloß Maschinistin, die aus Tampons und Schnaps Brandbeschleuniger gebastelt hatte, um diese Mädchen zu befreien. Sie war keine Hightech-Agentin, die genau wusste, was sie tat. Schweißperlen bildeten sich auf ihrer Stirn, und ihr Herz schlug noch schneller. Sie wünschte, Zane wäre jetzt bei ihr. Aber sie war auf sich allein gestellt.

Noch einmal huschte sie in eine kleine Bibliothek, um aus dem Fenster zu schauen, wobei sie inständig betete, dass nicht Zane das Ziel der Schüsse gewesen war. Sie sah mehrere Männer am Kran der *Decrepit* arbeiten. Anscheinend wollten sie versuchen, das Wrack der Cessna an Bord zu hieven, um die Suche zu erleichtern.

Wussten sie, dass ihnen lediglich - sie sah auf die Uhr in dem Messinggehäuse an der Wand - knapp zwei Stunden blieben, bevor der Mikrochip explodierte?

Teal war unendlich erleichtert, weder Zane noch seinen Kumpel zu sehen. Möglicherweise war Zane schon auf dem Rückweg von St. Maarten, in Begleitung der Polizei, die sämtliche Gangster verhaften würde. Bis es so weit war, würde Teal tun, was in ihrer Macht stand.

Mit der Plastiktüte voller selbst gebastelter Bomben stieg sie die schwankende Treppe zum oberen Aussichtsdeck hinauf. Das grelle Licht blendete sie. Sie blinzelte und ertastete sich ihren Weg zwischen den Möbeln hindurch. Die Klimaanlage verursachte ihr eine Gänsehaut. Von den Gangstern war niemand zu sehen.

Leise atmete sie auf. So weit, so gut. Durch die großen, schrägen Fenster hatte sie einen Blick auf das blaue ruhige Meer und den Bug des Schiffes. Teal hielt sich an die Wände aus Teakholz gedrückt, während sie an den Sitzgruppen aus Sesseln und Sofas vorbeischlich.

Zufrieden erkannte sie, dass direkt vor den Fenstern ein Überstand über den Bug ragte. Er glänzte, was wahrscheinlich bedeutete, dass er rutschig war. Aber immerhin war sie jetzt so weit wie möglich vom Heck entfernt, wo die Frauen auf ihr Signal warteten.

Von hier aus konnte sie den Kran der *Decrepit* gut sehen, dessen Arm über das Wasser schwang, ehe die Ketten rasselnd ins Wasser klatschten. Na, viel Glück, dachte Teal.

Sie hatte den Kran gründlich untersucht, genau wie alle anderen mechanischen Vorrichtungen an Bord der *Decrepit*, als sie an Bord gekommen war. Er funktionierte zwar, aber nicht zuverlässig, denn er musste dringend repariert werden. Aber das war im Augenblick nicht ihr Problem.

Mit einer Hand schob sie vorsichtig das Fenster auf. Heiße salzige Luft wehte über ihre feuchte Haut. Von unten konnte sie Stimmen hören, aber niemanden sehen. Offenbar beobachteten die Männer, wie die Ketten des Krans im Wasser versanken.

Teal versuchte zu unterscheiden, wie viele verschiedene Stimmen sie hörte, musste aber rasch erkennen, dass das unmöglich war. Die gute Nachricht war jedenfalls, dass sich die muskelbepackten Typen am Bug der Jacht versammelt hatten. Und zwar alle, soweit sie das beurteilen konnte. Ganz vorn am Bug saßen sie in der Falle. Die schlechte Nachricht lautete, dass sie nur nach oben zu schauen brauchten, um Teal auf dem Bauch über den Vorsprung robben zu sehen.

Äußerst vorsichtig kletterte sie aus dem Fenster und hielt die Plastiktüte mit einer Hand. Unter dem Dach, auf dem sie stand, befand sich vermutlich der Salon. Es war nicht dazu gedacht, um darauf zu stehen. Außerdem war es glatt und leicht geneigt. Die Stimmen der Männer übertönten zum Glück das leise Knistern der Plastiktüte und das Klirren der Flaschen, als sie sich langsam flach auf den Bauch legte.

Leise zog sie die Molotow-Cocktails aus der Tüte und stellte sie unter dem Fenster auf, aus dem sie gerade gestiegen war.

Maria und Janelle sollten auf die zweite Explosion warten, bevor sie auf das hintere Deck hinausrannten, um von dort auf die Tauchplattform und ins Beiboot zu gelangen. Die Frauen warteten in diesem Moment auf das Zeichen, ungeduldig und verängstigt, ahnte Teal.

Sie hob das Becken und zog mit zwei Fingern die Streichholzschachtel aus der Hosentasche. Dann zündete sie den Tamponfaden der ersten Flasche an und warf sie über den Rand des Daches, wobei sie den Kopf unten hielt. Eins ... zwei... sie zersplitterte mit einem erfreulichen Krachen auf dem Deck unter ihr. Teal fühlte die Hitze der Flammen und die Druckwelle der Explosion, verlor jedoch keine Zeit damit, nachzuschauen. Stattdessen robbte sie auf dem Bauch weiter zur anderen Seite des Dachvorsprungs, zündete den nächsten Molotowcocktail an und schleuderte auch den hinunter. Schwarzer Rauch stieg zwischen den züngelnden Flammen auf. Erneut gab es erst die Explosion, dann war das Zischen des sich blitzschnell ausbreitenden Feuers zu hören.

Teal hörte das metallische Geräusch, als die Männer ihre Waffen entsicherten. Sie drehten durch, schrien sich gegenseitig Befehle zu. „Geh da lang, da drüben! Los ..."

Wegen der starken Rauchentwicklung verspürte Teal einen Hustenreiz, den sie mühsam unterdrückte. Sie zündete das Band der dritten Flasche an und ließ diese auf dem geneigten Vorsprung hinunterrollen, direkt auf die Männer zu. Es folgte der Knall, dann das Zischen. Einige Männer sprangen über Bord, denn es gab keinen Rettungsweg mehr für sie. Auf beiden schmalen Gängen loderten jetzt hübsche, drei Meter hohe Flammen.

Erleichtert hörte Teal schwach, wie der Motor der Barkasse gestartet wurde. Na los, macht schon, dachte sie. Sie zündete ein weiteres Streichholz an und hielt es an die Zündschnur. Es verlöschte.

Sie riss ein neues an, aber auch das blies der Wind aus. Mist. Vier Versuche später schaffte sie es, das Streichholz an die Schnur zu halten. Die Zündschnur fing Feuer, und es erreichte die mit Alkohol durchtränkte Baumwolle. Diesmal ließ sie die Flasche seitlich vom Dach rollen, zündete die nächste an und ließ diese auf der gegenüberliegenden Seite hinunterrollen. Das Geräusch des sich drehenden Glases ging unter im Tosen des Feuers, dem Geschrei der Männer und peitschenden Schüssen. Niemand würde Teal dort oben auf dem Dach herumlaufen hören.

Der gesamte Bug der *Slow Dance* stand in Flammen. Immer mehr Männer sprangen ins Wasser, kreischend wie kleine Mädchen.

Teal grinste und kroch zurück, fort von der Dachkante. Vorsichtshalber hielt sie sich geduckt, auch wenn keiner Zeit hatte, nach oben zu schauen. Vermutlich glaubten sie, der Angriff komme vom Meer. Sie nahm den letzten selbst gebastelten Molotowcocktail, kletterte durch das Fenster und hielt einen Moment inne, um ihre Arbeit zu begutachten, ehe sie kraftvoll die letzte Flasche so weit wie möglich schleuderte.

Zufrieden mit ihrem Werk, klopfte sie sich die Hände ab und wollte sich auf den Weg nach hinten machen. Nur dass sie, kaum hatte sie sich umgedreht, mit einem Mann zusammenstieß, der offenbar hinter ihr gestanden hatte.

Oh-oh.

„Anscheinend haben Sie den Wunsch zu sterben, junge Dame."

Die lodernden Flammen hinter ihr spiegelten sich in den dunklen Gläsern der Brille des Mannes. Graubraunes Haar, pinkfarbenes Hemd. Finstere Miene. Pochende Schläfenader. Offenbar stinkwütend. Dass er sich beherrschte und die Fäuste in den Taschen seiner tadellosen weißen Anzughose vergrub, wurde dadurch umso beängstigender.

Aber Teal war über den Punkt bloßer Furcht längst hinaus. Dem Bösen so nah zu sein versetzte sie in ihre Kindheit zurück und erinnerte sie an die diversen „Onkel", die ihre Mutter angeschleppt hatte. Sie

legte den Kopf schräg. „Wollen Sie's drauf anlegen, großer Mann?"
Sie kniff die Augen zusammen. „Es gefällt mir nicht, von irgendeinem
Schläger eins auf den Kopf zu bekommen oder gegen meinen Willen
festgehalten zu werden", erklärte sie dem Mann, den sie für Werner
hielt.

Er verhielt sich viel zu beherrscht und war zu gut gekleidet, um
nicht der Boss zu sein. Und er war nicht allein. Zwei bullige Typen
flankierten ihn. Teal konzentrierte sich jedoch ausschließlich auf ihn,
da sie wusste, dass er der Gefährlichste dieses Trios war. Sie versuchte,
seine Augen zu erkennen, um einschätzen zu können, was als Nächstes
passieren würde. Doch sie sah lediglich orange Flammen und
schwarzen Rauch in den reflektierenden Gläsern seiner Brille. Der
Qualm, der durch das offene Fenster von draußen hereinzog, ließ sie
husten.

Im Stillen betete sie, dass den Frauen am Heck die Flucht gelungen
war.

„Meine Männer haben mir schon erzählt, dass Sie eine ziemliche
Giftnudel sind." Er hob die Hand und streichelte ihre Wange. Teal hatte
Mühe, nicht zusammenzuzucken. „Vor allem aber sind Sie meine
Trumpfkarte", fügte er mit leichtem deutschem Akzent hinzu.
„Unglücklicherweise werden Sie meine Gastfreundschaft noch ein
wenig länger in Anspruch nehmen müssen, während wir darauf warten,
dass Mr Cutter mir mein Eigentum zurückbringt."

Sie war vor den drei Männern bis zur Fensterreihe zurückgewichen,
von der aus man einen ausgezeichneten Blick auf den brennenden Bug
der Jacht hatte. Mit einiger Zufriedenheit betrachtete sie die tanzenden
Flammen, die sich in seinen Brillengläsern spiegelten.

„Da haben Sie den falschen Trumpf erwischt, denn ich bin ihm
völlig egal", erklärte sie unbeeindruckt. „Wo ist er überhaupt?" „Wer?
Ihr Mr Cutter?"

„Nicht meiner. Aber stimmt, den meine ich. Also, wo ist er?" Teals Herz hämmerte in ihrer Brust, doch sie versuchte, sich nichts anmerken zu lassen.

„Er befestigt vermutlich in diesem Augenblick den Haken am Flugzeugwrack, damit wir die Cessna an Bord holen können." Zane würde also zurückkommen. Allein? „Und was dann?" „Dann muss er den Chip aus dem Wrack bergen und mir übergeben."

„Damit Sie Zane anschließend töten können."

Sein Mund verzog sich zu einem unangenehmen Grinsen. „Vorher werden wir Ihren Liebhaber mit Ihrer Hilfe ein wenig anspornen."

Ihr Herz pochte so laut, dass man es einfach hören musste. Schwindel erfasste sie, und sie bekam einen trockenen Mund vor Angst. Aber sie wollte verdammt sein, wenn sie so schnell aufgab. „Die Mädchen sind auf und davon, und sie werden mit der Polizei zurückkommen."

„Zu schade. Aber damit haben Sie uns Zeit erspart. Wir mussten sie ohnehin loswerden. Haben Sie ihnen bei der Flucht geholfen?" Als Teal nickte, erschien ein breites, vollkommen humorloses Grinsen in seinem Gesicht, das seine großen weißen Zähne entblößte. „Was für eine einfallsreiche junge Frau Sie sind. Wir werden für die restliche Dauer Ihres Aufenthaltes hier einen sichereren Ort finden müssen. Sollte Ihr Lover sich nicht beeilen, wird dieser Aufenthalt bedauerlich kurz sein." Er schnippte dem Kerl rechts von ihm mit den Fingern zu und wandte sich zum Gehen.

Der bullige Gangster packte ihre Oberarme mit seinen riesigen Händen. „Warten Sie! Bitte!", rief Teal so dramatisch wie irgend möglich, damit der ältere Mann sich noch einmal umdrehte. „Bitte, bitte sperren Sie mich nicht im Maschinenraum bei den großen Motoren ein. Der Lärm dort..." Sie verstummte und machte ein verängstigtes Kleinmädchengesicht. „Ich leide an Klaustrophobie, der Gestank macht mich ganz krank." Sie schüttelte sich. „Überall, nur dort nicht, ja? Ich verspreche auch, dass ich keinen Ausbruchsversuch mehr unternehmen werde. Wie ist es mit einer Gästekabine ...?"

„Bringt sie zum Schweigen."

Verdammt, sie hatte den Bogen überspannt.

Der Mann, der sie festhielt, holte mit einer Faust aus. Teal starrte ihn erschrocken an und versuchte, sich aus seinem Griff zu befreien. „Wagen Sie es ja nicht..."

Und dann wurde alles um sie herum schwarz.

Pinkfarbenes Hemd erwartete das Auftauchen des Flugzeugs in zehn, höchstens fünfzehn Minuten.

Die zwei Männer trennten sich, sodass sie von zwei Seiten auf Zane zukamen. Schnell wie Barrakudas schwammen sie durchs Wasser. Zane drückte ab. Es gab nur ein trockenes Klicken. Keine Kugeln mehr. Shit. Er ließ die Waffe fallen und schloss die Finger um den Griff seines Messers. Kalter Schweiß brach ihm in seinem Taucheranzug aus, sein Puls raste. Trotzdem versuchte er, ruhig zu atmen und konzentriert zu bleiben.

Das würde ein Kampf auf Leben und Tod werden. Die beiden Männer waren erfahren. Er nicht. Deshalb war es umso wichtiger, dass er die Nerven behielt, um ihnen möglichst immer mindestens einen Schritt voraus zu sein.

Ein schwarzer Schemen, ein weißes Gesicht hinter der Tauchermaske, ein Ausdruck kalter Entschlossenheit. Zane warf sich zurück, als der erste Gangster ihn mit einem mächtigen Fausthieb an der Schulter traf. Luftblasen stiegen von ihren Sauerstoffgeräten auf. Eine Muräne schoss mit gebleckten Zähnen aus ihrer Höhle und sauste an ihnen vorbei, schnell wie der Schatten einer Bewegung.

Zane fing sich und ging seinerseits auf den Mann los. Es bestand kein Zweifel daran, dass der andere Blut sehen wollte. Seine Miene verriet tödliche Absichten, aber auch Verblüffung, mit dem ersten Angriff sein Ziel noch nicht erreicht zu haben.

Er oder ich, dachte Zane und packte sein Messer fester. Das hier waren nicht bloß harte Kerle, sondern professionelle Killer. Sie hatten den Befehl erhalten, den Chip zu finden und Zane anschließend zu töten.

Gut, die beiden hatten ihre Befehle. Zane hatte Teal. So einfach und gleichzeitig so kompliziert sah die Sache aus. Der zweite Mann schoss von links auf ihn zu, in Höhe von Zanes Schulter. Mit kräftigen Beinstößen und dank der Schwimmflossen an den Füßen gelang es Zane, außerhalb der Reichweite der beiden zu gelangen. Doch sie näherten sich ihm erneut unerbittlich, jetzt mit gezückten Messern. Zane drückte den Knopf, mit der seine Tarierweste schlagartig mit Luft gefüllt wurde. Das hatte zur Folge, dass er rasant aufstieg und somit den Gangstern entkam. Zumindest für die nächsten Sekunden.

Die Überraschung hielt nicht lange an. Mit wild rudernden Armen und Beinen nahmen sie die Verfolgung auf. Zane tauchte schnell wieder nach unten. Er hatte etwas im Sand entdeckt, was ihm vielleicht nützlich sein könnte. Allerdings musste er erst einmal heil herankommen.

Alles, was ihm gegen ihre Erfahrung und ihre Ausbildung nutzen konnte, war für ihn von Vorteil.

Als der erste Gangster mit erhobenem Messer auf ihn zuschwamm, hob Zane den Goldbarren und rammte ihn mit voller Wucht gegen die Tauchermaske des anderen. Das Glas zersplitterte, die Maske rutschte dem Mann vom entsetzten Gesicht. Das Mundstück schwebte im Wasser, silbrige Luftblasen stiegen daraus auf.

Zane nutzte die Benommenheit des anderen, schwamm um ihn herum und legte ihm den Unterarm um den Hals. Er benutzte den zappelnden Mann als Schutzschild gegen den zweiten, der sich auf Zane stürzen wollte.

Der Mann glitt pfeilschnell durchs Wasser und kam diesmal von oben. Zane zwang sich, abzuwarten und ruhig zu bleiben, soweit das möglich war. Den Goldbarren hielt er fest in der Hand, und als der zweite Gangster nah genug war, schlug er ihm damit so hart in den Unterleib, wie er konnte. Der Mann krümmte sich und schien einen Schmerzensschrei auszustoßen. Unter Wasser blieb sein Schrei lautlos, nur die aus dem Sauerstoffgerät aufsteigenden Luftblasen verrieten seine Qual, während der Gangster sich gekrümmt mehrfach um die eigene Achse drehte.

Zane ließ den Mann, den er an der Kehle gepackt hielt, los und langsam nach oben treiben. Dann schwamm er zu dem anderen Gangster und durchschnitt seinen Sauerstoffschlauch. Ein entsetzter Ausdruck erschien auf dem Gesicht des Mannes, als er begriff, was passierte. Hilflos hing er im Wasser, ehe er langsam aufzusteigen begann.

Zane schaute auf seine Uhr. Noch immer raste sein Puls, doch die erste Gefahr war gebannt. Wesentlich gefasster erkannte er, dass er die zeitliche Grenze von einer halben Stunde deutlich überschritten hatte.

Pinkfarbenes Hemd konnte ihm hier unten zwar nichts anhaben, doch Teal befand sich nach wie vor an Bord der *Slow Dance*.

Zane schwamm zur Cessna. Die Ketten vom Kran hingen wie dünne Gitterstäbe um den Rumpf der abgestürzten Maschine. Die Zeit lief. Los, beeil dich, Mann!

Er schnappte sich die Hauptkette und fing an, sie vom Flugzeug wegzuziehen. Das war schwere Arbeit, und er schwitzte so sehr, dass der Taucheranzug anfing zu jucken. Der verletzte Arm schmerzte, die rechte Hand, mit der er die Männer geschlagen hatte, pochte. Ein Blick nach oben zeigte ihm vier Taucher im Wasser. Noch hatten sie die Oberfläche nicht erreicht.

Zane wollte nicht darüber nachdenken, ob die Männer noch am Leben waren oder nicht. Er zerrte an der schweren Kette, hielt sie mit einem Arm über der Schulter und schwamm durch das Wasser, das ihm jetzt dickflüssig wie Honig vorkam. *Beeil dich! Beeil dich!*

Als er die erste Kanone erreichte, schlang er die Kette mehrmals um das drei Meter lange dicke Rohr aus reiner Bronze. Dann schwamm er mit der Kette drei Meter weiter zur nächsten Kanone und schlang sie ebenfalls darum.

Es würde eine Weile dauern, dieses Gewicht zu heben. Und die Gangster würden sich Zeit lassen, aus Angst, dass die Cessna noch weiter auseinanderbrach und in lauter kleinen Teilen auf den Meeresboden sank. Die Kanonen würden die Gangster eine Weile beschäftigen und Zane ein gewisses Zeitpolster verschaffen.

Nachdem er die Kette gründlich befestigt hatte, machte er sich auf den Weg zur *Slow Dance*. Und zu Teal.

NINETEEN

Teal hielt sich das glühende Gesicht dort, wo der Kerl s'e getroffen hatte, und bewegte den Kiefer. Offenbar war nichts gebrochen, aber es tat höllisch weh. Dieser Bastard. Sie lag auf dem kalten Vinylfußboden. Das vertraute, tröstliche Dröhnen eines Generators beruhigte ihre angegriffenen Nerven. Die Lampen an der Decke leuchteten ziemlich grell. Sie machte die Augen wieder zu und wartete, bis Schwindel und Übelkeit sich etwas gelegt hatten, ehe sie sich aufsetzte.

Der heftige Schmerz in ihrem Kiefer wurde aufgehoben durch die grenzenlose Erleichterung, als sie erkannte, wohin man sie gebracht hatte.

Wow, das hatte geklappt. Sie befand sich im Maschinenraum der *Slow Dance*. Einen kurzen Moment des Neids auf diese wundervollen Motoren der Luxusjacht gönnte sie sich. Die 3516er waren strahlend weiß, und irgendwer hatte sich in Kosten gestürzt und die Maschinen dieser Luxusjacht verchromen lassen.

Zu gern hätte Teal diese Motoren im Maschinenraum der *Decrepit* gesehen, und sie hätte alles dafür gegeben, ein paar Stunden hier drinnen verbringen zu können. Stattdessen stand sie auf und hielt Ausschau nach Werkzeug. Sie hatte keine Ahnung, wie viel Zeit ihr blieb. Auf jeden Fall wollte sie keine Sekunde sinnlos vergeuden, nicht einmal damit, ein süßes Paar 3516er zärtlich zu streicheln. Die *Slow Dance* mochte ja tolle Maschinen haben, aber wer immer daran arbeitete, war äußerst schlampig. Sein Werkzeug nämlich hatte er zusammen mit Schmutzlappen in eine Werkzeugschublade gestopft. Teal schüttelte tadelnd den Kopf. „Du bist eine Schande für unseren Beruf."

Auf dem Schreibtisch, neben einem nicht angeschlossenen Laptop, lag ein Sandwich. Es wirkte zwar nicht mehr frisch, aber es war zumindest noch in Plastik eingeschweißt. Juhu. Das unberührte Mittagessen von irgendwem. Ihr Magen knurrte laut. Teal wickelte das Käsesandwich aus und biss davon ab, während sie die Werkzeuge des schlampigen Maschinisten durchsah.

„Danke, ihr Motorengötter." Sie nahm eine Ratsche, ein Steckschlüsselset sowie zwei Schraubenzieher und machte sich damit auf die Suche nach der Hauptsteuerung, dem Hirn der Maschinen. Bingo! Die kleinen schwarzen Kästen, etwa zwanzig Zentimeter hoch, fünfzehn breit und nur wenige Zentimeter dick, wurden mit vier leicht zu lösenden Schrauben von 2-20er- Steckverbindungen gehalten.

Kein Problem. Ohne die Hauptsteuerungsmodule konnten die Maschinen nicht gestartet werden.

Sie biss erneut vom Sandwich ab. Als Nächstes kamen die Bilgen an die Reihe. Man musste bloß die Ablassschraube öffnen, damit die Ölwanne leer lief. Auch das war kein Problem. Leise Gewissensbisse meldeten sich, weil sie diese wunderbaren Motoren zerstörte. Das war wirklich eine Schande. Aber wenn es darum ging, Zane zu helfen, war einfach kein Opfer zu groß. Vorsichtshalber zog sie auch noch den Stecker des Kühlmitteltanks. Das Ganze war eine ziemliche Schweinerei, weil sich jetzt alles auf den zuvor tadellos weißen Boden ergoss.

„Echt übel." Teal grinste und wich vor den verschiedenen Flüssigkeiten zurück, die sich auf dem Boden ausbreiteten. Für den Vermieter der *Slow Dance* empfand sie Mitleid. Andererseits sollte er seine Jacht eben nicht an Gangster vermieten.

Mit einem Dietrich aus der Werkzeugschublade knackte sie das Türschloss. Sie musste so schnell wie möglich hier raus, um sich auf die Suche nach Zane zu machen. Mal sehen, in welche Schwierigkeiten er sich gebracht hatte.

Teal nahm an, dass der Bug nach wie vor in Flammen stand, denn schwarze Qualmwolken quollen von dort in den Himmel. Falls die Gangster nicht vorhatten, zusammen mit dem Schiff unterzugehen, waren die meisten bestimmt damit beschäftigt, die Flammen zu ersticken. Blieb noch dieser Werner, von dem sie inzwischen aus eigener Erfahrung wusste, dass er die Drecksarbeit von anderen erledigen ließ. Wahrscheinlich hielt er sich in sicherem Abstand an Deck auf und rauchte eine fette kubanische Zigarre, während die Männer das Flugzeug auf die *Decrepit* hievten.

Jedenfalls schienen alle Männer beschäftigt zu sein, sodass die Bahn für Teal frei war - denn die Gangster glaubten ja, ihr Druckmittel gegen Zane sei im Maschinenraum eingeschlossen.

Schnell, aber vorsichtig schlich sie über den Gang. Bei jeder Abzweigung hielt sie an, um abzuwarten, ob die Luft rein war, bevor sie weiterlief. Plötzlich hörte sie ein eigenartiges Geräusch und erstarrte. Sie presste sich flach gegen die Wand. Stille. Sie machte einen Schritt und hörte das Geräusch schon wieder. Erst nach einigen Momenten begriff sie, dass ihre Schuhe beim Gehen quietschten. Offenbar hatte sie Schmiere aus dem Maschinenraum unter den Sohlen. Ihr Herz klopfte wie verrückt. Hastig zog sie die Turnschuhe aus, trug sie zu einem Vorratsschrank und warf sie hinein. Dann rannte sie barfuß weiter in Richtung Heck. Sie fand die Treppe, die zur Kombüse führte. Von dort aus konnte sie die abseits der Gemeinschaftsräume verlaufenden Gänge nehmen.

Am Heck der *Slow Dance* würde keine Barkasse liegen, mit der sie fliehen konnte. Aber vielleicht fand sie eine Taucherausrüstung. Außerdem betrug der Abstand zwischen den beiden Schiffen nur etwa eine Viertelmeile. Es wäre also kein Problem, die Strecke schwimmend zu bewältigen.

Irrtum, dachte sie, während sie auf das Heck zurannte. Es gab sogar ein ziemlich heikles Problem: Sie konnte gesehen werden, sobald sie zwischen den Jachten schwamm. Die Männer, die über Bord gesprungen waren, mussten inzwischen zwar wieder aus dem Wasser heraus sein. Aber höchstwahrscheinlich schauten alle zur *Decrepit*, um das Spektakel dort zu verfolgen. Teal konnte zwar lange die Luft anhalten, aber so lange nun auch wieder nicht.

Da es sich bei der *Slow Dance* um eine Mietjacht handelte, gehörten sicherlich Taucherausrüstungen zur Ausstattung. Und diese Ausrüstung würde sich genau dort befinden, wo sie sein sollte - auf der Tauchplattform. Ausgezeichnet. Also konnte sie getrost aufhören, davon zu fantasieren, wie ihr Kopf wie eine Wassermelone zerplatzte, weil sie im Wasser von den Kugeln der Gangster getroffen wurde.

Ja! Die letzte Treppe war exakt da, wo Janelle und die anderen sie eingezeichnet hatten. Gleich hatte sie es geschafft. Teal nahm drei Stufen auf einmal. Barfuß war sie praktisch lautlos. Ein Blick auf eine in der Nähe hängende Uhr verriet ihr, dass Zane sein Sicherheitsultimatum von sechs Uhr überschritten hatte. Sie hoffte, Smileys ursprünglicher Zeitpunkt von acht Uhr war korrekt. Es war bereits zehn vor sieben.

Allmählich wurde die Zeit knapp.

Der Countdown in ihrem Kopf lief so präzise ab wie ein Motorentimer, nur lauter und längst nicht so beruhigend. Oben angekommen war sie ein wenig außer Atem. Sie entdeckte die Tür, die aufs Heck hinausführte. Sehr gut. Durch die Glastür sah sie einen Ausschnitt des blauen Himmels, über den ein paar Wolkenfetzen hinwegzogen. Hinter dieser Tür lag die Tauchplattform. Nur noch fünf Meter, höchstens.

Sie atmete tief ein. Na schön, es ging los.

Die Hand auf dem Türknauf, spähte sie vorsichtig durch das Fenster, ob die Luft rein war. Weit und breit keine Menschenseele. Allerdings auch keine Barkasse. Damit hatte sie natürlich gerechnet. Leider gab es draußen auf der Tauchplattform auch keine Ausrüstung. Verdammt! Nun würde sie doch schwimmen müssen.

Sie schob die schwere Tür Zentimeter für Zentimeter auf und zwängte sich durch die Öffnung. Jetzt musste sie so schnell wie möglich ins Wasser gelangen und unter der Oberfläche bleiben, solange es nur irgend ging.

Eins.

Zwei.

Dr...

Eine Hand packte ihr Gesicht. Sie zappelte, trat um sich und grub die Fingernägel in den Unterarm des Mannes, der sie gepackt hielt. Seine Brust fühlte sich hart an wie eine Ziegelmauer, seine Umklammerung war fest wie ein Schraubstock.

Teal kämpfte mit aller Kraft und schaffte es, in die Hand vor ihrem Mund zu beißen.

„Autsch! Seht!", zischte es an ihrem Ohr. „Ich bin es."

Zane!

Teal wurde ganz schlaff vor Erleichterung.

Er lebte und war hier!

Schnell zog er sie seitlich neben die Tür und unter den Dachüberstand, damit sie nicht gesehen werden konnten. Teal drehte sich um, schlang ihm die Arme um den Nacken und presste das Gesicht an seinen Hals. Zane drückte sie an sich, als wollte er sie nie wieder loslassen. „Ich hab dich, Liebes. Ich hab dich. Gott sei Dank", flüsterte er heiser, während er ihr Gesicht mit zärtlichen Küssen bedeckte.

Dann hielt er inne und sah sie an. „Wir müssen von hier verschwinden. Sofort."

„Ausgezeichnete Idee", erwiderte sie trocken und berührte sein Gesicht. Er lebte, und er war unversehrt. Er trug einen Taucheranzug mit Sauerstoffflaschen. Die Maske hatte er in die tropfnassen Haare geschoben. Im Ärmel seines Taucheranzugs war ein Riss.

„Was ..."

Seine Finger drückten beinah schmerzhaft ihre Schultern. Er sah sie mit seinen blauen Augen durchdringend an.

Teal drückte seinen Arm. „Mist. Was jetzt?"

Zane empfand ein überwältigendes und völlig unbekanntes Gefühl beim Anblick von Teals Gesicht, auf dem eine Prellung sichtbar wurde. Einerseits war da eine grenzenlose Wut. Dann die nachträgliche Angst um sie. Und Liebe. Ja, er empfand Liebe für sie, so intensiv, dass es ihm beinah den Atem nahm. Behutsam berührte er ihren leicht geschwollenen Kiefer. „Wer hat dich geschlagen?", wollte er wissen. Seine Stimme war kalt, sein Blick glühend.

„Ich hatte schreckliche Angst um dich! Mach so etwas bloß nicht wieder", warnte sie ihn, ehe sie auf seine Frage antwortete.

„Das war Werner. Aber mach dir deswegen keine Gedanken ... " Glühender Zorn erfasste ihn. Am liebsten wäre er gleich losgerannt, um sich auf diesen Dreckskerl zu stürzen. „Dieses sadistische Arschloch."

Teal hielt ihn zurück. „Wer ist auf unserem Schiff?", fragte sie, praktisch denkend wie immer.

Unser Schiff, dachte er. Genau. Er sah ihr in die Augen, bis er glaubte, in ihnen zu versinken. Zane war einigermaßen erschrocken darüber, wie sehr er Teal inzwischen für sein inneres Gleichgewicht brauchte. Er hatte sich immer für völlig unabhängig gehalten, für jemanden, der keinen anderen Menschen wirklich brauchte. Doch Teal hatte ihn gelehrt, dass es mehr gab als nur die oberflächlichen Dinge im Leben. Er neigte zu einer gewissen Wildheit, und Teal gab ihm Ruhe und Ausgeglichenheit. Wow, was für ein unmöglicher Zeitpunkt für eine solche Erkenntnis.

„Ryan. Ben. Saul. Pinkfarbenes Hemd und mindestens noch ein Kerl", antwortete er auf ihre Frage, wer sich auf der *Decrepit* befand.

„Pinkfarbenes Hemd ist Werner, und der hält sich hier an Bord auf. Mindestens einer seiner Männer muss bei ihm sein. Sagen wir also, drüben sind noch zwei. Das dürfte wohl hinkommen. Mit denen werden wir fertig." In ihrer Stimme lag so viel Überzeugung, dass Zane grinsen musste. Sie küsste ihn rasch und fragte: „Also gut, wie lautet der Plan?"

„Wir kehren zurück auf unser Schiff und nehmen uns diejenigen vor, die sich dort aufhalten."

Sie bemerkte, dass es nur eine Sauerstoffflasche gab und kam zum einzig möglichen Schluss. „Wir benutzen das Atemgerät abwechselnd?"

„Uns bleibt nichts anderes übrig. Bist du bereit?"

Sie nickte. Sosehr die Zeit auch drängte, er sehnte sich danach, Teal zu küssen, leidenschaftlich, als würden sie eins werden. Aber er musste sich vorerst damit begnügen, das Mundstück des Atemgerätes mit ihr zu teilen.

„Na dann los. Halte dich an meinen Gurten fest und lass unter keinen Umständen los. Verstanden? Ach, eine Sache noch." Sie sah ihn mit einem ungeduldigen Ausdruck im Gesicht an, und Zane musste lächeln. „Ich liebe dich." Er gab ihr keine Gelegenheit, darauf zu reagieren, sondern schob sie eilig zum Rand der Tauchplattform. Dann legte er ihr die Hand auf den straffen Po und sprang mit ihr zusammen ins Wasser, die Arme fest um sie geschlungen.

Sie sanken drei Meter tief. Zane hoffte, dass das tief genug war, um nicht entdeckt zu werden. Das Problem war nur, dass das Wasser glasklar war, sodass jeder sie sehen konnte, der zufällig den Blick auf die Wasseroberfläche richtete. Teal klammerte sich an seine Tarierweste, und Zane schwamm über ihr, damit sie nur als ein potenzielles Ziel auszumachen waren. Das war alles, was er ihr an Schutz bieten konnte. Abgesehen davon blieb ihnen nur, sich so schnell wie möglich aus dem Staub zu machen.

Sie teilten sich das Mundstück, als hätten sie das hundertmal geübt. Erneut war Zane beeindruckt von ihr.

Das Geräusch eines Motors veranlasste beide, schneller zu schwimmen. Ein Projektil traf gut einen Meter neben ihnen mit einem dumpfen Geräusch aufs Wasser. Eine weitere Kugel zischte durchs Wasser und zog eine Spirale aus kleinen weißen Luftbläschen hinter sich her, die Zane an der Wange spürte. Er gab Teal ein Zeichen, noch tiefer zu tauchen.

Gemeinsam sanken sie auf größere Tiefe. Bei acht Metern spuckte sie das Mundstück aus. Zane nahm es, machte ein paar Atemzüge und gab es ihr zurück.

Plötzlich sprang vor ihnen ein Mann ins Wasser. Er schien aus dem Nichts zu kommen, und Zane drückte Teal instinktiv an sich. Er versuchte, sie mit seinem Körper zu schützen. Hier wimmelte es förmlich von Gangstern.

Ein dunkler Schatten schob sich von hinten über sie hinweg, und das gedämpfte Dröhnen eines Motors pflanzte sich im Wasser fort.

Verdammter Mist!

Aus dieser Entfernung waren er und Teal praktisch ideale Zielscheiben. Zane bedeutete ihr, rasch aufzutauchen, doch sie weigerte sich. Er nahm ihre Hände, mit denen sie sich an seiner Weste festklammerte, und schwamm mit ihr nach oben.

„... das Gebiet!", rief ein Mann in ein Megafon. Zwei Männer in Taucheranzügen standen auf einem schlanken Schnellboot, das langsam übers Wasser glitt. Zane konnte weder Marke noch Modell erkennen.

Einer der Männer beugte sich über das Dollbord. „Cutter?", schrie er, wobei er das Rattern der Hubschrauber übertönen musste, die dicht über sie hinwegflogen.

„Ja."

„Zielobjekt gefunden!", rief der Mann jemand anderem zu, ehe er den Arm ausstreckte und Teal mit erstaunlicher Kraft an Bord hob. Dann half er Zane aus dem Wasser. „Bleibt unten, wir haben noch nicht alle erwischt", warnte der Mann sie.

Gerettet von der Polizei. Oder kamen sie bloß vom Regen in die Traufe? Zane hatte keine Ahnung. Er duckte sich zusammen mit Teal, als das Schnellboot eine schwungvolle Kurve fuhr und dabei Gischt hochschleuderte. In rasanter Fahrt steuerten sie auf die *Decrepit* zu.

„Evakuiert das gesamte Gebiet!" Das schwache Echo der elektronisch verstärkten Stimme durchschnitt die Kakofonie aus Geräuschen. „Evakuiert sofort das Gebiet!"

Die hämmernden Hubschrauberrotoren, die durch das Megafon verstärkten Rufe und die gelegentlich noch abgegebenen Schüsse veranlassten Zane, sich weiterhin schützend über Teal zu legen. Erst als ein dumpfer Stoß ihm signalisierte, dass sie an der Tauchplattform der *Decrepit* angelegt hatten, hob er den Kopf und löste sich von ihr.

Ein Helikopter stand direkt über ihnen in der Luft, und mehrere Männer seilten sich daraus auf das Deck des Schiffes ab. „Ihr Boot ist frei, Mr Cutter." Der Mann gab ihnen zu verstehen, dass sie an Bord gehen konnten. „Und bringen Sie sich so schnell wie möglich in Sicherheit."

Zane zog seine Schwimmflossen aus und legte mit Teals Hilfe die Sauerstoffflasche ab. „Was ist mit..."

„Wir haben die Ketten vom Kran gekappt. Und Ihre Mannschaft ist unter Deck. Gehen Sie."

Zane legte Teal den Arm um die Taille, und gemeinsam gingen sie nach unten. Als sie am Salon vorbeikamen, blieb sie so unvermittelt stehen, dass er ihr beinah auf die Füße getreten wäre. „Geh nur", rief sie. „Ich bin gleich wieder da."

Zane bekam keine Gelegenheit zu widersprechen. „Komm durch meine Kabine", rief er ihr hinterher, dann rannte er zur Brücke. Irgendwer hatte bereits die Maschinen gestartet, und er spürte die Vibrationen unter den Füßen. Trotz der vielen Männer, die die *Slow Dance* enterten, fielen weiter Schüsse, weshalb Zane sich geduckt hielt.

Er erreichte die Brücke, als die *Decrepit* Fahrt aufnahm. Ben, Ryan und Saul erwarteten ihn schon. „Alle wohlauf?", erkundigte er sich und musterte kurz jeden Einzelnen.

„Uns geht's gut", versicherte Ben ihm. „Aber dieser Chip wird gleich alles im Umkreis von fünf Meilen in die Luft jagen."

Ein großer Typ in einem seltsam aussehenden schwarzen Taucheranzug erhob sich vom Kapitänssitz. „Cutter? Michael Wright. Sie wissen über den Selbstzerstörungsmechanismus im Chip Bescheid?" Sie schüttelten einander nicht die Hand, doch Wright räumte seinen Platz am Kommandostand für Zane, der automatisch das Ruder übernahm. „Wie viel Zeit bleibt uns noch?"

„Zwölf Minuten." Wright legte den Finger auf einen Ohrstöpsel. „Warum bewegt sich das Boot noch nicht?", fragte er in sein Headset. Er lauschte der Antwort, dann sah er Zane prüfend an. „Tatsächlich? In ..."

Teal schob sich auf die bereits überfüllte Brücke. „Reden Sie von der *Slow Dance?*", wandte sie sich an Wright.

„Moment... ja, Ma'am. Wissen Sie etwas über die defekten Maschinen?"

Zane musste prompt lachen. „Oh, ich bin mir sicher, dass sie etwas darüber weiß."

„Die Jacht wird sich nicht so schnell von der Stelle bewegen", erklärte Teal dem Mann grinsend. „Ich habe die Maschinen außer Betrieb gesetzt. Für immer."

„Die Maschinen sind dauerhaft außer Betrieb. Schafft alle von Bord", befahl Wright per Mikrofon. „Und zwar so schnell wie möglich." Er schwieg und lauschte seinem Gesprächspartner. „Sieben Minuten. Was ist das Problem?" Nachdem er die Verbindung unterbrochen hatte, fragte er Zane: „Kann dieses Boot schneller fahren?"

Zane sah den Mann genervt an. Was glaubte der? Dass er nur halbe Kraft fuhr? „Sie fährt schon mit Volldampf ..."

„Nein", unterbrach Teal ihn. „Wir können schneller fahren. Viel schneller sogar. Lass mich mal durch, Ryan." Sie drängte sich an ihm vorbei, bis sie neben Zane stand. Sofort fing sie an, Schalter zu betätigen, die sich gestern noch nicht dort befunden hatten. Bewundernd verfolgte Zane, wie die *Decrepit* in einen höheren Gang

„Sie würden meiner Frau Tally gefallen, Teal", sagte er. „Die hat auch ein Faible für Explosionen."

Teal grinste. „Es ist immer gut zu wissen, dass man jemanden hat, der einem Deckung geben kann. Ich dachte, Geheimagenten wie Sie heiraten nicht."

„Geheimagenten wie ich glauben auch nicht, dass sie's tun", entgegnete er. „Aber dann erwischt es einen doch. Wenn uns die richtige Frau zur falschen Zeit über den Weg läuft, sind auch wir machtlos."

Oh ja, wie wahr!

„Wird man uns je erzählen, was es mit diesem Mikrochip auf sich hatte?", fragte Zane, als Phils Jachthafen in Sicht kam und er die wartende Menschenmenge auf der Pier sah.

„Nein", antwortete Wright ohne weitere Ausführungen zu diesem Thema. „Aber ich bin mir sicher, dass jemand sehr dankbar für Ihren Versuch sein wird, den Chip zu finden." „Diese Sprengvorrichtung hat Zanes Wrack mit dem Schatz in die Luft gejagt!", meinte Teal empört. „Vier lange Jahre hat er gebraucht, um das Wrack zu finden! Was könnte ihn dafür schon entschädigen?"

Wright sah über Teals Kopf hinweg zu Zane. „Oh, ich habe den Eindruck, dass er etwas noch viel Kostbareres gefunden hat. Wir sehen es immer gern, wenn die Guten am Ende wenigstens einigermaßen davonkommen." Er bot Zane die Hand. „War interessant, Sie kennenzulernen, Cutter." Er schüttelte erst Zane die Hand, dann Teal.

„Wohin gehen Sie?", wollte Teal verwirrt wissen. „Haben Sie denn gar nichts mehr zu tun, wenn wir anlegen?"

Wright hängte sich eine kleine schwarze Tasche über die Schulter. „Am Kai wird die Polizei Sie in Empfang nehmen. Mein Job hier ist erledigt." Er schüttelte den anderen drei Männern die Hand und stieg hinunter aufs Deck.

Wright hatte Zane und seine Mannschaft bereits darüber informiert, dass sie sich einer weiteren kurzen „Befragung" unterziehen müssten, sobald sie an Land waren. Und dass sie mit niemandem über den „Vorfall" sprechen durften.

„Cooler Typ", sagte Ryan, der Wright hinterherschaute. „Spezialagent eben", bemerkte Saul. „Ich habe vor einer Weile mal einen Artikel über die gelesen. Meinst du, er trinkt ein Bier mit uns und erzählt uns ein paar Geschichten?"

„Da er weder eine Telefonnummer noch eine Adresse hinterlassen hat, halte ich das eher für unwahrscheinlich", sagte Teal.

„Tja, so viel zum Jobangebot", fügte sie lachend hinzu. „Du meine Güte! Seht euch nur all die Menschen an, die dort auf uns warten. Ich möchte lieber mit Wright verschwinden."

„Du bist mit mir zusammen", erinnerte Zane sie und gab ihr einen Kuss, der Ryan und Ben einen anerkennenden Pfiff entlockte. „Es wird in deinem Leben keine anderen Männer mehr geben. Bis in alle Ewigkeiten."

Teal packte ihn am T-Shirt und sah ihm fest in die Augen. „Und für dich keine anderen Frauen mehr, Ace."

Der kleine Jachthafen war überfüllt mit Presseleuten und Schaulustigen, die allesamt von der Polizei zurückgehalten wurden.

„Wir haben jedenfalls nichts zu verbergen", erklärte Zane seinen Leuten, als er mit der *Decrepit* anlegte. Mehrere Männer halfen ihm, sein Boot zu vertäuen. „Wright ermahnte uns, alle Fragen sachlich zu beantworten und ansonsten mit niemandem außer der Polizei über die Vorkommnisse zu sprechen." Er nahm Teals Hand und stand auf. „Bringen wir es hinter uns, Leute."

Teal und die anderen wurden sofort in Empfang genommen und in unauffälligen Fahrzeugen zu einem Hotel auf St. Maarten gebracht. Für die Befragung trennte man sie. Es wirkte alles sehr geheimnisvoll, wie in einem Spionagethriller, aber nach den Ereignissen des Tages auch ein wenig ernüchternd. Nachdem sie etwa eine Stunde lang ihre Geschichte erzählt hatte, ohne dass sie Zane zu Gesicht bekam, wurde

Teal allein mit einem Hubschrauber nach Cutter Cay geflogen. Während des gesamten Flugs sprach der Pilot kaum mehr als ein paar Worte mit ihr.

Sie hatte kein Problem damit. In den vergangenen Wochen hatte sie so viel Aufregung gehabt, dass es für ein ganzes Leben reichte.

Als sie aus dem Helikopter stieg, war es später Nachmittag. Es gab keine Autos auf Cutter Cay, aber auf dem kleinen Landeplatz stand ein Golfcart bereit. Obwohl die Sonne heiß vom Himmel brannte, entschloss Teal sich, zu Fuß zu gehen. Sie trottete den Hügel hinunter, beinah benommen vor Müdigkeit und dem auch nach Stunden noch anhaltenden Adrenalinüberschuss. Im Gegensatz zu Zane, der, kaum hatte die *Decrepit* im Hafen festgemacht, voller Energie war, fühlte sie sich wie nach einer wüsten Schlacht. Wahrscheinlich sah sie auch so aus. Nicht dass sie das noch groß kümmerte.

Sollte sie bleiben und auf Zane warten? Oder ihre Zelte abbrechen und verschwinden, bevor es zu einem peinlichen Abschied kam? Denn dass es in unmittelbarer Zukunft zu einem Abschied kommen würde, stand für sie außer Frage.

Ihre Schritte verlangsamten sich, als sie am Jachthafen und dem Counting House vorbeikam. Ihre Neugier erwachte, und sie war versucht, Brian und seinem Team Hallo zu sagen. Zu gern hätte sie den dort gelagerten Schatz von der *Vrijheid* in all seiner Pracht gesehen, gereinigt von Sedimenten und Versteinerungen, zum Teil schon identifiziert. Doch statt stehen zu bleiben, ging sie schnell weiter.

Es wäre nicht dasselbe, Zanes Traum ansehen zu können, ohne dass er dabei war. Seine Begeisterung über jeden einzelnen Fund, ganz gleich, wie klein und scheinbar unbedeutend er war, hatte der ganzen Expedition einen Zauber verliehen.

Obwohl er bereits ein beachtliches Vermögen aus dem Wrack geborgen hatte, war der Rest durch die Explosion jetzt meilenweit auf dem Meeresboden verstreut und somit verloren. Es war so gut wie unmöglich, noch irgendetwas wiederzufinden. „Aber nicht für Ace

Cutter." Sie grinste auf dem unbefestigten Weg, der zu ihrer Hütte hinaufführte. Zane würde so bald wie möglich an die Stelle zurückkehren, um es wenigstens noch einmal zu versuchen.

Und bei seinem Glück würde es ihm sogar gelingen, etwas zu finden.

Nur wäre Teal dann nicht mehr bei ihm, um seine Begeisterung mit ihm zu teilen. Wenn sie einen Ort gefunden hatte, an dem sie sich niederlassen wollte, würde sie es Logan wissen lassen. Er konnte ihr dann ihren Anteil per Scheck zukommen lassen.

Ihre Zukunft war jetzt noch ungewisser als bei Logans Jobangebot und Sams telefonischer Anfrage, ob sie für ihn „einspringen" wolle. Um nicht schon vorzeitig wehmütig und sentimental zu werden, beschleunigte sie ihre Schritte. In der Hitze des Augenblicks hatte Zane gesagt, er liebe sie. Aber natürlich war sie nicht so blöd, das zu glauben.

Er hatte sie nicht für ewig eingeladen, und sie war nicht der Typ, ihren Aufenthalt zu überziehen. Sie würde die restliche Zeit mit Zane noch genießen. Und dann? Wer weiß, dachte sie.

Der Zeitpunkt, an dem ihr das Herz gebrochen werden würde, verzögerte sich bis zu dem Moment, an dem die *Decrepit* ins Trockendock nach Ft. Lauderdale gehen würde. Ende der Woche war es so weit. Eine Maschinistin ohne Schiff war überflüssig.

Nein, entschied sie. So durfte sie nicht denken. Sie hatte ihren Beitrag zu Zanes Schatzsuche geleistet. Und sie hatte mit verhindert, dass sein Boot zusammen mit der Slow Dance in die Luft flog. Hätte sie den Schatz retten können, hätte sie es getan. Aber das lag nicht in ihrer Macht. Ihre Zukunft lag zumindest nicht trostlos vor ihr. Sie würde ihren Anteil vom Schatz erhalten, der schon im Counting House auf sie wartete. Und dann stand ihr die ganze Welt offen. Sie würde einfach losziehen und etwas entdecken.

Dummerweise konnte diese Vorstellung sie nicht aufheitern. Im Gegenteil, sie wurde unendlich traurig dabei.

Teal ging noch schneller und kam bei dieser ungewohnten Bewegung ein wenig außer Atem. Sie wollte nicht weiter als bis zur bevorstehenden Begegnung denken, deshalb fing sie an zu joggen. Der unglaublich blaue Himmel, der Duft der üppigen Vegetation, der die Luft erfüllte, trieben ihr die Tränen in die Augen. Unsinn, sagte sie sich, es war die salzige Luft, die ihre Augen tränen ließ.

„Nun reiß dich aber mal zusammen", ermahnte sie sich streng. Je näher sie Sams Bungalow kam, desto langsamer wurde sie.

Das, was jetzt vor ihr lag, hätte sie schon Vorjahren tun sollen. Aber sie hatte sich gedrückt, und das war nicht in Ordnung.

Mit pochendem Herzen klopfte sie an die Tür. Viel zu schnell wurde sie von Cookie geöffnet. „Teal!" Die stämmige, mütterlich wirkende Frau Ende sechzig strahlte übers ganze Gesicht. Sie war tief gebräunt und bevorzugte bunte hawaiianische Kleider. Heute war es ein violettes mit orangefarbenen Papageien darauf. Dazu trug sie Flipflops. „Komm rein, Schätzchen. Sam ist gerade von seinem Mittagsschlaf aufgewacht. Er hatte heute einen richtig guten Tag. Er wird sich freuen, dich zu sehen. Wir sitzen hinten. Möchtest du kalten Tee oder eine Cola?"

„Weder ..."

„Ich weiß doch, dass du Cola magst. Ich bringe dir eine. Geh zu deinem Vater."

Teal wurde an der Küche vorbei und durchs Wohnzimmer geführt, das mit Korbmöbeln vollgestellt war. In dem üppigen tropischen Garten lagen Kissen, überall stand Nippes herum. Das war Cookies Handschrift. Sam dagegen bevorzugte eine minimalistische Möblierung ohne jeglichen Schnickschnack. Teal öffnete die Fliegentür im hinteren Teil des Hauses. Den spektakulären Ausblick über die Bucht nahm sie gar nicht wahr. Stattdessen schaute sie zu dem Mann im Sessel.

Himmel, er wirkte klein und gebrechlich. Beinah, als fiele er in sich zusammen. Es gab Teals Herz einen Stich, ihn so zu sehen. Er war nur noch ein Schatten des robusten Mannes, der er einst gewesen war. Sein blonder Bürstenschnitt war kürzer und grauer, als sei er durch seine Krankheit um fünfzehn Jahre gealtert.

Sam saß in einem Ruhesessel im Schatten eines großen roten Sonnenschirms. Er schien tief in Gedanken versunken zu sein. „Hallo." Teal bekam kaum ein Wort heraus, doch Sam sah auf. Sein Gesichtsausdruck veränderte sich bei ihrem Anblick dramatisch.

„Du bist zurück. Wie war die ..."

„Was kann ich nur tun, damit du mich magst?", platzte Teal heraus und betrat die grasbewachsene Terrasse. Mist! Sie hätte vorher etwas einstudieren sollen. Irgendetwas. Sie hätte ihn fragen sollen, wie es ihm ging, oder ihm erzählen, wie froh sie war, dass er seine Meinung hinsichtlich einer Behandlung geändert hatte. Doch kaum hatte sie die Tür geöffnet, konnte sie einfach nicht mehr an sich halten.

Als er nicht antwortete, sank sie neben dem schmiedeeisernen Gartensessel auf die Knie. „Würdest du mich mögen, wenn ich mir die Haare blond färbe? Oder mich femininer kleide? Make-up trage? Bitte sag mir, was ich tun kann." Um Himmels willen, jetzt weinte sie auch noch. Sie wischte sich die Augen mit den Handflächen.

Die Bestürzung ließ Sam noch verhärmter aussehen. „Ich will nicht, dass du irgendetwas tust."

„Es muss doch etwas geben! Bitte! Ich werde die sein, die du haben willst. Ich kann die Vorstellung nicht ertragen, überhaupt keine Beziehung zu dir gehabt zu haben, wenn du nicht mehr da bist. Tut mir leid, das war nicht sehr feinfühlig. Aber viel Zeit bleibt uns nicht mehr, um die Dinge zwischen uns zu klären. Bitte komm mir ein Stückchen entgegen, und mach es mir nicht so schwer."

Wenn Sam tot war, gab es niemanden mehr. Dann, dachte sie mit einem Anflug ihres typischen selbstironischen Humors, wäre sie eine einsame Waise. Es brach ihr das Herz. Dabei war dies erst der erste von zwei traurigen Abschieden, die ihr bevorstanden. Die Vorstellung schnürte ihr die Kehle zu.

Als Sam ihre Hand nahm, erschrak Teal. Sie hatten sich nur selten berührt, und wenn doch, dann meistens unabsichtlich. Seine Hand fühlte sich pergamenten und zerbrechlich an, doch sein Griff war fest. Sie betrachtete ihn durch einen Tränenschleier.

„Du redest Unsinn", sagte er. „Die blonden Haare haben mir nicht gefallen, und deine städtische Art, dich zu kleiden, mochte ich auch nicht. Ich mochte dich mit braunen Haaren und Öl unter den Fingernägeln. Das ist mein Mädchen. Aber es ist mir völlig egal, wie du dich zurechtmachst."

Allmählich beruhigte sich ihr Puls, versiegten ihre Tränen. Natürlich, etwas so Banales wie ihr Äußeres konnte nicht der Grund sein. „Habe ich irgendwelche charakterlichen Mängel, die du nicht ausstehen kannst? Verrate mir, was ich tun kann, damit du mich gernhast."

„Liebes, ich hatte dich gern von dem Moment an, als deine Mutter mich anrief und mir von deiner Existenz erzählte! Was glaubst du denn, warum ich sie all die Jahre hindurch angefleht habe, dich bei mir wohnen zu lassen?"

„Was? Nein ... du wolltest, dass ich hier bei dir auf Cutter Cay lebe?"

„Ich habe einen ganz schönen Batzen Geld dafür ausgegeben, damit es klappt." Plötzlich flackerte Zorn in seinen Augen auf. „Sie hat es dir nie erzählt, stimmt's?"

Teal schüttelte den Kopf. „Mir gegenüber hat sie immer behauptet, du tätest nur deine Pflicht. Unterhaltszahlungen, Schulgeld ..."

„Das war nichts im Vergleich zu der Summe, die ich ihr für das alleinige Sorgerecht bot. Aber sie wollte nichts davon wissen." „Vermutlich hätte sie an einem einzigen Wochenende das ganze Geld durchgebracht", sagte Teal bitter. Sam war in all den Jahren für ihre Mutter der Goldesel gewesen. „Warum hast du mir gegenüber nie etwas erwähnt, wenn ich zu Besuch war?" „Weil sie drohte, dich gegen mich aufzuhetzen, wenn ich auch nur ein Wort darüber verliere.

Manchmal dachte ich, sie hätte es schon getan. Ich sah, wie viel du für sie tatest, und das machte mich wütend. Aber du bliebst brav und ihr treu ergeben. Wie hätte ich diese Verbindung durchbrechen können? Was hätte ich dir dafür anbieten können? Ein Leben auf einer sieben Quadratkilometer großen Insel? Ohne Kinder in deinem Alter? Zur Schule hätte ich dich ohnehin woanders hinschicken müssen ..." Er verstummte und drückte ihre Hand.

„Das wusste ich nicht." Der Kummer aus der Vergangenheit verblasste plötzlich. All die Jahre hatte sie geglaubt, er habe sie nicht genug geliebt, um sie zu retten. Die Geschichte ihrer Mutter war vorbei. Wie Zane schon gesagt hatte, dies war ein neues Kapitel.

„Mit dir zusammen zu sein war manchmal, als würde man über ein Minenfeld gehen", fuhr er fort. „Wir sind uns zu ähnlich, Liebes. Im Ernst. Wir haben beide tief in uns vergraben, wie sehr wir verletzt waren. Doch du musst wissen, dass ich dich immer geliebt habe."

Er zog sie näher zu sich heran, legte die Arme um sie und drückte ihren Kopf an seine Brust. In diesem Moment konnte Teal sich nicht mehr länger zurückhalten. Sie schmiegte ihr Gesicht an seine Brust, klammerte sich an ihn, sosehr sie es in Anbetracht seines gebrechlichen Zustandes wagte, und ließ ihren Tränen freien Lauf bis zur völligen Erschöpfung.

Mit einer spektakulären Farbenpracht aus Gold und Rot versank die Sonne bereits im türkisfarbenen Meer. Irgendwann brachte Cookie Cola und Sandwiches nach draußen und ließ sie wieder allein, damit sie reden konnten.

„Ich wollte unbedingt einen der Cutter-Jungs für dich", gestand Sam ihr. „Zuerst Logan. Aber der war viel zu ernst für dich. Nick ist ein guter Kerl, aber zu kalt. Der hätte deinen Schneid gedämpft, ohne es zu wollen. Zane dagegen gleicht die Düsternis in dir mit seiner Helligkeit aus. Und du bremst sein Temperament mit deiner Ausgeglichenheit."

In der folgenden Stille waren die ersten Abendgeräusche zu hören. Teal war zu verblüfft, um gleich etwas darauf zu erwidern. Woher wusste er das alles? „Dein Anruf, bei dem du mich gebeten hast, für dich hier einzuspringen, war ein Trick."

„Ich wollte, dass du die Chance bekommst, glücklich zu sein." Um elf Uhr nachts, als Teal und ihr Vater in einträchtigem Schweigen die funkelnden Sterne am Himmel beobachteten, klopfte es an der Haustür. Kurz darauf trat Zane auf die Terrasse hinaus. „Sam, wie geht es dir?"

„Dies ist der beste Abend meines Lebens", antwortete Sam. Er sah schon seit Stunden aus, als müsste er dringend ins Bett, doch er wollte Teal einfach noch nicht gehen lassen. Vor zwei Stunden war er vorübergehend eingedöst. Teal hatte still dagesessen, ihn im Schlaf betrachtet und darüber nachgedacht, wie anders ihr Leben verlaufen wäre, wenn Sam in all den Jahren das Sorgerecht für sie gehabt hätte.

Zane lächelte, seine Zähne leuchteten weiß in dem schwachen Lichtschein, der aus dem Bungalow kam. „Irgendwie habe ich mir das schon gedacht." An Teal gewandt meinte er mit sanfter Stimme: „Bist du bereit zum Aufbruch?"

Nein. Aber sie konnte hier nicht die ganze Nacht sitzen und die neu gefundene Nähe zu ihrem Vater genießen. Schließlich war er ein kranker Mann und brauchte Ruhe, also nickte sie.

Zane hielt ihr die Hand hin, und sie nahm sie, um sich von ihm aufhelfen zu lassen. Dann beugte sie sich zu ihrem Vater hinunter und gab ihm einen Kuss auf die Wange. Und weil es so guttat, wiederholte sie es gleich noch einmal.

Sam tätschelte ihr die Wange. „Ich habe dich lieb, Teal. Vergiss das nie."

„Ich hab dich auch lieb." Sie hätte nie geglaubt, diese Worte jemals von ihrem Vater zu hören. Und sie hätte nie gedacht, dass sie diesen Satz jemals zu seinen Lebzeiten aussprechen würde. Ihr floss das Herz über vor Glück.

Es bedeutete ihr viel, dass Zane sie gesucht und gefunden hatte. Trotzdem versuchte sie, nicht zu viel in diese vermutlich nur freundliche Geste hineinzuinterpretieren. In der Hitze des Augenblicks hatte er Dinge gesagt, die sie nicht ernst nehmen durfte. Solche Sachen sagten Männer eben. Besonders Männer wie Zane, denen die Welt und jede Frau zu Füßen lagen.

Gemeinsam schlenderten sie auf den Jachthafen zu. Der Weg wurde vom Mondlicht erhellt. „Wohin gehen wir?", fragte sie, doch eigentlich war es ihr ganz egal. Sie war emotional erschöpft und zugleich aufgekratzt. Sie gingen an dem Bungalow vorbei, in dem sie vorübergehend gewohnt hatte, doch auch zu seinem Haus oben auf dem Hügel bogen sie nicht ab.

Zane legte ihr den Arm um die Schultern und drückte sie an sich. Seine Haut war warm und duftete nach Seife. „Dies ist ein offizielles Kidnapping."

Teal legte den Kopf an seine Schulter. „Wieder einmal?" „Hast du keine Angst?", fragte er belustigt.

„Nein." Sie würde ihm überallhin folgen. Sollte sie ihm das sagen? Dass sie ihren Vater mit ihren Gefühlen konfrontiert hatte, hatte ja letztlich auch eine bedeutende Wahrheit ans Licht gebracht.

„Bist du nicht mal ein kleines bisschen neugierig?"

Sie deutete ein Kopfschütteln an. „Nö."

Sie erreichten die Pier. Die *Decrepit* sah wunderschön aus im Mondlicht. Aber Zane ging an seinem Schiff vorbei zu einer kleineren Jacht.

Teal stöhnte und legte automatisch die Hand auf den Bauch. Sie war so froh gewesen, endlich wieder festen Boden unter den Füßen zu haben. Doch ihr Magen grummelte nicht einmal. „Fahren wir raus?"

„Mach mal die Leine da los. Ja, wir fahren raus. Du weißt ja, aller guten Dinge sind drei, wenn es um Kidnappings geht." Er half ihr an Bord. „Ich habe dir Sachen zum Wechseln mitgebracht, und heißes Wasser zum Duschen haben wir auch."

352

„Du hast eine wunderbare Dusche in deinem Haus", sagte sie, als er den Motor startete. Das Boot glitt durch das dunkle Wasser, am Ruder stand der attraktivste Kapitän, den sie sich vorstellen konnte. „Wirst du mir denn wenigstens Gesellschaft leisten?", fragte sie hoffnungsvoll. Wollte er sich mitten auf dem Ozean von ihr verabschieden? Aus Angst, sie könnte ihm eine Szene machen? Nicht mal im Traum, du eingebildeter Idiot, dachte sie. Dabei liebte sie ihn so sehr, dass ihr Herz voller Sehnsucht war.

„Liebling, ich wünsche mir nichts sehnlicher, als Sex unter der Dusche mit dir zu haben. Aber nicht in einer, die so klein ist."

„Es gibt eine, die noch kleiner ist als die, in der wir waren?" Sein Ohrring funkelte im Mondschein. „Komm an Deck, sobald du fertig bist."

Zane war sehr nervös. So etwas hatte er noch nie getan. Und bei Teal wusste man nie. Wenn er Pech hatte, ging innerhalb von Sekunden sein schöner Plan den Bach hinunter. Er gab Gas und brachte sein Boot auf Höchstgeschwindigkeit.

Den ganzen Abend lang hatte er an dieser Idee gefeilt. Er musste mit Teal irgendwo sein, wo sie sich nicht verstecken konnte, weder körperlich noch emotional. Der Maschinenraum war zu klein, selbst für Teal, um sich länger darin aufzuhalten. Zane grinste. Ein Mann wie er, der die Herausforderung liebte, hatte sich mit Teal die perfekte Frau ausgesucht.

„Wo sind wir?" Teal kam in das Ruderhaus zurück, nur mit einem Handtuch bekleidet. Ihre Miene drückte Skepsis aus. Zanes Grinsen wurde breiter. „Ausgezeichnetes Timing. Und ich muss sagen, du hast dich für mein zweitliebstes Outfit für diesen Abend entschieden."

„Stets zu Diensten", erwiderte sie trocken und nahm das Glas Wein entgegen, das er ihr anbot. „Du hast nicht vor, mich mit Alkohol zu betäuben und anschließend über Bord zu schmeißen, oder? Denn lass dir gesagt sein, Kumpel, ich habe mich schon den ganzen Tag mit Gangstern herumgeprügelt. Vor dir habe ich keine Angst..."

Zane zog sie an sich und brachte sie mit einem leidenschaftlichen Kuss zum Schweigen. Er war froh, schon den Anker geworfen zu haben.

Als er seine Lippen von ihren löste, betrachtete er ihr wunderschönes Gesicht. Zufrieden registrierte er das sehnsüchtige Funkeln in ihren braunen Augen. Ihre sinnlichen Lippen glänzten. Das feuchte Handtuch lag als Haufen zu ihren Füßen. Heiliger Strohsack, sie machte wirklich keine halben Sachen.

„Hm, sieh mal einer an", brachte er mühsam heraus. „Was haben wir denn hier? Haben Sie etwa vergessen, Unterwäsche anzuziehen, Miss Williams?"

„Mir war zu heiß."

„Oh, diese Gefahr besteht in den Tropen", pflichtete er ihr bei. „Es ist sehr ungesund, den Körper zu überhitzen. Zum Ausgleich habe ich etwas, was dein Herz begehrt."

„Was denn?" Sie schlang ihm die Arme um den Nacken und biss ihn zärtlich ins Ohrläppchen.

„Ich habe den Caterpillar-Katalog mitgenommen. Du kannst dir jeden Motor aussuchen, den du möchtest."

Sie sah ihm ins Gesicht. Ihre Augen leuchteten vor Begeisterung. „Auch 3516er verchromt?"

Zane lachte und streichelte ihren straffen, festen Po. „Wenn du willst, kann du die *Decrepit* vom Bug bis zum Heck verchromen."

„Nein, das wäre viel zu extravagant. Mir würde schon ein hübscher neuer Anstrich genügen."

„Einverstanden."

„Findest du es nicht auch zu warm?", fragte sie schmeichelnd und rieb ihre Brüste an seiner Brust. Ihre Haut schimmerte perlmuttfarben im Mondlicht und machte Zane ganz benommen vor Lust.

„Ich möchte mir lieber die Sterne ansehen."

Sie starrte ihn perplex an. „Ist dir heute etwas auf den Kopf gefallen?"

Er wollte, dass ihr ohne den geringsten Zweifel klar war, was er für sie empfand. Sosehr er sich auch danach sehnte, mit ihr zu schlafen, wollte er sich für sie extra viel Zeit lassen.

Er nahm das lange, mit festem Leinen bezogene Polster von der Bank und legte es aufs Deck. Das dicke Polster war weich, aber zu schmal für zwei. Es war gerade breit genug, dass einer von ihnen sich lang darauf ausstrecken konnte. Ihre Hand haltend, setzte Zane sich und zog Teal rücklings auf seinen Schoß. Sie lehnte sich zurück und schmiegte sich an ihn. Er legte ihr die Arme um die Taille, küsste ihren Hals und atmete tief ihren betörenden Duft ein. Zane begehrte sie so sehr, dass er es kaum aushielt.

„Sehr galant." Sie rutschte ein wenig hin und her, bis sie es bequem hatte. Jede Bewegung ihres straffen und gleichzeitig wunderbar weichen Körpers fachte unweigerlich sein Verlangen an.

Zane strich sich eine ihrer dunklen Strähnen aus dem Gesicht, knabberte an ihrem Ohrläppchen. „Gefällt es dir so?"

Sie drehte den Kopf und flüsterte zurück: „Du bist nicht viel weicher als das Deck. So bequem wie eine weiche Matratze bist du jedenfalls nicht. Warum gehen wir nicht nach unten in die Kabine ..."

„Stell dir vor, wir wären die einzigen Menschen auf der Welt. Wäre das nicht aufregend?"

„Und wie", murmelte sie, während sie weiter nach einer bequemen Position suchte. „Die letzten beiden Menschen auf der Welt haben ein wunderbares Bett, keine drei Meter von hier entfernt. Diese Stellung hier ist zwar interessant und bestimmt raffiniert. Aber warum begnügen wir uns nicht mit der guten alten Missionarsstellung und ersparen uns irgendwelche schmerzhaften Verrenkungen?"

„Nun mach schon mit, Weib, und sei ein wenig kooperationsbereiter." Das Plätschern der Wellen, die sanft gegen den Bootsrumpf schlugen, war schöner als jede Musik. Zane ließ seine Hand über ihren Oberschenkel gleiten. Ihre Haut fühlte sich seidenweich an und warm. Im Mondlicht wirkte sie ätherisch, wie ein himmlisches Wesen, nicht von dieser Welt. Vielleicht wie eine frisch dem Wasser entstiegene Meerjungfrau. Eine Fantasie wurde wahr. *Seine* Fantasie.

Sanft küsste er ihren Hals, und sie wandte den Kopf. Sie wollte sich umdrehen, doch Zane bremste sie, indem er ihr die Hand auf die nackte Hüfte legte. „Nein, bleib so."

„Aber ich will dich auch berühren."

„Du berührst mich schon genau auf die Weise, wie es sein soll. Lass mich dir Lust bereiten." Er umfasste ihre Brüste und strich mit dem Daumen über die aufgerichteten Brustwarzen, bis Teal vor Begierde stöhnte. Sie lehnte den Kopf zurück gegen seine muskulöse Brust. Ruhelos warf sie ihn hin und her. Ihre duftenden Haare berührten Zanes Haut wie ein Federstrich. „Ich liebe dich", flüsterte er.

Sie legte ihre Hände auf seine und drückte sie fordernd auf ihre Brüste. „Du weckst die Sehnsucht in mir", sagte sie, statt seine Worte zu erwidern. Ihre Worte klangen ein wenig erstickt. Aha, dachte Zane. Sie musste sich also nicht in einen Maschinenraum flüchten, um sich vor der Wahrheit zu drücken. Er grinste. So kannte er seine kratzbürstige Teal.

Ihre Haut war glatt wie warme Seide und offenbar äußerst empfindsam, wie ihre aufgerichteten Brustwarzen bewiesen. „Wo denn? Hier?"

„Hm ..." Sie führte seine Hände dorthin, wo sie sie haben wollte. „Nicht fest genug."

Er biss sie sanft in die Schulter. Teal drängte ihren Po lustvoll und verlangend gegen seine steinharte Erektion. „Zane, bitte ... " Ihr Ton wurde flehend.

Ihre Stimmen wurden übers Wasser getragen, und Teal flüsterte nicht mehr. Zane küsste ihr Ohr, leckte daran, während er mit den Handflächen ihre Brustwarzen rieb.

„Du quälst mich!", beschwerte sie sich außer Atem und drückte die Fingernägel in seine Handrücken, während er ihre Brüste massierte.

Dann ließ er eine Hand nach unten gleiten, zeichnete mit dem Zeigefinger Kreise um ihren Bauchnabel und schob die Hand von dort aus weiter hinunter, bis er das flaumweiche Dreieck erreichte. Unmittelbar darauf spürte er, wie sie von Kopf bis Fuß erschauerte.

Langsam begann er sie zu streicheln und konnte vor Erregung selbst kaum atmen. Alles an Teal entfachte sein Verlangen.

„Zane ..."

„Hab Geduld. Vertrau mir. Schau hinauf zu den Sternen. Hast du sie jemals so klar gesehen?" Er sagte das ihretwegen, aber sein Verstand war völlig benebelt vor Lust, während er ihren Orgasmus immer weiter hinauszögerte. Inzwischen kannte er ihren Körper und wusste, was sie besonders erregte und wie er sie wieder ein wenig abkühlte. Geschickt steigerte er ihre Begierde, ließ sie köcheln, machte weiter, bis sie wirklich kochte ...

„Wunderschön", hauchte Teal und strich mit den Fingern sanft über seinen Handrücken, während er sie liebkoste. Jeden einzelnen Zentimeter ihrer nackten Haut wollte er erkunden und dabei seine Ungeduld im Zaum halten. „Die Dichter haben recht. Die Sterne sehen wirklich aus wie funkelnde Diamanten auf schwarzem Samt."

Jede Zelle seines Körpers schien plötzlich voller Adrenalin, und das Firmament über ihm verwandelte sich in ein Kaleidoskop.

Sie lachte leise. „Das erregt mich nur noch mehr."

„Dann sieh hinauf zu den Sternen", forderte Zane sie auf. „Siehst du Albireo dort drüben?"

„Das ist mir vollkommen egal! Los, gehen wir in die Kabine." Ihre Stimme klang gepresst.

„Hier sieht und hört uns doch niemand."

„Und der Mond scheint hell", flüsterte sie. „Es ist eine warme Nacht, es könnten andere Boote unterwegs sein, deren Fenster offen sind."

Er streichelte den weichen Spalt zwischen ihren Beinen und drang mit einem Finger in sie ein. „Dann müssen wir eben sehr leise sein."

Sie hob das Becken, doch er drückte sie gegen sein aufgerichtetes Glied. Er wollte, dass es gut war für Teal, aber er bereitete sich selbst süße Qualen, indem er sie fest gegen seinen Schwanz presste.

Sie war so bereit für ihn, dass er mit den Fingern mühelos in sie eindrang, und er spürte, wie ihre Muskeln erbebten und sich fest um ihn schlossen.

Plötzlich wehrte sie sich. „Aufhören. Hör auf."

Zane brauchte einen Moment, bis er begriff, was sie gesagt hatte. Natürlich hörte er sofort auf. Aber es fiel ihm unendlich schwer. „Was ist denn ..."

Sie rollte von ihm herunter, sodass sie auf allen vieren auf dem Deck stand, den Kopf gesenkt, die Haut glänzend von Schweiß. Sie atmete schwer. „Ich halte es einfach nicht mehr aus." Ehe er die Hand nach ihr ausstrecken konnte, schloss sie die Lippen um seine Erektion. Ihren warmen Mund so unvermittelt an seiner sensiblen Haut zu spüren kam einem sinnlichen Schock gleich. Und bevor er wusste, wie ihm geschah, richtete sie sich ein wenig auf und schwang ein Bein über ihn, um sich rittlings auf ihn zu setzen.

Das Mondlicht spiegelte sich in ihren Augen, als sie sich mit beiden Händen auf seiner Brust abstützte. Sie bog den Rücken durch, presste die Fingernägel in seine Muskeln und nahm ihn tief in sich auf.

Sie fing an, sich zu bewegen, in einem immer schnelleren, ungestümeren Rhythmus, bis sie gemeinsam kamen und sich aneinanderklammerten, während Welle um Welle purer Lust ihre Atome in alle Richtungen katapultierte, um sie hinterher zu einem neuen starken Ganzen wieder zusammenzusetzen.

Nach einer gefühlten Ewigkeit drehte sich Zane mit ihr auf die Seite, ohne die Verbindung zu unterbrechen. Er schlang die Arme um sie und barg ihren Kopf an seiner Schulter.

„Heirate mich, Teal. Heirate mich, und bring mich jeden Tag für den Rest meines Lebens um den Verstand. Ich will mit dir alt werden. Selbst wenn ich frühzeitig altern sollte, weil du mich ständig an den

Rand meiner Kräfte bringst", fügte er lachend hinzu, als er spürte, wie sich ihre Muskeln wieder um ihn zusammenzogen. „Ich liebe dich mehr, als ich je geglaubt habe, lieben zu können. Du bist witzig und anstrengend und die Frau meiner wildesten Träume."

„Dir ist schon klar, dass wir gerade wilden Sex haben, und zwar vor allen, die zuschauen wollen, ja?"

„Ist mir klar. Sag einfach Ja, damit wir weitermachen können." Sein ganzer Körper war zum Zerreißen gespannt. Stöhnend versuchte er, seinen Orgasmus hinauszuzögern. Er packte ihre Hüften, und seine Finger zitterten vor Erregung.

Ohne sich von ihr zu lösen, tastete Zane nach seinen Badeshorts, die irgendwo neben ihm liegen mussten.

Teal stöhnte. „Können wir uns nicht auf eine Sache konzentrieren?"

„Gib mir deine Hand!", befahl er.

Kraftlos hob sie eine Hand von seiner Brust. Zane hielt sie fest und schob ihr einen Verlobungsring auf den Finger. Er bewahrte diesen Ring schon ewig auf, und er passte wie angegossen. „Woher hast du ... " Erneut kamen sie beide gleichzeitig zu einem überwältigenden Orgasmus. Zane biss die Zähne zusammen, während Teal sich in einem ungestümen, wilden Rhythmus bewegte, um das sinnliche Erlebnis ganz auszukosten.

Als es vorbei war, drückte Zane sie an seine Brust. Sie waren beide außer Atem, ihre Haut feucht vom Schweiß. Nie zuvor hatte Zane solches Glück empfunden. „Hast du mir nichts zu sagen?", fragte er.

„Was denn? Danke für den schönen Abend?", neckte sie ihn und küsste seine Brust. „Ich liebe dich, Zane", sagte sie ernst, umfasste sein Gesicht und sah ihm in die Augen. „Ich liebe dich mehr, als ich je geglaubt habe, irgendwen lieben zu können. Ich liebe den Zauber, der dich umgibt und an dem du jeden teilhaben lässt, den du magst. Ich liebe dein Schiff - mit den neuen Motoren -, und ich liebe deine Insel. Vor allem aber liebe ich deinen Humor und deine Leidenschaft für das, was du tust. Ich habe dich vom ersten Moment an geliebt. Obwohl dieses Gefühl sich in den vergangenen zwanzig Jahren verändert hat, war es doch immer schon Liebe. Und wird es immer sein."

„Ah, Teal, mit dir wird es in den nächsten fünfundachtzig Jahren bestimmt nicht langweilig."

Sie küsste ihn auf die Wange. „Darauf kannst du dich verlassen. Es bleibt turbulent, selbst wenn wir unsere Gehhilfe vor uns herschieben."

„Wie gut, dass ich dann nie weiter als bis auf Armeslänge von dir entfernt sein werde." Er küsste sie zärtlich und voller Liebe. „Du bist in jeder Hinsicht die perfekte Frau für mich."

Sie hob die Hand, und der Ring funkelte grün und weiß im Mondlicht. „Der Ring gefällt mir. Besser hätte er nicht passen können."

Zane stand auf und zog sie hoch. Er fühlte sich noch ein wenig wacklig in den Knien, aber sein Herzschlag hatte sich normalisiert. „Wir sollten uns schlafen legen. Ich will morgen tauchen und mir mal ansehen, wie es der *Vrijheid* so geht."

„Befinden wir uns etwa dort?" Teal schaute auf das glänzende Wasser hinaus. Dann schmiegte sie sich wieder an ihn, und er schlang die Arme um sie und legte sein Kinn auf ihr seidiges Haar.

„Ich bin so nah herangefahren, wie ich es im Dunkeln konnte."

„Bei deinem Glück liegt sie noch genau so da, wie wir sie zurückgelassen haben, und wartet nur auf dich."

Gleich bei Tagesanbruch tauchten sie. Die bunten Fische glitzerten im klaren türkisfarbenen Wasser, in dem sich das Sonnenlicht brach.

Sie hatten sich darauf geeinigt, nicht enttäuscht zu sein, falls sie das Wrack nicht mehr finden konnten. Der Sturm, die Explosion und das Trümmerfeld, das die *Slow Dance* erzeugt hatte, würden wahrscheinlich jahrelange Arbeit nötig machen, um das Wrack der *Vrijheid* erneut freizulegen.

Teal war nicht allzu überrascht, dass es Zane tatsächlich gelungen war, auf Anhieb genau am richtigen Standort zu ankern. Ebenso wenig erstaunte es sie, dass die *Vrijheid* die Explosion beinah unbeschadet überstanden hatte und ihre Schätze funkelnd und glitzernd preisgab, als warteten sie nur darauf, gehoben zu werden.

Als Zane und Teal wieder auftauchten, küsste er sie, bis sie keine Luft mehr bekam und sich von ihm löste. „Wow! Wofür war der?"

„Für all das Großartige in meinem Leben." Zane umfasste ihr Gesicht und sah ihr zärtlich in die Augen. „Die *Vrijheid* und ihr Schatz sind nur das i-Tüpfelchen. Du bist wertvoller als jeder Goldbarren und jede Münze, besser als jeder Smaragd. Ich werde in den nächsten achtundachtzig Jahren dankbar sein für jeden Tag mit dir. Denn du bist mir der kostbarste Schatz von allen."

Lesen Sie auch

CUTTER CAY SERIE

Von Cherry Adair bereits erschienen:

BERAUSCHENDE STRÖMUNGBAND: 2

Tarfaya, Marokko Arger.

Nick Cutter streckte die langen Beine unter dem Tisch aus. Seine Augen verbarg er hinter braunen Kontaktlinsen und einer dunklen Sonnenbrille. Während er spielerisch die kleine Tasse duftenden Pfefferminztees drehte, beobachtete er seine unmittelbare Umgebung. Das Café lag im tiefen Schatten an einem belebten öffentlichen Platz. Nick wusste gutes Essen zu schätzen, und da er das Treffen unter Kontrolle zu haben glaubte, hatte er gut gegessen und hinterher den Teller von sich geschoben, um das Geschäft zum Abschluss zu bringen. Die Männer, die ihm gegenübersaßen, unterhielten sich leise auf Arabisch, um seine Bedingungen zu diskutieren.

Zwei Auftraggeber. Drei Bodyguards. Alle schwer bewaffnet.

Er erwartete keinen Arger, aber er kalkulierte ihn stets ein. Und gerade in diesem Moment richteten sich ihm die Nackenhärchen auf.

Das genügte ihm.

Demonstrativ gelangweilt wedelte er eine Fliege vor seinem Gesicht weg. Dabei hielt er unauffällig in der Menge der über den Platz strömenden Einkäufer nach der Ursache für seine plötzliche innere Unruhe Ausschau.

Nick befürchtete nicht, von irgendwem erkannt zu werden. Dazu war seine Verkleidung zu gut. Wie die meisten Leute auf dem Platz trug er ein beiges kaftanartiges, Jallâba genanntes Gewand, das ihn vom Hals bis zu den Zehen einhüllte. Das Auffälligste an ihm war hinter einer Sonnenbrille und Kontaktlinsen verborgen. Klug aufgetragenes Make-up ahmte die dunkle Hautfarbe des Großteils der Menschen um ihn herum nach. Zusätzlich trug er einen dichten schwarzen Bart, der dringend einer Rasur, mindestens aber der Pflege bedurfte - er juckte wie verrückt.

Falls tatsächlich Ärger drohte, galt der seinem Alter Ego Asim Nabi El Malamah, nicht Nick Cutter. Was Nicks düstere Vorahnung allerdings noch verstärkte. El Malamah hatte aus gutem Grund einen üblen Ruf. Dafür hatte Nick gesorgt.

Ihm fiel nichts Ungewöhnliches auf. Es war Mittagszeit, und das alte, von Festungsmauern umgebene Zentrum der Altstadt aus dem 12. Jahrhundert war laut und voller Menschen. Die heiße Luft duftete nach Gewürzen - Kümmel, Paprika, Koriander, Knoblauch und Zwiebeln - und den halb leeren Tellern mit Tajine auf dem Tisch.

Frauen priesen lautstark ihre Waren an, ihre langen bunten Jallâbas leuchteten in brillanten Farben wie Kolibris im grellen Sonnenlicht. Ihre Kinder liefen lachend und kreischend zwischen den Ständen und Käufern herum und trugen ihren Teil zum lauten Chaos bei.

Nick hatte die beiden Auftraggeber praktisch verfolgt, bis sie über ihn gestolpert waren. Dann hatte er seinen Preis so hoch angesetzt, dass er fast unerreichbar war. Aber nur fast. Wenn sie ihn wirklich wollten, würden sie ihn auch entsprechend bezahlen. Das war ein heikles, aber kalkuliertes Risiko.

Kalkulierte Risiken waren seine Spezialität. Doch seine besondere Stärke bestand darin, dass er ein außergewöhnliches Gehör für Dialekte hatte. Er war einer von nur einer Handvoll Menschen auf der Welt, die lediglich aus Gesprächsfetzen Rückschlüsse auf die Geschichte eines Mannes ziehen konnten. Er sprach elf Sprachen fließend, verstand sieben weitere, und selbst wenn er eine Sprache nicht sprach, besaß er immerhin die Fähigkeit, so feine Nuancen herauszuhören, dass er unterschiedliche Dialekte aus Städten wahrnahm, die nur fünfzig Kilometer voneinander entfernt lagen.

Seine speziellen Fähigkeiten waren nicht sehr gefragt, die wenigen „Aufträge", die er angenommen hatte, dafür umso interessanter. Er mochte, was er tat - für gewöhnlich lauschte er Gesprächen aus sicherer Entfernung.

Diesmal war es mehr. Viel mehr. Er schätzte die Risiken ein und kam zu dem Schluss, dass sie akzeptabel waren.

Sobald er die Typen am Haken hatte, wollte Nick zurück auf die *Scorpion* und dreißig Meter tief im Meer tauchen. Er wollte das tun, was er liebte: auf Schatzsuche gehen. Sie arbeiteten nun schon seit einigen Monaten am Wrack der El Puerto, und er war sehr zufrieden mit den Ergebnissen. Es war fast an der Zeit, seine Beute nach Cutter Cay zu bringen.

Je eher, desto besser. Eigentlich hätte der „Gefallen", zu dem er sich ursprünglich bereit erklärt hatte, höchstens eine Stunde in Anspruch nehmen sollen. Stattdessen hatte er allein drei Tage gebraucht, um den Kontakt herzustellen. Jetzt wusste er, was er wissen wollte, und damit hätte die Sache erledigt sein sollen.

Aber diesmal sah der Gefallen anders aus.

Seine Freunde hatten ihn um weit mehr gebeten, als nur kurz zur Identifizierung der Herkunft einer bestimmten Person hinzuhören. Ab einem bestimmten Punkt war ihm das klar gewesen. Nick hatte die möglichen Risiken für seine Crew und sein Taucherteam abgewogen und sich schließlich dazu entschlossen, die Sache bis zum Schluss durchzuziehen.

Er hoffte nur, dass seine Faszination für Puzzles, seine sprachlichen Fähigkeiten und sein Spaß an der Herausforderung ihm diesmal nicht um die Ohren flogen.

Wie vielleicht jetzt.

Er rieb sich den Nacken, während die beiden Männer weiter in dringlichem Tonfall miteinander redeten. Sie glaubten, er wäre mit den Gedanken woanders, doch er besaß das Gehör einer Fledermaus, wie sein Bruder Logan bestätigen würde. Najeeb Qassem und Kadar Gamali Tamiz flüsterten in Darija, dem inoffiziellen marokkanischen Arabisch, das von den Einheimischen gesprochen wurde. Der Akzent deutete jedoch klar auf Krio hin.

Die Tatsache, dass Qassem und Tamiz beide aus Sierra Leona stammten, obwohl sie ihm gegenüber beide behauptet hatten, in Tabat geboren und aufgewachsen zu sein, spielte für ihn keine Rolle. Doch die Leute, denen er in ein paar Stunden von diesem Treffen berichten würde, würden damit ein weiteres Stück zu ihrem komplizierten Puzzle haben.

Und er auch, obwohl er bezweifelte, dass seine Freunde ihn weiter einweihen würden. Nick hatte also wie gewünscht den Köder gelegt. Es wurde höchste Zeit für Asim Nabi El Malamah alias Nick Cutter zu verschwinden.

Nick stellte seine Tasse auf den Tisch, bereit für den Abschluss der Verhandlungen. In diesem Moment teilte sich die Menge, und er registrierte eine langbeinige dunkelhaarige Frau, die durch einen der steinernen Torbogen trat. Ihr sexy Körper in hautenger Jeans und dem weißen T-Shirt war zwischen all den mit Jallähas gekleideten Passanten kaum zu übersehen.

Wie interessant, dachte er beim Anblick dieser Frau. Und völlig fehl am Platz.

Er hatte eine Schwäche für große, kultivierte dunkelhaarige Frauen.

Oh ja, dachte Nick, während er beobachtete, wie die Frau stehen blieb und sich mit einem alten Mann unterhielt, der an dem Tor getrocknete Rosenknospen verkaufte. Sie war genau sein Typ, was nur bedeuten konnte, dass sie der Ärger war, der seinem Gespür nach in der Luft lag. Der alte Mann zeigte über den Platz. Es war nicht ganz klar, was er meinte. Es konnte der in der Nähe befindliche Kiosk sein oder der Juwelier neben dem Café. Die Geste konnte allem Möglichen hier in der wimmelnden Altstadt gelten.

Nicks Instinkt sagte ihm jedoch etwas anderes.

Der Rosenverkäufer wies genau auf den Tisch, an dem Nick gerade Geschäfte machte. Tatsächlich sah die Frau jetzt in seine Richtung, ehe sie sich lächelnd bei dem Mann bedankte und auf Nick zukam.

Oh ja, da war definitiv Ärger im Anmarsch.

Als einzige Europäerin in diesem geschäftigen Markttreiben fiel sie auf wie ein Laufstegmodel. Sämtliche Augen waren auf sie gerichtet, als sie in ihren hochhackigen Schuhen mit einer Anmut über das unebene Steinpflaster ging, als schwebte sie über Wasser. Sie ging mit einem lässigen Hüftschwung, der sündige Gedanken weckte und nach dem sich mehrere umdrehten. Zielstrebig kam sie auf Nick zu. Und ihre langen Beine erregten Aufmerksamkeit, die er nicht gebrauchen konnte.

Verdammt!

Er konnte sich den Luxus einer ausgiebigen Betrachtung nicht gestatten. Je näher sie kam, desto hektischer versuchte er dahinterzukommen, wer sie geschickt hatte, was diese Leute wollten und was ihre Position war. Die Frau war beeindruckend, und ihr Gang verriet die selbstbewusste Gewissheit, dass Männer ihr hinterherschauten. Und sie begehrten.

Ja, sie bedeutete Arger und wirkte hier auf diesem sonnenbeschienen, lauten, wuseligen Marktplatz absolut deplatziert. Nick lehnte sich zurück, während sie näher kam.

„Kennen Sie die Frau?", fragte Najeeb Qassem auf Arabisch. Ihm konnte die Zielstrebigkeit der Frau kaum entgangen sein.

Sie schien sich ihrer Umgebung auf faszinierende Weise bewusst zu sein. Der Platz war voller Menschen, und doch ließ sie niemanden auf Armeslänge an sich herankommen. Ein netter Trick, der sie viel Übung gekostet haben musste. Es gelang ihr scheinbar mühelos.

Noch ungefähr fünfzig Meter.

„La", antwortete Nick knapp und wandte sich Kadar Gamali Tamiz links von ihm zu. Nein, er kannte die Frau nicht, doch er glaubte zu wissen, um wen es sich handelte. Auch wenn ihre Anwesenheit in Marokko, besonders hier auf diesem Platz, keinen Sinn ergab.

Was ihr plötzliches Auftauchen an dem Ort, an dem sich Nick Cutter befand, äußerst verdächtig machte.

Noch vierzig Meter.

„Die Anzahl der Behälter ist akzeptabel, obwohl die Menge schwer zu verbergen sein wird", erwiderte Tamiz in kühlem Ton. „Der Preis allerdings ist nicht akzeptabel. Es ist eine riskante Sache, unentdeckt auf das Schiff zu gelangen, während alle Blicke darauf gerichtet sind. Cutter ist nicht dumm. Und da er hier angelegt hat, um mehr Crewmitglieder zu finden, werden seine Leute jeden Neuling ganz genau unter die Lupe nehmen."

„Seien Sie versichert, dass unsere Männer jede noch so genaue

Prüfung überstehen werden." Nick machte Anstalten, sich zu erheben. „Ich schlage vor, Sie benutzen diese Männer, um die Ware an Bord zu bringen." Sein Ton ließ keinen Zweifel daran, dass er sein Angebot nicht verbessern würde. „Wenn es eine so leichte Aufgabe ist, brauchen Sie jemanden wie mich nicht, um sicherzustellen, dass Ihre Ware vor Entdeckung geschützt ist." Tamiz' Finger schlossen sich um Nicks Handgelenk. Nick kniff die Augen zu schmalen Schlitzen zusammen und schaute von der Hand an seinem Arm zum Gesicht des Mannes. Sofort zog Tamiz seine Hand zurück. „Verzeihen Sie, ich wollte Ihnen nicht zu nahe treten, mein Freund. Meine Männer sind lediglich die Versicherung, dass die Ware dort bleibt, wo Sie sie platziert haben. Es sind einfache Männer."

Nick lehnte sich zurück. „Gut bewaffnet?"

Noch dreißig Meter.

„Selbstverständlich."

„Gut, denn Ihre Ware wäre für jeden kostbar."

„Sie sind ein zäher Verhandlungspartner, sadiqi."

„Nicht wenn der Preis stimmt." Nick beobachtete die Frau weiter aus den Augenwinkeln. Noch zwanzig Meter. Mit etwas Glück würde sie Vorbeigehen. Er könnte einen genüsslichen Blick auf ihren Hintern werfen, und die Sache wäre erledigt. Er hatte nicht Unmengen Zeit, um das sachte Hüpfen ihrer Brüste unter ihrer weißen Leinenbluse zu bewundern. Der heiße Wind löste ein paar dunkle Strähnen aus ihrer strengen Frisur und presste ihr die Bluse an den Körper, wodurch ihre aufregende Figur noch mehr betont wurde.

Fünfzehn Meter.

Ihre Schritte verlangsamten sich. Ein kalkulierter Schachzug? Oder Unentschlossenheit?

„Wir würden Ihr Honorar verdoppeln, wenn Sie die Ware bis zu ihrem Bestimmungsort begleiten." Qassem, ein stockdürrer Mann Ende sechzig mit von der Sonne gegerbtem Gesicht und unergründlichen schwarzen Augen, beugte sich vor. Nick hatte nicht die Absicht, mehrere Wochen verkleidet auf seinem eigenen Schiff zu verbringen.

„Klingt verlockend, aber meine Teilnahme an dieser Unternehmung muss leider begrenzt sein", erklärte er leichthin und beobachtete weiter die auf sie zukommende Frau. Sie wirkte harmlos, aber er wusste am besten, dass der äußere Schein oft trog. Ihr glänzendes schwarzes Haar war straff zurückgekämmt, was ihre hohen Wangenknochen zur Geltung brachte, die frisch geschminkten Lippen und ihre glatte olivfarbene Haut. Ihre Augen waren, ebenso wie seine, hinter einer dunklen Sonnenbrille verborgen. Er suchte ihren Körper nach Anzeichen für eine Waffe ab. Anspannung erfasste ihn. Ihre Jeans war eng, die Bluse weit, und die Ledertasche, die an einem Riemen von ihrer Schulter hing, sah schwer aus. Sie hätte ein ganzes Waffenarsenal mit sich führen können, und niemand hätte es bemerkt.

Er verlagerte sein Gewicht, um besser an seine SIG Sauer zu kommen, die in den Falten seines weiten Gewands verborgen war. „Ich hege nicht den Wunsch nach einer ausgedehnten Seereise", sagte er zu Qassem. „Ich verhandle nur darüber, dass die Ware sicher auf dem Schiff landet, und sorge für ein gutes Versteck, damit sie sicher wie ein Baby in den Armen seiner Mutter an ihrem Zielort eintrifft."

Als die Frau nur wenige Schritte von ihrem Tisch entfernt in den Schatten trat, beschleunigte sich sein Puls. Inzwischen war sie nah genug, dass er ihr Parfüm wahrnehmen konnte. Delikater Pfirsich. Kultiviert. Sexy. Exotisch.

„ Excusez-moi, messieurs. " Ihre Altstimme besaß eine natürliche Heiserkeit. Schwarzer Samt und Weihrauch. „Wer von Ihnen ist Asim Nabi El Malamah?" Sie sprach ein Französisch mit leichtem Akzent und den ihr unbekannten Namen ziemlich glaubwürdig aus.

Zu dumm nur, dass Nick ihn nicht ausgerechnet aus ihrem Mund hören wollte. Schon gar nicht hier. Und absolut nicht jetzt.

Ihr Dialekt verriet sie. In der Sekunde, als sie die ersten Worte ausgesprochen hatte, war ihm klar geworden, wer sie war.

Aber das beantwortete immer noch nicht die Frage, warum sie hier war. Oder wer sie geschickt hatte.

Die Menschen um sie herum hielten bei ihren Tätigkeiten inne, um sie anzusehen. Um ihn anzusehen. Und die Männer, mit denen er gegessen hatte. Die Frau sah teuer, elegant und sehr entspannt aus. Kein Schweißtröpfchen trübte ihr perfekt geschminktes Gesicht in der Nachmittagshitze. Ihr Haar, das sie zu einer Schnecke im Nacken zusammengebunden hatte, schimmerte fast bläulich in der Sonne. Ihre Hautfarbe ließ auf eine mediterrane Herkunft schließen, und ihr Akzent weckte Nicks Interesse. Doch er hielt seine Neugier im Zaum.

Das Wesentliche hatte er erfasst, und das war mehr als genug.

„Ich bin beschäftigt", erklärte er in akzentfreiem marokkanischem Französisch. Asim Nabi El Malamah genoss den Ruf, alles zu machen. Für Geld. Doch seine Fähigkeiten waren nicht für Leute wie sie zu haben. Und ihr Kontakt zu ihm, in diesem Moment und in seiner derzeitigen Rolle, konnte sie das Leben kosten.

Unbeeindruckt von seiner Antwort, schob sie den Riemen der schweren Ledertasche ihre Schulter hinauf. „Ich möchte Sie engagieren ..."

„Ich wiederhole noch einmal", unterbrach Nick sie in kaltem, unmissverständlichem Ton. „Ich bin beschäftigt. Gehen Sie, Frau."

„.... mich zu einem Schiff zu bringen ..." Sie sprach einfach weiter, als hätte er nichts gesagt, und deutete mit ihrer schmalen Hand vage in die Richtung, in der der Jachthafen lag.

Nick fuhr mit dem Zeigefinger gelangweilt über den Rand seiner goldenen Tasse und tauschte einen amüsierten Blick mit den Männern am Tisch. Frauen, sagte sein Schulterzucken. Was kann ein Mann da schon machen?

Qassem kratzte sich den Bart. „Was für ein Schiff?"

Sie zögerte nur den Bruchteil einer Sekunde, ehe sie antwortete: „Die *Scorpion*." Sie wandte sich wieder an Nick. „Kennen Sie es?"

Sein Schiff? „Nein." Nick fuhr mit dem Daumen über das kunstvolle Relief auf seiner Tasse. Das Metall war warm vom Tee. Er ließ den Daumen über die glatte Oberfläche gleiten und fragte sich unwillkürlich, wie ihre Brüste sich wohl anfühlen würden. Sie war genau sein Typ. Dunkelhaarig, langbeinig, kultiviert. Als wäre sie extra für ihn gemacht.

Und sie wollte an Bord der *Scorpion*.

Nick glaubte nicht an Zufälle.

Irgendwer kannte seinen Geschmack. Gold glänzte an ihren Ohren, an ihrem anmutigen Hals und an einem Handgelenk. Mit angenehmer Stimme sagte sie: „Ich bezahle Ihnen viele Dirhams für wenige Minuten Ihrer Zeit."

Nick betrachtete sein dicht behaartes Gesicht, das sich in den Gläsern ihrer Sonnenbrille spiegelte. Mit kalter Verachtung erklärte er: „Ich brauche Ihr Geld nicht." Himmel, diese törichte Frau hatte keine Ahnung, was sie hier gerade störte. Oder etwa doch? War sie ein Marienkäfer, der furchtlos ins Netz einer Spinne ging? Oder war sie selbst die Spinne? Er musterte sie langsam von Kopf bis Fuß. „Es sei denn, Sie bieten mir mehr als Geld an."

Tamiz lachte. Die anderen Männer am Tisch sprachen kein Französisch, verfolgten das Gespräch zwischen Nick und der Frau aber aufmerksam.

Ihre Miene wurde ernst, vielleicht schaute sie auch verärgert. Wegen der großen Sonnenbrille war das nicht so genau zu erkennen. „Ich gebe Ihnen meine Uhr. Es ist eine ..."

„Sie bieten mir eine Uhr an, wenn ich Sex meine? Ich habe keinen Bedarf an einer Damenuhr. An einer Frau schon eher. Aber erst, wenn ich mein Geschäft hier abgeschlossen habe. Warten Sie auf mich im Hotel Dar El Kebira. Dort können wir ... uns unterhalten."

Ihre Miene änderte sich nicht. „Ihr Preis steht in keinem Verhältnis zu meiner Bitte, Asim Nabi El Malamah", erwiderte sie trocken. „Schließlich handelt es sich nur um eine kurze Fahrt und einen geringen Zeitaufwand für Sie. Ich werde eine andere Beförderungsmöglichkeit finden."

Wenn sie sich morgen darum kümmerte, hatte Nick kein Problem damit. Die *Scorpion* würde heute in der Abenddämmerung im Hafen von Tarfaya auslaufen. „Nur zu, tun Sie das."

Sie presste die Lippen zusammen. „Das werde ich. Gentlemen." Sie nickte den anderen kurz zu, dann wandte sie sich zum Gehen.

Nick hielt sie am Handgelenk fest. „Falls Sie einen Mann finden, der dumm genug ist, Sie zu dem Schiff zu bringen, stellen Sie sich schon mal darauf ein, die Beine für ihn breit zu machen. Täuschen Sie sich nur nicht, man wird Ihre Bitte als Einwilligung verstehen."

Sie schaute demonstrativ auf ihr Handgelenk. „Ich werde es beherzigen." Ihr Gesichtsausdruck signalisierte eher, dass er sie mal konnte.

Nick wandte sich wieder an Najeeb Qassem. „Meine Zeit ist kostbar, Gentlemen." Mit diesen Worten stand er auf. „Entweder Sie akzeptieren meinen Preis, oder Sie müssen einen anderen Kurier finden."

GEFÄHRLICHER STRUDEL
BAND: 3

Brutal zugerichtet und bewusstlos treibt sie im Wasser: Sofort nimmt Logan Cutter die schwer verletzte Frau an Bord seines Schiffs. Was aber aussieht wie ein dramatischer Unfall, ist Teil einer bösen Intrige, in der das vermeintliche Opfer alle Fäden zieht. Daniela Rosado soll verhindern, dass Logan ein versunkenes Wrack mit einem Millionenschatz birgt. Altes Gold, auf das es ihre Familie abgesehen hat! Jahrelang hat Daniela gehört, wie habgierig und skrupellos die Cutters sind, und sie hat es geglaubt - bis sie Logan jetzt besser kennenlernt. Ihr Herz erzählt der schönen Verräterin nämlich eine andere Geschichte. Für Daniela ein Schock - und eine Chance. Doch der Plan ihrer Familie steht. Notfalls über ihre und Logans Leiche.

„Beim Lesen abgetaucht, die Spannung Gefült, mitgefiebert - Cherry Adairs Cutter-Serie ist ein gehobener Goldschatz!" Romantic Times Book Reviews

ÜBER CHERRY ADAIR

New York Times Bestseller-Autor Cherry Adair Das innovative Aktion-Abenteuer-Romane wurden auf zahlreiche Bestseller-Listen erschienen, gewann Dutzende von Auszeichnungen und erhielt Lob von Kritikern und Fans gleichermaßen. Mit der Schaffung von ihr kick butt Antiterror-Gruppe, T-FLAC, Jahre vor dem Aktion-Abenteuer-Romanzen waren beliebt. Cherry hat eine Nische für sich selbst geschnitzt mit ihren sexy, freche, rasante Romane. Sie liebt es, von Lesern zu hören.

Besuchen Sie Cherry auf Visit Cherry on Facebook, Twitter, Pinterest oder cherryadair.com.

Die Romane von Cherry Adair bei

Am Rande der Angst

Am Rande der Dunkelheit

Am Rande der Gefahr

Auf Dünnem Eis

Aus den Augen

Bis zum Hals

Das Versteckspiel

Die Bettgeschichte

Hauch einer Chance

Heisse Steine

Ricochet Ein T-FLAC Kurzfeuer

Mehr T-FLAC-serie romane: eBooks

HEISSE STEINE

Die schöne Juwelendiebin Taylor Kincaid hat gerade einem Gangster in Südamerika die berühmten »Blue Star«-Diamanten abgeluchst. Nebenbei lässt sie allerdings noch streng geheime Dateien mitgehen. Nun sind ihr alle auf den Fersen – auch der überaus attraktive Agent Huntington St. John. Zwischen ihnen fliegen schon bald die Funken. Doch ihre Leidenschaft bringt sie in tödliche Gefahr …

Taylor Kincaid ist eine unverbesserliche Juwelendiebin, die ihre Arbeit liebt. Ihre Fähigkeit, noch durch den kleinsten Spalt zu schlüpfen, und ihre unglaubliche Fingerfertigkeit machen sie zu einer der Besten in ihrem Job. Keine Frage, dass sie ihre große Chance kommen sieht, als die berühmten »Blue Star«-Diamanten in dem Camp einer verbrecherischen Organisation in Südamerika auftauchen. Allerdings lässt Taylor neben den Diamanten auch noch einige streng geheime Dateien mitgehen – und nun hat sie keine ruhige Minute mehr: Plötzlich findet sie sich in einem gefährlichen Katz-und-Maus-Spiel wieder, in dem sie von allen Seiten gejagt wird. Der unglaublich attraktive Agent Huntington St. John, der ihr schon lange auf den Fersen ist, stößt als Erstes auf sie. Obwohl Taylor von Natur aus misstrauisch ist – und schließlich stehen sie auf verschiedenen Seiten des Gesetzes –, fühlt sie sich von seinem umwerfenden Charme magisch angezogen. Zwischen ihnen funkt es schon bald ganz gewaltig. Doch ihre Leidenschaft könnte tödliche Folgen haben…

DIE BETTGESCHICHTE

Marnie Wright ist als einziges Mädchen unter vier Brüdern einiges gewöhnt, so dass sie ein ungehobelter Bergbewohner wie Jake Dolan eigentlich nicht schrecken kann. Auch wenn dieses Prachtexemplar von einem Mann außergewöhnlich attraktiv und sexy ist. Aber dann wird's gefährlich und zwar nicht nur für Marnies Leben, sondern viel mehr noch für ihr Herz…

Verfügbar Cherry Adair Online-Buchladen: shop.cherryadair.com.

www.ingramcontent.com/pod-product-compliance
Lightning Source LLC
Chambersburg PA
CBHW071153020726
47502CB00002B/386